本书获宁波大学中国语言文学学科建设经费资助

浙江省哲学社会科学规划
后期资助课题成果文库

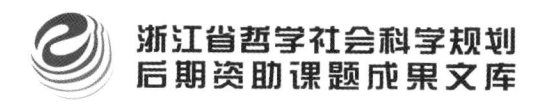

新诗"戏剧化"论说兼诗艺研究

Xinshi "Xijuhua" Lunshuo
Jian Shiyi Yanjiu

胡苏珍 著

中国社会科学出版社

图书在版编目(CIP)数据

新诗"戏剧化"论说兼诗艺研究/胡苏珍著.—北京:中国社会科学出版社,2019.6

(浙江省哲学社会科学规划后期资助课题成果文库)

ISBN 978-7-5203-4406-7

Ⅰ.①新… Ⅱ.①胡… Ⅲ.①诗歌研究-中国-当代 Ⅳ.①I207.22

中国版本图书馆 CIP 数据核字(2019)第 085106 号

出版人	赵剑英
责任编辑	宫京蕾
特约编辑	李晓丽
责任校对	秦婵
责任印制	李寡寡

出 版	中国社会科学出版社
社 址	北京鼓楼西大街甲 158 号
邮 编	100720
网 址	http://www.csspw.cn
发行部	010-84083685
门市部	010-84029450
经 销	新华书店及其他书店

印刷装订	北京君升印刷有限公司
版 次	2019 年 6 月第 1 版
印 次	2019 年 6 月第 1 次印刷

开 本	710×1000 1/16
印 张	17
插 页	2
字 数	289 千字
定 价	78.00 元

凡购买中国社会科学出版社图书,如有质量问题请与本社营销中心联系调换
电话:010-84083683
版权所有 侵权必究

序

吴 晓

　　本书是胡苏珍在其浙江大学博士毕业论文基础上完成的。百年的中国新诗史，是创作上不断探索、理论上不断丰富的历史。其间产生多种流派与思潮，演绎多种主义与主张，从而不同程度地推进了中国新诗创作及诗学理论的建设与发展。其中一些时显时伏的诗学主张或命题，在中国新诗发展史上留下或深或浅的影响。"新诗戏剧化"论说就是这样一个贯穿几代新诗而概念至今不明的话题，是一个需要系统梳理、阐释的新颖学术课题。胡苏珍多年在高校从事中国现当代文学教学和研究，有着良好的理论基础和审美直觉，对诗歌认真致敬。因此，当她选择以新诗戏剧化研究作为博士论文题目时，我作为导师是非常支持的。

　　史上各种"新诗戏剧化"创作及理论，有其诗学的合理性及古今中外的理论渊源。在新月诗派，有不少诗人做过创作方面的实践探索，涉及徐志摩、闻一多、卞之琳等。然而作为诗学主张集中加以倡导，则是20世纪40年代后期的事，诗人兼诗论家袁可嘉更是提出"新诗戏剧化"方向。他针对当时诗坛存在的说教与感伤两个通病，结合英美新批评诗学理论和40年代西南联大诗人实际创作，倡导"生活经验"与"诗经验"须有一个"转化"的过程，"设法使意志与情感都得着戏剧的表现"，这种"戏剧的表现"最大的特点就是"客观性与间接性"；并结合现代人经验、情感的复杂矛盾特质，提出一首诗要融合各种"相反相成"的戏剧性思想和情绪。这就是他的立论基础。到20世纪90年代，许多知名诗人都谈到自己诗歌创作的"戏剧化"追求，又不同于袁可嘉的说法。总之，新诗戏剧化论说的出现和实践，涉及的不仅仅是诗歌艺术表现的问题，更在于对丰富现代诗精神的理解。当然，袁可嘉把它作为实现"新诗现代化"总体目标的一种途径来看待，其中有无本质化嫌疑值得讨论。

古人说，"诗缘情"。诗作为情感的艺术，是用来抒发情感的，但诗却不宜直接表露情感，也不只是表达感情。中国古人也有一句话，叫作"一切景语皆情语"。这里的"景语"其实就是"情语"的"形式化"，是情感的"客观对应物语"。因此这句话或者应该倒过来说："一切情语须景语，"也即"情语"必须通过"景"来表达。在我看来，新诗戏剧化的提法，从根本上说，与上述说法是相通的，但又不能看作雷同。袁可嘉反对的诗界弊病，说教、赤裸的陈述、宣泄无余的呐喊等等，确是"非诗的质素"，离诗甚远，袁可嘉提出"客观化""复杂化矛盾经验"，符合诗歌本质规定和现代语境；20世纪90年代以来的"戏剧化"写作包含了诗人对以往个人抒情的调整，把情感变为"意识"和"经验"，从自我扩大到他人，容纳情境、场景、细节、对话、冲突等等，深入时代和语境，并兼顾诗美境界，无疑应该是行之有效的途径。

正是从上述史实和诗学基本原理出发，胡苏珍对新诗戏剧化论说及写作，从源头到演变、从美学形态到理论思路等各个层面展开了整体梳理和全面阐释。

更可喜的是，胡苏珍透过某些现象，进一步探索戏剧化理论的实质及其内在的价值。作者根据近百年新诗实践，把新诗戏剧化方式分解为下述三个层面：一是言说主体的戏剧化，二是诗思的戏剧性，三是表现手法的戏剧化。作者以此建构了一个相对较完整的体系，有益于我们对此问题的深入思考。

面对"新诗戏剧化"说，也许会出现质疑的声音，这其中涉及"戏剧化"这个概念的问题。不过，不论是"戏剧化"，还是"化戏剧"，大可不必计较"戏剧"这个名称。在我看来，倡导者未必一定是要诗家向戏剧家看齐、要前者向后者取经。倡导者只不过是借"戏剧"这个名称来表述某种意思，概括诗歌的某种表达方式、路径而已。

因此胡苏珍在文中强调：

> 现代汉语诗人的"戏剧化"写作并非导向"戏剧"的激烈事件冲突或在一个一定长度的动作过程中展现人物的命运，而是仍留在了"诗"的园地，存有诗的抒情性、主体性、想象性及语言的非陈述性等内在的文类特征。从戏剧化写作三种内涵形态来看，包含诗人由"自我"向"角色"生命意识拓展，由单线情思向"矛盾复杂经验"

的包容，由戏剧化"场景"推进诗思和创新语言的生成，因此，戏剧的角色、矛盾、场景等美学理念与要素只是帮助诗歌拓展文类表现范围和表现深度的策略或途径。

这可以说是作者对于戏剧化理论的实质的揭示，也是作者的基本态度和评断，当是十分准确。显然，诗中的"冲突""对话"不等同于戏剧中的"冲突""对话"，二者虽是同一概念，却不会是同一种状态或程度。所以，本书探究"新诗戏剧化"，并不是停留在外围讲"文类融合"，而是探讨几类戏剧化形态对"诗"的丰富，建立在对诗歌本质的思考基础上，并结合了大量的文本细读。总之，本书的思维亮点很多，有待深化的问题自然也存在。

我向来认为，对任何一个学术话题，研究者不仅需要准确精细地还原它产生的历史、发展的历程，准确描述其基本形态、表现特征等，更应该探究其内在机理，从更深层次的意义上对其作出本质的把握。看待一个诗学命题，不在于其"说了什么"，也不在于前人为什么说，意图是什么，更重要的是，要把所有的历史陈述，重新加以激活，以你当代人的眼光，以你独特的观点去加以解释，加以重组，建构你自己的理论体系。也就是说不是历史牵着你走，是你引领着"历史"走；不是材料主宰你，是你主宰所有的材料。这似乎是一个矛盾，是历史重要，还是你的认知重要？是该相信历史，还是该相信你？尊重历史"真实"固然重要，那是前提；揭示历史资料的本真，才是更为要紧的。这篇博士论文，作者做到这个程度，的确也体现了这一主张。胡苏珍聪慧专注，思维敏捷，感悟力强，本书的完成显示了作者的理论素养和学术研究特点，在纵深探索中实现了自我建构。

是为序。

2018年12月　杭州

目　　录

导论 ………………………………………………………………… (1)
  一　研究对象 ………………………………………………… (2)
  二　研究现状 ………………………………………………… (5)
  三　问题逻辑 ………………………………………………… (8)
  四　章节观点 ………………………………………………… (13)

第一章　跨语际实践：中西诗学交汇中的"戏剧化"论说 ……… (17)
  第一节　新诗"戏剧化"论说的中西视域 ………………………… (18)
    一　古代诗歌中的戏剧化因子 …………………………… (19)
    二　新诗中自觉建构的"戏剧化"论说 …………………… (23)
    三　现代跨语际实践的结果 ……………………………… (27)
  第二节　近现代本源语中的"戏剧化"诗学 ……………………… (32)
    一　"戏剧"与"抒情"话语的此消彼长 …………………… (33)
    二　从"非自我中心"到"戏剧化声音" …………………… (35)
    三　包含"冲突""综合"取向的审美原则 ………………… (39)
  第三节　借鉴、误读和内化："戏剧化"诗学的"理论旅行" ……… (46)
    一　抑制感伤之风的"戏剧化"借鉴 ……………………… (47)
    二　戏剧主义的诉求：综合矛盾经验 …………………… (50)
    三　适用性考量：信息接受中的放大与误读 …………… (54)
    四　异域理论的本土化 …………………………………… (56)

第二章　新诗戏剧化写作的历时考察 ………………………… (60)
  第一节　"体式"建设意识下的戏剧化尝试 …………………… (61)
    一　吸收一切可能：新诗体式建设意识的成形 ……… (61)
    二　结缘于维多利亚"戏剧化"诗歌 …………………… (65)

三　对称于表达的需要：新月诗人的"戏剧化"实践 …………… (69)
　第二节　现代化诉求下的戏剧化写作 ……………………………… (72)
　　一　在场的诱引：英美现代主义诗歌的"戏剧性" ……………… (72)
　　二　从意境化到冲突化：九叶诗人的现代审美转向 …………… (78)
　　三　事件化抒情和机智修辞 …………………………………… (82)
　第三节　知识型构变化中的戏剧化诗艺 …………………………… (85)
　　一　跨文体写作大潮中的戏剧化"综合" ……………………… (86)
　　二　"介入"写作的有效性考量 ………………………………… (89)
　　三　和戏剧化交叉的"叙事性" ………………………………… (93)

第三章　自我的隐遁或拓展：戏剧化角色的言说方式 ………………… (97)
　第一节　戏剧化角色与戏剧化声音 ………………………………… (98)
　　一　不是诗人本人的声音——戏剧性独白、对白与旁白
　　　（引文）………………………………………………………… (98)
　　二　自我的间离、隐藏与丰富 ………………………………… (103)
　　三　并未放逐的抒情 …………………………………………… (108)
　第二节　他即"我"：自我意识的"面具"化呈现 ………………… (111)
　　一　自我情感、意识的"面具" ………………………………… (111)
　　二　民间、神秘"面具"的特殊效应 …………………………… (115)
　　三　"面具"言说人类普遍处境 ………………………………… (121)
　第三节　"我"非我：突入他者的别一种意识世界 ………………… (124)
　　一　戏剧化口吻："发明"他者的经验和意识 ………………… (125)
　　二　探幽虚拟角色"灵"的颤动 ………………………………… (128)
　　三　角色言说对修辞、语吻的丰富 …………………………… (133)

第四章　异质冲突经验或戏剧性修辞 ………………………………… (139)
　第一节　新诗综合矛盾经验的"繁复"追求 ……………………… (140)
　　一　现代经验"综合"之必要 ………………………………… (141)
　　二　综合异质经验的个人化方式 ……………………………… (146)
　　三　智性和想象：化合矛盾经验的"白金丝" ………………… (151)
　第二节　新诗假叙述情境中的对立冲突 …………………………… (155)
　　一　隐含的冲突：新诗"情境"建构的一种指向 ……………… (155)
　　二　可能的尖锐：假叙述中的事境冲突 ……………………… (159)

三　必要的"戏剧化"：日常经验的情境化策略 …………… (162)
　第三节　言语与结构的反讽：戏剧性诗思的助动器 …………… (166)
　　一　表层喜感与深层悲感的嵌合：反讽在新诗中的生成 ……… (166)
　　二　克制陈述与悖论：新诗不断提升的话语反讽 …………… (171)
　　三　悖论反讽和结构反讽：异质意义的并置 ………………… (176)

第五章　形式即意味：推动诗思和语言生成的戏剧化场景 ……… (183)
　第一节　进行时戏剧化场景的虚化与转换 ………………………… (184)
　　一　"刻刻在眼前发生"的在场性场景 ……………………… (185)
　　二　虚化戏剧化场景对诗思的建构 …………………………… (188)
　　三　戏剧化场景转换中的"多声部" ………………………… (192)
　第二节　戏剧化言说中口语的诗化途径 ………………………… (196)
　　一　口语化、戏剧化、格律化的共震 ………………………… (197)
　　二　交融于意境的戏剧化口语 ………………………………… (202)
　　三　口语语义的重新编码 ……………………………………… (207)

结语　价值及限定 …………………………………………………… (213)

附录一　自我的分化：穿行于角色的戏剧化主体
　　　　——穆旦的戏剧化写作 …………………………………… (218)
　　一　本体自我的分裂：穆旦对布莱克的接通 ………………… (219)
　　二　角色化言说与变形的自我 ………………………………… (223)
　　三　拟诗剧：自我与超验角色的交互与冲突 ………………… (226)

附录二　张枣元诗写作中的戏剧化技艺 ……………………………… (231)
　　一　自我化身或分身带来的奇妙调式 ………………………… (231)
　　二　作诗意策源地的戏剧性处境 ……………………………… (237)
　　三　变换琳琅的戏剧化人称 …………………………………… (240)

参考文献 ……………………………………………………………… (245)

致谢 …………………………………………………………………… (263)

导　　论

对于有着纯正抒情诗美学情结的中国读者来说，谈论诗歌的戏剧化似乎是一件败坏胃口的事情。尤其在晚近，"抒情"二字几乎作为"有情"的同义词，用以治疗中国人被现代化、工业文明减损并降格至实用功利主义的生硬、单面人性。文学研究上，王德威在萧驰等学者的研究基础上，于新世纪初从沈从文、陈世骧、高友工的"抒情"追求中提炼，认为中国现代文学中存在广泛、开阔意义上的"抒情"[1]，引领了抒情诗学研究的大面积回潮[2]。但新诗作为中国现代文学革新最急峻的文类，的确长出过一些奇异树，新诗史上一些严肃于诗艺探寻的诗人，在常态的诗歌审美理念、范式之外还自觉实践并开拓出别样的诗观，"戏剧化""戏剧性"即为新诗史上涉及诗学主张和文本实践的探索，若从正统的"诗"观看，可谓一种旁逸斜出。

新时期来，新诗研究轮流凸显着现代性与本土化、现代主义与浪漫主义的争辩话语。20世纪80年代，"去意识形态"的纯文学观念引导一批批学者在象征派、现代派、九叶诗派、朦胧诗派的线性历史中寻绎出一条富含意象、隐喻、语言张力等纯诗质素的"新诗现代性"脉络。各种蔚为大观的"现代主义诗歌""先锋诗潮"论著，透出某种共同的潜本文意味，即"现代化"是观照新诗审美品性的一大主要视角。但另一方面，

---

[1] 王德威：《抒情传统与现代性：在北大的八堂课》，生活·读书·新知三联书店2010年版，第3—8页。

[2] 主要有萧驰著"中国思想与抒情传统"全三卷，台北联经出版事业公司2011—2012年版；蔡英俊主编《中国文学的情感世界》，黄山书社2012年版；吕正惠著《抒情传统与政治现实》，华中师范大学出版社2011年版；陈国球著《抒情中国论》，香港三联书店2013年版；吴盛青、高嘉谦主编《抒情传统与维新时代》，上海文艺出版社2012年版；张松建著《抒情主义与中国现代诗学》，北京大学出版社2012年版；等等。

90年代掀起的本土化思潮,首先就从五四文学革命追根究源,新诗的合法性身份遭逢系列发难,部分学者质疑了白话诗革命割裂、弃绝古典诗歌传统的偏激倾向,竭力呼唤当下诗人尊重本土传统,重塑新诗形象。在这一本土化潮流的导向之下,新诗研究也出现了新的转向,一些学者潜入新诗历史场域中的细节,细探现代诗人不同形态的文本,打捞其中的"古典"因素,力证古今诗歌并未断裂的暗流。同时,发生学和场域学理论也启发了青年学者回到新诗的策源地,理出了新诗革命何以发生、怎样发生的枝枝蔓蔓。近年来,浪漫主义被还原出思潮的复杂性、抒情的正统性和想象的崇高性,新诗经典语象和格律声韵受到关注。在这些过程中,当代新诗多元发展、形态各异的文本,使"诗歌标准"数度成为一个纠缠不清的话题,晚近略归于平寂。

新诗研究历史及格局表明,对现代汉语诗歌作出是与非的二元价值判断显然是虚妄的。新诗发展的道途,有其历史规定性的必然,也难以排除多元的可能,"戏剧化"涉及新诗不同阶段中的审美开拓、功能建构、语境选择、主体气质和形式探索,值得深察和辨析。

一 研究对象

一般来说,新诗的本体性话语无外乎语词、意象、隐喻、象征、想象力、格律或声音等等,大体对应上中国古典诗歌话语中的意象、意境、声律和赋比兴诗学。但特异的是,"戏剧化"及其相关提法曾分别以诗学观念或写作策略的形式,出现在现当代具有较大影响的诗人、诗家的论述中。其中,被余光中称为"一流的诗人"的卞之琳有意识地进行过"戏剧化"探索,他曾道明自己"从闻一多《死水》处习得不少技巧……常倾向于写戏剧性处境,作戏剧性独白或对话"[①]。这意味着他的师辈闻一多与新月同人在20世纪20年代探索过戏剧性写作。对应性的是,闻一多在40年代初曾发表对文学动向的思考:"在一个小说戏剧的时代,诗得尽量采取小说戏剧的态度,利用小说戏剧的技巧。"[②] 这包含了明显的"化戏剧"诗观。而后,作为"自觉的现代主义者"——九叶诗人之一的袁

[①] 卞之琳:《人与诗:忆旧说新》,生活·读书·新知三联书店1984年版,第10页。
[②] 闻一多:《文学的历史动向》,《闻一多全集》第10卷,湖北人民出版社1993年版,第20页。

可嘉，在40年代中后期辨识出了穆旦、杜运燮具有"现代主义"意味的革新型创作，并自觉引入英美新批评派的诗学原理阐发本土诗歌的"新方向"，提出"从浪漫主义到现代主义的诗底发展无疑是从抒情的进展到戏剧的"[1]，把"戏剧化"与诗歌"现代化"联系起来。在当代，台湾的痖弦、商禽等诗人也实践了"戏剧化"效应，痖弦曾自言写诗"使用一些戏剧的观点"[2]，余光中亦在《诗话痖弦》中说："痖弦的抒情诗几乎都是戏剧性的。"大陆当代新诗发展自20世纪90年代以来，"戏剧化"论说也进入了部分诗人关于构思、传达策略的个体经验诗学当中。例如陈东东言明自己"从诗的'非抒情化'看到了戏剧化的需要"[3]；西川提出诗歌应向"经验、矛盾、悖论、噩梦"的世界敞开，兼容"戏剧性"成分[4]；萧开愚则分析了"戏剧独白式抒情诗"对中年写作的节制意味，以及当时不少诗中很多人物出场的"戏剧性"[5]。在诗艺自觉探索层面，翟永明在90年代一改以往的自白风格，探索"戏剧性"叙述和"戏剧化结构"[6]；王家新在具体文本中意识到综合"多种不同的相互冲突的经验"[7]；青年诗人韩博则这样介绍自己的诗艺："我需要现实性的场景、细节与结构来帮助我完成超现实的主题。"[8]还有一些没有亮出戏剧化诗观但透出明显戏剧化探索意识的，如张枣、欧阳江河、朱朱、臧棣、胡续东等诗人。总之，种种不约而同的个体"戏剧化"论说、策略和诗艺，使"戏剧化"被梳理进了"1990年代部分诗学词语"[9]的序列当中。

---

[1] 袁可嘉：《诗与民主——五论新诗现代化》，《论新诗现代化》，生活·读书·新知三联书店1988年版，第47页。

[2] 痖弦：《痖弦自选集》，台北黎明文化事业公司1977年版，第251页。

[3] 陈东东、木朵：《诗跟内心生活的水平等高》（陈东东访谈），《诗选刊》2003年第10期。

[4] 西川：《〈大意如此〉自序》，湖南文艺出版社1997年版，第2页。

[5] 萧开愚：《90年代诗歌：抱负、特征和资料》，载陈超《最新先锋诗论选》，河北教育出版社1999年版，第338—339页。

[6] 陈超：《中国先锋诗歌论》，人民文学出版社2007年版，第303—304页。

[7] 王家新：《回答普美子的二十五个诗学问题》，《诗探索》2003年第1—2辑。

[8] 转引自敬文东《没有终点的旅行》，《被委以重任的方言》，中国人民大学出版社2010年版，第211页。

[9] 参见王家新、孙文波编《中国诗歌九十年代备忘录》，人民文学出版社2000年版，第402页。

上述线索显示，"戏剧化""戏剧性"以及类似提法，分别出现在新诗史上不同时期一些严肃探索诗艺者的写作经验论或诗学家的观念表述中。在常识中，"戏剧诗""叙事诗""抒情诗"三大文类的亲缘关系总是圈定在具体范域之内。戏剧文学大都围绕摹仿、动作、角色、表演、冲突、情境、在场、舞台诸要素；叙事文学由事件、人物、环境、情节等构成；抒情文学则离不开自我、表现、情感等关键词，具体到诗歌，多以自我发抒、意象隐喻、语言创新等为写作动力。因此，戏剧类和叙事类有着内在的可通约性，而一般的抒情类诗歌，则似乎与戏剧相去甚远。但上文提及的这些现当代诗人，既是自觉、严谨探索诗艺的诗人，但都探索过"戏剧化"策略。这些现象表明，关于"戏剧化"的论说虽然看似不具备意象、格律、纯诗等这类诗学关键词的核心本体地位，却已然形成一条时显时隐的线索。重要的是，卞之琳、张枣、西川、陈东东、萧开愚、朱朱等诗人的"戏剧化"写作，并非指向郭沫若的《湘累》《三个叛逆的女性》那样充满外部戏剧冲突的诗剧，也不是艾青的《火把》那样在夹叙夹议中塑造人物和情节的叙事诗，而是仍围绕抒情主体意识的丰富、现代诗歌想象和语言的发明等本体，这就显示出特别的意义。

从"戏剧化"论说及诗人的艺术实践来看，撇开台湾当代诗人，撇开其他散见个体诗人零星文本中无意识的戏剧化技术，"戏剧化"话语自觉和策略自觉的探索集中性出现的时段主要是20世纪20年代新月诗派、40年代九叶诗派和90年代以来这几个不同阶段。根据新诗史常识，这几个阶段分别是初步形式建设、"现代化"自觉和诗歌知识重新"构型"①的时期，所涉及诗人大都是诗艺的严肃追求者，他们也熟悉西方诗歌资源。这就自然引发下述疑问：严肃于诗艺的人缘何提出"戏剧化"或实践某些戏剧化策略？新诗中的戏剧化、戏剧性的形态及本质是什么？不同时期、不同个体的"戏剧化"探索有何关联和差异？新诗中的戏剧化探索是否与西方诗学影响有关？"戏剧化"说的存在，对一直争议的"新诗标准"问题，有何参照或启发价值？融入了戏剧化、戏剧性，诗歌是得到了丰富拓展，抑或导致了对立面的"非诗"情形？这些涉及历史性、本体性以及比较层面的疑难，需要整体、集中地辨析。

---

① [法]福柯：《词与物：人文科学考古学》（前言），莫伟民译，上海三联书店2001年版，第12页。

二 研究现状

从现有研究看来，学者一般注重单个诗人、诗家的"戏剧化"主张或某一诗群的戏剧化创作，现代时期的关注点普遍为袁可嘉的"新诗戏剧化"理论，卞之琳、穆旦的戏剧化手法，当代时期的研究基本是枝节性阐释张枣、翟永明、朱朱的戏剧化文本，具体如下。

由于袁可嘉在20世纪40年代将戏剧化和"新诗现代化"直接对应起来，加上他在当代对外国文学研究的引领和推动，他的"新诗戏剧化"理论相应成为最大的关注点。一些现代诗学集合性研究专著，普遍对袁可嘉的"新诗戏剧化"理论作专节介绍，如龙泉明、邹建军的《现代诗学》（2000），潘颂德的《中国现代新诗理论批评史》（2002），重点展述袁可嘉的戏剧主义诗学观，包括"客观性""间接性""客观对应物""矛盾戏剧地展开"，前者还将"戏剧化"阐释为"经验中的戏剧性"，即"强调情节性和生活原生态保存"[1]。其他论述现代诗潮或专题性研究的专著也绕不开"戏剧化"，如孙玉石的《中国现代主义诗潮史论》（1999），龙泉明的《中国新诗流变论》（1999）、《中国新诗的现代性》（2005），蓝棣之的《现代诗的情感与形式》（2002），李怡的《中国现代新诗与古典诗歌传统》（1994），陈旭光的《中西诗学的会通——20世纪中国现代主义诗学研究》（2002），不同程度地论述了袁可嘉的戏剧化诗学观念，兼及卞之琳、穆旦诗歌文本的戏剧化手法，诸如戏剧化角色、戏剧性场景。蓝棣之在专著中还指出了新月诗人的戏剧化手法与维多利亚诗风的关系。这些论述逐渐成为关于现代时期新诗"戏剧化"的基本认识，专著之间的相关观点具有延续性、承继性关系。诗派研究专著方面，游友基的《九叶诗派研究》（1997），蒋登科的《九叶诗派的合璧艺术》（2002）、《九叶诗人论稿》（2006），马永波的《九叶诗派与西方现代主义》（2010），都论及了九叶诗人的"戏剧化"。还有个体诗人诗艺解读专著，如香港张曼仪的《卞之琳著译研究》（1989），江弱水的《卞之琳诗艺研究》（2000），对卞之琳复杂细腻的戏剧化角色和人称作了专业阐释，后者展开得更为全面而深入。此外，王毅结合徐志摩、闻一多个别诗篇提出新诗

---

[1] 龙泉明、邹建军：《现代诗学》，湖南人民出版社2000年版，第63页。

中"戏剧独白"形式的发展问题①;刘燕则论析了艾略特对穆旦戏剧性场景和戏剧化角色的影响②。

在另一些研究当中,学者对所涉及的现代时期的"戏剧化"内涵作了更个人化的理解。如臧棣论述袁可嘉"现代化"诗学时,就发现了其背后的英美新批评中的"戏剧性"和综合矛盾、冲突的"包含性"的逻辑关系③;蓝棣之也论及袁可嘉"戏剧化"诗学的具体西方来源④。对于袁可嘉的理论背景,一直专攻新批评诗学的学者赵毅衡,认为新批评的"戏剧化"意指将抒情文学"看作一出戏,里面包含着戏剧结构"⑤。也有大胆质疑的,青年学者张松建在《现代诗的再出发——中国四十年代现代主义诗潮新探》中就提出,袁可嘉"戏剧主义"诗学具有夹生性,未能"语境化"⑥,这的确是至今仍须面对又颇难辨析的疑障。较为特殊的是刘方喜一文,他认为九叶诗人的"戏剧化"、新月诗人的"声情化"和现代派的"意象化",合成了现代诗歌史上针对白话诗本体特质的三种"功能性"建构⑦。他的古典诗学背景决定其对"声情"的重视,对"戏剧化"的阐释有个人建构意图。另外,陈卫从朗诵、表演层面上的"戏剧化"讨论闻一多诗歌的节奏⑧,属于舞台表现的"戏剧化"观照。

相对有关现代时期新诗"戏剧化"的研究局面,当代诗歌中的"戏剧化"论说较少得到非诗人型研究者关注。90年代诗歌出现了不同于以往"意象""象征"等诗学概念的新知识谱系,如热议许久的"叙事性"。杨匡汉甚至提出,这一阶段"诗学明显走在小说学、散文学的前面,并给予后者影响性的启迪"⑨。程光炜以系列文章阐释了诗人的"知识型构",

---

① 王毅:《论新诗戏剧化》,《武汉大学学报》1996年第4期。
② 刘燕:《穆旦诗歌中的"T. S. 艾略特传统"》,《外国文学评论》2003年第2期。
③ 臧棣:《袁可嘉:40年代中国诗歌批评的一次现代主义总结》,《诗探索》1994年第2期。
④ 蓝棣之:《九叶派诗歌批评理论探源》,《作家》2001年第1期。
⑤ 赵毅衡:《重访新批评》,百花文艺出版社2009年版,第62页。
⑥ 张松建:《现代诗的再出发——中国四十年代现代主义诗潮新探》,北京大学出版社2009年版,第187页。
⑦ 刘方喜:《"戏剧化""意象化"与"声情化"——中国新诗音节理论的历史重构》,《北方论丛》2007年第1期。
⑧ 陈卫:《论闻一多诗歌的戏剧化》,《东方丛刊》1998年第2期。
⑨ 杨匡汉:《多种途径和选择的可能性——〈九十年代文学观察〉丛书总序》,转引自刘士杰《走向边缘的诗神·总序》,山西教育出版社1999年版,第8—9页。

并提出"1990年代诗歌"①这一批评概念。除了诗人自身对个人"戏剧化"诗观的敞明，几位长期跟踪先锋诗歌的评论家对诗人们的戏剧化写作特征稍有论及。如程光炜在其主编的诗选集《岁月的遗照》序言中，概述了翟永明的"戏剧性"追求；陈超在《西川诗歌论》《翟永明诗歌论》②中分别点明了两人与叶芝相类的"面具"写作意识；唐晓渡的《谁是翟永明》提及了翟永明不同于英美新批评定义的"戏剧化"特征③。此外，余旸（余祖政）、颜炼军也先后提到了张枣个性化的"面具"意识④。周瓒则概要性地提出，臧棣、翟永明、西川、陈东东、钟鸣、张枣等人的戏剧化实践构成了"新诗中的戏剧性"⑤。再有，王昌忠在出版的博士论文中亦涉及了90年代诗歌中的"综合性"和"戏剧化手法"⑥。此外，奚密对于坚的《0档案》被编成戏剧上演做过文本异同分析⑦，和其他"戏剧化"论说指涉关系不大。

要专门提及的是，张桃洲在《现代汉语的诗性空间》一书中，专节提出了20世纪40年代和90年代诗歌"戏剧化"的对应性，为打通现、当代诗歌研究隔膜提供了新的思路和范式。另外，香港的梁秉钧，台湾的余光中、张汉良和叶维廉，亦分别在单篇文章中探讨穆旦、痖弦、卞之琳等具体诗人的"戏剧化"构思⑧，他们的研究话语及论述风格亦具有借鉴

---

① 主要见于如下著作：程光炜《九十年代诗歌：另一意义的命名》，《山花》1997年第3期；《九十年代诗歌：叙事策略及其他》，《大家》1997年第3期；《不知所终的旅行——序〈岁月的遗照〉》，《程光炜诗歌时评》，河南大学出版社2002年版，第55页。
② 陈超：《中国先锋诗歌论》，人民文学出版社2007年版，第232、304页。
③ 唐晓渡：《谁是翟永明》，《当代作家评论》2005年第6期。
④ 余祖政：《张枣诗歌论："传统"建构及其体制化》，硕士学位论文，北京大学2006年；颜炼军：《诗歌的好故事……——张枣论》，《文艺争鸣》2014年第1期。
⑤ 周瓒：《观察者朱朱的分身术》，《诗林》2006年第1期。
⑥ 王昌忠：《扩散的综合性——20世纪90年代诗歌写作研究》，人民出版社2010年版，第169—171页。
⑦ 奚密：《诗与戏剧的互动：于坚〈0档案〉的探微》，《诗探索》1998年第3期。
⑧ 分别参见梁秉钧《穆旦与现代的"我"》，载《一个民族已经起来——怀念诗人翻译家穆旦》，江苏人民出版社1987年版；余光中《诗话痖弦》、张汉良《导读痖弦的〈坤伶〉和〈一般之歌〉》、叶维廉《对存在的开放和对语言的再创造——痖弦诗歌艺术论》，载萧萧编《诗儒的创造：痖弦诗作评论集》，台北文史哲出版社1994年版；叶维廉《语言的策略与历史的关联——五四到现代文学前夕》，《中国诗学》，生活·读书·新知三联书店1992年版。

与参照意义。

三 问题逻辑

要尝试整体性地进入各种新诗"戏剧化"论说,需跳开袁可嘉"新诗戏剧化"的框架,这样才能考察新诗各个阶段关于"戏剧化""戏剧性"的话语指涉,辨析历时性差异和关联,区分不同阶段的戏剧化诗学语境及创作机制。关涉新月、九叶诗人戏剧化的指称和史料毋庸置疑,需要注明的是"1990年代"。本书将当代时期"戏剧化"探索限定在"1990年代"或"1990年代以来",一方面是因为"1990年代诗歌"多年作为新诗研究专题,产生了许多博士学位论文,早成专有名词,虽然其中的"戏剧化""戏剧性"未被集中论述,但梳理后可发现,当代的"戏剧化"诗观及写作自觉主要在20世纪90年代诗人当中;另一方面,这些诗人如西川、欧阳江河、萧开愚,在新世纪还继续推出"戏剧性""戏剧化"文本。纵观各种资料,新诗"戏剧化"理论除了见于袁可嘉的几篇文章,大多时候只是隐现于新诗不同时期的诗人、诗家的概括性主张或写作经验论当中,诗人的理论之间也未言明直接的承继关系,这种发展性、差异性特征,决定了"戏剧化"概念不具有给定的专门内涵。

从中国文学内部看,新诗阶段出现了非常特殊的"戏剧化"一说,站在抒情传统背景上论,这一现象如何观照?从中西横向影响上看,经过臧棣、蓝棣之等学者的梳理,袁可嘉与新批评"戏剧主义"的关系、新月诗人和维多利亚诗人的关系逐渐呈现出来,但中西之间的影响途径、诗学侧重点、借鉴的实际价值及可能存在的问题,还可进一步具体辨析。尤其是袁可嘉较为驳杂的"戏剧化"理论,涉及瑞恰兹、艾略特、勃克、布鲁克斯、燕卜荪等"英美新批评"理论不同阶段的学者,袁可嘉从他们那儿吸收的"戏剧化"观到底有何区别?在纵向关系方面,各个阶段戏剧化实践的区别与联系值得加以厘清。《在北大课堂读诗》一书收录的关于"1990年代诗歌关键词"的讨论中便提出:20世纪90年代后期谈到的诗学很接近袁可嘉的戏剧主义观念,但不清楚两代之间"哪些东西是相同的,哪些东西是不同的"[①]。诸个层面值得试探究竟。

由于关涉诗歌和戏剧性的交集,围绕个别诗人"戏剧化"写作个性

---

① 参见洪子诚主编《在北大课堂读诗》,长江文艺出版社2002年版,第398页。

或诗观的讨论也容易产生分歧或追问。如江弱水作为卞之琳研究的集大成者，认为新月师辈文本中的矛盾性、戏剧性在卞之琳那里更加"全面深入"①；但陈旭光感觉，卞之琳的"戏剧化"是"颇为可疑"的，因为"矛盾冲突性似乎不够"②。冷霜则提出，"在'意境'和主要从艾略特那里得来的'戏剧化'技巧（它与袁可嘉40年代主要从肯尼斯·勃克那里借来的'戏剧主义'诗学是需要区分开的两个概念）这两个相当不同的范畴之间，卞之琳将之牵连起来的交叉点在哪里？"③ 这些存疑或可展开讨论。

更普遍的问题在于一些概念混淆。有学者将袁可嘉的"戏剧化"论说等同于倡导"叙事诗"，称20世纪40年代的新诗戏剧化论说"为当时的中国现代叙事诗理论建设及批评实践，提供了新的思想活力及启迪"，开启了80年代呼唤史诗的先河。④ 实际上，叙事诗重在故事、人物和主题，和袁可嘉所述关联微末。有研究者还完全照搬袁可嘉"客观对应物"层面的"戏剧化"理论，去对号入座地阐释所有现代派意象诗都是"戏剧化"⑤。可见，一旦机械刻板地照搬袁可嘉驳杂的"戏剧化"说，必然造成理解上的混乱。

在笔者看来，结合所有新诗史上的"戏剧化"论说，它们具有内在的共同指向，即都是突破习常抒情诗的特点或规约，化用戏剧美学理念或戏剧精神、戏剧形态元素，丰富和扩展非叙事类新诗的可能。综合几个阶段不同诗人的诗学观念及文本形态，我们可以区分，新诗"戏剧化"在整体层面上包含着诗人融合戏剧文类的"角色表演""冲突性""在场情境"几个文类因素，突破抒情诗的"诗人自我""单纯抒情""意象化"

---

① 江弱水：《卞之琳诗艺研究》，安徽教育出版社2001年版，第271页。

② 陈旭光：《中西诗学的会通——二十世纪中国现代主义诗学研究》，北京大学出版社2002年版，第109页。

③ 冷霜：《重识卞之琳的"化古"观念》，《江汉大学学报》2007年第6期。

④ 王荣：《论"新月诗派"的现代叙事诗创作及其理论批评》，《文学评论》2008年第2期。

⑤ 该研究认为，陈江帆的《灯》《深巷》《南方的街》，徐迟的《轻的季节》，戴望舒的《乐园鸟》《断指》，何其芳的《夜景（二）》《罗衫》，等等，都是戏剧化尝试的优秀之作。（见高蔚《戏剧化：不同张力和谐作用的模式——中国纯诗间离生命经验的操作策略》，《青岛大学师范学院学报》2008年第1期。）

等常态,这是新诗发展中戏剧化探索的主要三层形态内涵。

本书这种概括基于不同阶段具体诗人的"戏剧化"诗观及相关文本依据。例如卞之琳对"非个人化"的追求,穆旦对"戏剧独白"的关注,张枣的"面具"创作动机自述,朱朱的"他者"情结自述,都体现了诗人化身戏剧"角色"的主体戏剧化意识。而袁可嘉"戏剧化"理论最核心最有效,且接通当代诗人诗学的,是他倡导新诗融合各种复杂甚至相反的情绪,达到充满矛盾、冲突的"戏剧意味",关注到反讽、悖论等现代修辞①;在当代,西川提出诗人要面向"生活的矛盾",诗歌要向包括"经验、矛盾、悖论、噩梦"的世界敞开②,姜涛概括诗歌"由线性的美学趣味到对异质经验的包容"③ 的"综合"品质,张曙光从叶芝诗歌中悟出"往往是由矛盾的因素构成"④,共同说明了现代汉语诗人对"冲突性"特质的重视。至于戏剧化手法,在卞之琳、孙文波、韩博等人的写作经验论述中亦有体现。从三层内涵来看,新诗"戏剧化"实为"化戏剧",即诗人分别融合了戏剧的角色、矛盾、场景等美学理念或形态元素,从而区别于一般诗歌的"自我"直接出面、单纯情思表达以及纯粹的意象空间思维等典型范式。

整体考察不能脱离历时辨析。为什么"戏剧化"诗学观念或写作策略集中性地出现在新月诗人、九叶诗人和当代90年代以来的诗人这儿,各阶段对"戏剧化"探索的差异何在?寻踪一下,这三个时段诗人对语境的介入、对西方诗的相对谙熟、对形式的重视较一致,但"戏剧化"三层内涵侧重点及表现形态在三个阶段不一。第一阶段的闻一多、徐志摩、卞之琳更注重言说主体的戏剧化和表现手法的戏剧化,体式探索自觉占据主导因素;第二阶段的穆旦、杜运燮等开始具有明显的冲突性经验情思和戏剧性修辞写作意识,同时也实践角色面具写作;到第三阶段,90年代以来诗人们的个体戏剧化观则涉及了三层内涵。

由此可以认为,从发生机制看,新诗"戏剧化"和"小说诗化""小

---

① 袁可嘉:《诗境的扩展与结晶》,《论新诗现代化》,生活·读书·新知三联书店1988年版,第131页。

② 西川:《〈大意如此〉自序》,湖南文艺出版社1997年版,第2页。

③ 姜涛:《叙述中的当代诗歌》,《诗探索》1998年第2期。

④ 张曙光:《写作:意识与方法——关于九十年代诗歌的对话》,载孙文波等编《语言:形式的命名》,人民文学出版社1999年版,第391页。

说戏剧化"相似，属于一种文类借鉴、文类融合的审美创作现象。关于"小说诗化"，方锡德、解志熙、赵园、杨联芬等学者从现代小说与文学传统的渊源、小说与诗的融合等方面进行了研究，普遍认为沈从文、萧红、汪曾祺、废名等人的创作包含了"小说向诗的倾斜"，开创了不同于传统小说的形态①。常态小说的突出特征是鲜明的故事情节、明晰的活动环境、典型的人物性格，但"诗化"的小说则融合了诗的意象、意境、语言句式甚至韵律感，表现出"语言的诗化与结构的散文化，小说艺术思维的意念化与抽象化，以及意象性抒情，象征性意境营造等诸种形式特征"②。同样，一些研究者关于"小说戏剧化"的阐释也从文类融合的层面进行，认为"小说戏剧化"包括"戏剧理论对小说美学的影响，小说文本的戏剧性结构，人物、叙事者和读者之间的戏剧性关系，小说家对戏剧的创作技巧的借鉴"③等等。"小说戏剧化"的著名实践者是英国现代小说家詹姆斯，他的戏剧化小说区别于一般的"叙述型"小说，以戏剧性场景的现场感和直观性，再现出"未经重新安排的生活"，让人物的一举一动呈现在读者面前，使读者感受到"正在接触着真实"④，从而实现他所追求的栩栩如生的真实传达效果。以这两者为参照，"诗歌戏剧化"也属于文类融合现象。

当然，虽同为文类融合现象，新诗"戏剧化"却不同于"小说诗化"。"小说诗化"最终的归依是"诗意"，小说家以此实现自然、自由心灵的率性表达，小说文本往往笼罩在诗性的情绪氛围之中，从而疏离了一般小说的"情节""冲突"等鲜明要素。而现代汉语诗人的"戏剧化"，并非导向"戏剧"的激烈事件冲突，或在一个一定长度的动作过程中展现人物的命运，而是以"戏剧化"理念或因子扩容诗的表现空间和语言生成，目的仍是留在"诗"的园地，存有抒情性、主体性、想象性及语言的非陈述性等新诗的内在文类特征。从三层内涵来看，戏剧的角色、矛

---

① 分别见于如下著作：方锡德《中国现代小说与文学传统》，北京大学出版社1992年版；杨联芬《中国现代小说的抒情倾向》，北京师范大学出版社1996年版；解志熙《新的审美感知与艺术表现方式》，《河南大学学报》1986年第5期。

② 吴晓东、倪文尖、罗岗：《现代小说研究的诗学视域》，《中国现代文学研究丛刊》1999年第1期。

③ 方守金：《试论小说的戏剧化及其限制和超越》，《文艺理论研究》1992年第5期。

④ [美]亨利·詹姆斯：《小说的艺术》，朱雯等译，上海译文出版社2001年版，第13页。

盾、场景等美学理念与要素只是帮助诗歌丰富、拓展文类表现范围和表现深度的策略、理念或途径。

因此，不能把新诗"戏剧化"理解为"诗剧"或者说把诗歌写成戏剧和叙事诗。严格地说，诗剧是以诗体对话写成的戏剧文本，它具有戏剧的情节冲突、故事结构、角色性格、舞台动作等完整的戏剧文类因素，因而成为独立并获得普遍"符码"认同的文学体裁。如郭沫若的《湘累》《孤竹君之二子》，海子的《太阳·七部诗》，皆以神话、历史中的角色或人物之间的矛盾故事为结构，展示了一定的外部冲突，具有动态发展的情节结构和隐含的戏剧性高潮等戏剧因素。而卞之琳、穆旦、陈东东等现代汉语诗人的"戏剧化"文本没有纯粹的外部动作或者显性的冲突性情节结构等特征，如穆旦的《神魔之争》，绝非一般意义的诗剧，而是诗人借助角色对白，传达自己对存在世界的思考，而且角色对白都是诗性隐喻。因此，新诗"戏剧化"不同于西方固有的"戏剧诗"[①]概念，探索者着意的仍是"诗"的抒发性和诗语言的多义特质。另外，"戏剧化"也不等于叙事诗中的"戏剧性"，叙事诗"围绕人的性格冲突及其命运的成长经历与'故事'，以揭示人物关系并拓展叙事空间"[②]，"戏剧化"则不指向故事。

"新诗戏剧化"也不同于"小说戏剧化"。戏剧对非叙事诗歌的融合、渗透不同于它对小说、史诗等叙事文类的渗透。小说、史诗和戏剧都包括鲜明的情节因素，因而互相之间具有自然的亲和关系。在小说、史诗等叙事文类中，场面描写、人物对话等戏剧化因素非常普遍，例如《荷马史诗》中两军对决的场景呈现。简单地说，把叙述主体抽离而去，让人物动作、语言直接呈现，小说就能实现"化戏剧"的"真实"效果。相比而言，新诗"戏剧化"侧重的是诗人由"自我"向其他"角色"生命意识的拓展、由单线情思向矛盾复杂经验的包容。至于"戏剧化场景"，诗人的本意也不像詹姆斯那样纯粹追求"戏剧化"的"真实"感，而是借助在场的效应达到"诗"的另一种意味，因此，诗人要成功地"化戏剧"，

---

① 西方通常的"戏剧诗"其实就是"戏剧"的代名词。由于西方古代文类都富有"韵律"，近代以前的西方诗学存在"泛诗"论倾向，所有的文学都可称为"诗"，艺术家被统称为"诗人"，叙事作品被称为"史诗"，戏剧被称为"戏剧诗"。这一提法在笔者显然不宜沿用。

② 王荣：《论"新月诗派"的现代叙事诗创作及其理论批评》，《文学评论》2008年第2期。

在呈现场景、对话因素的同时必须确保"诗"的言说方式，这就涉及一定的艺术难度和诗学抱负。

需注明的是，新诗发展当中的"戏剧化"和"散文化""小说化"存在交叉关系。由于一些"戏剧化"文本的自由表现手法或情节性因素，"戏剧化"有时又和"散文化"或"小说化"等提法并置一处①，不过三者之间仍有区别。根据前文可知，新诗"戏剧化"有自己的特定所指，而诗歌的"散文化"是相对"格律化"提出的，例如艾青把自己和戴望舒的文本，甚至所有无明显韵律特征的新诗都称为"散文化"②。另外，诗歌的"小说化"更倾向于指诗歌文本中隐含着情境、人物等事件性细节因素，但"戏剧化"不仅包含这一层面的意义，还指向"角色化""冲突性""在场性"或"呈现性"等艺术传达追求。

四 章节观点

本书的写作思路，首先在"戏剧化"诗学背景、渊源上加以辨析。笔者借鉴海外学者刘禾的"跨语际实践"研究视域及方法，系统考察新诗"戏剧化"诗学的发生和发展的过程。不同于古典诗歌中的程式化、类同化代拟体或叙事片段中自然产生的戏剧性，新诗"戏剧化"主张或策略集中出现的几个阶段都是诗人们自觉丰富、发展抒情诗的探索时期，多数人都有接受异域诗学或文本形态影响的源头，具备刘禾所归纳的"跨语际实践"的特征。袁可嘉对英美新批评理论的借重，穆旦对艾略特戏剧化手法的吸收，闻一多、徐志摩对维多利亚时期诗人的借鉴，卞之琳对艾略特及新月前辈诗艺的化用，以及当代诗人对艾略特、叶芝、里尔克的熟悉和喜爱，都显示了"戏剧化"在新诗中被倡导、被认同，离不开异域诗学传统的启发。一如中国"意象"传统成了远游英美的诗神，他人的"戏剧"话语也吸收进本土的现代诗歌。

从跨语际探源，本书第一章力求通过各种零散的资料耙梳异域诗歌近现代"戏剧化"诗学的线索，分别涉及赫兹利特、勃朗宁、艾略特以及其他新批评学者的各种"戏剧化"论，对原语言戏剧化诗学中的"非个人化"和"对立冲突"两大内涵的发展进行溯源；在此基础上，回返本

---

① 卞之琳、闻一多在提及"戏剧化"时都将之与"小说化"并置。
② 艾青：《艾青论创作》，上海文艺出版社1985年版，第363页。

土诗人对于异域"戏剧化"诗学及文本的接受、创化情况,阶段性地考察本土诗人对异域诗学译介、接受中的直译、转述、筛选及信息误读情况。其中,重点分析袁可嘉和英美新批评的"戏剧化"话语的对应性及错置情况,指出袁可嘉借鉴艾略特"客观对应物"提出的"戏剧化"概念和本土意象"象征"概念重复的尴尬,并剥离了袁可嘉所借鉴的勃克"行为动机"层面的戏剧化意义和布鲁克斯过于泛化的"戏剧化结构"概念,最终集中到矛盾异质冲突经验和戏剧性修辞这一有效内涵上。本书认为,正是在这个层面,袁可嘉的戏剧化诗观和1990年代以来的戏剧性部分内涵具有一定对应性。

第二章 按照戏剧化写作实践的阶段性线索,梳理较显性的新诗三个时段的"戏剧化"写作的具体阶段特质及表现形态。整体上看,除了西方诗学、文本的影响,戏剧化写作的生成机制还在于新诗介入现实语境的功能拓展,诗派同人的互相促进,以及新诗形式手法创新需要。本章纵向梳理新诗戏剧化写作,对20世纪20年代、40年代和90年代以来"戏剧化"探索的发生机制、观念形态分别进行较为详细的论述和辨析。注重挖掘新月诗人体式意识的生成自觉以及他们对维多利亚诗风的接受途径和接受成分;分析燕卜荪带来的西方现代主义诗歌的"戏剧化"异质性,及它们对九叶诗人审美范式转换产生的影响;考察90年代以来"跨文体""介入性""叙事性"等话语语境,阐释"戏剧化"已充分内化到本土诗人独创化的诗歌想象力、创造力和艺术难度追求中。

下面三章并列论述,从文类融合的宏观层面观照新诗"戏剧化"写作中的诗学机制和诗性效应,把新诗"戏剧化"写作分为主体戏剧化、诗思戏剧性、戏剧化手法三个层面。具体内容观点如下:

第三章 写作主体戏剧化,即化用戏剧的面具、角色效应。除了常态抒情,诗人们会因适应语境或调整艺术的需要,在一些诗中将自我隐藏、遮蔽起来,戴着面具抒情,或对更广大的他者生命意识进行想象。如闻一多、卞之琳、穆旦、杜运燮、张枣、翟永明、西川、陈东东、朱朱等不同时期的诗人,在部分文本中像剧作者那样将自身人格、形象间离起来,虚构他者角色的言说。主体的戏剧化是诗人主动控制的结果,借助角色的间离效果,这些诗人在这类文本中似乎无意向读者端出一个直接的自我,也不急于袒露他的个性气质,而是要成为文本后面的一个隐遁者,某种程度上属于一种"非个性化"写作。主体的戏剧化带来了抒情形象的隐藏或丰富，声音变得摇曳多姿、深隐复杂。在"他即我"与"'我'非我"的两类言说中，诗人或以戏剧化角色间接表露诗人内在的情感、意绪和哲思，或者纯粹深入他人意识，辐射自我之外的生命经验和存在状态。

第四章　冲突异质经验戏剧性修辞。一般诗歌倾注集中的某种情绪、闪念或感悟，再正面地或隐或显传达出来。但一些诗人以智慧把握内外世界的冲突，在非叙事诗中或书写隐性对立冲突的力量与情境，或表现几种相互矛盾的经验，或传递自我完全相反的情感态度，或抒发对文明、人性等事物纠结的矛盾智思，或发挥反讽、悖论、戏谑修辞，文本具有内在戏剧性。如穆旦、西川、萧开愚、欧阳江河等诗中具有矛盾异质的情思或情境，具有戏剧文类的"冲突性"意味。这类文本超离诗歌的一般形态，对读者构成挑战。本章还通过文本细读阐释了一些现代诗歌中的情境所隐含的冲突意味，论述了假叙述情境在符合诗歌语言规定性前提下呈现尖锐的存在矛盾的可能性。对于当代诗歌中不少表浅化、庸常化的日常生活经验写实，本章亦作了评价，提出洛夫所倡导的"戏剧化"的可行性，即诗人将生活经验进行情境化，不失为提升写作深度和艺术难度的一条途径。另外，对反讽这一戏剧性诗思的助动器也作了阐析，提出后现代主义式的无精神主旨的戏谑、颠覆不是严格意义上的诗歌反讽，并对40年代和90年代诗歌中反讽的呈现形式和艺术质素的变化作了区分和辨析。

第五章　戏剧化场景对诗思推进和语言生成的功能。片断性戏剧独白、对白，或者辅以些微隐含的具体人物关系、动作的场景，既有现在时、进行时的直观美学效应，场景中的对话和动作又能推动诗思，同时场景本身的暗示性、时空错置性、灵活转换性或超现实隐喻性，达到了"诗"的效应。本章还结合近年新诗研究中对"白话""口语"的质疑声音，分别以新月诗人、卞之琳和90年代诗人为例，讨论了戏剧化写作中的独白、对话或旁白等口语表述的诗性可能，总结出现代汉语诗人分别以格律化、意境化和变形语义编码这三条途径，实现口语与诗语的平衡。

结语表达了最后观点："戏剧化"没有走向戏剧而背离"诗"本身，而是以特殊的途径、思维达到了"诗"的另一些层面，诗的抒情性、诗的主体内在精神、诗的丰富想象质素、诗的特殊语言方式，在"戏剧化"的过程中没有丢失。因此，它们是诗性旁逸斜出的姿态。但是，戏剧化不能本质化，新诗中其他许多优秀诗篇和戏剧化毫无关系。但当下不少诗歌习作者以为找到了救命草，罗列生活场景，逃避诗的发明意义和发明想象要求，需警惕这种审美流弊。

　　附录中，以史实与文本比较为依据，提出布莱克的"自我分化"思想对穆旦的深刻影响，论证穆旦的戏剧化写作与这种形而上的自我分裂意识密切相关，并对张枣系列文本的戏剧化技艺作了微观阐析。

　　在研究方法层面，论述范围决定了研究的交叉性质，需要在中西之间、诗歌与戏剧文类术语之间、文学史与文艺美学之间进行转换，其中也夹有影响研究、比较研究的成分。但在总方向上，笔者由于自身专业的规定和局限，淡化了比较研究和诗学研究的比重，本书重点放在新诗发展中的具体问题上，也突出了文本阐释的的分量。需说明的是，因为行文措辞变化的需要，本书在"新诗""现代诗"与"现代汉诗"之间，在"现代诗人"与"现代汉语诗人"之间，都保持了互相置换的关系，这种置换参考了当前研究中上述称谓的可通约性。

第一章

跨语际实践：中西诗学交汇中的"戏剧化"论说

"戏剧化"对中国诗无疑是一种异质的东西，首先得深入中西文学传统辨源。中国古典文学中的直觉化、意象化、天人和谐等特质，彰显了东方文化的诗意；在另一类民族，逻辑化、分析式、对立性的思维特征，孕生出宏阔、激荡的史诗（叙事文学）、戏剧艺术。而各自的古代文学传统，又促生着不同的文类秩序。在中国，是（抒情）诗为正宗，"词为诗余，曲为词余"，西方则以史诗与悲剧担纲，抒情诗居于边缘。当然，随着文明的演进，中西文类秩序也发生了改变，中国的传奇、小说、戏曲等文学样式后来者居上，抒情诗腾挪出了中心地位，而西方则在近代狂飙运动中涌现了抒情诗的热潮。到了现代，日益深化的文化交流大大丰富了文学的"世界性"因素，中西文类秩序也走向趋同，诗歌层面呈合流对话之势。

在新诗发展史上，闻一多、袁可嘉、卞之琳、穆旦、张枣、西川这些优秀诗人诗家的确表达了"戏剧化""戏剧性"主张或实践。这一现象的发生，只能在现代时间，在中国文学和世界文学的交互中，也即"跨语际实践"当中。刘禾提出"跨语际实践"观点，意在考察20世纪中西交互过程中新的名词、意义、话语，以及新的表述模式在中国本土语言（即"主方语言"）中兴起、流通并获得合法性的过程。她认为，"中国现代史的研究必须考虑到跨语际实践的历史"[①]，在她看来，中国文体从古代的文史哲不分家到现代的小说、诗歌、戏剧和散文四分法的"纯文学"过程，实际上是汉语向西方语言翻译、选择新名词并最终获得合法性运用

---

① 刘禾：《跨语际实践：文学，民族文化与被译介的现代性（中国，1900—1937）》，宋伟杰等译，生活·读书·新知三联书店2002年版，第36—38页。

的过程。"跨语际实践"的研究可以深入主客两方语言的等值问题，刘禾不仅从这一层面观照了"国民性""个人主义"等西方语言在中国现代化过程中的翻译、理解、接受问题，还探究出老舍小说的"自由间接引语"这一"语际表述模式"在中国文学中的特殊意义。用"跨语际实践"的概念和视角来观照，新诗中的"戏剧化"话语包含了西方戏剧诗学传统的影响，尤其是现代时期的诗人，他们的"戏剧化"主张或个体创作与西方近现代诗学、诗歌文本有密切关系。

第一节 新诗"戏剧化"论说的中西视域

就中西诗学传统而言，中国古典诗学话语立足于抒情诗绚丽发展的历史，以"兴""意境""神韵"等范畴为核心，在"感兴""寄兴""兴于诗"等简片式论述中贯穿起一条关乎诗歌发生、传达、接受的抒情美学线索，"情""景""意""象""声"成为阐述诗歌的核心话语。即便后起的中国戏曲理论，仍是以"音律""声韵""即景生情"[①]等为理论，着意于戏曲的抒情写意性和诗化特征，凸显出中国"抒情"美学的强大传统。

以中国古典诗学传统背景观照，西方诗学则以"戏剧"诗学为主导，"戏剧"美学概念涵盖到其他艺术批评领域。在异域，希腊悲喜剧、莎士比亚诗剧既代表了各自所属时代的最高文学成就，且被后世尊为世界文学的成熟典范。尤其是莎士比亚，把"偶然"作为自己"多部戏剧的重要甚至唯一的线索"，挖掘和表现人性各个层面各个角度的"丰富和复杂"，展开人类世界"无休无止的、循环往复的"各种矛盾斗争[②]，使戏剧艺术格外耀眼，乃至今人都叹服莎士比亚"独特的伟大在于对人物和个性及其变化多端的表现能力"[③]。黑格尔在并列论述戏剧（诗）、史诗（叙事诗）、抒情诗时，将戏剧作为艺术的"最高阶段"[④]。戏剧文学的这种强劲

[①] 李渔：《闲情偶寄》，《中国古典戏曲论著集成》（七），中国戏剧出版社1959年版，第27、31、32页。

[②] 傅光明：《天地一莎翁——莎士比亚的戏剧世界》，天津人民出版社2018年版，第522页。

[③] [美] 哈罗德·布鲁姆：《西方正典》，江宁康译，译林出版社2005年版，第46页。

[④] [德] 黑格尔：《美学》（第三卷下册），商务印书馆1979年版，第240页。

力量，铸就了以"戏剧"说为中心的西方文论传统。正如厄尔·迈纳所说，"西方诗学是亚里士多德根据戏剧定义文学而建立起来的"①。一本厚厚的《西洋文学批评史》②，印证了西方戏剧美学的源远流长，"摹仿"说、"行动"说以及"角色""冲突""情境""结构"等戏剧要素，均从戏剧美学批评延伸到小说（史诗）等其他文类理论话语中。

更有意味的是，西方在近、现代以来的抒情诗这一非叙事文类中，融进了戏剧美学中的"面具化""客观化""对立冲突""情境性"等审美原则。英美文学中的"抒情诗"原指一种称为"lylic"③的乐器伴唱艺术，后来"抒情诗"概念逐渐发展，可以指称所有表达诗人内心灵魂的诗歌，如颂歌、哀歌、情歌、田园诗、山水诗、讽刺诗、咏史诗等。但近代以来，维多利亚时期的诗人勃朗宁、现代主义时期的艾略特以及其他英美新批评学者，都程度不同地论及诗歌"戏剧化"。到 20 世纪，中西文学碰撞，产生系列文学交往，中国意象之"神"远游到了美国，启发了美国"意象诗派"的美学主张，而西方现代文类话语也被吸收进中国现代诗歌话语中来，"戏剧""戏剧性""戏剧化"就是一例。

一 古代诗歌中的戏剧化因子

"戏剧"类词在中国古代的运用，除了仅在极少文人墨客小范围中称呼外④，在古籍中一般分"戏"和"剧"来论说，如"戏谑""戏曲""杂剧"，其中"谑""曲""杂"分别代表了中国文人关于这一艺术形态的基本认识。直至晚清，中国戏曲艺术逐渐成熟，促生了一套独立的批评话语。不过，真正接通西方戏剧诗学的，还是王国维的《宋元戏曲考》。他将中国戏曲纳入西方的"纯文学"层面，提升了它的文学地位，并强化了它"代言体"⑤的特征。与此同时，西方话剧形态也被国人接受和认

---

① ［美］厄尔·迈纳：《比较诗学》，中央编译出版社 1998 年版，第 7 页。
② ［美］卫姆塞特、布鲁克斯：《西洋文学批评史》，颜元叔译，台北志文出版社 1982 年版。
③ 一种七弦琴伴唱的歌。
④ 如胡应麟《庄岳委谈》言"异时俗尚悬殊，戏剧一变"，在文人中尚属较早采用"戏剧"说法。参见赵山林《中国戏剧观念的演变历程》，《艺术百家》1996 年第 4 期。
⑤ 王国维：《宋元戏曲考》，《静安文集续编》，上海古籍书店 1983 年版，第 50 页。

同,一些先驱者探讨了"剧的观念"①,并诱发了建设"国剧"的潮流。至此,"戏剧"核心诗学话语登上了中国新文学的正殿。

翻开中国历代诗话,"诗言志""情动于中而形于言""诗缘情而绮靡"之说连绵不绝,恪守诗主情韵这一本体特质。文类话语中的"叙事""戏剧"二词,是很难入古代诗家之眼的。如叙事这一质素就遭诗家抵触,陆时雍称"叙事议论,绝非诗家所需,以叙事则伤体,议论则费词也"②,白居易的长韵叙事,亦被贬为"格调不高,局于浅切"③。至于戏剧(戏曲)一词,在中国很晚才亮相,更不可能进入诗歌批评话语。

不过,根据抒情、叙事、戏剧三大现代文类的概念内涵来看,中国古典诗歌并非纯粹的抒情。据浦安迪对三大文类的区分,叙事类文学由叙述者担纲,"侧重表现时间流中的人生经验",或者说"侧重在时间流中展现人生的履历";抒情诗则由诗人"直接描绘静态的人生本质,较少涉及时间演变的过程";戏剧文学"关注的是人生矛盾,通过场面冲突和角色诉怀"④。换言之,抒情诗是诗人直抒自我胸臆,戏剧则是角色(演员)通过对话、动作呈现冲突性情境中的人物形象和社会人生矛盾;抒情诗的核心是自我、情感,戏剧的本体要素则指角色、动作、情境、冲突。以这些实质来看,三大文类其实普遍地你中有我、互相交融。戏剧作品中常有角色的抒情和叙述,如古希腊悲剧歌队的演唱,《雷雨》中侍萍对自身命运的悲愤诉说。叙事文学中也不乏抒情,如郁达夫、沈从文小说中的田园乡土之歌。小说也可戏剧般地呈现,如鲁迅《示众》中的系列场景展现。抒情诗也同样融入叙事、戏剧的成分。《诗经》中和比、兴交织的"赋",就是叙事,《采薇》即为赋、比、兴完美交融的经典作品,乃至三百篇中许多都是"志(情)事并重"⑤。

---

① 余上沅在《论诗剧》中认为人类"爱好节奏与谐和的本能","发为诗歌和舞蹈……串成故事,叫它有充分的动作,有起承转合,于是成了戏剧","戏剧发端于抒情的节奏",见《余上沅戏剧论文集》,长江文艺出版社1986年版,第157页。

② 陆时雍:《诗镜总论》,转引自陈伯海主编《唐诗论评类编》(上),上海古籍出版社2015年版,第722页。

③ 魏泰:《临汉隐居诗话》,转引自陈伯海主编《唐诗论评类编》(上),上海古籍出版社2015年版,第724页。

④ [美]浦安迪:《中国叙事学》(浦安迪讲演),北京大学出版社1996年版,第6页。

⑤ 闻一多:《歌与诗》,《闻一多全集》第10卷,湖北人民出版社1993年版,第14页。

第一章　跨语际实践：中西诗学交汇中的"戏剧化"论说

具体到抒情诗的"戏剧化""戏剧性"，主要指角色代拟和场景的冲突性意味。先看第一层面。根据话语理论，诗歌写作也是一种言说，必然存在言说者的"声音"，而理解"谁在说话"，也是读者进入一首诗的首要途径。根据三大文类区分，抒情诗一般不着重外在完整的故事情节和人物形象，而是诗人作为言说主体出面，抒发自我内心感情，表达对自然、人生、历史的态度或关于宇宙存在的哲思，故而区别于"叙事诗"。既然抒情诗一般都是诗人独自对着自己或想象中不在场的某一个人发抒，当一首诗中的说话者并非诗人自我时，意味着诗人发挥了角色拟想的机制，在这个意义上，抒情主体具有"戏剧化"角色意味。

返回古典诗歌内部打捞，存在着不少"不是诗人本人声音"的文本。撇开《诗经》"雅"诗中的 5 篇女性口吻是否出自男性之手无从确认，后代文人拟古诗、代拟体诗的角色独白或角色对话很是常见。如屈原的《湘君》《湘夫人》《河伯》《山鬼》，代拟的是巫术仪式中的神，呈现楚地原始巫教礼俗。更多古代诗人拟乐府旧题，如李白《长干行》中的"妾发初覆额，折花门前剧。郎骑竹马来，绕床弄青梅"[1]，代拟女性口吻表现怀旧、相思之情。崔颢《长干曲》中的"君家何处住？妾住在横塘。停船暂借问，或恐是同乡"[2]，表现男女相识之境。从文本言说者和诗人之间的关系看，代言体当然不是诗人自身的语吻，它们需要诗人在写诗的时候"进行化妆，进行角色转换，从而进入抒情主体的环境和内心之中展开理解性的揣摩"[3]。另外，古代相当部分拟女性语吻诗歌寓托诗人政治抱负和失意人生。曹植的《七哀》《美女篇》，以女性盛年难嫁或无从依托喻自己的怀才不遇。《七哀》中以思妇自比，"君行逾十年，孤妾常独栖。君若清路尘，妾若浊水泥"[4]，深寄对兄长疏离自己的幽怨。张籍《节妇吟赠东平李司空师道》中的"知君用心如日月，事夫誓拟同生死"[5]，以女性对丈夫的节比拟诗人作为士大夫的忠，拒绝李师道拉拢自己藩镇割

---

[1] 李白：《长干行二首》（一），《全唐诗》第三册，中华书局 1999 年版，第 1697 页。

[2] 崔颢：《长干曲》，《全唐诗》第二册，中华书局 1999 年版，第 1330 页。

[3] 杨义：《李白代言体诗的心理机制》（一），《海南师范学院学报》2000 年第 1 期。

[4] 曹植《七哀》，《先秦魏晋南北朝诗》卷七，逯钦立辑校，中华书局 1983 年版，第 458 页。

[5] 张籍：《节妇·吟赠东平李司空师道》，《全唐诗》第六册，中华书局 1999 年版，第 4294 页。

据。还有另一些文人拟乐府诗代拟普通下层人民口吻表现生之艰难。这些代言体诗都是诗人"化妆"式的写作,具有戏剧化的因子。

至于古代诗歌中"冲突"意义上的戏剧性,主要呈现在叙事片段中,《氓》《东山》《孔雀东南飞》和杜甫"三吏"、"三别"等众所周知的长篇叙事诗中最为典型,通过人物的情感变化冲突或社会动荡中的对立关系冲突聚集戏剧性。体制短小的绝句律诗,难以形成显性的关系矛盾或情节突转,但一些边塞题材诗中常见瞬间的戏剧性紧张。如"和雪翻营一夜行,神旗冻定马无声。遥看火号连营赤,知是先锋已上城"①(王建《赠李愬仆射二首》其一)、"朔风吹雪透刀瘢,饮马长城窟更寒。半夜火来知有敌,一时齐保贺兰山"②(卢汝弼《和李秀才边庭四时怨四首》其四),严寒雪夜中荷戈执戟的戏剧性场景呼之欲出。比较而言,古代生活书写中的叙事性情境偶含戏剧性画面。如"远信入门先有泪,妻惊女哭问何如。寻常不省曾如此,应是江州司马书"③(元稹《得乐天书》),诗人拿着友人远信一进屋中就泪流满面,把妻儿吓坏了,这里连续几个激变情绪动作,构成一幅日常戏剧性画面。再如"残灯无焰影幢幢,此夕闻君谪九江。垂死病中惊坐起,暗风吹雨入寒窗"④(元稹《闻乐天授江州司马》),状写了苦境中病身的惊惧反应,抒发无常环境、命运对人的戏弄,也呈现了缩微戏剧性场景和情绪。

有意思的是,当代部分海外学者将"戏剧性"一词纳入许多古代诗歌文本鉴赏中。如林顺夫用"戏剧性张力"理论阐释姜夔的《浣溪沙·著酒行行满袂风》:该诗写诗人携甥儿出游,本应十分惬意,但因酸楚的情场旧事袭上心头,便弄得突然伤感起来,这里"愉快野游与情场酸楚"存在"两个相反经验之冲突的戏剧性张力"⑤。与此相似,叶维廉也认为王昌龄的《闺怨》中包含一位无忧无虑的少妇被眼前美景翠绿杨柳触动,猝不及防地涌起了愁情、空虚、不幸等忧伤心理,包含了"由幻象到惊

---

① 王建:《赠李愬仆射二首》(一),《全唐诗》第五册,中华书局1999年版,第3432页。
② 卢汝弼:《和李秀才边庭四时怨》(四),《全唐诗》第十册,中华书局1999年版,第7981页。
③ 元稹:《得乐天书》,《全唐诗》第六册,中华书局1999年版,第4599。
④ 元稹:《闻乐天授江州司马》,《全唐诗》第六册,中华书局1999年版,第4598页。
⑤ [美]林顺夫:《中国抒情传统的转变——姜夔及南宋词》,上海古籍出版社2005年版,第60页;周发祥《西方文论与中国文学》,江苏教育出版社1997年版,第171页。

觉"的张力①，属于布鲁克斯和沃伦所说的"情境反讽"，具有戏剧化意味②。这说明，西方的"戏剧"诗学传统着实强大，英美现代新批评诗学著作中普遍见"戏剧性"一词，势必影响海外华人学者的审美习惯和批评话语。当然，古代诗中这种伤感情绪波动的人物心理能否以"戏剧化"切入，读者可以有不同的判断。但在一个世纪的新诗当中，"戏剧化""戏剧性"不是研究者生出的术语，而是诗人、诗家自觉探究的文类主张或技艺策略。

二 新诗中自觉建构的"戏剧化"论说

本书所讨论的新诗发展阶段中的"戏剧化""戏剧性"，不是古诗中那种本然的文类交互情形，而是作为明确、自觉的诗学话语，传达诗家对新诗发展、个我诗学的主张和策略。事实上，具有叙事因子、戏剧化因子的新诗并不少。如周作人被胡适称为新诗第一首杰作的《小河》，农夫筑堰堵住水流而引发水稻和桑树的内心独白，既有叙事，也有对话，象征性地表达了五四时代"自由"前行这一情绪。艾青的《大堰河，我的保姆》，虽为抒情诗，却大量叙述了抒情自我的出生、成长路程，展现了大堰河勤劳、慈爱的日常场景。多多 70 年代作的《密周》，难能可贵地表现了特殊岁月中强韧生长的青春故事。至于《凤凰涅槃》类诗剧，冯至《吹箫人的故事》《蚕马》类现代叙事诗，其中的戏剧性自然不言而喻。而作为本书讨论对象的诗学主张或个人写作策略层面的"戏剧化""戏剧性"，是新诗某些发展时期，诗人诗家表达对新诗动向、新诗形式探索可能的一些话语实践。它们或折射中国新诗发展阶段中的历史诉求，或反映诗人对新诗写作功能、新诗审美形态的拓展心理，或传递诗人更复杂、幽微的现代审美趣味。

从"戏剧化"论说的提出时间看，闻一多最早在 1943 年提出了新诗发展方向的问题："在一个小说戏剧的时代，诗得尽量采取小说戏剧的态度，利用小说戏剧的技巧。"③闻一多最终形成的看法是：让诗歌向戏剧、

---

① 叶维廉：《叶维廉文集》（第一卷），安徽教育出版社 2002 年版，第 283 页。
② 叶维廉：《艾兹拉·庞德的〈神州集〉》（普林斯顿，1967 年，第 129—130 页），转引自周发祥《西方文论与中国文学》，江苏教育出版社 1997 年版，第 170 页。
③ 闻一多：《文学的历史动向》，《闻一多全集》第 10 卷，湖北人民出版社 1993 年版，第 20 页。

小说开放。他还发出了"要真正勇于'受',让我们的文学更彻底的向小说戏剧发展""诗要少像一点诗"① 这样的呼吁。在闻一多这段主张里,除了戏剧化,还有小说化,他把两者看成近义词,而新诗并没有也不可能吸收小说虚构故事的巨大能力,"小说化"没有像"戏剧化"更普遍地进入后来诗人的话语中。那么,闻一多的"戏剧化"主张到底指向什么呢?如何采取戏剧的态度、利用戏剧的哪些技巧?他没有作详尽的展开,闻一多1931年后不再有诗歌创作,他也没联系自己和新月同人20年代的文本予以阐明。但文中显示,闻一多是立足世界文学背景和新诗发展可能作出这一倡导的。他认为戏剧小说越来越占据主要位置,新诗应该借鉴小说戏剧技巧,因为诗的长处在于"具有无限度的弹性""变得出无穷的花样""装得进无限的内容"②。另外,依据闻一多当时面对社会斗争形势形成的积极文艺功利观,他提出"不像诗的诗",提出戏剧化,同时也是寄望新诗介入现实,表现时代的冲突,并能将诗的传达效果展现在民众面前。

对照一下20世纪90年代以来,部分诗人表达了和闻一多相似的新诗观。西川说,生活中"善与恶、美与丑、纯粹与污浊"处于"混生状态",为什么不能"将诗歌的叙事性、歌唱性、戏剧性熔于一炉?"诗歌应向"经验、矛盾、悖论、噩梦"的世界敞开,兼容"戏剧性"成分③。以他的《致敬》《小老儿》等诗歌代表作来验证,他的"戏剧性"指诗中的虚拟角色和非写实层面的紧张矛盾冲突。与闻一多一样,西川不主张太像诗的诗,不同的是,西川并非感于世界文学中小说戏剧成主流的趋势,而是针对驳杂荒诞的生存现实,提出诗歌不能像80年代神性写作那样凌虚舞蹈,应该容纳生活的矛盾冲突。欧阳江河同样表达了90年代写作的有效性问题,认为"语境关注的是具体文本,当它与我们对自身处境和命运的关注结合在一起时,就能形成一种新的语言策略"④,因此,他虽然始终奉智力虚构为圭臬,但在90年代以来的《咖啡馆》《时装店》《凤

---

① 闻一多:《文学的历史动向》,《闻一多全集》第10卷,湖北人民出版社1993年版,第20页。

② 同上。

③ 西川:《〈大意如此〉自序》,湖南文艺出版社1997年版,第2页。

④ 欧阳江河:《'89年后国内诗歌写作:本土气质、中年特征与知识分子身份》,《花城》1994年第5期。

凰》等大型文本的悖论修辞中，仍容留了物质时代的政治、性、时间等现实人生的复杂矛盾。其他同代诗人也表达了"戏剧化"观，如萧开愚提出，"青年诗人用抒情诗写他们的愤怒和幻觉是他们唯一正确的选择，中老年诗人也只会写青春式的抒情诗则只能用不负责任来解释"，优秀诗人必备"戏剧写作的才能"，增加"写作深度和高度"。[①] 他认为抒情诗应该拓宽它的功能，主张诗歌对时代矛盾的切入："要写当代人的问题，比较敏锐比较有力度的东西，而且想要保持你的比较新鲜的感触，那么优美会是妨碍。"[②] 其创作也多包容繁复的现实矛盾，从《向杜甫致敬》到《内地研究》，萧开愚把工业废水河、煤矿、地壤、财政、环保问题等生存场景吸附进他的复杂悖论语词中。有必要澄清的是，真正的诗歌写作从来不是贯彻别人的什么倡导，90年代以来诗人们自觉在写作中追求诗歌的戏剧化、戏剧性，当然不是跨越时间去尊奉闻一多，现有资料也鲜少证明他们对闻一多这篇文章的呼应，一切都是出于诗人们对时代语境、诗歌功能、审美拓展的考虑。

当然，把"戏剧化"作旗帜来张扬的还是20世纪40年代后期的袁可嘉。他从穆旦、杜运燮的诗歌新质中看到中国新诗出现了和世界现代主义诗歌相近的东西，立足"新诗现代化"层面提出了自己的"戏剧主义"诗学主张。从1946年到1948年，他推出了26篇文章，涉及"诗与主题""诗与民主""诗与晦涩""诗与意义""诗中的政治感伤性"等多个新话题，并征引了英美新批评的"戏剧主义"研究术语，在引证、译介的基础上探讨了"新诗现代化""新诗戏剧化"等整体性的诗学原则。[③] 他这样提出诗戏剧化的必要："从文化的演变看，现代文化的日趋复杂，现代人生的日趋丰富，直线的运动显然已不足以应付这个奇异的世界。现代诗人重新发现诗是经验的传达而非单纯的热情的渲泄，所以从浪漫主义到现代主义的发展无疑是从直线倾泻的抒情进展到曲线的戏剧。"[④] 在《谈戏剧主义》一文中，他阐述了新诗戏剧化的三个特征和途径，包括表达的客

---

① 萧开愚：《当代中国诗歌的困惑》，《读书》1997年第11期。
② 萧开愚、凌越访谈：《诗在弱的一面》，《书城》2004年第2期。
③ 袁可嘉：《欧美现代派文学概论》，上海文艺出版社1993年版，第195页。
④ 袁可嘉：《诗与民主》，《论新诗现代化》，生活·读书·新知三联书店1988年版，第48页。

观性、间接性，以及"包含矛盾、冲突，像悲剧一样地终止于更高的调和"①。

以方向性高度来倡导"戏剧化"，袁可嘉和闻一多颇为暗合，但两人的落脚点不同。闻一多希望新诗变得像戏剧小说那样容量巨大，而袁可嘉反对诗歌一线到底地直抒胸臆。从倡导诗歌直面现实语境和包容矛盾、冲突经验这个角度看，袁可嘉40年代的主要观点和90年代西川等诗人有明显对应之处；而在对待浪漫主义抒情的态度上，两者同中有异，袁可嘉是矫正、超越的进化观，90年代则更多倾向于调整和拓宽；至于两个时段的"戏剧化""戏剧性"所指，更是不能混同，对此后文将详细展开。

此外，新诗史上还有一些诗人表达了个体"戏剧化""戏剧性"诗学策略。卞之琳自况向新月师辈学习，"常倾向于写戏剧性处境，作戏剧性独白或对话"。陈东东早期写作受希腊诗人埃利蒂斯"光明和清澈，纯净和圣洁"② 诗风的影响，但到90年代以后转向"对场景的热衷"，"从诗的'非抒情化'看到了戏剧化的需要"，他听到了更多的声音，让自己"从诗歌里撤出，以便更多的声音进入"③。韩博说："我需要现实性的场景、细节与结构来帮助我完成超现实的主题。从某种程度上来说，对戏剧的移情别恋反倒使我意外地获得了一种结构诗篇的力量，可以避免那种虚弱的平面化的抒情。"④ 还有孙文波、朱朱对戏剧旁白、独白的策略表达。他们不像闻一多、袁可嘉、西川那样从时代语境和新诗功能层面论述"戏剧化""戏剧性"，只是标明自己的诗歌路径。不过，比起一般抒情诗学话语，这些"戏剧化"策略同样显得异样，涉及抒情诗人自我的暴露和隐藏、抒情与节制以及场景与结构等层面的诗学意识。

由此可见，现代诗歌中的"戏剧化"论说突破了传统的抒情诗学话语范畴。时代语境的更替，异域诗学的激发，诗人思维品性的增长，推动着新诗形态和诗性质素的拓展和丰富，"戏剧化""戏剧性"正是在这些

---

① 袁可嘉：《谈戏剧主义》，《论新诗现代化》，生活·读书·新知三联书店1988年版，第35页。

② 陈东东：《只言片语来自写作》，北京大学出版社2014年版，304页。

③ 陈东东、木朵：《诗跟内心生活的水平等高》（陈东东访谈），《诗选刊》2003年第10期。

④ 敬文东：《没有终点的旅行》，《被委以重任的方言》，中国人民大学出版社2010年版，第211页。

综合因素作用下产生的诗学自觉。当然，新诗中种种"戏剧化"诗学，并未把戏剧、小说要素作为新诗的必需成色。闻一多的世界文学考察视野催生的戏剧化倡导，也不可能把新诗变成戏剧小说的附庸。更有意味的是，闻一多和自己的新月同人20年代曾共同切磋的戏剧化体，都包含在格律追求当中；而袁可嘉"戏剧主义"诗观所阐释的穆旦，以及亮出自己戏剧化主张策略的卞之琳、西川、陈东东、萧开愚，都是新诗史上公认的优秀诗人，他们都不涉事件型戏剧或诗剧，也无意于叙事性文学。由此，讨论新诗"戏剧化"，仍是关涉抒情诗内部的美学调整、功能拓展、个人技术的问题。

需要补充的是，闻一多还发明了朗诵诗歌的"戏剧化"说法，受闻一多影响，朱自清也认为"朗诵诗的确得是戏剧化的诗"[1]。闻一多主要根据西方的"模印理论"和自己的演剧经验，提炼出"诗当如话剧"[2]的主张，认为诗人可以自己朗诵或指导别人逼肖地朗诵，使文本深层意义生动地传递给听众。这一层面的"戏剧化"实为"表演""舞台化"的代名词，比如当代于坚的《0档案》、西川的《镜花水月》、翟永明的《随黄公望游富春山》被搬上剧场的实验，包括近年诗人在广场、剧院、咖啡馆朗诵自己的诗歌，"进入潜藏在作品中的那个角色"[3]，不属于诗歌文本创作层面。虽然"模印理论"也显示了闻一多在异域启发下对诗歌接受、理解、传播途径的探讨兴趣，但它与文本写作不发生关系，只有他在"新诗的方向"上作出的"戏剧化"论说，才和本书讨论的"戏剧化"问题有关。

三 现代跨语际实践的结果

虽说中国古诗不乏融叙事性、戏剧化的抒情诗，但对照中国历代诗话，新诗史上的"戏剧化"论说的异质性非常鲜明。若考察具体渊源，不能否认，它们还是新诗（也可说是中国现代文论）与西方诗学交往的

---

[1] 朱自清：《论朗诵诗》，《朱自清全集》第3卷，朱乔森编，江苏教育出版社1988年版，第254页。

[2] 据朱自清日记记载，闻一多曾和他切磋"模印"理论："利用纸上空间，由作者规定诗之读法，如剧之由导演主持也。"引自闻黎明、侯菊坤《闻一多年谱》，河北人民出版社1994年版，第430页。

[3] 于坚：《还乡的可能性》，商务印书馆2013年版，第41页。

"跨语际实践"①结果。本土传统的诗歌批评话语谱系中并没有"戏剧化""戏剧性",这一新异的词语是从西方"客方语言"(本源语)进入汉语诗学"主方语言"(译体语)中的,且不同时期有不同的参照、借鉴、征引和化用情况,最终在当代诗歌批评理论话语中内化得自然、深入,成为本土自身的一部分。这一情况,就像刘禾所概括的中国现代散文、戏剧四大文类划分,"国民性""个人主义"理论,以及老舍的"自由间接引语"一样,都具有受异域影响的"跨语际实践"特征。用"跨语际实践"的概念和视角来观照,新诗中的"戏剧化"实践一定程度上包含了西方戏剧文类传统及"戏剧化"诗学的影响,中国诗人的"戏剧化"话语或个体创作与西方诗学及文本有密切关系。

先考察一下闻一多大胆主张现代诗歌"戏剧化"方向背后的世界文学视野。青春阶段,闻一多几乎"整个地肯定和吸取维多利亚文学"②。从清华时期他就喜欢勃朗宁;1923年,他和梁实秋"一同选修'丁尼生与伯朗宁'及'现代英美诗'两课程"③,丁尼生、布朗宁、哈代、豪斯曼等英国维多利亚时代诗人的作品与诗论深得他的青睐④,且在回国时还随身携带着霍斯曼的两本诗集⑤。回国后的教学当中,他还一度对勃朗宁、哈代、霍斯曼等人潜心琢磨,并把这种诗观延伸到教学当中,指导学生的艺术鉴赏⑥。他不只钟情于诗歌,从清华时期到海外留学阶段,他一直亲身投入中国现代戏剧建设活动中,在西方发达的戏剧传统激发下产生了自觉的文类比较意识,还发表了《戏剧的歧途》这一重要论文,对国剧问题表现出一定见地。到20世纪40年代,闻一多的文学史视野涉及希腊、印度的小说戏剧传统,认为中国抒情诗的正统地位将随着世界文学交

---

① 刘禾:《跨语际实践:文学,民族文化与被译介的现代性(中国,1900—1937)》,宋伟杰等译,生活·读书·新知三联书店2002年版,第36页。

② 蓝棣之:《现代诗的情感与形式》,华夏出版社1994年版,第19页。

③ 闻黎明、侯菊坤:《闻一多年谱》,河北人民出版社1994年版,第231页。

④ 卞之琳曾提到:"徐、闻等曾被称为《新月》派的诗创作里,受过英国十九世纪浪漫派传统和它在维多列亚时代的变种以至世纪末的唯美主义和哈代、霍思曼的影响是明显的。"参见卞之琳《人与诗:忆旧说新》,生活·读书·新知三联书店1984年版,第9页。

⑤ 闻黎明、侯菊坤:《闻一多年谱长编》,湖北人民出版社1994年版,第231页。

⑥ 闻一多指导学生费鉴照写出《现代英国诗人》一书(上海新月书店1931年版),其中涉及哈代等人。

汇而变化，且中国在宋代以后就转向小说戏剧的兴盛，加上意识到文学对现实的介入作用，他开始了对"文学的历史动向"的思考，由此提出了"新诗的前途"这一问题。他的"戏剧化"诗观，和他早期执念雍容典雅、温柔敦厚的"东方的花瓶"，倡导"幻象、情感以及声与色"① 诗歌四元素的唯美主义态度，形成一个大跨度的变化。因此，闻一多后期的"不像诗的诗"观点除了源于积极的文艺功利驱动，更离不开他对西方戏剧文学及戏剧诗学传统的发现，以及对维多利亚戏剧化诗风的记忆。

不同于闻一多和英国维多利亚诗风的亲近及他对世界文学中的戏剧、小说的考察，袁可嘉主要受穆旦、杜运燮创作新貌启发借来了众多英美新批评学者的"戏剧主义"话语，这中间经历了外籍教师燕卜荪的在场推介。燕卜荪是英国诗人，也是英美现代主义诗歌的历史见证者，他的诗学著作《朦胧的七种类型》，对艾略特、瑞恰兹等英美现代批评先驱的诗学观作了承续和发展。1937年，通晓西方现代诗歌的燕卜荪来到西南联大，在课堂上帮助穆旦、王佐良、杨周翰、赵瑞蕻等青年诗人理解当时英诗中的文化符码和独创诗艺，向学生介绍西方最近的诗歌理论，如艾略特的"非个性化""客观对应物"理论，瑞恰慈的"包容诗""戏剧化诗"的观念，以及燕卜荪本人的语义分析批评、"含混"观等理论。② 这些对穆旦、杜运燮诗歌创作带来了直接影响。1939年燕卜荪返回英国，袁可嘉在1941年进入西南联大学习，没有听过燕卜荪讲课，但燕卜荪的授课笔记和诗学主张在校园里广泛传播，加上袁可嘉的老师杨周翰和王佐良都是燕卜荪的学生，袁可嘉自然受到英美新批评理论浸淫。1947年夏天，燕卜荪再度来北京大学任教，袁可嘉同时期也在北大任助教，更近距离地接触了异域诗学。在学习过程中，袁可嘉敏感地把握到穆旦、杜运燮诗歌的"异质"精神和英美新批评派的审美话语相通，他直接大胆地译介系列诗学话语，并提出了"新诗戏剧化"的响亮主张。正如他后来的自况："我所提出的诗的本体论、有机综合论、诗的艺术转化论、诗的戏剧化论都明显地受到了瑞恰慈、艾略特和英美新批评的启发，而且是结合着中国新诗

---

① 闻一多：《评本学年〈周刊〉里的新诗》，《闻一多论新诗》，武汉大学出版社1985年版，第5页。

② 王佐良：《怀燕卜荪先生》，《语言之间的恩怨》，天津人民出版社1998年版，第108页。

创作存在的实际问题。"①

20世纪90年代诗人们提"戏剧化""戏剧性"概念,个体层面的跨语际影响无法一一坐实,因此时本土诗人更广泛地吸收着许多异域诗学和文本。可以说,中国文学现代化经历了七八十年的进程,异域诗学某种程度上已化为本身传统的一部分了。关于当代诗歌的传统,李欧梵在《今天》海外复刊时提出了写作面向的三个传统,即中国古典诗歌传统、五四以来新诗传统和西方诗歌传统②。对此,诗人、翻译家黄灿然作了更个人化的补充:"由于现代汉语的意义在于重新命名,故在新诗及后来的现代汉语诗歌发展过程中,诗人使用的语言越是靠近汉语古典诗歌的语言或文言,就越是无法获得重新命名的力量,成就也越低。所有著名的新诗或现代诗人,都是受西方现代诗歌影响。"③黄灿然的说法在其他人那儿可得到验证。萧开愚回忆,80年代各类诗歌运动,都有西方诗歌的影响,包括南美诗人帕拉的反诗理论,勃莱的清新,普拉斯的神经质,洛威尔的坦率,以及庞德、艾略特④。他还坦言:"没有西方诗,中国诗人就不会把诗写成现在这个样子。我喜欢杜甫、陶渊明的诗胜过喜欢任何西方诗人,但杜甫、陶渊明较少影响到我的写作。相反(包括不入流的)每一个西方诗人都深深介入了中国诗人的写作。"⑤这或许会让怀有民族主体意识者尴尬,但当代诗人并非不敬仰中国古典诗人,只是新诗本身面对现代经验和现代汉语的规定性,每一首诗都要创新意义的规定性,文言思维和农耕时代的情感表达难以直接承继,而异域现代诗更能启发和驱动创新。具体到"戏剧化"诗观,90年代已是一个信息化、多元化时代,诗人们的"戏剧化"说常常和理论批评风尚中的叙事学、复调诗学并置一起,形成意义的交叉和重叠。从可能的影响看,异域本源语中的"戏剧化"诗学对90年代诗人已经不再陌生,艾略特的"戏剧化声音"、叶芝的"面具"理论,都是当代诗人普遍熟知的诗歌技艺知识,也为不少诗人乐道,如翟

---

① 袁可嘉:《欧美现代派文学概论》,上海文艺出版社1993年版,第195页。
② 李陀、李欧梵、黄子平、刘再复:《〈今天〉意义》,《今天》1990年第1期。
③ 黄灿然:《在两大传统的阴影下》,《读书》2000年第3期。
④ 萧开愚:《90年代诗歌:抱负、特征和资料》,载陈超《最新先锋诗论选》,河北教育出版社1999年版,第331页。
⑤ 萧开愚、余弦:《个人写作,但是在个人与世界之间——萧开愚访谈录》,《北京文学》1998年第8期。

永明就说叶芝对她"一如既往地产生持续影响"①。总之,异域的"戏剧化"说已经内化到90年代诗人的个体观念中。

"戏剧化"说进入现代汉诗,既是诗人对本土历史语境表达的需要,也包含了对陌生的"新""异"的诉求。随着近代以来东西文化的双向交流,互为异质性的中西诗学各自内部发生了变化的潜流,两相比较,西方文论对中国现代文学的影响占据了主导作用。② 在新诗发展的过程中,进入中国语境的西方诗学话语和诗潮流派更迭不休。无论是朱自清所总结的"新诗直接接受了外国影响"③,还是当代研究者总结的"新诗具有西方传统"④,都言明了新诗和西方诗学、诗歌的密切关联。当胡适把自己的译作《关不住了》视为"新诗成立的新纪元"年时,就为新诗身份注入了另一种血统。五四前后,渴求精神解放的青年诗人在异域近代浪漫主义诗中获得了资源,唱响了自我之歌、个性之歌;二三十年代,法国象征主义诗潮及其"纯诗"理论,接通中国"比兴""通感"传统,唤起了许多诗人的译介热情;40年代前后,英美现代主义诗潮和"综合""晦涩(含混)"说,获得了西南联大部分诗人的共鸣。进入当代阶段,"文革"地下诗人、部分朦胧诗人也从西方象征主义、存在主义文论中获得给养,开辟了中国当代先锋文学的新路;而后,"第三代"诗人又借鉴西方各种语言哲学和"垮掉派"诗风,掀起了"口语诗""平民诗""语言诗"热潮。当历史跨入90年代这一"无名"时期,随着文化交流的日益开放和文学场域的日益多元化发展,外国诗歌的影响不再以某一集中的诗潮涌现,在诗人们看来,西方各个时期的优秀诗人都能提供广阔的经验和丰富美感。因而,对一些具有自觉审美建设意识和综合视野的诗人来说,除了继续从影响现代中国诗人的欧美近现代诗人那里汲取资源外,拉美、印非等地域具有世界影响力的伟大诗人,都被视为对话的对象。可以说,在20世纪中国文学的各个自律时期,西方多种整体性的诗潮、流派理论,影响大小不等的诗人诗篇,都先后被译介传播,如果撇开是非二元价值评判,纵观新诗整个发展史,中国20世纪诗歌深深烙下了西方诗学和诗歌

---

① 翟永明:《词语与激情共舞》,《诗歌与人》2003年第8期。
② 参见周发祥《西方文论与中国文学》,江苏教育出版社1997年版,第23页。
③ 朱自清:《真诗》,载《新诗杂话》,中国书屋1949年版,第124页。
④ 龙泉明:《中国新诗流变论》(1917—1949),人民文学出版社1999年版,第23页。

的因子，这是一个既定的事实。

不过，随着诗人、学者对西方文学的逐渐深入，新诗一个世纪的跨语际发展在近年被重新审视，也出现了观点的分歧。西川提出，徐志摩时期对19世纪浪漫主义诗人的倚重，穆旦现代主义姿势中的浪漫主义底子，以及中国读者对中国古代诗人的"浪漫主义"冠名，对诗人"浪漫"的身份命名，都需要更新认知。① 而王敖以史蒂文斯、布鲁姆等为例证，提出现代主义对浪漫主义的武断，"浪漫主义依然有强劲的生命力"②。这也启发我们，中国新诗"戏剧化"的跨语际实践也可能存在误读和错位的主观化、片面化情形。

无论怎样，"戏剧化"论说是一种异质性的诗观，是现当代诗人从古代传统的抒情诗学话语中轻逸出去，荡开一笔，将"戏剧化""戏剧性"这一原本在本土诗歌话语中未获命名的异质性观点援引、征用到新诗发展及自我写作中。因此，需要接通原语言的"戏剧化"诗学源头。

第二节　近现代本源语中的"戏剧化"诗学

在西方近现代以来的抒情诗这一非叙事文类中，也融进了戏剧美学中的"面具化""客观化""对立冲突""情境性"等审美原则。中国对此接受情形，除了袁可嘉20世纪40年代的译介，80年代英美新批评诗学论著得到集中翻译，此后其他新批评回溯亦有所涉及。③ 不过，我们要系统厘清英美近现代诗坛的"戏剧化"论说，当从西方诗学传统的内源性出发，阐析异域近代以来的抒情诗话语中如何出现了"戏剧化"诗学。同时，更有必要对不同的"戏剧化"指涉加以辨析。以布鲁克斯、勃克

---

① 西川：《大河拐大弯：一种探求可能性的诗歌思想》，北京大学出版社2012年版，第43—56页。
② 王敖：《怎样给奔跑中的诗人们对表——关于诗歌史的问题与主义》，《新诗评论》2008年第2辑，北京大学出版社2008年版，第47页。
③ 分别参见赵毅衡《"新批评"文集》，中国社会科学出版社1988年版；赵毅衡《新中国六十年新批评研究》，《浙江大学学报》2012年第1期；姜飞《英美新批评在中国》，载于陈厚诚、王宁主编《西方当代文学批评在中国》，百花文艺出版社2000年版；陈本益《新批评派的对立调和思想及其来源》，《四川大学学报》2004年第2期；[美]兰色姆《新批评》，王腊宝、张哲译，江苏教育出版社2006年版。

等新批评成员为例，有"综合冲突"意味层面的戏剧化，也有泛化的、类比层面的"戏剧化"说法。还有重要的一点，需要具体结合上下文辨明艾略特、瑞恰兹、布鲁克斯等异域学者论述抒情诗的"戏剧化"时，是如何从戏剧诗学过渡到诗歌的。本节贯穿这些意识，主要论述英美两种主要有实质内涵的"戏剧化"诗学内涵：一是融合戏剧作者间隔自我的"代言"的言说方式，主张抒情诗主体"角色"化、"面具"化；二是吸收戏剧"对立""冲突"的"戏剧性"美学精神，使物象、意义向度原本单纯的抒情诗歌充满互相矛盾、异质的成分，包含冲突性的经验、情感、态度和思想。这两层诗学思想的发展，并非处于共时状态，但背后皆包含着西方传统"戏剧"美学在抒情诗文类的回响。

一 "戏剧"与"抒情"话语的此消彼长

在以分析性见长的西方语言中，文类自觉意识始终贯穿在批评史中。此处的"文类"（genre）概念，包含"文学的类型或种类"（type or species of literature）或"文学形式"（literature form）的意味[1]，是"人们对某一文学类型（如诗歌）区别于其他文学类型（如小说）的文体特征的概括"[2]，也有些人译为"文体"（style）。西方文类意识的发展线索体现了文类秩序的演变。柏拉图时期，古希腊戏剧的黄金时代已过，他在《理想国》中提出了史诗和悲剧的"叙述"形式的区别，褒史诗而贬悲剧，到亚里士多德这里，他将悲剧纠正为"摹仿方式是借人物的动作来表达，而不是采用叙述法"[3]，并认为悲剧高于史诗。总的说来，亚里士多德、贺拉斯、莱辛等发展而来的诗学批评所建立的文类等次中，悲剧和史诗长期居于至上的中心位置，抒情诗长期被视为"最不足道、最吃力不讨好的形式"[4]。

但随着17世纪中叶掀起的颂诗热潮，抒情诗逐渐"时来运转"[5]，出

---

[1] 王一川：《文学理论》，四川人民出版社2003年版，第153页。

[2] 陶东风：《文体演变及其文化意味》，云南人民出版社1994年版，第7页。

[3] [古希腊] 亚里士多德：《诗学·诗艺》，罗念生等译，人民文学出版社1982年版，第19页。

[4] [美] 雷纳·韦勒克：《近代文学批评史》（第一卷），杨岂深、杨自伍译，上海译文出版社1987年版，第332页。

[5] [美] 艾布拉姆斯：《镜与灯：浪漫主义文论及批评传统》，郦稚牛、张照进等译，北京大学出版社1989年版，第127页。

现蔚为大观的发展势头，"模仿论"诗学开始给"表现论"诗学让出了一定空间，尤其经历了一场轰轰烈烈的浪漫主义文学运动，抒情诗发展到一定规模，自身的文类身份标志日益凸显。在德国，黑格尔系统地比较了史诗、抒情诗、戏剧体诗的各自特征，提炼出了抒情诗"感知心灵""表现情感和思想"的一般性质，认为诗的出发点就是"诗人的内心和灵魂""真正的抒情诗人就生活在他的自我里"①。与此同时，英国的哲学家穆勒、意大利的批评家莱奥帕尔斯，更是在贬损史诗和戏剧诗同时，将抒情诗提到了至高地位。这表明，西方正式形成了自觉的抒情诗的文类意识。至此，史诗（叙事诗）、戏剧、抒情诗三大文类在西方各自获得了明确的身份标志。关于它们的概念，当代西方学者浦安迪结合前人理论做过较为精准的区分：叙事类文学"侧重表现时间流中的人生经验"，或者说"侧重在时间流中展现人生的履历"；抒情诗"直接描绘静态的人生本质，较少涉及时间演变的过程"；戏剧"关注的是人生矛盾，通过场面冲突和角色诉怀"②。

文学不可能因文类分立而封闭自身的发展，事实上，"文备众体"③的现象并不罕见。仔细考察每一文类概念的发展，不难发现后面的定律：当文学样式逐渐发展出一些趋同性，往往被加以相延成习的实践，积淀为一种成规，由理论家提炼为某种实体化的定义；对于常态写作者而言，文类的范型意义是显而易见的，这些定义最后达到的是"符码"④般的控制力，约束着后来人的观察和认知，但对于艺术探险者来说，文类之间借鉴贯通，文类特征相互转化，是追求文学创作最高艺术性的必要保证。富有创新个性的作者往往要寻求新的表现途径，必然再次实现新的创造，由此推动文类范式的发展。正如巴赫金所说，体裁的生命在于"总是既如此又非如此，总是同时既老又新"⑤。可见，文类先天具有互渗的特征，文类概念的确立，常常包含着自否的因素，符码化和解符码的行为也就交替出

---

① [德] 黑格尔：《美学》（第3卷下册），朱光潜译，商务印书馆1979年版，第190页。
② [美] 浦安迪：《中国叙事学》（浦安迪讲演），北京大学出版社1996年版，第6页。
③ 林荣松：《传统的认同与超越》，《晋阳学刊》1995年6期。
④ [美] 厄尔·迈纳：《比较诗学》，王宇根、宋伟杰等译，中央编译出版社1998年版，第150页。
⑤ [苏] 巴赫金：《陀思妥耶夫斯基诗学问题》，《巴赫金全集》（五），白春仁、顾亚铃译，生活·读书·新知三联书店1988年版，第156页。

现。诗歌"戏剧化"就是一种倡导文类互渗的话语。

纵观影响新诗的异域近现代诗学及诗歌,诗歌"戏剧化"说主要出现在英美诗坛,并集中体现在两个方面:一是融合戏剧作者间隔自我的"代言"的言说方式,主张抒情诗主体"角色"化、"面具"化;一是吸收戏剧"对立""冲突"的"戏剧性"美学精神,使物象、意义向度原本单纯的抒情诗歌充满互相矛盾、异质的成分,包含冲突性的经验、情感、态度、思想。这两层诗学的提出时序一先一后,并非处于共时状态,但有一点相似,它们都旨在改变或丰富已经建立起来的正统"抒情诗"批评及写作理念,从某一角度说,西方近现代诗歌"戏剧化"论说的出现,是西方传统"戏剧"美学在抒情诗文类的再次回响。

二 从"非自我中心"到"戏剧化声音"

在17世纪中叶以前,西方漫长的文学传统尽管隐现着萨福这一温柔、多情的"母亲"[①]分支,即使矛盾激烈的莎士比亚诗剧,也不乏人物充满诗意的抒情独白,但"抒情诗"真正获得历史舞台,是在浪漫主义运动时代。当时,个性解放、思想自由的思潮奔涌,诗人的"自我"意识完全开放,"自我主体性"被视为诗歌文类的标志特征。在诗中,无论是基于内心世界的冥思和幻想,还是外在世界触发的情绪和感受,都由诗人作为抒情主体表达出来。华兹华斯提出"诗是强烈情感的自然流露"[②],这是他作为诗人对文类定义的现身说法。至此,抒情诗的自我主体情感特征,已有了完满自足的艺术地位。

文类自否的规律恰在这端际呈现出来。华兹华斯所主张的那类浪漫主义诗歌中狂热的情感洪流,赤裸裸的情绪爆发,又将自身陷入了另一重境地,随着诗人主体自我的日益高扬,西方"戏剧"诗学传统凸显了它的位置,对抒情诗作出了纠偏与规约。在三大文类中,戏剧文本由角色的对话、独白构成,作家创作完全虚拟人物的对话和动作,作家主体和人物间隔最远,因而,在抒情诗中虚构一种"不是诗人本人的声音",被一些诗

[①] 参见田晓菲编译《"萨福":一个欧美文学传统的生成》引言,生活·读书·新知三联书店2003年版。

[②] [英]华兹华斯:《抒情歌谣》,载刘若端编《十九世纪英国诗人论诗》,人民文学出版社1984年版,第6页。

人、学者当作克制主体自我情感的艺术通道。可以想象，有了"戏剧化声音"，必然打破诗人抒发自我情感的言说模式，戏剧化角色或者是诗人的自觉"客体化"，或者完全不同于诗人，都杜绝了诗人直接表白的可能。而有了角色的庇护作用，诗人可以竭力隐藏自己的声音，巧妙、间接地表达自己的情思，或者角色的意识也可以不是作者意识的再现。就这样，主体戏剧化的论说渗入非叙事的抒情诗歌。

在目前国内少量且局限于个案的西方诗歌研究中，提及西方近代诗歌的"戏剧化"例子，除了英国维多利亚时期诗人勃朗宁、象征主义诗人叶芝，就是现代主义诗歌之父艾略特。但有资料表明，这一线索更远可以追溯到理论批评家赫兹里特（William Hazlitt, 1778—1830）。赫兹里特本人从事莎士比亚研究，他将莎士比亚和华兹华斯进行比较，并得出"伟大创作必出自'非自我中心'态度"的结论。他提出，莎士比亚最大艺术成就在于各类角色的创造，在这一过程中，（莎士比亚）"不是心灵单一的自我中心者，他自己什么也不是，然而他是所有其他人曾经是、或他们可能成为的人"。在赫看来，莎士比亚正是完全去除了自己，化身为一切人，才登上了戏剧艺术的顶峰；而华兹华斯则成为了赫兹里特推崇的戏剧化创作的对立面：

> 所有偶然的变化和个别的对照全都在情感的无尽连续中消失了，就像水滴消失在海洋中一样！一种热烈的理性的自我中心吞没了一切……华兹华斯先生心灵的明显的范围和倾向性正是戏剧性的反面。[1]

可见，在赫的话语系统中，创作主体进行"角色化""戏剧化"的言说方式远胜于单纯浪漫抒情诗的"自我中心"。这些说法，在后来现代主义大师艾略特的诗学中得到重现。

明确提炼出并实践诗歌"戏剧化"观的是诗人勃朗宁。他从浪漫主义诗歌内部反戈一击，质疑浪漫诗人单一的抒情格局。他认为，浪漫诗人造成了想象世界对现实世界的抑制，自然对人的超越，一味的厌世和诗人自我的直接显示等局限，而这一切最根本的问题，在于诗中只有诗人自己

---

[1] ［英］赫兹里特：《英国诗人讲座》，转引自道森《论戏剧与戏剧性》，艾晓明译，昆仑出版社1992年版，第128页。

的声音，即"诗人介入了诗"①。他反复用"戏剧性"一词命名自己的诗集，如《戏剧性抒情诗》《戏剧性浪漫传奇和抒情诗》《戏剧性代言人》和《戏剧性田园诗》，旨在探索诗人主体的戏剧化。勃朗宁1836—1846年写过许多戏剧，但都没什么反响，但把戏剧精神和戏剧手法运用到诗歌上，却获得了突破性成就，以至于同代人霍恩说"维多利亚时代的戏剧精神在小说和诗歌中比在剧作中更为突出"②。勃朗宁在创作中将诗人形象抽身而出，虚构戏剧化独白人物，自己隐身于说话人的身后，诗人主体的情感态度、价值判断间接通过戏剧化角色传递出来。最终，勃朗宁将"戏剧独白诗"③发展出独特的一种品性。其实，勃朗宁之前，英语文学中就存在戏剧性独白（the dramatic monologue），它是英美诗歌的一种重要形式，且几乎为英语文学所独有。④ 中世纪末期，在现代英语诗歌传统开始形成之时，它就已经出现，后来邓恩的《跳蚤》、彭斯的《威利神父的祷词》都是戏剧独白诗名篇，拜伦、雪莱等也写过戏剧独白诗。不过，直到勃朗宁时期，它才蔚为大观，成为有自觉革新意识和有生命力的诗歌形式。但他这种大规模"戏剧化"写作模式的出现，在当时很难迎合人们的阅读期待。从勃朗宁遭遇的大量误解和批评来看，他所属年代的读者将抒情文类"直接表达诗人自己的思想和感情"这一定义持为正典。许多读者把诗中角色的虚伪言行、卑劣思想和诗人本人对号入座，责难诗人的道德感和社会意识。于是，勃朗宁为了替自己辩护，不得不请读者调动他们阅读莎士比亚戏剧的经验，把诗中言说主体和诗人自我区分开来。借着莎士比亚大师之名说服读者改变阅读方式，勃朗宁可能实属无奈，但换个角度而言，要求人们用阅读戏剧的方式对待自己的诗歌，这也说明了勃朗

---

① 参见飞白《〈勃朗宁诗选〉译者前言》，汪晴、飞白译，海天出版社1998年版，第32页。

② Isobel Armstrong, ed.. *Robert Browning*; *Writers and Their Backgrounds*. Athens, OH: Ohio Univ. Press, 1975, p. 247.

③ 西方严格的"戏剧独白诗"的概念是一个显然不是诗人的人物，在一个特定的情境，关键的时刻讲述整首诗；这个说话人对着一个或多个人说话，并与他们有互动，但读者只能从独白者的说话过程中知道听者的存在和他们的言行；诗人选择和组织诗中说话人语言的主要原则是以一种更有趣的方式展现独白者的脾气和性格。转 M. H. Abams. (ed.) *A Glossary of Literary Terms*. New York: Harcourt Brace College Publishers, 1989. p. 48.

④ 伊丽莎白·豪在研究戏剧性独白的专著中说："在英美文学之外，人们只发现个别戏剧性独白的例子。在俄罗斯、意大利、西班牙和法国文学中，这种形式实际上是不存在的。"引自 Elisabeth Howe. *The Dramatic Monologue*, New York: Twayne Publishers, 1996. p. 24.

宁抒情诗中的"戏剧化"分量。

　　勃朗宁的影响最终以文学传统的形式体现出来。比如现代主义者庞德就对勃朗宁及其创作誉为时代中"头脑最健全的""最佳诗人""最为生动的形式"①。勃朗宁后西方现代诗人纷纷发展式地提出了类似诗观，如叶芝的"面具"②论，将诗人的主动性品德视为"戴着面具""做戏似的有意识的表演"③，庞德则以"替身"④说提出让虚构人物代替诗人出场。艾略特更旗帜鲜明，他直接亮出自己对"戏剧化"的偏爱："哪一种伟大的诗不是戏剧的？……谁又比荷马和但丁更富戏剧性"，并提炼出"戏剧化声音"这一概念。艾略特详细区分道，诗歌言说者的声音存在三种情形，一是诗人对自己说话（也可能不对任何人说话），一是诗人对听众（不论多少）讲话，一是"诗人试图创造一个用韵文说话的戏剧人物时的声音，第三种声音即'戏剧化声音'（dramatic voice）⑤。除了诗学观念，在创作中，叶芝的"疯简"系列诗，庞德的《人格面具》，艾略特的《普鲁弗洛克的情歌》，等，都借助角色的戏剧化实现了主体的间离和表达效果的微妙含蓄。叶维廉便总结过，艾略特用来掩饰个人浪漫气质的方法是"利用戏剧独白、半戏剧插话……"⑥可以说，诗人主体"戏剧化"在一些异域现代主义诗人那里曾得到过普遍的实践。

　　值得注意的是，"戏剧化声音"这层观念被20世纪30年代英美新批评学者发展出"戏剧性处境"理论。新批评主张纯粹的文本内部分析，提出解读一首诗歌首先要把诗人个性和文本意义间隔起来，尤其是布鲁克斯，他借鉴了前人"戏剧化声音"的理论，认为任何诗歌中的"我"，都应视为特定情境中的某一个体，而不再是诗人自己，抒情诗就是一个外在于作者的客观呈现，一种情境，"意义是一个情境戏剧化的特别的意思。总之一首诗，作为一种戏剧，包含了人类的情境，暗示着

---

　　① 转引自[美]雷纳·韦勒克《近代文学批评史》第五卷，杨自伍译，上海译文出版社2002年版，第259页。

　　② [爱尔兰] W. B. Yeats, *Autobiographies*. London：Macmillan, 1955. p. 152.

　　③ [爱尔兰] W. B. Yeats, *Essays*. London：Macmillan, 1924. p. 497.

　　④ 参见董洪川《庞德与英美现代主义诗歌的形成》，《外语与外语教学》2006年第5期。

　　⑤ [英]艾略特：《诗的三种声音》，王恩衷编译《艾略特诗学文集》，国际文化出版公司1989年版，第249页。

　　⑥ 叶维廉：《叶维廉文集》第三卷，安徽教育出版社2002年版，第47页。

对于那个戏剧的态度"①。这种解诗方法具有一定的合理性，但他是从读者、阐释者角度提出的，不属于严格意义上诗人主体"非我化"的"戏剧化声音"，而且将所有诗歌和诗人自我剥离的解读方法带到了极致。

当然，无论是"非自我中心"，还是"戏剧化声音"，都只是对抒情诗形态的丰富，而不可能成为本质规定性，它们追求的还是诗歌反映广阔社会、文化中人物的意识，以此丰富诗歌内在说话语吻，这一点在后面论述中国诗人的章节中详细展开。

三 包含"冲突""综合"取向的审美原则

矛盾、冲突、综合是"戏剧的要素"②。一般来说，抒情文类"不展现于戏剧冲突的运动"③。但在现代英美诗坛，艾略特、瑞恰兹、燕卜荪、布鲁克斯、沃伦等众多批评家反复运用"对立""冲突""矛盾"等"戏剧性"词语，倡导诗歌的综合美。在他们的主张中，优秀诗歌应该充满"对立""正反""冲突"的"异质性"成分，从而富有"戏剧性"意味。这里的"戏剧性"不是依靠叙事文类那种由情节发展及性格冲突造成的紧张力量，而是指向诗歌内在诗思经验的矛盾性、复杂性。"对立冲突"逐渐成为诗歌批评术语中的核心价值。新批评这一批评标准如何形成，值得加以追溯。

从大致的踪迹看来，新批评派成员的"对立""包容"等戏剧化观的提出并非一蹴而就，而是经过了从萌芽到推进的阶段性过程。虽然新批评派内部成员的归属一直存在争议④，但就本命题而言，除了第三阶段（1945年以后）的维姆萨特、韦勒克等致力于"意图谬误"说和文学史批评外，该流派发展的前两个阶段都贯穿着"冲突""矛盾对立""戏剧化"等提法。如第一阶段（1915—1930年）的艾略特、瑞恰兹、燕卜荪，尽管他们本人否认自己的新批评学者身份，但他们各自的"正反"和"对比"⑤

---

① ［美］Cleanth Brooks. *Understanding Poetry*. Beijing：Foreign Language Teaching and Research Press，2004. p. 267.

② ［英］阿·尼柯尔：《西欧戏剧理论》，徐士瑚译，中国戏剧出版社1985年版，第108页。

③ ［德］黑格尔：《美学》（第三卷下册），朱光潜译，商务印书馆1979年版，第208页。

④ 参见吴学先《燕卜荪早期诗学与新批评》，高等教育出版社2002年版，第34页。

⑤ ［英］艾略特：《传统与个人才能》，《艾略特诗学文集》，王恩衷译，国际文化出版公司1989年版，第7页。

"包容诗"①　"矛盾对立"②等诗学思想直接启发了后来者。第二阶段（1930—1945年）为流派的成形期，布鲁克斯、沃伦等人先后论述"戏剧化""反讽""悖论"与"非纯诗"等概念，涉及的核心词汇也是"冲突""对立"。例如沃伦强调"杰出的诗歌须包含各种复杂的相互矛盾的因素"③，而作为新批评的后起之秀，布鲁克斯更是直接从前辈那里获得启发，在其著名的《现代诗歌与传统》一书中认为诗歌应包含"冲突""对立共存"④，并提出了诗歌的"戏剧化"，包括"突转""反讽的震惊"和"正反面的结合"等⑤，在其代表性诗评文章《叶芝的根深花茂之树》⑥中，特别挖掘单调现实和神话、丑小鸭和天鹅、新生婴儿和老年、艺术的永恒和变化着的苦难世界等多种对比，"戏剧化"和"对比冲突"两种评价思想呈现交叉跑动的状貌。

笔者还注意到，新批评派聚焦于诗歌矛盾性、冲突性的"戏剧化"观大部分源自他们关于戏剧文类的审美积淀。作为该派先驱，艾略特在论及《复仇者的悲剧》时对一段戏剧台词的特殊效果曾这样评价："这里有正反两种感情的结合：一种对于美的非常强烈的吸引和一种对于丑的同样强烈的迷惑，前者与后者作对比，并加以抵消。"⑦显然，艾略特把两种相反感情的平衡看作由戏剧造成的"结构的感情"。这很大程度上启发了布鲁克斯后来的"戏剧化结构"观。另一先驱瑞恰兹的"包容诗""冲动平衡"论也源于他的"悲剧"阅读体验。他说："还有什么比悲剧更能明显地说明'使对立和不协调的品质取得平衡或使它协调'的说法呢"，

---

①　[英] 瑞恰兹：《想象力》，《文学批评原理》，杨自伍译，百花洲文艺出版社1992年版，第220—227页。
②　[英] 燕卜荪：《朦胧的七种类型》，中国美术学院出版社1996年版，第337页。
③　[美] 沃伦：《纯诗与非纯诗》，赵毅衡编《"新批评"文集》，中国社会科学出版社1988年版，第157页。
④　[美] Cleanth Brooks. *Modern Poetry and the Tradition*. Chapel Hill：The University of North Carolina Press，1939. p. 61.
⑤　[美] 布鲁克斯：《释义误说》，赵毅衡编《"新批评"文集》，中国社会科学出版社1988年版，第189—224页。
⑥　[美] 布鲁克斯：《叶芝的根深花茂之树》，赵毅衡编，中国社会科学出版社1988年版，第437—454页。
⑦　[英] 艾略特：《传统与个人才能》，《艾略特诗学文集》，王恩衷译，国际文化出版公司1989年版，第7页。

"异常稳定的'悲剧'体验几乎能够包容任何其他反应和冲动。"正是对悲剧的青睐,瑞恰兹根据"冲动平衡"效果对诗歌作了等级划分,提出了具有非同寻常的异质性的"包容诗"远胜于平行的、没有冲突的"排斥诗"。① 而西方修辞反讽和浪漫反讽理论的繁荣,包含"对立冲突"意义的"反讽"诗学也成为瑞恰兹的讨论命题。他认为,反讽使相反而相成的各种冲动相互斗争、调和,达到一种平衡状态,因而,反讽经常是最好的诗的一种特质。瑞恰兹是从心理经验层面谈论对立调和的,此后在布鲁克斯等人那儿,"对立冲突""反讽"指涉文本内部的意义结构。

从戏剧文类的定义和特征看,戏剧性的本质之一就是"对立和冲突",新批评成员从戏剧审美中体察到"冲突""对立"的价值,自然将它和诗歌审美原则联系起来。在西方,对立、矛盾是文化语汇中的关键词,本属哲学中的辩证法思维。② 从赫拉克利特、之诺到苏格拉底、柏拉图、亚里士多德,再到康德、黑格尔、马克思,都在不同层面发展了辩证法思想,强化了对立冲突的重要内核。而文学本身就是人类思维的折射,在哲学与美学一直联姻的西方文化变迁中,对立、冲突也成为阐释文学的普遍话语型构,并落实在戏剧(尤其是悲剧)这一具有强大传统的文类上。和史诗、小说叙事文学相比,一般戏剧在高度集中的时空场合展开一段动作、情节的过程,必然呈现人与环境的斗争、不同力量的对立以及解决的结果,因此,对立、冲突是戏剧最基本的精神内核。当新批评学者重视诗歌中的矛盾冲突内涵时,其中的"化戏剧"动机不言而喻,而他们也的确从戏剧原则中吸收了一定的理论养分。

从更内在的动机来看,新批评提出"对立平衡""包容诗""戏剧化"等概念,首先针对的是"纯诗"和"浪漫主义诗歌"的单纯。从文类本体观念出发的人,往往自觉维护诗歌语言、韵律等美感的纯粹性,如桑塔耶那认为"诗歌是一种为了语言、为了语言自身的美的语言"③,爱伦·

---

① [英]瑞恰兹:《想象力》,《文学批评原理》,杨自伍译,百花洲文艺出版社1992年版,第221—225页。

② 陈本益:《新批评派的对立调和思想及其来源》,《四川大学学报》2004年第2期。

③ [美]乔治·桑塔耶纳:《诗歌的基础和使命》,参见沈奇编《西方诗论精华》,花城出版社1991年版,第8页。

坡坚持"语言的诗是韵律创造的美"①。但在新批评学派看来,"纯诗"理论过于单纯。他们反对诗歌对题材、意象的自动诗意摄写,认为一首诗个别成分的魅力和美感,与整体的美感不能等同。布鲁克斯曾质疑:"是莎士比亚的'在狂风中飘游的婴儿'富有诗意,而他的'人生是一个愚人所讲的故事'中的傻瓜却没有诗意吗?"②对于许多19世纪诗歌中的模糊诗意,新批评学者读出了其中的惰性。如对于詹姆斯·汤姆森的《葡萄树》中的"爱情的酒是音乐,/爱情的华筵是歌;/当爱情坐下就席,它坐得很久",退特直接批评其中的惯习:"爱情的酒照样可以是'歌',爱情的筵席照样可以是'音乐'。"③他认为这些诗句读来似乎很美却显得空泛、无力,并明确表明"最出色的抒情诗的确是'戏剧性的'"④。在表现对象上,新批评认为一切相反相异的成分都能进入诗歌,主张"凡是在人类的经验可获得的东西都不应被排斥在诗歌之外"⑤。这种非浪漫诗意的趣味,决定了他们的诗歌批评取向。在正面批评中,新批评几乎一致地根据"对立平衡"原则鉴赏16世纪末的玄学诗和自己所属年代的英诗,这些诗歌大部分都不能称为"美",它们富含强烈的对比、突兀的转换,给人惊奇和震撼。而雪莱等人的浪漫主义诗歌则纷纷作为反面例子,被他们批评为缺乏对立、冲突的思想与感受。总之,在新批评理论家看来,有价值的诗歌必须包含对立冲突的因素,具有相当的容量和明显的紧张度,而且结构上应有一定的复杂性。

有意味的是,新批评各家的"对立"论都共同经过了一道中介,即柯勒律治的"想象论"。他们近乎一致地在自己的文论中推崇柯勒律治关于"想象"的同一段话语:"它调和同一的和殊异的、一般的和具体的、

---

① [美]爱伦·坡:《诗的原理》,参见沈奇编《西方诗论精华》,花城出版社1991年版,第13页。

② [美]布鲁克斯:《释义误说》,赵毅衡编《"新批评"文集》,中国社会科学出版社1988年版,第189页。

③ [美]退特:《诗的张力》,赵毅衡编《"新批评"文集》,中国社会科学出版社1988年版,第111页。

④ [美]退特:《作为知识的文学》,赵毅衡编《"新批评"文集》,中国社会科学出版社1988年版,第144页。

⑤ [美]沃伦:《纯诗与非纯诗》,赵毅衡编《"新批评"文集》,中国社会科学出版社1988年版,第181页。

概念和形象、个别的和有代表性的、新奇与新鲜之感和陈旧与熟悉的事物、一种不寻常的情绪和一种不寻常的秩序，永远清醒的判断力与始终如一的冷静的一方面，和热忱与深刻强烈的感情的一方面。"① 柯勒律治作为诗人，他根据自己的创作经验，提出"想象"具有调和各种相反事物的"智慧"（intellect）。柯勒律治的观点本身是一个比较性陈述，目的是区别诗歌的"想象"和"幻想"。他提出，想象充满活力，可以"溶化、分解、分散，为了再创造""尽力去理想化和统一化"；而幻想则"只与固定的和有限的东西打交道，只不过是摆脱了时间和空间的秩序的拘束的一种回忆"。作为引证，他评价密尔顿"有高度的想象力，而考利很会幻想"。柯勒律治反感那种听凭自然感觉、天马行空的创作方式，主张综合的创造。他的上述诗学思想，除了来自他广泛而深刻的哲学宗教思想和统一感性理性的思维追求，也离不开莎士比亚戏剧的影响。他发现，莎剧色彩绚烂的文学世界是一个对立统一的有机整体，具有高度综合、平衡、创造的想象力，这一认识反过来也强化了柯勒律治的诗歌表现力。他的这一主张，直接启发了新批评相关诗学。因而在多数浪漫主义诗人中，只有柯勒律治获得了新批评派的好评。不过，新批评虽然承接了柯勒律治的"对立调和"论，但两者分别处于现代主义和浪漫主义文学潮流中，必然存在美学转向和差异。柯勒律治作为浪漫主义者，仍保留了对自我、天才个性的高度认同，而到了新批评学派，则主张诗歌直抵现代经验的矛盾、复杂性，并兼容传统视野。

新批评对冲突、对立等复杂意义的追求，根源于他们对现代文明内在矛盾的关注。艾略特较早具有这种现代自觉性。他说："我们的文化体系包含极大的多样性和复杂性，这种多样性和复杂性在诗人精细的情感上起了作用，必然产生多样的和复杂的效果，诗人必须变得愈来愈无所不包。"② 布鲁克斯在定位"反讽"结构时，也尖锐地指出了现代社会日益被商业化、大众化的简单片面的阅读习惯，倡导进入诗歌最复杂、矛盾的深处。由此看来，新批评希望通过诗歌尖锐、复杂、错综的"戏剧化"

---

① ［英］柯勒律治：《文学生涯》，刘若端编：《十九世纪英国诗人论诗》，人民文学出版社1984年版，第60—62页。

② ［英］艾略特：《玄学派诗人》，《艾略特诗学文集》，王恩衷译，国际文化出版公司1989年版，第32页。

特质，提高现代人对现代文明和存在状况的深刻认知和感受，他们的诗学不仅是"形式主义"分析，还连接着较深的人文情感内涵。

值得注意的是，作为对"对立冲突"内涵的顺延，新批评成员布鲁克斯提出了诗歌结构的"戏剧化"，这一提法对袁可嘉20世纪40年代"新诗戏剧化"倡导产生了直接影响。叶芝的《在学童中间》被布鲁克斯视为最能体现戏剧化结构的例子。叶芝表达的是关于人类成长、死亡的深沉思考，但诗中始终看不到他的固定、抽象的命题陈述。该诗来自现实情境（诗人去检查一个学校的教育），但叶芝戏剧性地融合了自己的以往经验、此在现象和刹那感受。布鲁克斯在评论中敏锐地抓住诗中的突兀对比：

> 现代教室的单调世界，同"我梦魂中见到丽达般的身影"所展示的世界之间，确定无疑地存在尖锐的对比。一个"微笑的、知名的花甲老人"有什么权利梦见丽达般的身影呢？①

该诗容纳了现代单调教室中的学童、丽达梦幻般的身影（茅德岗的化身）、年青的母亲和60年后成为花甲老人的儿子、树的舞蹈和柏拉图的抽象理想。在布鲁克斯看来，叶芝这首诗中的矛盾异质性成分被紧密地交织在一起，不断变化，诗的主题便戏剧化地呈现出来。另外，布鲁克斯还明确将戏剧化和张力结合起来对结构进行描述："一首诗的各个部分之间存在着某种有机的相互的联系"，"一首诗像一出小小的戏"，"诗中所作的陈述语——包括那些看来像哲学概念式的陈述语——必须作为一出戏中的台词来念……它们的修辞力量甚至它们的意义都离不开它们所植基的语境"②。显然，这时的"戏剧化结构"是从比喻意义上提出的。在布鲁克斯看来，诗的结构极为复杂，诗的各种因素相互作用，形成交织纷繁的张力；这种张力则由命题、隐喻、象征等各种手段建立起来的；这些力又像戏剧中的各个角色相互冲突，最终达成诗的总体效果。因此，诗的统一的

---

① ［美］布鲁克斯：《叶芝的根深花茂之树》，赵毅衡编《"新批评"文集》，中国社会科学出版社1988年版，第440页。

② ［美］布鲁克斯：《释义误说》，赵毅衡编《"新批评"文集》，中国社会科学出版社1988年版，第224页。

取得是经过戏剧性的过程,而不是一种逻辑性的过程;它代表了一种力量的均衡……就像戏剧性的结论被证明那样而得到"证明"。

笔者认为,从概念的严谨层面说,"戏剧化结构"较为宽泛,但从内在价值看,布鲁克斯认为诗歌不能太直截了当地去陈述主题,而应该如戏剧一样,使主题在矛盾经验的戏剧化展示过程中自然呈现,这无疑强调了诗歌表现过程的重要性。只是"戏剧化结构"论凝合了"伪陈述""有机整体""语境"等诗学术语的全部内涵,有些包罗万象,几乎能用到任何文本分析中,也就减损了批评话语的有效性。

此外,西方本源语中的"戏剧化"论还有勃克(Kenneth Burke)提出的文学作为"象征行动"的"戏剧化"说。勃克在《文学形式哲学》一书中认为,文学作品是人生障碍的表现和象征性的解决,作家在现实中具有无法解决的矛盾,故通过创作来化解和调和,因而文学是一场象征的"戏剧行动"[①]。严格说来,勃克这一"戏剧行动"理论虽然也进入了中国新诗语境中,但它是一种泛象征论的批评,同样不能成为文本阐释话语。

再以新批评的"对立冲突"说而论,它并非纯粹、专门的诗歌批评话语,新批评派成员倾向于形式逻辑意味,最后把所有包含"对立冲突"的意义逻辑机制都囊括进诗歌领域,诸如悖论、反讽都被视为诗歌的本质特征。这一偏激做法逐渐受到质疑。尤其是布鲁克斯无限放大"反讽"论,如华兹华斯《不朽颂》第六节的一个比喻都被他评为"反讽运用得最精妙"[②],有西方学者曾指出,象征、隐喻等所有多义的事物被说成了"反讽",布鲁克斯应当为这种倾向的产生负部分责任[③]。"反讽"原指古希腊戏剧中的一种"佯装无知"的喜剧角色类型;继而变成一种言说方式和修辞技巧,即话语内在意义与字面意义相反或不同;到浪漫主义时期的施莱格尔那里成为哲学论反讽,即用模棱两可的态度抓住世界的诡谲矛盾整体性;到新批评成员布鲁克斯这里,反讽包含象征、隐喻等,是"语境对一个陈述语的明显的歪曲",演变为诗歌整体的情景设置,作为一种文本的结构原则而存在,这就使"反讽"说放之四海而皆准,毫无具体所指。

---

① [美] Kenneth Burke. *The philosophy of literary form*. Berkeley: University of California Press, 1973. p. 8.

② [美] 克林斯·布鲁克斯:《精致的瓮——诗歌结构研究》,郭乙瑶等译,上海人民出版社 2008 年版,第 133 页。

③ [英] D. C. 米克:《论反讽》,周发祥译,昆仑出版社 1992 年版,第 47 页。

休姆张扬古典主义的"遏制""保留"[①]，艾略特提出"非个性化"，众新批评成员倡导"矛盾""异质性"经验，基本都把矛头指向了"浪漫主义"，显示着"现代主义"话语的胜利姿势。但近几十年，英美评论界逐渐质疑艾略特等新批评对浪漫主义的断然态度，指出这和他们自身的古典主义情结有关。艾略特反对浪漫派异端，反对个性自我，"杜绝个人直接从内部见证神性的可能"，是想从教会和社会秩序中去寻找危机的解决办法[②]。而浪漫主义本身还具有多样复杂性，法国、德国、英国浪漫主义性质和根源存在差别，如德国的浪漫派其实是"中世纪诗情的复活"[③]，雪莱诗歌也并非只有单一的激情，还有痛苦的怀疑和沉思。布鲁姆就提出，"勃朗宁和叶芝都是依赖雪莱的继承人"[④]。更有西方学者主张，浪漫主义特点其一"就是人己熟知的'不屈的意志'的观念：人们所要获得的不是关于价值的知识，而是价值的创造，这正是对人类意志充满信心的浪漫主义主张"，浪漫主义本身就是现代主义的一种历史形态，因为它"不停地向社会结构发动进攻……不断攻击资产阶级社会"[⑤]。20世纪美国著名诗人史蒂文斯杰出的纯然自我虚构，也证明了浪漫主义倡导的自我、天才等观念的后续生命力。可以说，后来的文学事实和评论发展表明，英美新批评及现代主义话语不是神话，不是绝对地高于浪漫主义。分析它们进入中国新诗语境之前，我们要甄别本源语中的这些诗学局限。

第三节　借鉴、误读和内化："戏剧化"诗学的"理论旅行"

中国古典诗歌批评和"戏剧"字眼是不沾边的，"戏剧化"从本源语

[①] ［英］T. E. 休姆：《浪漫主义与古典主义》，赵毅衡编《"新批评"文集》，中国社会科学出版社1988年版，第8页。

[②] 王敖：《怎样给奔跑中的诗人们对表——关于诗歌史的问题与主义》，《新诗评论》总第8辑，北京大学出版社2008年版，第9页。

[③] ［德］亨利希·海涅：《浪漫派》，商务印书馆2003年版，薛华译，第11页。

[④] ［美］哈罗德·布鲁姆：《影响的焦虑》，徐文博译，生活·读书·新知三联出版社1989年版，第138页。

[⑤] ［德］以赛亚·柏林：《浪漫主义的根源》，吕梁等译，译林出版社2008年版，第120、138页。

进入译体语中，其历史过程不可能具有完全的承继性，不同的诗人诗家、不同的阶段，决定了它必然存在着个体的理解、筛选和创造，甚至包括个人的发明及误读。从"理论旅行"过程中的主方译体语言对客方本源语言的接近程度来看，"戏剧化"诗学在新诗当中存在着初步感知、正式译介、个体化用三种情形。其中，如前所述，闻一多即处于笼统、模糊的认知阶段，他根据中西文学史上小说戏剧的发展趋势，较为泛化地得出新诗"要把诗做得不像诗……而像小说戏剧"，但没有具体展开，虽然20世纪90年代以来的新诗面貌部分合乎他的预感。正式译介并近乎直接征引异域"戏剧化"诗学的是九叶诗人袁可嘉。在这一阶段，异域本源语中的大量"戏剧化"说几乎全面进入，"戏剧化"被作为纠正新诗问题、提升新诗水准的纲领性原则，大量翻译性的引介、论证文字中，透出了本土诗人对异域理论的借重心理，当然也包括对译体语言囫囵吞枣地接受。进入90年代，部分先锋诗人心智的成熟以及新诗技艺的日益自觉，"戏剧化"论说被灵活内化和本土化，成为诗人个体写作的诗观和诗艺，而不再是夸大的倡导或纲领。由于袁可嘉译介的"戏剧主义"诗观庞杂，本节着重讨论。

值得提醒的是，在考察诗歌"戏剧化"的"理论旅行"当中，首先要放弃那种探究知识权力之间"宰制与对抗"关系的二元思维。我们不必以"中国性"话语自动顺应"后殖民主义"批评，去得出"弱势语言在结构性冲突中的尴尬境地"[①]这类说法。何况"戏剧化"属于纯粹的诗学内部话语，不具备"个人主义""国民性"等词语那样的意识形态特征。较为学理的态度，是回到具体场景和细节中，围绕"戏剧化"诗学在新诗界内的翻译、征引、借鉴、发明、化用等现象，力求真实地还原现代诗人诗家的语际实践内涵。

一 抑制感伤之风的"戏剧化"借鉴

从袁可嘉20世纪40年代诸多文章形态看来，属于边论边引的译介；对照异域理论来看，他的大部分观点借鉴了新批评派的论著，属于隐性的翻译。他的"现代化""戏剧化"诗学内涵，掠过戏剧化角色、声音这一

---

① 刘禾：《跨语际实践：文学，民族文化与被译介的现代性（中国1900—1937）》，生活·读书·新知三联书店2002年版，第115页。

层面，主要包括艾略特的"客观对应物"理论，叶芝的"现实、象征、玄学的综合"理想，瑞恰兹的"最大量意识状态""包容诗""经验"论，还有其他新批评成员的"反讽"说和"张力"说。此外，袁可嘉将勃克的象征意义的"戏剧化"论和布鲁克斯的"戏剧性结构"理念、柯勒律治的"想象"说结合起来，提炼出"戏剧主义"批评方式，认为现代化的诗是"现实、象征、玄学的结合"，方向之一即"戏剧化"原则。

可以说，袁可嘉几乎全方位引入新批评的"戏剧化"观，与本土诗学思维大为迥异，因而也显得驳杂，需要仔细厘分。一是引进戏剧主义批评。在著述中，袁可嘉列出了自己戏剧主义批评的几个依据："人生经验的本身是戏剧的（即是充满从矛盾求统一的辩证性的），诗动力的想象也有综合矛盾因素的能力，而诗的语言又有象征性、行动性，那么所谓诗岂不是彻头彻尾的戏剧行为吗？"① 这是一种泛化的心理学、语言学、行动学层面的"戏剧"比附，认为写诗是融合了矛盾经验、综合想象、运用象征语言的过程，就像戏剧行为一样曲折复杂。他更进一步地介绍诗歌戏剧性还包括诗人对文字、意象、节奏、情思的调和："诗是许多不同的张力（tensions）在最终消和溶解所得的模式（pattern）；文字的正面暗面的意义，积极作用的意象结构，节奏音韵的起伏交锁，情思景物的摇荡渗透都如一出戏剧中相反相成的种种因素，在最后一刹那求得和谐。"② 这也是从诗歌构思要素、过程的复杂性进行比喻的"戏剧性"，不是概念严谨的诗学论述。

在《新诗戏剧化》一文中，袁可嘉正面从诗歌创作层面论述"戏剧化"。他阐述了新诗戏剧化的三个特征和途径。第一是客观性与间接性。受艾略特的"客观对应物"和"非个性化"主张影响，袁可嘉认为诗歌"应当避免正面陈述而代之以相当的外界事物寄托"③。第二是矛盾性、冲突性。他主张戏剧化的诗"都包含矛盾、冲突，像悲剧一样地终止于更高的调和"，即戏剧化的诗应具有从矛盾求统一的辩证品格。第三是包容

---

① 袁可嘉：《谈戏剧主义》，《论新诗现代化》，生活·读书·新知三联书店1988年版，第34页。

② 袁可嘉：《对于诗的迷信》，《论新诗现代化》，生活·读书·新知三联书店1988年版，第66页。

③ 袁可嘉：《新诗戏剧化》，《论新诗现代化》，生活·读书·新知三联书店1988年版，第25页。

性。因为戏剧化的诗具有从冲突、矛盾中求统一的辩证性，因此戏剧化的诗也是"包容的"。

袁可嘉在40年代对新批评"戏剧主义"话语的兴趣，和他对当时诗坛问题的诊断分不开。他对现代诗的"感伤性"作了诊断：诗篇情绪虚伪、肤浅、幼稚，诗人"常常有意地造成一种情绪的气氛让自己浸淫其中，从假想的自我怜悯及对于旁观者同情的预期取得满足，觉得过瘾"，尤其是当时的政治感伤诗，"黎明似乎一定带来希望，暴风雨似乎一定象征革命"，徒见诗情的粗犷和技巧的粗劣，充满了贫乏、粗糙甚至抄袭。对这种诗人，袁可嘉一针见血地把脉为"迷信情绪"。为此，他旗帜鲜明地提出了"从浪漫主义到现代主义的诗的发展无疑是从抒情的进展到戏剧的"[①]。

"感伤"本属文学中的深沉情感内涵，加上中国知识分子固有的悲天悯人、多愁善感的文化气质，"感伤"文学流脉在古诗中始终未曾隔断。《离骚》的悲情，魏晋才子诗"充满了时光飘忽和人生短促的思想和情感"[②]，中国文人的伤逝、怀情、怨世等感伤情怀淋漓尽致地展示在古诗当中。到了现代社会，时代思潮的急剧变化，群体生活形态秩序和知识分子个体心理的大激荡，使现代作家的丰富情感如同进入一个发酵期。连鲁迅都坦承，"伤感情调，乃知识分子之常，我亦大有此病，或此生终不能改"[③]。从这一层面看，"感伤"作为中国作家在现代性转型时所产生的一种群体文化心态与个体心性结构，具有充分的美学合法性。然而，在袁可嘉看来，由于一些诗人对艺术节制的忽视和对"浪漫主义"的误读，诗歌写作变成了个人青春情绪和集体运动情绪的随意喷发。比如直接描摹寂寞孤独、忧郁苦闷的"眼泪文学"，简单陈述怀疑、虚无、空幻感觉的"颓废文学"，都显得十分幼稚、浅显。朱光潜在40年代也曾批评它们在人格方面的局限："诗人迎合人类好感伤流泪一点劣根性，尽是拿易起感伤的材料去刺激听众，叫他们得到满足'哀怜癖'的快感，久之习惯成自然，他们便失去'丈夫气'，性格变成女性化。"[④] 另一种是袁可嘉警惕

[①] 袁可嘉：《论现代诗中的政治感伤性》，《论新诗现代化》，生活·读书·新知三联书店1988年版，第52—56页。

[②] 王瑶：《中古文学史论·文人与药》，北京大学出版社1998年版，第139页。

[③] 鲁迅：《鲁迅全集》（第12卷），人民文学出版社1981年版，第397页。

[④] 朱光潜：《朱光潜全集》（第8卷），安徽教育出版社1993年版，第500页。

的紧贴时代最高情绪、任由集体意志取代一切的"现实主义浪漫主义诗歌"或"革命浪漫主义诗歌",他认为这些"人民派"写作充斥着暴力张扬、鼓动的情绪或浮泛、虚夸的高歌,使写作完全成了彰显各种意识形态的工具。袁可嘉的批评表明,失去了个人理性依托和艺术节制的伪浪漫主义,并不具备真正"浪漫主义"文学的精髓,往往发展、弥漫成"感伤主义"。

在具体策略上,袁可嘉提出了"新诗戏剧化"来防止诗歌的抒情偏颇,他借鉴了艾略特的"客观对应物"理论,认为诗人要设法使意志与情感得着戏剧的表现。不过,艾略特起初使用"客观对应物"批评术语谈论的是戏剧文类,他是在《哈姆雷特》这篇论文中提出来的:"用艺术形式表现情感的唯一方法是寻找一个'客观对应物';换句话说,是用一系列实物、场景,一联串事件来表现某种特定的情感;要做到最终形式必然是感觉经验的外部事实一旦出现,便能立刻唤起那种情感。"[①]文中认为,莎士比亚的《哈姆雷特》充满了作者无法说清、想透或塑造成艺术的东西,哈姆雷特"他的厌恶感由他的母亲引起的,但他的母亲并不是这种厌恶感的恰当对应物;他的厌恶感包含并超出了她。因而这就成了一种他无法理解的感情;他无法使它客观化,于是只好毒害生命、阻延行动"。也就是说,艾略特认为莎士比亚的《哈姆雷特》没有在情感和对应物中安排妥当,哈姆雷特的厌恶感和她母亲的改嫁不能对应,因而不算成功作品。后来,艾略特在谈玄学派诗人时继续用"对应物"表达自己的艺术观,称"他们在最佳状态时总是致力于寻找各种心态和情感的对应物"[②]。进入袁可嘉视野后,"对应物"就被纳入"戏剧化"的一个指涉。

二 戏剧主义的诉求:综合矛盾经验

本书认为,最能体现袁可嘉"新诗戏剧化"倡导价值的,还是他对诗歌矛盾综合性特质的张扬。在多篇文章中,袁可嘉结合了瑞恰兹的"包

[①] [英]艾略特:《传统与个人才能》,《艾略特诗学文集》,王恩衷编译,国际文化出版公司1989年版,第13页。

[②] [英]艾略特:《玄学派诗人》,《艾略特诗学文集》,王恩衷编译,国际文化出版公司1989年版,第32页。

容诗""最大量意识"①和布鲁克斯的"戏剧化""突转""正反结合"②等思想，在系列文章中倡导诗人应融合各种"相反的情绪"③，达到充满矛盾、冲突的"戏剧性"效果。他甚至还作出方向性的预测："现在的戏剧性的诗，恰巧相反，十分看重复杂经验的有组织的表达，因为每一刹那的人生经验既然都包含不同的、矛盾的因素，这一类诗的效果势必依赖表现上的曲折、暗示与迂回""新诗现代化的要求完全植基于现代人最大量意识状态的心理认识"。④ 袁可嘉这些表述迥异于传统诗学，显得大胆、新异。袁可嘉关于诗歌"包含性""综合性"的"戏剧化"追求的渊源，主要来自英美新批评学者的影响，如前所述，中期的沃伦也强调"杰出的诗歌须包含各种复杂的相互矛盾的因素"⑤。

袁可嘉的理论实践不排除一个年轻人对异域诗学的新奇心理，但更大程度上源于本土创作中的新变。袁可嘉最初相遇的，还是本土诗人穆旦、杜运燮诗中令他惊异的"综合"的现代主义品格，当这些同人诗中的新质扑面而来时，他找到了新批评的"综合"说、"戏剧化"诗学等作为理论突破口。从写作时间看，袁可嘉在《论诗境的扩展与结晶》《新诗现代化的再分析——技术诸平面的透视》等文章中试图对现代主义诗歌的创作技巧作出专业性阐释，而随后的《新诗现代化》表明，袁可嘉已经从穆旦的《时感》一诗中感受到一种交织矛盾、痛苦的复杂诗思，一种诗句意义互相抵消、扭结的新美学特征，这让他迅速找到了新批评诗学中的"综合相反相成因素"的说法。他这样阐释穆旦的诗："作为主题的'绝望里期待希望，希望中见出绝望'的两支相反相成的思想主流在每一节里都交互环锁，层层渗透，而且几乎是毫无例外地每一节有二句表示'希

---

① [英]瑞恰兹：《想象力》，《文学批评原理》，杨自伍译，百花洲文艺出版社1992年版，第221—225页。

② [美]布鲁克斯：《释义误说》，赵毅衡编《"新批评"文集》，中国社会科学出版社1988年版，第189—224页。

③ 袁可嘉：《诗境的扩展与结晶》，《论新诗现代化》，生活·读书·新知三联书店1988年版，第131页。

④ 袁可嘉：《诗与民主》，《论新诗现代化》，生活·读书·新知三联书店1988年版，第48页。

⑤ [美]沃伦：《纯诗与非纯诗》，赵毅衡编《"新批评"文集》，中国社会科学出版社1988年版，第157页。

望'，另二句则是'绝望'的反问反击……最后一句含义丰富，具有综合效果。"① 在《新诗现代化的再分析》一文中，袁可嘉拿了杜运燮的诗作《夜》做样本，杜诗中充满了不断变易、综合的诗思，让袁可嘉看到了一种不是"一推到底的直线运动"②的创作，他借用新批评的"最大量意识状态"理论分析描述了这一文本。

综合矛盾冲突经验，反对一种单纯情绪平铺直叙，这是现代诗歌对应复杂文明冲突的选择。袁可嘉对浪漫主义、现代主义的等级划分直接转述了新批评的观点。他说："从文化的演变看，现代文化的日趋复杂，现代人生的日趋丰富，直线的运动显然已不足以应付这个奇异的世界。现代诗人重新发现诗是经验的传达而非单纯的热情的渲泄，所以从浪漫主义到现代主义的发展无疑是从直线倾泻的抒情进展到曲线的戏剧。"③ 这里的逻辑显而易见：浪漫主义诗是宣泄情绪的，现代主义诗歌必须是戏剧的，要包含曲折、复杂、冲突的经验。袁可嘉还在《谈戏剧主义》一文中如实道出了他的借鉴："在他们（现代批评家）看来，只有莎翁的悲剧、多恩的玄学诗及艾略特以来的现代诗才称得上是'包含的诗'，它们都包含冲突矛盾，而像悲剧一样地终止于更高的调和。它们都有从矛盾求统一的辩证性格。"文中引进四个戏剧主义批评术语时，袁可嘉着重的都是矛盾、冲突。"机智"，他解释为面对某一处境所可能产生的多种不同的复杂态度；"悖论"（paradox），"似是而非，似非而是"，"包含两种矛盾的因素"；"反讽"，是作者"指陈自己的态度时，同时希望有其他相反相成的态度"；"辩证性"（dialectic），指诗歌中众多矛盾冲突的因素，最终"消溶于一个模式之中"④。对照一下，袁可嘉这些"冲突性""包含性"概念源自艾略特、燕卜荪、布鲁克斯等新批评主张。他还在文章当中批评雪莱《云雀歌》的空泛，肯定叶芝《在学童中间》的复杂矛盾意味，而这

---

① 袁可嘉：《新诗现代化》，《论新诗现代化》，生活·读书·新知三联书店1988年版，第9页。

② 袁可嘉：《新诗现代化的再分析》，《论新诗现代化》，生活·读书·新知三联书店1988年版，第16页。

③ 袁可嘉：《诗与民主》，《论新诗现代化》，生活·读书·新知三联书店1988年版，第48页。

④ 袁可嘉：《谈戏剧主义》，《论新诗现代化》，生活·读书·新知三联书店1988年版，第35—37页。

些也都见于新批评文论中。因此,袁可嘉进行的是转述、直译的工作。

袁可嘉系列文章并非他的个人独创,而是具有鲜明的"翻译"色彩,本质上可视为对西方"戏剧化"诗学的直接拿来。如何看待袁可嘉这一大胆行为?刘禾所阐述的"理论旅行"过程中的"译方主体性"[①]无疑提供了较为合理的解释。可以肯定的是,袁可嘉如此大力地译介、引进西方现代诗学,本土文学新貌是最主要的诱因。袁可嘉最早敏感到的,还是穆旦、杜运燮诗中令他惊异的"现代主义"品格,它们迥异于当时大量流行的"感伤诗",新批评的"戏剧化"诗学,为袁可嘉的本土发现提供了理论突破口。

袁可嘉译介并倡导"新诗戏剧化""新诗现代化"的行为流露出建构理论体系的意识,但在当时并未引起业内同人的较大响应。九叶诗派目前获得的文学史地位,经历了一个逐渐被经典化的过程。在当时的历史场景中,这一并未真正成派的诗人群呈现的是极小众化的美学旨趣,即便袁可嘉如此自觉地译介和转述各种"戏剧化"内涵,它也被湮没于时代洪流之中。

从新诗理论发展角度看,袁可嘉借鉴英美新批评诗学的观点,显得有些扎眼甚至刺人。五四时期,胡适、周作人、俞平伯、康白情、胡怀琛等人的论诗话语绝大多数围绕诗和白话的关系展开。20世纪20年代,宗白华的《新诗略谈》、郭沫若的《论诗三札》、成仿吾的《诗之防御战》、穆木天的《谭诗》、王独清的《再谭诗》等诗论,渐渐进入诗歌的意境、情感、格律、"纯诗"等方面,诗学来源中西各举。30年代的新诗话语以流派批评为主,如石灵的《新月诗派》、孙作云的《论"现代派"诗》、朱自清的《〈中国新文学大系·诗集〉导言》;同一时期也有现实主义倡导者围绕时代精神和诗歌写作关系的概述,如茅盾的《论初期白话诗》《叙事诗的前途》,艾青的《诗论》;在本体探讨方面,朱光潜的专著《诗论》、叶公超的《论新诗》一文和戴望舒片断式的《望舒诗论》,都或精深或简要地探讨了诗的境界、节奏、声韵及旋律。到40年代,诗论的成分比较纷杂。一方面是现实主义精神逐渐在艾青和胡风"七月"诗人那里被加以推进,另一方面,诗歌本体探讨的因素仍然活跃,朱自清从30

---

① 刘禾:《跨语际实践:文学,民族文化与被译介的现代性》(1900—1937),生活·读书·新知三联书店2002年版,第37页。

年代后期开始写作的《新诗杂话》涉及卞之琳、冯至、杜运燮等现代写作意识鲜明的诗人，也围绕"象征""比喻""形象"等经典诗学话语。在新诗上述诗学理论的对照下，袁可嘉的"戏剧化""戏剧主义"无疑类似天外来客，具有强烈的异质性。

三 适用性考量：信息接受中的放大与误读

异域理论的旅行在翻译和接受中必然因"语言障碍"存在信息的不对等或者全盘移植现象。在笔者看来，新诗中"戏剧化"批评阐释，论者对本源语信息的理解或扩大或改动或照搬，在研究当中引起了一定的混乱与迷惑。尤其是袁可嘉最早直接译介的"戏剧化"论，难免存在一定的即时性，并在后人的理解中日益走样。

首先，袁可嘉直译的"客观对应物"及相关"戏剧化"说法，具有信息扩大化的倾向。在后来的中国诗学话语中，艾略特的"客观对应物"得到普遍沿用，一般被理解为"诗人利用客观事物的象征作用客观、间接表现诗人主体的情思"，相当于"象征"诗学理论。如钱钟书便曾论及艾略特"对应物"诗学和中国"以象寄意"诗学的契合①，朱立元也称"寻找'客观对应物'的过程实际上也就是寻找比喻和象征的过程"②。而如此一来，袁可嘉这一层面的"戏剧化"意义类同于"意象化"，也就失去了概念的独立存在价值，只是一种感觉、比喻意义上的说法。以至连郑敏的意象抒发也被他视为"内向的戏剧化"，即"把思想感觉的波动借对于客观事物的精神的认识而得到表现"③。这种概念的混杂造成了研究的混乱，不少论文直接把意象写作拿"戏剧化"新奇名词来套用。甚至也可以进一步说，如果艾略特的"客观对应物"意义差不多等于意象象征，中国诗学引用它价值不大，江弱水对此也直言"卑之无甚高论"④。但直到20世纪90年代，卞之琳自述的"戏剧性处境"到袁可嘉那里仍然成了"客观对应物"⑤。

---

① 钱钟书：《谈艺录》，中华书局1985年版，第227—228页。
② 朱立元、刘雯：《张力与平衡》，《人文杂志》2005年第2期。
③ 袁可嘉：《新诗戏剧化》，《论新诗现代化》，生活·读书·新知三联书店1988年版，第26页。
④ 江弱水：《诗的八堂课》，商务印书馆2017年版，第105页。
⑤ 袁可嘉：《卞之琳诗艺贡献》，《文艺研究》1990年第2期。

笔者认为，只有在主体情绪的"客观对应物"表现为暗含冲突性的事件、场景时，才能称为"戏剧化"。在这一点上，叶公超在1937年评介艾略特时就准确抓住了艾略特"客观对应物"的"事件化"特征："一种代表简单的动作或情节来暗示情感的意态，就是他所谓客观的关联物。"① 但是，90年代诗人的"戏剧化手法"中的事件场景不一定等于艾略特的"客观对应物"诗学，因为诗人不再指向主体情绪与文本场景之间直接的"对应性"，事件性的变形因素更为隐秘和复杂。为此，诗人马永波作了专门说明，把自己的场景写作原则和"客观对应物"区分开来②。总之，艾略特的"客观对应物"理论有效性需要分辨场合。

其次，袁可嘉直译的新批评的"戏剧性""戏剧主义"外延宽泛，内涵模糊。事实上，新批评的"对立调和""矛盾异质"论到最后无限扩大，如布鲁克斯将所有诗歌因隐喻、象征而出现的字面意义和深层意义的不协调现象都归为"反讽"和"戏剧化"，并断定绝大部分诗歌都具有"反讽"特质，最终他自己也自嘲这一概念的泛化。失去了定义的限制，新批评的"冲突""对立"诗学也造成了一定的混乱，甚至引起了同一学派成员兰色姆的质疑。③ 对此，袁可嘉在40年代的译介中并未警觉。他把柯勒律治的想象论、勃克的语法动机论、退特的言语内涵和外延张力论、布鲁克斯的整体结构论等都统一到"对立""冲突"这几个关键词上，再共同置于"戏剧性""戏剧主义"等大框架当中，不免失于泛化和粗化。实际上，深入结合当时穆旦、杜运燮的具体新诗文本，分析九叶诗人在燕卜荪、奥登诗观影响下的文本写作，基本可以将"戏剧性"限定为诗歌文本内涵和诗思当中的对立、冲突，并由此观照出新诗孕生这一新美学经验的意义。

因此，鉴于上述直译中的接受错位和泛化阐释，我们不能完全囿于袁可嘉的"新诗戏剧化"诗学体系的理论准则去对号入座。而必须甄别，在袁可嘉的跨语际实践中，哪些是权宜的、比喻意义上的解读和引用，哪些对具体文本实践具有实际的阐释或借鉴价值。

---

① 叶公超：《再论艾略特的诗》，《叶公超批评文集》，珠海出版社1998年版，第122页。
② 马永波提出"客观对应物"理论不适合阐释90年代诗歌中的场景，见《客观化写作——复调、散点透视、伪叙述》，《诗探索》2006年第1辑。
③ ［美］兰色姆：《新批评》，王腊宝、张哲译，江苏教育出版社2006年版，第62页。

值得注意的是，袁可嘉的"新诗戏剧化"的翻译式转述对内部诗坛盟友王佐良、唐湜、穆旦也先后激发了诗学兴趣的共鸣。王佐良曾说："西南联大的青年诗人们不满足于'新月派'那样的缺乏灵魂上大起大落的后浪漫主义。"① 这里的"大起大落"，就是矛盾、悖论、冲突，和袁可嘉的"戏剧化"内涵相互呼应。其中穆旦的响应更奇特，他在远离"文革"潮流的边缘化翻译工作中，选择了翻译新批评成员布鲁克斯的谈《荒原》"主题戏剧化"② 的阐述文章。在 80 年代，曾以"戏剧化"风格取胜的卞之琳，也直接说明西方的"戏剧性处境"理论与自己创作的关系，并道出艾略特、叶芝相关诗学诗风对自己这一层面的影响。这些事实说明，异质性的西方"戏剧化"诗学理论一度引发了中国诗人的重视。

四　异域理论的本土化

不同于袁可嘉"新诗戏剧化"论说的体系特征，20 世纪 90 年代诗人们的"戏剧化"说只是多人各自片言只语的零星陈述，且涉及的不是方向、原则的宏大角度，而是个体的诗歌创作策略、技巧、手法，它们似乎构不成"理论"的高度。但是，那些零散的个人诗观，集合起来却喻示着一个时代部分重要诗人的诗歌审美趋向。而个人化的表述方式也正表明，异域"戏剧化"诗学在译体语言中已经被内在化和具体化了。

由于 90 年代信息化、多元化的特征，"戏剧化""戏剧性"淹没在意义含混、众声喧哗的话语局面中，"叙事性""戏剧化""综合"等词汇混淆使用。洪子诚先生曾追问，"叙事性"确实容易产生误解，可"综合"形态又怎样在诗歌中呈现，都没有有效的说明；另外，"戏剧性""戏剧主义"虽被一些诗人、学者提议为关键词，但也不够明晰和准确③。不过，中西前人的理论基础与文本实践经验，已经内化到 90 年代诗人的实际创作中，他们作了不同向度的分述，由此，异域理论也完成了它的旅行过程。如果说袁可嘉的直译不可避免地映照出异域理论在译体语言中的"异质"特点，90 年代诗人已然化"他者"为"己物"，荡去了最初的不少生硬与隔膜。一定程度上，90 年代诗人本土的"戏剧化"个人创作诗

---

① 王佐良：《谈穆旦的诗》，《中楼集》，辽宁大学出版社 1994 年版，第 183 页。
② 参见查良铮（穆旦）译《英国现代诗选》，湖南人民出版社 1985 年版，第 84 页。
③ 参见洪子诚编《在北大课堂读诗》，长江文艺出版社 2002 年版，第 405 页。

学话语谱系初步成形。

首先，对于本源语中的主体戏剧化层面的内涵，90年代诗人既化用了"非我化"和"戏剧化"的并置提法，也吸收了叶芝的"面具"诗论。陈东东曾就个人写作转向做过解释，他说自己早期"将诗歌视为一种表达"，认为"诗歌是为我所用的"，但90年代转变了：

> 意识到诗歌作为一种方式，实际上并不属于诗人，相反诗人的写作努力不过是塑造着诗的形象……这带来了我诗歌的"非我化"和其他调整，譬如"非抒情化"……从诗的"非抒情化"看到了戏剧化的需要。①

乍一看，陈东东这番陈述和艾略特的"诗歌不是放纵感情，而是逃避感情；不是表现个性，而是逃避个性"的"非个人性"诗学很是相仿，直接针对自我抒情提出"戏剧化"。但是，陈东东又不似袁可嘉那样的直译或转述，而是将艾略特侧重诗人与文化传统对接的"非个人化"转变为注重"诗歌形象"的"非我化"，这就有了个人发挥的一面。比起袁可嘉的"客观性""间接性"提法，陈东东转回到了"诗"本身。另一个相关提法是叶芝发明的"面具"论，它在90年代获得了翟永明、张曙光等诗人的消化和改造。翟永明80年代经历的青春体验和纠结的生命经验所造成的压抑感和恐惧感，使她本能地认同普拉斯自我独白风格，听凭着"与生俱来"的女性意识②，但90年代受到了另一种诗歌语言的召唤，且由于叶芝对她的影响，隐身人的言说方式逐渐被她重视。在她这里，叶芝面具论中的"第二自我"被推广为"一切我"。翟永明曾用富有诗意的语句表述："我死了，请让我复活／成为活着的任何人。"可见，叶芝的"面具"论诗学被本土诗人灵活运用。

其次，新批评"矛盾异质"的戏剧化内涵，在袁可嘉的译介中带上了本源语中的心理学反应论、辨证法、有机主义思维等色彩，给人以宽泛的感觉，但90年代诗人将它纳入主体经验和文本意义层面，指向具体的

---

① 陈东东、木朵：《诗跟内心生活的水平等高》（陈东东访谈），《诗选刊》2003年第10期。

② 翟永明：《完成之后又怎样——书面访淡》，载民刊《标准》（北京）1996年创刊号。

文本内部冲突经验。

90年代诗人的写作基本将"矛盾异质"指涉为外在经验存在之间、主体经验及情思之间的矛盾，以及反讽和悖论，而不再包括袁可嘉所译述的因隐喻、象征而产生的"张力"。这就更凸显了"戏剧性诗思"的内蕴，也更能和诗人实际写作发生关联。比如王家新介绍自己的《伦敦随笔》时自觉意识到对"多种不同的相互冲突的经验"①的整合。西川也揭示了"戏剧性"写作是对生活的矛盾的必然选择："是1980年代末、1990年代初中国社会以及我个人生活的变故，才使我意识到从前的写作可能有不道德的成分：当历史强行进入我的视野，我不得不就近观看，我的象征主义的、古典主义的文化立场面临着修正。"②另一诗人张曙光还根据"叶芝自己的诗歌就往往是由矛盾的因素构成"这一阅读体悟，主张诗歌"应该由各种矛盾或异质的成分构成"，突出"拟想的戏剧冲突"③。姜涛对90年代诗歌把握深入，他概括了综合性诗歌"由线性的美学趣味到对异质经验的包容"④，和袁可嘉的说法形成了呼应。

在理论表述当中，40年代从新批评成员瑞恰兹那儿翻译过来的"最大量意识""包容诗"说法普遍改为90年代的"不洁的诗歌""容留的诗歌""混杂性"。瑞恰兹是从心理学层面讨论读者阅读经验，90年代则转向了写作主体对矛盾冲突经验的容纳。这说明，90年代诗人对"矛盾异质"诗学的重视不是拿西方理论创造新路，而是结合自己生存体验和承担意识的中西共鸣。如果说袁可嘉译介的瑞恰兹的"对立平衡冲动"说不免有些心理科学意味，90年代诗人关于"异质混成"的诗观体现了诗人对存在困境的自觉介入。可见，90年代诗人不是袭用袁可嘉的整个"戏剧化"译介。

再者，90年代诗人、诗家发展出了关于"戏剧化手法"的诗学表述，这是在异域诗学基础上的丰富。在西方本源语的诗歌"戏剧化"理论中，由于叙事、戏剧文学的强大传统，戏剧化场景、引文等因素成为许多诗人写作中的自动化成分，因而不需要被视为专门的技巧。但在90年代，"戏

---

① 王家新：《回答普美子的二十五个诗学问题》，《诗探索》2003年第1—2辑。
② 西川：《〈大意如此〉自序》，见《大意如此》，湖南文艺出版社1997年版，第2页。
③ 张曙光：《关于诗的谈话》，载孙文波等编《语言：形式的命名》，人民文学出版社1999年版，第238页。
④ 姜涛：《叙述中的当代诗歌》，《诗探索》1998年第2期。

剧化手法"成为不少诗人认可的写作策略。戏剧场景的现场感、戏剧的对话独白旁白等技巧,都被当作丰富诗歌的高明技巧。萧开愚说自己自觉写过"戏剧独白诗","从勃朗宁,我学到了语气",并坦承"长时期地训练各种手艺,就是希望培养综合写作的能力"①。而孙文波则调动戏剧美学的"旁白",自觉探索现代诗歌的"引文"策略:"引文的使用在技术上为我带来了对诗句语意转折的新认识……正是在《地图上的旅行》一诗的写作过程中,主要是对引文的使用过程中,我领悟了什么是诗歌的戏剧性,以及怎样才能达到诗歌戏剧性的凸显。"② 这些都是诗人将戏剧场景、戏剧对白等因素纳入诗歌的个人诗观。

诸种戏剧化手法的发现,与 90 年代以来诗界"叙事性"诗学形成互动关系。在自觉诗人建构个人诗歌知识观念时,在他们自觉调动戏剧化场景的写作中,一种"叙事性"为核心关键词的话语产生了。对于何谓诗歌的"叙事性",又怎样区别于传统叙事诗中的叙事,程光炜、臧棣等学者都做过专门的阐释。那么,"叙事性"和"戏剧化""戏剧性"存在什么关系呢?有诗人提出,"戏剧化"是"叙事性"的"一种技术、因素、手段"③。但结合诸多诗人不同层面的话语内涵,如前面所述,90 年代诗人追求的戏剧化包含了角色化、矛盾冲突、戏剧化场景不同意味,"叙事性"不能包含前面两个内涵。因此,"叙事性"不能取代"戏剧化"。

---

① 萧开愚:《个人写作,但是在个人与世界之间:萧开愚访谈录》,《北京文学》1998 年第 8 期。

② 孙文波:《生活:解释的背景》,《在相对性中写作》,北京大学出版社 2010 年版,第 215 页。

③ 马永波:《客观化写作——复调、散点透视、伪叙述》,《诗探索》2006 年第 1 辑。

第二章

新诗戏剧化写作的历时考察

虽然新诗中的"戏剧化"论说有"理论的旅行"色彩，但文本写作却不能套上"搬袭"的帽子。考察几个阶段，诗人们的戏剧化写作自觉固然受了异域诗歌理论或文本的启发，但绝大多数都是诗人对自身现实语境或生命意识选择表达技艺的需要。而且，除了闻一多和袁可嘉将"戏剧化"作为策略方向，以扩大诗歌功能、改变诗坛风气，其他现当代诗人的戏剧化观都是自身调整面对语境言说态度或个人气质决定下的写作策略，并未将"戏剧化"本质化。纵观不同阶段的探索，出现新诗"戏剧化"论说和写作实践的主要本土内在原因有三个：拓展诗歌功能的需要，流派同人之间的互相激发，以及文本形式策略探索。

因为诗歌文类的特殊性，除了极少数单行者，新诗写作者都处于流派、同人群体的交流生态中，大家或明或暗地促进，在保持自己艺术个性独立的同时切磋某个新的突破方向，推动新诗技艺拓展。因此，从集中、明显的自觉戏剧化写作来看，主要集中于新月诗派、九叶诗派以及20世纪90年代以来的部分诗人。换句话说，有着自觉戏剧化意识的写作者几乎都联系着同时期或同一圈内诗人的戏剧化诗学，比如闻一多和新月诗派及外围的卞之琳，比如袁可嘉和九叶诗派，90年代更不用说，戏剧化观属于关切语境、追求复杂技艺的这类诗人们的个体诗学。当然，在新月诗人和九叶诗人这儿，他们的写作不受"戏剧化"倡导的指导，闻一多40年代的戏剧化倡导和新月诗人曾有过的戏剧化体式探索不是理论与实践的关系，袁可嘉更是反过来，本人的"戏剧化"主张起源于对校友穆旦、杜运燮创作中的"现代性"革新的阐释意图。由于每个阶段的戏剧化技艺侧重不同，需要对这几个阶段的诗派、群体的戏剧化探索做历时分析，包括他们对时代语境的态度，他们所处的新诗发展阶段的诗学逻辑，以及他们在跨语际实践中所受的异域文学的影响等等。

第二章 新诗戏剧化写作的历时考察

本章主要呈现的，是新诗戏剧化写作历时阶段的具体性和差异性。从最初新月诗人引进西方体式的初步实践，再经九叶诗人强烈的"现代化"意识推进，及至 90 年代诗人"个体诗学"中的"综合性"写作意识，戏剧化探索在三个阶段的出发点和诗学机制各有侧重，且阶段之间的诗学逻辑关系或隐或显。在对各个阶段阐述中，兼及考察戏剧化探索中所涉及的新诗发展的内、外问题，由此延伸至现代诗中的一些理论争议点。

第一节 "体式"建设意识下的戏剧化尝试

新月诗人"新诗戏剧化、小说化"的探索不仅得到了文学史家的认可①，也在一些新诗历史叙述文本中逐渐浮出水面。② 可以说，学界基本达成一个共识：新诗中的戏剧化探索成形于新月诗派。不过，一些晦暗未明的问题迎面而来。首先，新月诗人的戏剧化实践，是在什么意义上进行的？其次，新月诗人是五四白话诗粗糙、芜杂局面的自觉终结者，他们是一群"老老实实写诗"③的诗人，"戏剧化"这种非本体的诗歌实践如何与他们发生关系？再者，新月诗人的具体理论中并未出现"戏剧化"字样，其创作到底表现出哪些"戏剧化"尝试？深入这些问题，需要进入当时的诗歌现场。

一 吸收一切可能：新诗体式建设意识的成形

五四前后的十年，是新诗发生、建构的重要时期，尤其到新月诗人那里，他们"第一次自觉地从诗的本体要求出发重新面对诗歌的形式和语言要求，关心诗歌特殊的说话方式"④。在他们看来，"诗的进化也即诗体艺术的进化"⑤。以当时对体式试验热情最高的徐志摩为例，同代人陈源曾

---

① 钱理群、温儒敏、吴福辉：《中国现代文学三十年》，北京大学出版社 1998 年版，第 130 页。

② 参见孙玉石《中国现代主义诗潮史论》，北京大学出版社 1999 年版，第 451 页；龙泉明《中国新诗流变论》（1917—1949），人民文学出版社 1999 年版，第 240 页。

③ 陈梦家：《新月诗选·序言》，上海书店 1981 年版，第 19 页。

④ 王光明：《诗歌形式秩序的寻求——"新月诗派"新论》（上），《海南师范学院学报》2003 年第 6 期。

⑤ 朱湘：《北海记游》，《朱湘散文》（上），中国广播电视出版社 1994 年版，第 18 页。

评价他"几乎全体制的输入和试验，经他试验过的有散文诗，自由诗，无韵体诗，骈句韵体诗，奇偶韵体诗，章韵体诗"①。陈源所列举的这些"体制"前半部分为新的形式，后半部分指古韵，显然作了历史的打通，它间接表明，新月诗人的诗歌体式意识是比较明晰的。以此为背景，我们能仔细考察"戏剧化"尝试在那一阶段的生成机制。

需要明确的是，此处所称的"体"并不局限于通常"自由体""格律体""民歌体"等命名层面的意义，具有更宽泛的范畴意味。其实，即便古代人所论的"体"，也包括很多意义层内涵，如按照每句语词数量划分的就有四言体、五言体、七言体，按照诗行数目划分的律诗、绝句、歌行杂体等，按时代风格划分的如建安体、齐梁体、盛唐体，还有按个人风格划分的少陵体、太白体等。到白话诗阶段，"体式"分类名称涉及的意义层面出现变化。从格律严谨与否划分，有无韵体诗和格律诗；从有无分行来划分，有散文诗和自由诗；从规模大小划分的"小诗"与"长诗"；从表现方式来划分的抒情诗、哲理诗、叙事诗、"剧体诗"②等，"体"的意味不拘一格。

新诗的诞生是以破坏古典文言诗体为前提的，但"破"与"立"从来都是相辅相成的，要打开新诗的格局，需要一定的体式建设意识，这一点在几位早期白话诗先驱那里就体现出来了。作为白话诗的"始作俑者"，胡适一边宣布"新诗除了'诗体大解放'一项之外，别无他种特别的做法"③，主张打烂五七言八句的枷锁，将音节的自然节奏代替古代的平仄声韵，另一边还是尽可能在写作实践当中谋求一些独特的体式，比如他曾不无自得地将自己《应该》一诗称为"创体"④。活跃于同一时期的刘半农也大力呼吁"破坏旧韵重造新韵"和"增多诗体"，他质疑了"绝句、古风、乐府"在新诗中存留的必要，甚至不满意胡适的《朋友》《他》采用齐整的五言格式，认为"建设新文学的韵文之动机，倘将来更能自造，或输入他种诗体，并于有韵之诗外，别增无韵之诗"⑤。这里的

---

① 参见徐志摩《猛虎集·序文》，上海新月书店 1931 年版。
② 朱湘：《分类》，载《朱湘散文》（上），中国广播电视出版社 1994 年版，第 248 页。
③ 胡适：《谈新诗》，刘匡汉编《中国现代诗论》（上编），花城出版社 1985 年版，第 13 页。
④ 胡适：《尝试集》，人民文学出版社 2000 年版，第 181—182 页。
⑤ 刘半农：《我之文学改良观》，《新青年》第 3 卷第 3 号。

"自造"和"输入",表明了刘半农对诗体建立途径的设想。

体式意识直接孕生了新诗的一些形态品种,从一定程度上看,白话诗在体式的"自造"和"输入"两者关系当中,后者的成分明显占据主导。正如朱自清所说,新诗运动中"最大的影响是外国的影响"①。新的分行、标点样式,新的欧化文法,都是西方文学作用的结果。作为新诗成长历史见证者的梁实秋甚至大胆断言:新诗"实际就是中文写的外国诗"②。初期白话诗人推出的"小诗""散文诗"这两类有较大影响,并最终获得命名的品种,就是在借鉴异域概念的基础上形成的。小诗最早是周作人译介过来的,他从希腊"诗铭"的精炼、印度的"伽陀"的神秘、日本的"俳句"的含蓄,领悟到这种诗篇短制自由、简洁、隽永的特征,并以此暗接我国古典"绝句"的美学趣味,而冰心、宗白华等人在泰戈尔著名小诗的启发下大力实践,"小诗"很快成为当时新诗的一种范型。这种一般理解为"一行到四行"的不起眼体式,被许多诗人模仿借鉴,最终获得了合法性命名,成为正式的批评概念③。另一种类"散文诗"之所以被当时诗界传为一种流行的诗体,也是西方诗学影响的结果。刘半农本着"增多诗体"的自觉,最早译介了屠格涅夫的四首散文诗④,几年后,"散文诗"在中国有了命名。周作人发表《小河》时也征引了法国散文诗为自己解释:"有人问我,这诗是什么体,连我自己也答不出。法国波特来尔(Baudelaire)提倡起来的散文诗,略略相象。"而正是这首散文诗,被胡适誉为"细密的观察、曲折的理想""新诗中的第一首杰作"⑤,且被康白情宣称为"新诗正式成立"⑥的标志。与此同时,刘半农、康白情、沈尹默自己创作的散文诗也加快了这一诗体的流行趋势。小诗和散文诗这两种体式的发展证明,异域诗歌成为推动新诗体式发展的有力参照和借鉴对象,五四白话诗在破与立的互动中发展着新的体式,并主要从异域体式那里获得合法资源。

---

① 朱自清:《中国新文学大系·诗集导言》,上海良友图书公司1940年版,第354页。
② 梁实秋:《新诗的格调及其他》,《诗刊》创刊号,1931年1月20日。
③ 当时集大成的研究著作有胡怀琛的《小诗研究》(商务印书馆1924年版)。
④ 刊于《中华小说界》第2卷第7期,1915年7月。
⑤ 胡适:《谈新诗》,刘匡汉编:《中国现代诗论》(上),花城出版社1985年版,第2页。
⑥ 康白情:《新诗底我见》,刘匡汉编:《中国现代诗论》(上),花城出版社1985年版,第36页。

值得注意的是，当时的体式意识并非意味着为新诗寻找某种固定或稳定的形态，而是抱着开放的实验的心态，试图探索新诗的发展可能。从严格意义上看，五四时期的"小诗""长诗""散文诗"等诗体命名和古典的"律诗""绝句"有着本质的区别，后者严格规范了行的建制和韵的安排，是"定体"的"体"，前者只是大体的规模、书写特征的通称，归根结底是一种"无定体"的"体"。从初期白话诗人一直到郭沫若、湖畔诗人，基本都遵循了"有什么话，说什么话，诗该怎么做，就怎么做"① 的自由原则，无论是写实，还是直接抒发胸臆，都是对客观或主观世界的自然摄写。

新诗发展到了陆志韦、闻一多、饶孟侃等新月诗人这里，不再承担着"白话文革命"和"思想革命"的双重历史使命，同时，文白成分的纠缠和各种"主义"的宣教，也很少成为诗作者的首要考虑对象，因而，"体式"意识进一步走向规范。新月诗人明确提出，诗不是"写"出来的，而是"做"出来的②，倡导"格律"诗学和"理性节制情感"的主张，将早期新诗一味注重"白话"转向对"诗"的关注。他们对形式的诉求，在新月诗派成立之前就显示出来。③ 闻一多留学美国之后，诗歌"形式"代替了原来的"情感"而成为他考虑的核心问题，他提出：

> 我们要打破一个固定的形式，目的是要得到许多变异的形式罢了④。

徐志摩也在 1923 年的一篇文章中探讨"真诗""坏诗""形似诗"，认为"真好诗是情绪和谐了（经过冲突以后）自然流露的产物""假诗是盗窃他人的情绪与思想来装缀他自己心灵的穷乏与丑态""形似诗是外表是诗而内容不是诗"⑤。当这些"诚心诚意地试验作新诗"⑥ 的诗人齐聚一

---

① 胡适：《建设的文学革命论》，《新青年》第 4 卷第 4 号，1918 年 4 月 15 日。
② 闻一多：《诗的格律》，《晨报副刊·诗镌》1926 年 5 月 13 日。
③ 一般以《诗镌》创办时间将新月诗派分为前后两个时期。
④ 闻一多：《泰果尔批评》，《时事新报·文学》，第 99 期，1923 年 12 月 3 日。
⑤ 徐志摩：《杂记（二）：坏诗，假诗，形似诗》，《努力周报》第五十一期，1923 年 5 月 6 日。
⑥ 梁实秋：《新诗的格调及其他》，《诗刊》创刊号，1931 年 1 月 20 日。

堂，自然生出了"要把创格的新诗当一件认真事情做"① 的共同意愿，新诗体式的探讨由此进入了正轨。

从一定程度上看，新月诗人的"格律"体式追求源于他们内在的古典主义趣味，但同样离不开对西方诗歌资源的借鉴。对于生长于强大诗歌传统的诗人来说，古典旨趣是由文化自动生成的，如胡适、俞平伯等人一边追求"白话诗"，一边还脱不了古代词调格式，但新月诗人却是更自觉追求"做中西艺术结婚后产生的宁馨儿"②。这种化合古今、兼容中外的开放态度，使新月诗派成为中国新诗发展史上建设的一代。于是，"格律"不再被传统的词调所范围，而吸收了异域的音节、音尺、节奏等诗歌理论。在创作的诗体方面，英国近现代诗赢得了他们的青睐，仅从诗行安排看，新月诗人就自觉实验了西方的二行、三行、五行、六行、八行、十行、十二行、十四行（商籁体）等丰富多样的体式。当年有人对孙大雨的十四行诗疑虑重重，徐志摩理直气壮地说："我们有欧美诗作我们的向导和准则"③，这颇能见出新月诗人义无反顾借鉴他者的勇气和信心。这种引进的热情在当时还引起了外国人的注意，有西方论者说："他们都深受英国影响，不但在试验英国诗体，艺术上也大半模仿近代英国诗。"④

新月诗人创作中所谓"艺术上的模仿"，就包括笔者所讨论的"戏剧化"写作，它是闻一多、徐志摩、饶孟侃等人对勃朗宁、哈代式的"戏剧化"诗风借鉴的结果。五四时期影响新诗的异域诗潮、诗人众多，有王尔德式的唯美主义，梅特林克、波德莱尔、魏尔伦的象征主义，有布莱克、济慈、拜伦、雪莱、华滋华斯及歌德式的浪漫主义，还有丁尼生、勃朗宁等人的维多利亚诗风及其现代变种哈代、霍斯曼。新月诗人各自与这些西方诗人有着不同的诗学渊源，但几个主要诗人都不同程度地接触了维多利亚诗风，对勃朗宁、哈代等人自觉"戏剧化"创作所产生的一些体式产生了特殊的兴趣，并由此实践了新诗中的"戏剧化"文本。

二 结缘于维多利亚"戏剧化"诗歌

在一般文学史叙述惯例中，五四时期的个性解放潮流为浪漫主义文学

---

① 徐志摩：《诗刊弁言》，《晨报副刊·诗镌》第1期，1926年4月1日。
② 闻一多：《〈女神〉之地方色彩》，《创造周报》第5期，1923年6月10日。
③ 参见《诗刊》第2期"编者前言"，1931年4月。
④ 参见朱自清《中国新文学大系·诗集导言》，上海良友图书公司1940年版，第354页。

提供了温床，而以审美现代性为高标的新诗现代化进程，也寓示着唯美主义、象征主义、现代主义的存在价值。以此来衡量，英国19世纪中后期的维多利亚诗歌似乎难以和新诗发生关联。然而，新月诗人的古典主义节制态度和开放包容的艺术取向，使他们有可能吸收不同旨趣的艺术经验，他们的风格归属一直难以定位。青春的抒情风格，自由追求的个性和灵动的想象，使他们流露出了"浪漫派"的气质；对现代文明冲击下的爱欲、死亡体验的迷醉，使他们烙上了"颓废"的症候，颇有"唯美派"之风；严谨的诗律规范意识，客观节制的原则，又凸显了他们"古典派"的倾向。只有认识到新月诗人这种多元化追求，才能理解他们与维多利亚诗风的邂逅。

结缘于维多利亚诗风的新月诗人，主要有闻一多、徐志摩、饶孟侃等几个主要成员。严格说来，新月诗派虽然有自己的刊物和共同的格律意识，但仍是一个流动、松散的诗人群体（与新月社没有必然的联系），先后三个刊物《诗镌》《新月》《诗刊》几易其主，导向不一，几个理论影响或创作成就较大的成员闻一多、徐志摩、饶孟侃、陆志韦、朱湘、陈梦家也并不是铁打式固定地密切交流，美学趣味各有侧重。其他先后参与的诗人如杨子惠、刘梦苇、孙大雨、蹇先艾、于赓虞、沈从文、杨振声、林徽因、曹葆华、邵洵美、方玮德、方令孺和卞之琳都比较边缘化。因此，维多利亚诗风对新月诗人的影响不可能作用在每一个成员身上，同样，创作中的"戏剧化"艺术借鉴也局限于部分诗人。

"维多利亚诗风"是一个相对的命名，它主要指英国19世纪中后期维多利亚时期的丁尼生、勃朗宁和略晚的哈代、霍斯曼等诗人写作风格。他们告别浪漫主义主观神秘抒情，倡导冷静、内省的写作。从接受时间和影响场域来看，结社前的闻一多、徐志摩率先各自接触了维多利亚诗人丁尼生、勃朗宁及后继者哈代、霍斯曼，他们留学英美的个人艺术经历，无疑加深了影响的程度。前文提及过，闻一多整个地肯定和汲取维多利亚文学。相对来说，徐志摩主要倾心于哈代，翻译哈代约10首诗，占其译诗的1/3。他本人的写作常常和翻译同时进行，甚至存在一定的互文关系。在翻译哈代的戏剧化诗歌《"我打死的那个人"》时，徐志摩就近借鉴而作了《太平景象》一诗[1]。闻一多、徐志摩对维多利亚诗风的兴趣在结社

---

[1] 两首诗同时刊登于1924年9月28日的《晨报副刊》。

第二章　新诗戏剧化写作的历时考察

后的新月诗人那里获得了推广。新月主将饶孟侃，便对闻一多首次带回国内的霍斯曼诗集近乎生出了嗜好，前后翻译了《犯人》《百里墩山》《新兵》《别》《乡思》《要是》《生活》等 13 首诗，译介霍斯曼的热心程度甚至超出了闻一多和梁实秋。

　　从接受、比较学角度看，异域诗人对新月诗人构成了三个方面的吸引。首先是悲观、怀疑主义精神气质的引领。在 19 世纪中叶的英国，工业物质文明的张扬，引发了人们对"上帝"的信仰危机，浪漫主义诗人建立的"天才""灵性"等自我扩张的神话面临解体，想象中的"自然"力量也失去了对精神的庇护能力。因此，从维多利亚时期开始，诗人逐渐改变浪漫主义诗歌的崇高"幻象"思维，冷静地逼视现实存在世界的真正境遇。如勃朗宁许多诗篇折射了时代信仰的混乱，他的《我的前公爵夫人》《忏悔室》《安德烈，裁缝之子》，分别呈现了一个公爵的虚伪、冷傲、善妒，一个轻信教会的姑娘，一个颓唐的艺术崇拜者。现代时期的哈代，也直接面向现代人的精神危机，《堕落的姑娘》表现了工业文明对乡村社会的侵染，《农夫的直言》《告警》间接表达对战争的批判，《呀，你在掘我的坟？》折射出世人对逝者的冷漠遗忘。霍斯曼是一个朴实温厚、具有乡土气息的诗人，他的《"再会了，仓厩，禾堆，和丛树"》《在一年以前我的爱和我》均通过什罗普郡—少年，寄寓自己对无常的现实、无奈的世界的悲观体验。这些诗歌的冷静、深刻的悲剧性精神特质，引发着闻一多、徐志摩等人的共鸣。以徐志摩为例，他特别倾心于哈代。哈代诗中的深刻悲哀以及冷静的艺术控制能力，使徐志摩将他和华兹华斯区别开来，称其"足够与莎士比亚、巴尔扎克并列"[①]，为此还去拜见过哈代本人。在文学史上，徐志摩等常常被塑造成单面的"浪漫者"，这无形中遮蔽了诗人立体的精神结构，忽视了其内在的精神资源。

　　其次也最为关键的是，维多利亚诗风节制而硬朗，诗人能根据"戏剧"美学原则创造出角色独白体、对话体等诗体，这对致力于体式探索的新月诗人更具有实际可操作性的借鉴意义。勃朗宁是浪漫主义诗歌之后最早开启"戏剧化"实践的诗人，他批评浪漫主义诗歌只有诗人自己的声音，返身"戏剧"文学传统寻求突破。他的成功实践，使其诗歌成为西方批评对"戏

---

　① 徐志摩：《汤麦司哈代的诗》，载《东方杂志》21 卷 2 号，1924 年 1 月 25 日。参见韩石山编《徐志摩全集》第一卷，天津人民出版社 2005 年版，第 397 页

剧独白诗"这一诗体定义的注脚范本。勃朗宁的影响最终以文学传统的形式体现出来,在他的启发下,哈代的《参加他的葬礼》《勿为我悼伤》,叶芝早期的《弗兰茨如何保持沉默》,庞德的《诗章》,艾略特的《普鲁弗洛克的情歌》《枯叟》《一个女士的肖像》都采用了戏剧独白体式。与成为专有名词的"戏剧独白体"相似的另有"戏剧性对话"体式,虽然它没有获得命名,但构思原理和美学机制相差无几,如哈代的《堕落的姑娘》运用两个女性的对话反映人物物质追求态度的变化,诗人没有直接议论或说理,却能深入人的内心灵魂本质,体现了艺术的节制力。还有一种"戏剧化"实践是不一定包含独白或对话,但文本呈现的是具有潜在冲突意味的戏剧化情境,如哈代常常"通过高度浓缩的戏剧场面,把他的浓烈情感以及亲身经历巧妙地隐藏起来"[1],或者以"一个小小的情节,平平淡淡,在结尾处缀一个悲观的讽刺"[2],增强戏剧化效果。

  上述几种"戏剧化"表现体式对新月诗人产生了明显的影响,一些诗作中都能看到对应的特征。严格说来,"戏剧化"的独白或对话不是一种本体的形式探索,称不上体式类型,但在当时新月诗人看来,一切形式都富有意义,任何可能都值得同等努力。他们既执着于格律、诗行、音顿等视觉听觉形式,也探索其他层面的表现方式。戏剧化的独白、对话和场景,为诗人间接表达对世界和人生的情思态度,提供了节制而曲折的言说方式。这种冷静客观的诗风,透出了艺术的蕴藉、内敛个性,自然吸引了新月诗人。再有,维多利亚诗风大多数是口语风格,异域诗人的成功实践,一定程度上有助于新月诗人树立对白话诗使用现代口语的信心。这一点将在后文专表。

  当然,独白、对话和场景等并非稀有的表现方式,也不是异域诗歌所独有。在我国古代诗中,《诗经》中的《女曰鸡鸣》《鸡鸣》即由男女对话构成,前者写两情相悦,后者写妻子促君早朝;《溱洧》则叙述了男女春游、嬉戏的欢乐场景;乐府《上邪》是一民间女子(或贵族小姐)的爱情独白。五四早期白话诗也有一些延续乐府风格的"对话体",如刘半农的《卖萝卜人》、胡适的《人力车夫》、沈尹默的《刘三来言子谷死矣》等。但从整体上看,五四白话诗中的对话、场景属于现实主义式的再现,

---

[1] 参见飞白编《世界诗库》(第2卷),花城出版社1994年版,第549页。
[2] 梁实秋:《谈徐志摩》,台北远东图书公司1956年,第50页。

既无明显的戏剧化效果，也缺乏个人的艺术创化。闻一多、徐志摩等人诗中的独白、对话体式更主要地从异域诗歌借鉴了戏剧性在场感、逆转效应，诗人与角色、读者之间构成了多重距离，因而有着独特的体式意味和语言功效。

三 对称于表达的需要：新月诗人的"戏剧化"实践

虽然新月诗人在二十世纪二三十年代的诗学文章并未明确提及"戏剧化"话语，但从具体文本中可以看出，维多利亚诗风中的"戏剧化"体式及风格对新月诗人的影响最终体现在创作上，"戏剧化"作为文体意识、表现方式等不同内涵进入到新月诗人的部分创作当中，因而学者孙玉石将此概括为新诗戏剧化实践的"尝试性探索"[①]。

大体统计下来，闻一多的《闻一多［先生］的书桌》《大鼓师》《荒村》《天安门》《飞毛腿》《春光》《罪过》《欺负着了》《叫卖歌》等诗作，都实践了戏剧化体式或风格；而徐志摩在1924—1926年，写下了《一条金色的光痕》《叫化活该》《谁知道》《盖上几张油纸》《卡尔佛里》《翡冷翠的一夜》《罪与罚》（二）、《海韵》《运命的逻辑》《新催妆曲》《月夜听琴》《两地相思》《大帅》等多首以"戏剧独白"或戏剧化场景为体式特征的诗作，直到1931年，他还推出了长篇戏剧化体式的《爱的灵感》。在其他新月诗人那里，饶孟侃的《醉歌》《三月十八》《天安门》和杨子惠的《"回来啦"》，赛先艾的《回去！》通过独白或对话体表现时局；陈梦家的《悔与回——给方玮德》拟浪荡公子的忏悔口吻和心声；朱湘的《昭君出塞》用琵琶般的音色奏出历史人物的独白；沈从文的《对话》，方玮德的《海上的声音》中借用了对话声音。在外围，卞之琳的多个诗篇灵活调动了各种戏剧化手法，而30年代的臧克家由于和闻一多的师承关系，同样也在他的《老哥哥》《天火》《卖孩子》《大寺》中运用了"戏剧化"体式。由此可见，异域体式经由新月主要诗人的引进，逐渐引起了圈内其他诗人的试验热潮。

新月诗人从维多利亚诗风借鉴的"戏剧化"表现体式，首先要和郭沫若开创的诗剧区别开来。严格地说，诗剧是以诗体对话写的戏剧文本，它具有戏剧的情节、结构、角色等完整的形式意味，且可以付诸演出，如

[①] 孙玉石：《中国现代主义诗潮史论》，北京大学出版社1999年版，第451页。

郭沫若的《湘累》《孤竹君之二子》等诗剧，皆以神话、历史中的角色或人物之间的矛盾故事为结构，意在展示主要冲突和主题，塑造正反面形象，文本中具有紧张、动态的情节冲突和戏剧性高潮等戏剧因素，如《女神之再生》正面描述共工与颛顼争夺帝位、混战厮杀的故事。正因上述因素，学者普遍认为郭沫若诗剧"属戏剧之一种"[①]。而新月诗人的"戏剧化"诗歌创作并无戏剧的动作、长度及结构特征，只是借用角色对话、情境展示、逆转等戏剧形式和技巧要素，追求的是"诗的戏剧表现"[②]。另外，"戏剧化"诗歌也不等于一般的"叙事诗"。叙事诗有长短之分，长篇叙事诗属于典型的叙事文类，既需"叙"的行为，也有"事"的本体，文本的前进动力在于故事推进和主题演绎，其中的戏剧性来自情节本身。新月诗人曾进行过长篇叙事诗的努力，如朱湘的《王娇》、孙毓棠的《宝马》、沈从文的《絮絮》、陈梦家的《老人》等具有传奇、史诗叙述特征的文本，都"围绕人的性格冲突及其命运的成长经历与'故事'，以揭示人物关系并拓展叙事空间"[③]。而他们另一些"戏剧化"体式的诗歌，既没有明显的"叙"事线索，不需要遵循一定的叙事逻辑，也无清晰的"事件"可寻，文本或者呈现为无叙述者引领的戏剧化独白、对话，作者立场显得客观、中立，或者在极少的叙述中强调间离的态度。

就本质而言，体式并非只有纯粹的形式意义，选择一种表现方式，往往和诗人特定的表达需求相关。新月诗人最初实践的"戏剧化"创作，并非仅仅停留于照搬、移植的兴趣上，而是基于具体情感、题材、主题的表现需要，他们对异域形式的借鉴，最终是为了与表现对象的契合。

从传达效果看，"戏剧化"体式有效地实现新月诗人对现实社会的人文主义关怀。新月诗人虽然重视诗歌的辞藻、音乐美，但对形式美的创造并没有限制他们局限在"纯诗"追求上，同时又没有重复早期白话诗人为表达公共关怀和时代精神而进行的直白叙事、说理和议论，他们将题材、内容与艺术形式平行看待，尽力调和二者的关系。如闻一多提倡新诗的格律时特别提出，"律诗的格式与内容不发生关系，新诗的格式是根据

---

① 陈鉴昌：《郭沫若诗剧和早期话剧的艺术成就》，《郭沫若学刊》1999 年第 2 期。
② 张汉良：《从戏剧的诗到诗的戏剧——兼论台湾的诗剧创作》，《现代诗论衡》，幼狮文化公司 1977 年版，第 70 页。
③ 王荣：《论"新月诗派"的现代叙事诗创作及其理论批评》，《文学评论》2008 年第 2 期。

内容的精神造成的"[1]；徐志摩也认为，"艺术的涵义是当事人自觉地运用某种题材，不是不经心的一任题材的支配"[2]，作诗不能是"单讲内容"或单讲"形式主义"[3]。

和诗人直接出面叙述、议论、说理比较起来，"戏剧化"体式往往以虚构的角色、客观的对话和在场的情境，显得节制、含蓄而生动。在具体创作中，新月诗人的人文视野涉及人权、道德、民主、自由、秩序等层面，为了避免早期白话诗的直白与浅显，纷纷尝试了维多利亚诗歌的"戏剧化"体式。如徐志摩的《太平景象》，在两个士兵的对话中生动而间接表达了诗人对战争的批判；《大帅》同样以士兵在场的对话体反映军阀对生命的漠视；《卡尔佛里》虚构耶稣就刑时一位看客的一场戏剧独白，深入了人世间的道义问题；《一条金色的光痕》是一个乡下农妇为刚死去的孤寡老人上门求有钱人资助埋葬的戏剧片断，诗人借这一情境表达自己对人性尚存的信仰。又如面对当时的"三·一八"惨案，新月诗人不是像一般的宣传类诗歌那样持着强烈指责、批判的倾向性判断，而是通过冷静的观察，戏剧化地呈现一个个场景片断：饶孟侃的《三月十八日》《天安门》，闻一多的《欺负着了》《天安门》，杨子惠的《"回来啦"》，都通过具体戏剧化情境中的人物独白、对话间接表达了对这一社会事件的关注和批评，诗人没有主观性地介入和评价，诗中角色的语言和诗人立场、读者判断不是同构关系，形成戏剧化间离。这种戏剧化体式诗歌比起刘半农的《敲冰》、叶绍钧的《浏河战场》、刘宇的《械斗》等完全写实的叙事诗，更有一种节制的内敛。

新月诗人的戏剧化尝试同样对称于他们的口语化追求。晚清"诗界革命"以来，新诗就开始了"我手写我口"的追求，胡适倡导"白话诗"，进一步确定了现代诗歌语言由文言转向现代语的方向，口语因而成为新诗重要的语言资源。尽管90年代以来郑敏等部分学者开始审视现代汉诗的语言芜杂问题，质疑白话诗语言革新的"过激"[4]，但19世纪中叶中国被纳入世界体系之时，就预示了文学的"白话"取代"文言"这一必然趋

---

[1] 闻一多：《诗的格律》，《晨报副刊·诗镌》1926年5月13日。
[2] 徐志摩：《诗刊牟言》，《晨报副刊·诗镌》1926年4月1日。
[3] 徐志摩：《诗刊放假》，《晨报副刊·诗镌》1926年6月10日。
[4] 郑敏：《试论汉诗的某些传统艺术特点——新诗能向古典诗歌学些什么?》，《诗歌与哲学是近邻：结构——解构诗论》，北京大学出版社1999年版，第346页。

势。可以说，即使没有胡适的尝试，现代汉语同样必定成为新诗语言主体。就实绩而言，五四白话诗人由于传统的因袭以及宣传各种"主义"的说教动机，诗中的"口语"流于稚嫩、浅拙，新月诗人由于有了维多利亚诗风技巧的借鉴，往往在戏剧化体式中发挥"口语化"的妙处，因而在五四前人开辟的"白话"向度上进行了相当的延展和提升。至今看来，他们是最早成功地实践新诗口语风格的开路人。后文将进一步讨论这层意义。

第二节 现代化诉求下的戏剧化写作

新月诗人20世纪20年代的"戏剧化"写作集中于文体、表达方式的探索，到40年代"现代主义诗歌"[①] 流派——"九叶"[②] 诗派这里，"戏剧化"并非对上一阶段的顺承，而是发生了内涵的深化和扩展，即更注重诗歌文本内部情思的矛盾、冲突性。这种"戏剧化"转向很大程度上源于当时九叶派诗人对于西方现代主义诗歌的追慕。无论是穆旦、杜运燮的创作实践，还是袁可嘉随后的理论译介，都透出中国诗人深在于心的"现代化"诉求。

一 在场的诱引：英美现代主义诗歌的"戏剧性"

如第一章所述，袁可嘉的新诗"戏剧化"理论主要基于他对穆旦、杜运燮诗歌新变的察觉，后两个诗人的戏剧性诗思和戏剧化手法让他感到中国新诗焕然一新。而穆旦、杜运燮文本新质的主要来源，在于西南联大时期对具有现代主义诗风的艾略特、奥登等人的揣摩借鉴。尽管"现代性"话语指涉近年显示了悖论性、局限性的一面，但就新诗产生、发展中的环节来看，不少阶段都体现了强烈的"现代性"冲动。晚清"我手写

[①] 学界普遍认为，不是每位"九叶"诗人都是现代主义者。"九叶"成员唐湜也提出，穆旦、杜运燮、郑敏、袁可嘉四人"受西方现代派熏染较深"，其他成员具有"现实主义"或"浪漫主义"个性。参见唐湜《我的诗艺探索》，载王圣思编《"九叶诗人"评论资料选》，华东师范大学出版社1996年版，第396页。

[②] "九叶诗人"是新时期追加性的称谓。历时性地看，它分为"西南联大时期"和"中国新诗"时期，按照地域群落性，又分为"联大诗人群"和"上海诗人群"。本文主要讨论联大诗人，但仍沿用"九叶"称谓。

我口"的"现代语"主张,新月诗人输入异域"体制"的自觉"西化",30年代现代派成员施蛰存倡导的"现代性意识的体现",都表征着新诗发展中的"现代化"意识。借用臧棣的话说,"新诗的诞生及其所形成的历史,是以追求现代性为本源的","评价新诗,现代性是我们迄今所能发现的最可靠的途径"①。不过,比起30年代施蛰存们对时间观念层的"现代性"体认,穆旦几位九叶诗人则注重包含主体复杂精神的"现代性"审美旨趣,而他们这一独特形态的"现代化"诉求,源自特殊的艺术机缘和特定时代感受的结合。具体地说,穆旦等人因为有了燕卜荪这一诗人型外籍教师的课堂传授,首次在新诗史上现场般地触到了世界现代诗的最前沿;而40年代严酷的战争环境,也使中国诗人获得了复杂的存在体验。

关于九叶诗人在40年代的先锋性、现代性,局内人郑敏先生曾提醒研究者:"40年代中国现代主义新诗与1930年代由戴望舒等所创办的《现代》杂志没有明显的直接联系,以当时青年现代主义诗人群来讲,他们中多数对戴望舒中期所宣传的诗歌论是生疏的。他们更多的是从1940年代传入中国的西方文艺思想中接触到当时的世界诗潮。"②从当时的文学历史情境来看,郑敏这番回顾确确凿凿。在40年代前后的西南联大诗人中,冯至、郑敏吸收了德国诗人里尔克的诗思和诗艺,卞之琳、穆旦、杜运燮等诗人则与艾略特、叶芝、奥登等英美现代主义诗人相接。虽然学习他人不能等同于现代化,但诗人如此集中性地接轨世界现代主义诗歌,不能不说包含了对"现代化"的求索。

从影响因素看,西南联大的成长环境无疑为九叶诗人主要代表提供了独特的诗歌知识结构,学院氛围内的写作,必然使他们和当时宣传类诗歌拉开一定距离。40年代是一个忧患重重的时代,类似二三十年代那样的绝对"纯诗"写作几乎绝迹,不用说艾青、臧克家等原本就注重关怀民族生存现实的"革命现实主义"诗人,就是戴望舒、何其芳、卞之琳等早期具有唯美倾向的现代派诗人,都悄然转向了对灾难斗争现实的描写。九叶诗人同样心怀知识分子的良知,关注民族存亡与人类生命。从这一层面看,若把九叶诗派和七月诗派视作对垒阵营多少显得偏颇。但另一方

---

① 臧棣:《现代性与新诗的评价》,《文艺争鸣》1998年第3期。
② 郑敏:《诗歌与哲学是近邻:结构——解构诗论》,北京大学出版社1999年版,第227页。

面，西南联大作为战争时期唯一纯粹的文化学术中心，它的课程设置、师资结构又确实给成长于斯的年轻诗人提供了得天独厚的探索新诗的有利条件。张新颖对这一文学现象如此估量："学院讲授的文学——主要是近现代的西洋文学——对创作界产生了相当大的影响，推动新文学发生了深刻的变化。"① 在当时西南联大师辈中，冯至的德国留学背景，卞之琳、叶公超的英美文学知识结构，都为青年诗人打开了视界；而最直接推动当时青年诗人文本变革因素的，还数外籍教师燕卜荪的《当代英诗》课。燕卜荪自己作诗，又对英美诗坛朋友的作品十分熟稔，从艾略特《普鲁弗洛克的情歌》《荒原》，到奥登的《西班牙》和写于中国战场的十四行②，经由燕卜荪的讲解，穆旦、王佐良、杨周翰、赵瑞蕻等青年诗人几乎现场般地感受、揣摩着英美现代主义诗风，由此逐渐培养了他们对诗歌"现代性"的感知和理解。这种在场式的西方影响，在整个新诗史上也是绝无仅有。用亲历者王佐良的话说，"一个出现在中国校园中的英国现代诗人本身就是任何书本所不能代替的影响"③。

燕卜荪从英国来华，给西南学子们传递了英美现代主义诗歌特质及细读评论分析方式。从他 1930 年出版的《含混七型》中可以看到，他分析雪莱、玄学派诗人，与艾略特积极对话。而且，据王佐良回忆，燕卜荪对玄学派诗人马维尔的诗做过推荐，艾略特在诗学文章中也专门鉴赏过马维尔的诗。由此，可以结合马维尔、艾略特、奥登的几首诗，推究英美现代主义诗歌的某些趋向，发掘西南联大学子的审美新异之源。

艾略特的现代诗观非常新异，除了"非个性化"理论，他推崇"思想和感觉"的融合，注重意象的扩展和突变，追求复杂和惊奇的效应。因此，尽管马维尔诗作数量有限，真正有价值的就几首，但艾略特特别赞许马维尔《致羞涩的姑娘》一诗，认为不但意象机智，在轻快优雅的抒情格调下具有坚实的理智，而且可以满足柯勒律治关于想象的定义，具有明白、实在的精确性④。该诗有一段："假如我们的世界，我们的时间没有

---

① 张新颖：《学院空间、社会现实和自我内外——西南联大的现代主义诗群》，《当代作家评论》2001 年第 1 期。
② 王佐良：《谈穆旦的诗》，《王佐良文集》，外语教学与研究出版社 1999 年版，第 429 页。
③ 王佐良：《怀燕卜荪先生》，《语言之间的恩怨》，天津人民出版社 1998 年版，第 108 页。
④ ［英］艾略特：《艾略特文集》，王恩衷编译，国际文化出版公司 1989 年版，第 41—43 页。

尽头/这种羞涩，姑娘，就不是罪过/…我会/在洪水到来之前爱你十年/而你，如果愿意，应该拒绝/直到犹太人的皈依之日/我的爱会像植物般生长/比帝国更广阔，更缓慢。"艾略特对这几句特别钟情。他评道，"意象浓缩，一个接着一个，每一个都发展了原先的幻想。当这一过程即将结束并得到总结时，诗的进程突然转向，使人感到惊讶，这是荷马以来诗人们为了制造诗的效果所采用的最重要的手法之一"①。艾略特这番论诗传递出世界现代主义诗观一个风向，即注重轻快与严肃共存的戏剧感，意象诗思的突变，这些可谓后来英美新批评成员诗歌"戏剧性"观的内核来源。

而艾略特本人的诗作，更是实践着他反浪漫主义甜美音调、感伤抒情的个性，西南联大学子们从燕卜荪那儿读到他的《荒原》《普鲁弗洛克的情歌》，它们带来一种现代都市生命体验的新感性。比如"街连着街，好像一场冗长的争议/带着阴险的意图/要把你引向一个重大的问题""我是用咖啡匙子量出了我的生命……当我被钉着在墙壁上挣扎/那我怎么能开始吐出/我的生活和习惯的全部剩烟头"（《普鲁弗洛克的情歌》）②，把内心的矛盾寄寓于都市生活语象，其中现代人幽微、尖锐、深刻的体验，大跨度的奇喻，显示出与玄学派诗不同的机智和戏剧性。这首诗被评为向19世纪传统英诗决裂的标志，代表了现代的"方向"③。至于《荒原》一诗，大量的日常场景彼此错杂对立，用新批评成员布鲁克斯的话说，"借助表面的类似实则构成事实上讽刺的对比，又借助表面的对比实则构成事实上的类似"，混乱、复杂的经验材料中有统一感，诗的主题逐渐呈现，而非诗人强加宣传出来，由此实现了"主题的戏剧化"④。在西方，《荒原》的审美效应达到"迷醉和摧毁了整整一个时代"⑤。

奥登作为燕卜荪课堂上推崇的诗人，是一位既深沉严肃、又喜作"轻松诗"的"红色诗人"，他1938—1939年战时来华进一步激发出中国诗人对他的青睐。奥登十四行组诗《战时》，一方面是反讽轻松效果，一方

---

① [英] 艾略特：《艾略特文集》，王恩衷编译，国际文化出版公司1989年版，第38页。

② [英] 艾略特：《普鲁弗洛克的情歌》，《穆旦译文集》（4），人民文学出版社2005年版，第341、343页。

③ [英] F. R. Lesvis. *New Bearings of English Poetry*. London：Cox&Wyman Ltd. 1979，p. 60.

④ 参见《穆旦译文集》，人民文学出版社2005年版，第405—407页。

⑤ [美] 埃德蒙·威尔逊：《阿克瑟尔的城堡》，黄念欣译，江苏教育出版社2006年版，第86页。

面透出悲悯、复杂的人类学关怀意识，这种机敏又深沉的艺术是当时战争文学所匮乏的，引发穆旦、杜运燮等青年诗人的艺术共鸣。奥登擅长将相反的词组、意义并置于一首诗中，造成强烈的戏剧性。关于奥登矛盾修辞的模糊语言的来源，英国麦考利归于奥登个人和政治上的模棱两可，即奥登把自己看作一个阶级的间谍，被迫说寓言①。无论奥登自己有怎样难言的初衷，他的戏剧化诗思引起了中国现代诗人的极大兴趣。《西班牙》当时被西南联大学子传颂一时，王佐良认为在于"始终抓住了戏剧性的对照"②，在苦难与希望、广场与陋室、今天和昨天之间回旋往来。又如奥登的《小说家》："……他们可以像风景叫我们怵目/或者是早夭，或者是独居多少年。""他们可以像轻骑兵冲向前去：可是他/必须挣脱少年气盛的才分/而学会朴实和笨拙……得在公道场/公道，在龌龊堆里也龌龊个够……"该诗以多层矛盾对立的修辞曲折表现了"小说家"写作处境和体验心理的复杂冲突。再如奥登的《悼念叶芝》虽为悼诗，诗人却没有单一地表达对逝者的哀悼或瞻仰，而是传达对立复杂的情感和反思：

> 你像我们一样蠢；可是你的才赋
> 却超越这一切：贵妇的教堂，肉体的
> 衰颓，你自己：爱尔兰刺伤你发为诗歌
> 但爱尔兰的疯狂和气候依旧，
> 因为诗无济于事：它永生于
> 它辞句的谷中……③

仅看其中这短短的几行，就能感受奥登在该诗中的多重矛盾性思索：蠢与才赋，衰退与疯狂，诗的无用和永生……奥登用该诗传达：民族的不幸命运催生了叶芝的诗情，可叶芝本人却无法实现灵魂的不朽；诗艺是永存的，可它不能保证诗歌对现实的作用。这种富含矛盾对立、冲突性哲思的诗，产生于诗人对现实、人生及终极世界无法解决的矛盾的内在感

---

① 参见［美］贝雷泰·E.斯特朗《诗歌的先锋派：博尔赫斯、奥登和布列东团体》，陈祖洲译，南京大学出版社2011年版，第161页。

② 王佐良：《英诗的境界》，生活·读书·新知三联书店2012年版，第140页。

③ ［英］奥登《怀念叶芝》，参见《穆旦译文集》（4），人民文学出版社2005年版，第467页。

受——一种非同寻常的深刻睿智的现代情感和思维。可以想象，燕卜荪在场讲授从马维尔到艾略特再到奥登的诗风，青年诗人们自然领会到其中的戏剧化、戏剧性的新奇。

燕卜荪本人也好做"矛盾冲突"的诗，他说，"诗人应该写那些真正使他烦恼的事，烦恼得几乎叫他发疯……我的几首较好的诗都是以一个未解决的冲突为基础的"[①]。经由燕卜荪的课堂传播，一些西南联大学生告别自己喜爱的浪漫主义诗人，宣布"艾略特和奥登成了新的奇异的神明"[②]。唐湜评论杜运燮诗歌的现代性很具有代表性，他说："一般说来，中国的诗坛似乎还滞留在浪漫主义的阶段上，杜运燮却是少数例外的一个。"[③] 另外，王佐良评论浪漫主义诗人"缺乏灵魂上的大起大落"[④]，认为拜伦的诗"把苦难当作享乐，把情欲扮作天仙，使人们以敞开流泪为乐，从而导致了浪漫主义感情的大泛滥"[⑤]，也是同一类观点。女诗人陈敬容还要绝对些："到了20世纪中叶，中国新诗还在捡拾浪漫派，象征派的渣滓。"[⑥] 可见，燕卜荪带来的"现代主义"诗观为学子们提供了新诗"现代化"方向的参照，诱引着诗人的"现代化"诉求。

但是，九叶诗人对英美现代主义诗歌的青睐又不能视为绝对的学院环境的产物，它也是青年诗人对战争时代中的磨难、创伤及现代文明中的悖论、危机总体感受作用下的艺术选择。比起法国象征主义注重超验神秘想象的纯诗趣味，英美现代主义诗人更侧重对现实世界信仰、文明等具体存在问题的关注，表现其中的矛盾和冲突，这种艺术态度无疑更契合40年代的九叶诗人。仍以艾略特为例，20年代的徐志摩、30年代的卞之琳都曾分别受他影响写过《西窗》和《春城》，但是，对于在自由、爱、美中求生命解放的徐志摩，在儒、道、佛中求平衡的卞之琳而言，与艾略特的深刻绝望多少有些隔膜。但在40年代，现实境遇的高度紧张、生命秩序的混乱无序都裸露出来，更深层的焦躁、幻灭、悲哀涌动在知识者当中，这种危机无疑促成了穆旦与艾略特诗歌的共鸣，尤其经燕卜荪现场诠释了

---

① 转引自王佐良《英诗的境界》，生活·读书·新知三联书店2012年版，第131页。
② 王佐良：《怀燕卜荪先生》，《语言之间的恩怨》，天津出版社1998年版，第105页。
③ 唐湜：《杜运燮的〈诗四十首〉》，《文艺复兴》1947年9月号。
④ 王佐良：《谈穆旦的诗》，《中楼集》，辽宁教育出版社1995年版，第183页。
⑤ 王佐良：《英诗的境界》，生活·读书·新知三联书店2012年版，第70页。
⑥ 陈敬容：《和方敬谈诗》，《诗创造》第12期，1948年6月号。

现代主义文学世界后，中西诗人的精神就部分遇合了。也正是在西方现代主义诗歌的影响下，穆旦代表的年轻诗人直入现代文明、个体生命的悖论矛盾，在诗艺方面，他们也整体上超越了同时期七月诗派单纯、直线的诗思路径。

二 从意境化到冲突化：九叶诗人的现代审美转向

同样处在现代主义诗歌的链条上，穆旦、杜运燮几位九叶诗人的写作不同于此前20年代的象征诗派和30年代的现代诗派，也就是说，在九叶诗派部分诗人这里，中国现代主义诗歌由法国象征主义影响转向英美现代主义诗风，开始了一个复杂深刻的转折。

在穆旦等诗人遇合英美现代主义诗歌之前，西方象征主义诗潮进入中国，很大程度上源于它和古典"意象""比兴"诗学的契合关系。20年代，胡适浅白如话的尝试诗使人们调头寻找朦胧象征、具有"余香与回味"①的诗，加上随后郭沫若的无关拦抒发，促生了异域象征主义"纯诗"主张的引进。由此，重视暗示性、音乐性的中国象征派诗歌开始了"中国新诗第二期的革命"②。有意味的是，引进者往往把用本土传统的"比""兴"诗观对"象征"加以诠释。如朱光潜认为"象征"就是以甲为乙的符号，"象征最大的用处就是以具体的事物来代替抽象概念。……象征的定义可以说是'寓理于象'"③。而关于象征和"兴"的并论，除了周作人最早论述外，梁宗岱也认为象征近似中国"依微以拟义"的"兴"，两者都重在事物之间的微妙关系，他分析王昌龄《长信怨》中的"昭阳日影"便"象征"皇帝的恩宠④。这种接通中西诗学的诠释中或许存在瑕疵，但也间接说明"象征"和古典的"意在象外"的比兴理论有某种暗合关系，都强调表达的形象性、间接性、暗示性效果，重视人和宇宙、自然的感应（通感）。不同的是，中国的"意象""意境"更强调物

---

① 周作人：《〈扬鞭集〉序》，载刘匡汉编《中国现代诗论》（上），花城出版社1985年版，第130页。

② 金丝燕：《文学接受与文化过滤——中国对法国象征主义诗歌的接受》，中国人民大学出版社1994年版，第157页。

③ 朱光潜：《谈美》，《朱光潜美学文集》第1卷，上海文艺出版社1982年版，第506—507页。

④ 梁宗岱：《象征主义》，《诗与真，诗与真二集》，外国文学出版社1984年版，第63页。

象和情感之间的自然契合，重在一种情境交融、直观感觉的"境界"。朱光潜论及"纯诗"观时，提出"诗是直接打动情感的，不应假道于理智"①，便折射出中国传统诗学的影响。而西方的"象征"本体主要是抽象、神秘的宗教哲思，赋予物象以内涵更深广的超越性意义，笼罩了一种观念的色彩。但是，尽管存在差异，异域象征主义诗歌如梦幻般的模糊、暗示的审美理想整体上趋近中国本土含蓄、蕴藉、空灵的传统，这使迷恋异域象征诗歌的中国象征派、现代派诗人仍透出浓浓的古典意味，乃至在20世纪30年代的诗坛重现了"晚唐"风热。

在创作方面，九叶诗人之前的象征派、现代派等中国现代主义诗歌中，仍延承了"意境"美学。如冯乃超的《月光下》虽然浸漫在感伤、哀怨、虚无等情绪体验，但文本仍是意象和情感的交织："冰凉的深夜/月影的寂寥的浮光中/拨开了雾霭的苍白的轻纱/怀念的情思吸啜了霜华冷露"，富有情境交融诗美。又如戴望舒的《雨巷》，虽然表现的是现代隐秘的灵魂，但愁绪却以淡写的水墨画面浮现出来，意境幽眇。即便是包含简短叙事因素的诗，戴望舒仍能写得隽永深邃，如《萧红墓畔口占》："走六小时寂寞的长途，/到你头边放一束红山茶，/我等待着，长夜漫漫，/你却卧听着海涛闲话。"诗中由近及远的画面感，由实到虚的动作，意象和情绪的融合，即便诗人主体有内心波澜，但文本透出意境美的蕴藉。可见，二三十年代的现代主义诗歌注重的是诗人内倾心灵的暗示，艺术感知和表现方式基本属于"物感"传统，在自然物象和主体内觉中形成"应合"关系，在传统"意境"美学中融入了现代的思考。

但英美现代主义诗歌及其审美原则的进入，使中国现代主义诗歌在"意境"美学之外增加了一种矛盾冲突、极具"张力"的诗歌形态，表现出"从意境化到戏剧化"②的诗学转换。

从九叶诗人作品中的矛盾冲突这一"戏剧化"审美新质的来源来看，燕卜荪教学的影响是明显的。他在《朦胧的七种类型》（也译为《含混七型》）一书中挖掘出多种"复义"的诗思，其中第四种是"一个陈述的

---

① 朱光潜：《诗论》，安徽教育出版社1997年版，第109页。
② 陈旭光：《中西诗学的会通——二十世纪中国现代主义诗学研究》，北京大学出版社2002年版，第105页。

两层或更多的意义相互不一致，但结合起来形成了作者的更为复杂的思想状态"①；第六种是"语辞矛盾"或"文不对题"等诗思，第七种"含混"是"在诗的上下文中显示出对立的意义或者一个词的本义与它在诗中所体现的意义相互矛盾。燕卜荪这样揭示它们的奥妙：

    作者把一个个对立面以恰到好处的方式叙述出来，对那些按正常习惯思维的人来说，是富有吸引力的。②

  燕卜荪认为文本越含混、晦涩越好，中国美学传统中也贵"含蓄""隐"，与晦涩、含混的旨趣存在某些暗合，燕卜荪的矛盾复义诗观对于中国青年学生不难接受。穆旦后来即便经历了政治一体化的漫长阶段，他于20世纪70年代对文学青年谈起新诗还是坚持"深刻""晦涩"的标准："中国的自由体诗，人们不感兴趣，最主要的原因是肤浅"，"诗歌和散文有许多不同之处，其中之一是诗可以晦涩，而散文却不能"。③ 在燕卜荪以前，瑞恰兹1929年出版的《实用批评》一书虽提出了"细读""张力""反讽"等批评术语，其《意义的意义》也影响了朱自清关于诗歌解释学层面的细读研究方式，但主要围绕情感、想象、天才、幻想、直觉等心理术语做文章，真正的文本语义分析很少，燕卜荪则用具体文本层层剖析意义机制，对学子们体会英诗起到直接启蒙作用。我们无从知道燕卜荪是否在课堂上讲了《朦胧的七种类型》中的多数例子，但根据西南联大学子们上述见证，他当时大讲了艾略特的《荒原》，这一文本含春天与死亡的对立，信仰与欲望的反差，现在与过去的背离，合成一个充满矛盾、一无去处的困境，自然成为燕卜荪在课堂上的重点阐释对象。这些英美现代主义诗歌审美标准必然触动西南联大学子。不用说穆旦、王佐良和杨周翰等嫡系学生，就是没有直接听过燕卜荪课程的袁可嘉，也坦承自己40年代创作中"突出机智和讽刺的笔法""运用强烈的对照，有时用正相反的词语来渲染气氛"等写法都来自西方现代诗歌④。很明显，燕卜荪通

---

① ［英］燕卜荪：《朦胧的七种类型》，中国美术学院出版1996年版，第209页。
② 同上书，第337页。
③ 孙志鸣：《诗田里的一位勤耕耘者——我所了解的查良铮先生》，杜运燮、袁可嘉等编：《一个民族已经起来——怀念诗人、翻译家穆旦》，江苏人民出版社1987年版，第187页。
④ 袁可嘉：《半个世纪的脚印·自序》，人民文学出版社1994年版。

过中间环节对袁可嘉发生了间接影响。

深入穆旦、杜运燮等人在40年代前后时期的创作,可以看到燕卜荪诗学及奥登诗艺中的"对立冲突"对中国诗人的影响。他们的审美个性不同于师辈卞之琳、冯至受法国象征主义、德国存在主义影响下的风格。穆旦的《时感四首》组诗,聚焦着矛盾、痛苦的复杂诗思,诗句的意义互相抵消、扭结在一起,对读者的灵魂形成冲击。袁可嘉便用其中一首当作自己"相反相成"①这一新批评戏剧化诗学的批评操练对象。同样,杜运燮的诗作《夜》中,全诗的感觉及情绪或上下矛盾,或前后巨变,使整首诗难以用一个明确的主题去定义,充满了矛盾、冲突的意味,也如袁可嘉所说的不是"一推到底的直线运动"②,充满了变易和综合,类似于新批评所说的"最大量意识状态"。正是这种内涵,使袁可嘉看到了新诗"现代化"的新动向。因此我们前面才说,穆旦和杜运燮的诗作成为袁可嘉实践新批评术语的例证。

在九叶诗人中,穆旦的创作最能代表矛盾冲突"戏剧化"的个性。他的《诗八首》《森林之魅》《神魔之争》《控诉》等诗中包含明显的矛盾诗思,杜运燮的《月》等诗也集中了多种性质相反相成的经验和情感。为了实践自己的"戏剧化"诗学,袁可嘉也作了转向,在《进城》《难民》中利用矛盾修辞揭示了现实的荒谬。西南联大诗人的矛盾性经验写作在后来推及共同办刊的其他"九叶"诗人,女诗人陈敬容的《逻辑病者的春天》都尝试了对现实矛盾成分的把握,如"完整等于缺陷/饱和等于空虚""终是古老又古老,这世界/却仿佛永远新鲜;/把老祖母的箱笼翻出来,/可以开一家漂亮的时装店"③,都是矛盾对立的存在体验。这种立意符合她当时对诗的看法:"诗的现代性,据我个人的理解,是强调对于现代诸般印象的深刻而实在的感受。"④ 如此自觉书写现代社会中的矛盾,用英美新批评的说法,九叶诗人们由"纯诗"转向了"不纯诗"。从本质上说,这种重视矛盾冲突的"戏剧化"追求,不是出于对异域诗歌的膜

---

① 袁可嘉:《新诗现代化》,《论新诗现代化》,生活·读书·新知三联书店1988年版,第9页。
② 袁可嘉:《新诗现代化的再分析》,《论新诗现代化》,生活·读书·新知三联书店1988年版,第16页。
③ 陈敬容:《逻辑病者的春天》,《新鲜的焦渴》,人民文学出版社2000年版,第59页。
④ 陈敬容:《诗的现代性》,《新鲜的焦渴》,人民文学出版社2000年版,第291页。

拜或模仿，而是诗人对社会现实、个体处境矛盾的关注，一定程度上反映了时代语境作用下的审美心理结构。

三 事件化抒情和机智修辞

除了对矛盾冲突经验的重视，西南联大青年诗人还纷纷吸收了艾略特和奥登中的个人技艺，主要为事件化抒情和机智修辞，在他们以前，除卞之琳外，中国新诗鲜少这两种东西，而从他们开始到 90 年代以来的诗，这两者成为不少诗人的自觉技艺。

穆旦、袁可嘉、杜运燮等九叶诗人不作传统线性叙事诗，他们的诗歌整体属于抒情诗范畴，但在部分文本当中，又存在不少生动化的情境片断，这种叙述不同于一般意象诗，故可称为一种"事件化抒情"[1]，有学者又命名为"戏剧化意象"[2]。直观、形象的意象一直是抒情诗的文本物态组织，所谓"立象以尽意"，意象可以通过触动读者感官及想象体验，或形成空间性审美结构，或引发共鸣的情感或哲思；同时，意象因为主观性升华、集中而能够超越日常生活，获得自动的诗性。事件因多呈现为具体、动态化的时间之流，不可避免带上了芜杂、零散的质地。但是，具有文化诗意内涵的意象并不总能精确表现现代世界，而诗歌也必须面对"非诗意"的存在。

九叶诗人的事件化抒情常常体现在对都市日常经验细节的呈现或揭示，如现代大街、商店、家庭等场景。并非都市诗一定采用事件化抒情，30 年代现代派诗人就已开始大量描写都会生活，但他们提出了"意象抒情诗"[3]。这既包含了中国古典诗学的影响，也和美国庞德等人"意象派"诗学运动有关[4]。现代派诗人以自己的特殊敏感捕捉都市生活中的"物象"，并融入主体的一种意绪。如施蛰存的《银鱼》："横陈在菜市里的银鱼，/土耳其风的浴场。/银鱼，堆成了柔白的床巾，/迷人的小眼睛从四面八方投过来。/银鱼，初恋的少女，连心都要袒露出来了。"全篇由鱼联想到身体、女性，直观描写的物象组合，透出都会的肉欲感。又如徐迟的

---

[1] 陈太胜：《象征主义与中国现代诗学》，北京大学出版社 2005 年版，第 206 页。
[2] 李怡：《中国现代诗歌欣赏》，高等教育出版社 2004 年版，第 67 页。
[3] 参见《现代》1 卷 2 期，1932 年 6 月 1 日。
[4] 徐迟：《意象派的七个诗人》，载《现代》4 卷 6 期，1934 年 4 月 1 日。

《都会的满月》:"夜夜的满月,立体的平面的机体。/贴在摩天楼的塔上的满月。/另一座摩天楼低俯下的都会的满月。//短针一样的人,/长针一样的影子,/偶或望一望都会的满月的表面。"现实都市物象经过想象的发挥,成为轮廓鲜明而富有质感的意象,传递出现代文明的机械物质特征和人的寂寞感。

九叶诗人的都市题材诗歌则转向了事件化的抒情方式,具有明显的戏剧化意味,这和艾略特的诗风有一定的关联。事件化抒情符合艾略特的"客观对应物"诗学逻辑,也广泛出现在其系列文本中。如《荒原》中的片断,"丽尔的男人退伍的时候,我说——(两个下棋的女人)/我可是直截了当,我自己对她说的,/快走吧,到时候了/艾伯特要回来了,你得打扮一下"[1],这是一个女性和同伴的日常对话片断。极度跳跃、省略的日常情境,暗示了诗人对无聊度日的庸俗现代生活、男女爱欲、战争等命题的焦虑性思索,即"荒原"感,其"对应物"作用确实具有超载体功能。

穆旦受艾略特影响明显,他诗中的事件化抒情普遍,在《防空洞里的抒情诗》《从空虚到充实》《蛇的诱惑》《华参先生的疲倦》等较长篇幅的诗中都有明显的都市生活场景,也包含戏剧独白体式的实践。除了穆旦,袁可嘉的前后创作变化很大程度上就是从意象抒情转到事件化抒情。他1946年的诗行如"把波澜掷给大海,/把无垠还给苍穹,/我是沉寂的洪钟,/沉寂如蓝色凝冻"(《沉钟》),未脱对卞之琳意象哲思的模仿。到1947—1948年,诗歌以场景片断为主,如"商店伙计的手势拥一海距离,/'我只是看看',读书人沉得住气;/十分自谦里倒也真觉希奇,走过半条街,这几文钱简直用不出去"(《冬夜》)、"绅士们捧着肚子走进写字间,/迎面是打字小姐红色的呵欠,/拿张报,遮住脸:等待南京的谣言"(《上海》),充满反讽的戏剧化叙述片断。同一时期唐湜的《骚动的城》、唐祈的《时间与旗》、杭约赫的《复活的土地》等长篇诗中,也不乏现代生活场景,不过由于现实主义主导风格,诗中的直接议论、宣示冲淡了少量片断的客观对应效果,缺少戏剧化的间离效果。

不过,比起后来的90年代诗人,穆旦的事件化抒情还是稍显生硬,

---

[1] [英]艾略特:《荒原》,《艾略特诗选》,赵萝蕤译,山东大学出版社1999年版,第69页。

有学者也指出他对艾略特的模仿痕迹①。当然，事件化抒情中，中西诗歌现代场景的主体心理不一样，如果对照一下艾略特或奥登的有关文本，可以看到穆旦等青年诗人自然的本土语境。在艾略特《普鲁弗洛克的情歌》中，戏剧独白者的"厌烦"情绪是真正骨子里的，"呵，我变老了……我变老了……？/我将要把我的裤脚边卷起"，中年男人一边是迟暮衰颓感，一边想学时尚以取悦女性，为自己半生的乏味平庸人生注入点刺激，工业文明中的消极无力情绪浓厚。正如张枣所说，这种"消极性主体"②是现代主义最鲜明的风格。而在穆旦的《华参先生的疲倦》中，事件是华参先生和杨小姐在公园约会，穆旦给了他像普鲁弗洛克一样的长篇抒情："'让我们远离吧'在蔚蓝的烟圈里消失。/谈着音乐，社会问题，和个人的历史，/……我曾经固执着像一架推草机，/曾经爱过，在山峦的起伏上奔走，/我的脸和心是平行的距离……"③ 这疲倦还是中国青年式的迷惘，是从穆旦知识阶级青年心性中升出的气质，对人生的质疑，对真理的探求，因此，华参先生的主要抒情情绪不是厌烦，这区别于艾略特系列诗中的中年灰色情绪。在《蛇的诱惑》《防空洞里的抒情诗》中，事件化抒情都同样包含了怀疑、警醒、茫然等几种情绪的混合。

机智也是西南联大青年诗人的新收获。除了本节上文提到艾略特从玄学派那里发现的机智，即把表面上看起来"毫不相关"的材料和经验统一成"新的整体"④，在袁可嘉的"戏剧主义"术语大集合中，机智被界定为"幽默和自嘲"，和"悖论"（似是而非，似非而是）、"反讽"一样"适合戏剧化的要求"。⑤ 机智需要一改一本正经的诗思，诗人对严肃的主题加以观照后，调动正话反说、反话正说、大词小用、故意混淆等幽默机制去表现，产生戏剧化意味，让读者在轻松愉悦的接受中逐渐品出背后的智慧。艾略特和奥登都有机智，只是前者更沉郁，后者更活泼。受奥登影

---

① 参见江弱水《伪奥登风与非中国性：重估穆旦》，《外国文学评论》2002年第3期。
② 张枣：《张枣随笔选》，人民文学出版社2010年版，第118页。
③ 穆旦：《华参先生的疲倦》，《穆旦诗文集》，人民文学出版社2006年版，第209页。
④ [英]艾略特：《玄学派诗人》，王恩衷编译《艾略特诗学文集》，国际文化出版公司1989年版，第31页。
⑤ 袁可嘉：《谈戏剧主义》，《新诗现代化》，生活·读书·新知三联书店1988年版，第37页。

响，九叶诗人中杜运燮创作了许多"轻体诗"①，经典诗句如"仿佛故乡是块橡皮糖"（《月》）、"'物价'已是抗战的红人"（《追物价的人》）等，出奇的语境错置充满喜剧色彩。袁可嘉、卞之琳、穆旦也都受过奥登机智风影响，具体的反讽技艺，本书将在后面专节讨论。

从诗性的保证看，新月诗人以具体的日常片断客观呈现社会现实，但因为有了格律和韵味，有了独特的个性化语言的保证，文本诗性得以存留。而九叶诗人从英美现代主义诗歌中获得的现代化自觉，使他们在事件化抒情和机智追求中，崇尚现代主义的暗示、跳跃、晦涩、反讽、陌生化等手法，因而他们的事件化抒情不可能记录某一个完整事件的过程，而是在跳跃性、片断性事件场景中寄寓诗人的情感和态度，具有一定的暗示意味。同时，他们还在事件化抒情中伴以模棱两可的语气和适度的变形，从而区别于自然主义、现实主义的现象复制或道德升华。

第三节　知识型构变化中的戏剧化诗艺

新诗"戏剧化"话语及实践的再次出现，直接和当代先锋诗歌在90年代的转型相关。更具体地说，它属于90年代以来的个体诗学"构型"。九叶诗派以后，在长达几十年的文学政治一体化潮流中，新诗总体上呈现代言人式的"激情宣泄"②的特征，并体现为以革命浪漫主义颂歌为主导的政治抒情诗和以民间化、大众化为方向的革命题材及生活题材叙事诗。除了郭小川部分诗中表现个人对生命、宇宙的敏感，其他诗歌基本属于单纯明快的政治宣传话语，期间的"格律""赋体"等形式讨论脱不开颂歌效果检验。此后，芒克、多多、食指、北岛等"文革"时期地下诗歌及后续朦胧诗，以个人化变形感觉革洗了太阳、星星、大海等意象的宣传性污垢，对抗、审视着荒谬岁月。而进入80年代中后期，后朦胧诗以"写者"意识表达和语言的去意识形态为写作旨归，这时的诗歌文本形态，或为日常生活感受的宣叙，或回返历史寻找生命激情和灵气，或在自然物象中寄寓神性冥想；诗歌主张则呈现为各种"语言"诗学，格律、体式、表现手法不太论及。但进入90年代后，许多诗人自觉吐露不同于80年代

---

① 杜运燮：《自序》，《杜运燮六十年诗选》，人民文学出版社2000年版，第3页。
② 洪子诚、刘登翰：《中国当代新诗史》（修订版），北京大学出版社2005年版，第22页。

的"个人写作经验","戏剧化"论说列于其中。

从阶段性看,这一时期虽没有类似袁可嘉那样的"新诗戏剧化"理论体系,但却有更多诗人道明自己的"戏剧化"策略及诗学设想方式,和新月诗人、九叶诗人直接借鉴西方诗歌"戏剧化"比起来,他们已经将"戏剧化"内化到自己的写作策略中。无论是被划入"知识分子写作"的西川、陈东东、孙文波,还是表白"民间"立场的于坚,乃至后起的"中间代""70后"诗人,都有部分诗人角度不同地言明自己对"戏剧化"的借重。他们的个体诗学,又在整体上合成了写作上的一种"戏剧化"共象,涌入被人们称为后现代主义现象之一的"跨文体写作"潮流中。

一 跨文体写作大潮中的戏剧化"综合"

20世纪90年代诗人个体的"戏剧化"探索,除了前述的政治危机、市场环境等历史语境逼迫诗人介入时代厄运,还和该时期的文体新变意识相关。如序论所言,新诗史上的诗歌戏剧化实践在一定程度上都属于"跨文体写作"。从广义来说,诗人自觉吸收"戏剧化角色""戏剧化情境"等戏剧美学、戏剧技巧,和小说家借鉴诗歌的营造意境、淡化情节的"诗化"追求相似,都具有"跨文类写作"的自觉[①]。有学者还进一步提出,跨文体之"体"不仅包括诗歌、散文、小说等文类,而且包括叙事、抒情等具体表现方式[②],可见跨文体写作有着普遍的发生机制。不过,和新月诗人、九叶诗人的局部"戏剧化"实践相比,90年代的诗歌"戏剧化"更深入到整个文体、结构层面,参与到让人目不暇接的"跨文体写作"革新当中。

和前代诗人相比,90年代的"戏剧化"体式实践不再直接源于阅读西方诗歌的影响结果,而是本土文学创新、发展的内在趋势所致。进入90年代,循环往复、陈陈相因的生活状态已被现代化历史车轮和全球化浪潮冲击得面目全非,人的精神观念遭遇全方位裂变,总体心态变得日益开放,对事物的体认方式更为广阔、丰富和多样。这种多元开放而又混沌杂芜的时代精神,投射到写作上,表现为单一的文体模式已不能有效表达

[①] 邓晓成:《文学泛化及其文体意义》,《当代文坛》2005年第1期。
[②] 王一川:《倾听跨体文学潮》,《山花》1999年第1期。

人们对事物的理解与感受，文章体裁的定型成为思想情感的束缚。曾经执着于浪漫意象诗歌的舒婷在谈到其散文集《柏林，一根不发光的羽毛》也说："我尝试了一种'跨文体'的写作，让多种文体掇起来，多种混杂的'诗意缝缀'是我书写的一个基本点。"① 散文家董桥公开表白自己的跨体写作意图：

> 我慢慢觉得，文学上体裁的界限，以后也许会越来越淡化……如果大家都朝着这个方向去思考去努力的话，我觉得中国文学才会有生机的。②

在此局面下，"跨文体写作"潮流应运而生。另外，随着先锋文学的发展，一些刊物也有意定位打破、拓展传统文学规范，鼓励新异的写作方式，如《花城》《今日先锋》《读书》《莽原》《天涯》《人民文学》等杂志推出的"现代流向""跨文体写作""实验文体""圆桌""视听"等栏目，宣传解放文体的意图非常明确。其中《花城》2001年第2期推出的林白的《枕黄记》，杂糅了随笔、小说、地方志、古籍典章、辞条、调查报告、采访报道等各类文体。在这场文体变革潮流中，当代诗歌其实走在了前面。据笔者考察，90年代主要诗人的跨文体文本特别受一些刊物的欢迎。如西川的《致敬》、陈东东的《喜剧》、于坚的《飞行》分别于1994、1995、1998年刊登于《花城》；西川的《造访》、王家新的《游动悬崖》，也发表在1996年首期的《人民文学》上。由此，诗人个体的"戏剧化"探索在90年代融入明确的文体革命潮流中，并推动了当代文学的"跨文体写作"大潮。

90年代诗歌中成功的跨文体写作实践，不同于后现代主义技术崇拜中的消解严肃与平庸差异的平面拼贴或戏仿，因而不能简单地视为破坏一切、混沌一切的"凸凹文本"③。不可否认，大量跟风似的后现代主义文本最终沦为失去精神深度与人文内涵的平庸写作，成为一次性消费文化快餐，但具体到严肃作家、诗人那里，跨文体写作仍保留了精神探险的艺术

---

① 舒婷：《试一试拼盘》，《柏林，一根不发光的羽毛》代序，花城出版社1999年版。
② 侯军：《珍爱文学的绿意——散文家董桥访谈录》，《工人日报》1999年9月30日。
③ 李巍：《凸凹：文学的怪物》，《文学自由谈》1999第2期。

高度。在诗歌方面，陈东东、张枣、西川、翟永明、萧开愚、臧棣、孙文波、于坚、马永波、朱朱等多位诗人的跨文体实践，仍建立在个人精神发现与艺术独创的基础上。从整体上看，他们的跨体写作是诗歌与戏剧化、小说化、散文化的融合。有的以散文片断体为主，如王家新的《词语》《游动悬崖》《反向》，西川的《近景与远景》《鹰的话语》，文本呈现的是诗人个人之"思"的意识流动。有的为个人戏剧化独白片断，如张枣的《在夜莺婉转的英格兰：一个德国间谍的爱与死》《德国士兵雪曼斯基的死刑》，臧棣的《相手师的独白》《木匠活》，翟永明的《孩子的时光》《祖母的时光》。有的是包含小型动作、对话情境的戏剧化片断体，如萧开愚的《动物园》《国庆节》，西渡的《在硬卧车厢里》，孙文波的《地图上的旅行》，西川的《致敬》，张枣的《悠悠》，臧棣的"维拉女友"系列，于坚的《飞行》，韩东的《甲乙》，马永波的《伪叙述：镜中的谋杀或其故事》。还有的则为整体结构性戏剧化，即拟诗剧，这种体裁以较长的篇幅调动戏剧文本的各种元素，集中了具体场景、动作和跳跃性的对话，如陈东东的《喜剧》《傀儡们》，朱朱的《清河县》，等，但其中的诗语不能改编为戏剧台词。笼统地说，除第一类具有明晰的散文化特征，后几类可视为戏剧化与小说化的综合，代表了90年代诗歌跨文体写作的最高水平。

90年代诗歌的戏剧化体式虽然属于跨文体写作现象之一，但优秀诗人的本意不是降低诗歌的门槛，不是在开放的文体中把诗歌变成图像式的零碎拼贴，而是在更高难度上把现代生活繁复景观纳入诗歌领域予以打量、反思和拷问，实现一种具有难度的"综合"。此前，新月诗人徐志摩、闻一多等人构思的戏剧化体式通常是一个短小、集中的社会生活情境，辅以提纯口语、具有音乐节奏的独白及对话，达到巧妙的戏剧化效果。九叶诗人穆旦有时以场景穿插为主，有时是纯粹的角色静态对白，基本上是对艾略特《荒原》与《四个四重奏》两种模式的化用，场景寄寓着诗人对现代文明的批判，对话中包含可解的情感、态度意味，场景还较为单纯。而90年代优秀诗人的戏剧化场景建构复杂多样，从咖啡馆到天空，从都市到古代，场景中蕴含变形或抽象的对话（引语），场景跳跃而艰深，属于"综合"能力。

由于对事境的容纳，90年代诗人的戏剧化体式实践常常凸显直观的、在场的场景，给人如临其境的剧场感，但直观的场景既喻指了独属于诗人个体精神发现的内涵,又以"诗"的虚话语言方式表达出来。在切入存在语境的基础上,语言仍是诗人探讨的技艺中心。在戏剧化体式中,语言既是整体场景中的上下文,又是动态发展的言语链,能锻造出奇妙的语言效果。因此,从这个意义上说,戏剧化体式实践其实仍从属于语言的创新冲动,最终旨归还是"诗"而不是"剧"。

二 "介入"写作的有效性考量

21世纪以来,"生存写作""底层经验写作"的呼声不断高涨,有学者因为"痛心"当下诗人"漠视"底层生存经验的诗坛现状,对20世纪90年代诗歌作出了整体否定。① 这一指责引发了一场较大规模的辩驳和讨论②。从笔者视角看来,诗歌写作的确绕不开现实效度这一问题。虽然萨特回避诗歌的介入性,因从象征主义者以来,"纯诗"就如黄金般的月亮,挂在诗人们梦想的窗子上。"诗除了自身外并无其他目的,它不可能有其他目的,除了纯粹为写诗的快乐而写的诗之外,没有任何诗是伟大、高贵、真正无愧于诗"③,这是唯美主义者波德莱尔的诗观。可同样是他,还看到了另一面,"道德并不作为目的进入这种艺术,它介入其中,并与之混合,如同溶进生活本身之中。诗人因其丰富而饱满的天性而成为不自愿的道德家"④。和林贤治所言不同,90年代以来包括知识分子写作的诗人并不缺少介入性立场,尤其是一些和"叙事性""戏剧化"探索有关的诗人,更怀着对"历史语境的个人承担"⑤,将诗人的思维从纯粹的静态意象空间转移出来,投向具体的现实、精神层面的矛盾困境,击中着时代和存在的本质。这种介入性的及物写作不等于底层写作,后者带有以往"生活实践论""反映论"老调的嫌疑。

于坚的《飞行》是一个典型的"介入"文本,并凭此获得了业内尊重。结合本书话题来看,其他在90年代表达过戏剧化诗观的探索者基本

---

① 林贤治:《新诗:喧闹而空寂的九十年代》,《西湖》2006年第5期。
② 参见张桃洲、姜涛、冷霜、孙晓娅、张洁宇、段从学《重新探掘新诗批评的活力与效力——从臧棣对林贤治的反驳说开去》,《新诗评论》2007年第2辑。
③ [法]波德莱尔:《波德莱尔美学论文选》,郭宏安译,人民文学出版社1987年版,第205页。
④ 同上书,第101页。
⑤ 西渡:《历史意识和1990年代诗歌》,《诗探索》1998年第2期。

都有主动的"介入"意识,之所以被普通读者忽视或无视,主要在于诗人们是带着"知识性"地介入,故而被定性为"知识分子写作"或"学院写作"。除了张枣较特殊,很早就有自觉的"面具"戏剧化意识,其他有戏剧化(包括叙事性)理论意识或写作策略建构意识的,如西川、陈东东、萧开愚、孙文波、臧棣、西渡、王家新等诗人,都属于知识分子写作群,翟永明也和几位诗人关系密切,"一向被视为知识分子中的一名"①。虽然这些诗人看上去各自单行,他们也可能待在不同的民刊,如萧开愚、孙文波之于《九十年代》《反对》,陈东东之于《倾向》《南方杂志》,钟鸣之于《象罔》,并不属于抱团的稳定圈子,但他们都追求写作介入生活又超越常识,谋求复杂深度,这种诗学取向颇有同人意味。如孙文波注重对日常外部现实的处理,在《西安的士兵生涯》等作品中表现等级文化的暴力,运用反讽、自嘲,从中感受诗歌的"戏剧化"技艺效应,并被王家新评价为"从具体的生活事件出发,最终写出了灵魂的遭遇"②。萧开愚也提出反讽是"现代文学最重要的技巧""诗人推崇混合资料"③。这种把现实生活当作"资料"而非本质诗意或底层经验的难度写作,是普通读者难以够得着的,包括缺乏诗歌阅读训练的学者。

诗人作为精神劳动的个体,现实也是他们的生命根基,时代语境就在诗人们的眼前耳边呼啸着,有良知意识的,都"试图将一种现实纳入诗句,同时尽可能不使其遗漏",因为"这个基本的、被五种官能所证实了的事实无论比哪种知识结构都更为重要"④。可以说,90年代区别于80年代中后期的青春抒情,就在于这种介入性。

事实上,如果不把介入单纯理解为参与某种公共生活制度的建设,而推广为对现实存在的精神的介入、象征的介入,介入类型的诗歌确实普遍存在着,如古典诗歌许多摄写社会不平、人生矛盾的叙事诗、咏史诗,新诗中反映社会冲突斗争的叙事诗。根据前面梳理,新月派的戏剧化诗篇面

---

① 周瓒:《透过诗歌写作的潜望镜》,社会科学文献出版社2007年版,第125页。
② 孙文波:《生活:解释的背景》,《在相对中写作》,北京大学出版社2010年版,第220—221页。
③ 萧开愚:《90年代诗歌:抱负、特征和资料》,载陈超《最新先锋诗论选》,河北教育出版社1999年版,337、341页。
④ [波兰]米沃什:《历史、现实与诗人的探索》,《20世纪外国重要诗人如是说》,河南人民出版社1992年版,第457页。

向底层关怀,九叶诗人的戏剧性诗思突入战争灾难和现代制度,也是介入性写作,到 90 年代以来,在意识形态要求统一的和谐时期,诗人选择怎样的"介入"立场或题材呢?仍只继续底层经验扫描,只是社会伦理层面的介入,诗人的炼金术士身份不容这一点,他们必须活跃主体内心的精神力量和认知理性,在对存在予以态度、价值判断时,"有效地在文学与话语、写作与语境、伦理与审美、历史关怀与个人自由之间"重建"一种相互摩擦的互文张力关系"①。90 年代后,在非线性叙事诗中展现矛盾冲突的情感或经验,需要一定的智性和技艺,那是对写作和世界的双重介入。从存在而非伦理的介入写作看,诗人作为知识分子的独立精神和特殊知识是确保他们介入对立冲突的世界、综合繁复错综的矛盾经验的先决条件。只有当诗人以个人精神观察、思考、反省世界的时候,这种对不纯世界的介入才有可能不被沦为制度化的意识形态宣传或无关痛痒的批判模式。

谈论 90 年代的"介入"写作,大都以 80 年代为参照。普遍的看法是,90 年代有效的介入性个人写作意识,包含对 80 年代集团写作、自动写作、青春写作的一种警惕与纠正。整体面目的确如此。80 年代中期的诗歌运动,各种反文化、反精神写作是完全脱离现实语境的语词空壳,也有的在上古文明中沉浸文化巫师般的神秘梦游,还有其他的神性抒情和极限想象,但市场经济时代一敲钟声,这些乌托邦写作自动停止般宣告失效,写作的转型成了宿命,由此八九十年代之交的"中年写作"概念应运而生。萧开愚较早运用"中年"阐释自己的写作个性,他认为,诗人应"摆脱孩子气的青春抒情,让诗歌写作进入生活和世界的核心部分,成人的责任社会"②,这显示了控制过激情感及思想的自觉。欧阳江河更深入地阐述了"中年"写作心态,认为这一命题"涉及的并非年龄问题,而是人生、命运、工作性质这类问题,它还涉及写作时的心情"。欧阳江河意在提出青春抒情是凭生命直觉的一次性写作,而中年写作则不断返回各类经验,每一次都是对过去的重构和发明,因而具有无限生长性。为此,欧阳江河在"中年写作"概念下提出了与 80 年代诗歌的"中断"论:"在我们已经写出和正在写的作品之间产生了一种深刻的中断""许

---

① 王家新:《为凤凰找寻栖所》,北京大学出版社 2008 年版,第 31 页。
② 萧开愚:《减速、抑制、开阔的中年》,《大河》诗刊 1989 年第 7 期。

多作品失效了"。① 这表明，诗歌在 90 年代出现一种明显的转型意识。当然，90 年代先锋诗歌对"第三代"的"中断"是否完全与历史事件有关，这还是一个需要商榷的问题。唐晓渡便说："把造成这种'中断'的肇因仅仅归结为一系列事件的压力是不能让人信服的，除非我们认可先锋诗的写作从一开始就是对历史的消极承受。"② 因此，中断说、失效说虽然有事实判断的一面，但具体到不同诗人写作，不能全然由 90 年代否定 80 年代。宋琳提出，"笼统将第三代的写作归为语言狂欢和修辞表演，是不公平、不尊重历史的，第三代为未来诗歌提供了多向度的可能"③。的确，"第三代"诗并非只是运动潮流，还留下了许多经典等待重新淘洗。如诗人吕德安在 80 年代写下的佳作《纸蛇》《蟋蟀之王》，诗篇的意象抒情堪称优秀创化，其中"如果有人奔跑过一条大河／要去收回逝去的年月／那就是披绿的蟋蟀之王／／黄昏跃入了我的眼睛／也就是声音又回到蟋蟀心头"，兼有想象之妙和节奏之美。

无论如何，90 年代诗人的介入性、事境写作是有效的，一定意义上是对"及物"写作的某种回归。在新时期之初，"朦胧诗"代表"文革"时期的青年"地下诗歌"浮出历史地表，朦胧诗人因主体的介入和文本中的陌生化意象、蒙太奇跳跃性构思而获得"现代主义诗人"的命名，引领了新时期的先锋文学和现代主义先声。当然，在智性的检验下，朦胧诗人反抗话语中的人道主义、个性主义思想仍有公众性"集约式"话语的意识形态意味，英雄主义的排比抒情，温情的"主流"写作意味，等等。对比一下，90 年代诗人包容了对历史、现实人文经验的复杂处理，即认同语言的"及物"性，强调用个人经验、微观生存差异去烛照历史和重构历史，完成"历史的个人化"写照。除了"介入"现实存在的功能，从诗歌美学品质来说，诗人实现了个人想象力和语言发明的"审美"追求。

90 年代诗人的戏剧化探索直接融合进他们的个体诗学当中。如王家新与俄罗斯诗人相通的沉痛"历史感"写作经验，翟永明关于时间、生

---

① 欧阳江河：《'89 后国内诗歌写作：本土气质、中年特征与知识分子身份》，《花城》1994 年第 5 期。

② 唐晓渡：《九十年代先锋诗的若干问题》，《唐晓渡诗学论集》，中国社会科学出版社 2001 年版，第 105 页。

③ 宋琳：《对移动冰川的不断接近》，北京邮电大学出版社 2014 年版，第 191 页。

命的挽歌及"语词"写作追求，欧阳江河对现实经验的玄学化想象，孙文波结合个人生存经历之痛的讽喻及抽象写作，萧开愚包容市场、政治、性的写作抱负，陈东东在幻象与经验之间的平衡，张枣的汉语激活情结，西川的伪哲学虚构。正是丰富多样的"个体诗学"，使90年代诗歌中的"戏剧化"论说及实践不同于以往两个阶段，一方面诗人都表达了对"戏剧化"的关注，另一方面诗人之间又没有统一的说法。陈东东、翟永明、萧开愚取的是"非我化"，翟永明还增加了一种"舞台""戏曲"感，西川着意于"戏剧性"冲突，场景、反讽和引文则为大家共同接受。所有这些个性化的戏剧化论都指向一个事实，即90年代诗歌的"戏剧化"和"叙事性"共存。

三 和戏剧化交叉的"叙事性"

"叙事性"被指认为90年代诗歌的最大特征，对90年代诗艺作了"本质性转换"[①]，并上升为一个重要命题。从许多诗人的内在诗学逻辑看，"叙事性"是他们从青春抒情转向中年写作的主要途径，它包含着诗人面对社会转型、语境变迁及创作心态变化而作出的写作策略转移。最早集中提炼这一诗学的是程光炜，他在1997年的三篇论文《九十年代诗歌：另一意义的命名》《九十年代诗歌：叙事策略及其他》和《不知所终的旅行》中提出：旨在"修正诗与现实的传统性的关系"的"叙事性"，是90年代诗歌"知识型构"变异的重要因素。这一概括和阐释获得了不少诗人个体诗学的验证和回应。孙文波从自己的写作经验出发，既将"叙事"具体化为"对一次谈话的记录""对一次事件的描述"[②]，又将"叙事性"提升到"一种认识事物的方法，以及对于诗歌的功能的理解"[③]的高度，由外而内的阐述彰显了"叙事性"诗学的内在逻辑。加上张曙光、臧棣、陈超等人的理论层析，"叙事性"命题逐渐走向清晰化、合法化。

90年代诗歌的"叙事性"特征具有针对"浪漫"的成分，如"叙事性"写作的始作俑者张曙光曾说："当时我的兴趣并不在于叙事性本身，

---

① 罗振亚：《一九八四—二○○四先锋诗歌整体观》，《当代作家评论》2006年第3期。
② 孙文波：《我理解的九十年代：个人写作、叙事及其他》，《诗探索》1999年第2辑。
③ 孙文波等：《写作：意识与方法——关于九十年代诗歌的对话》，载孙文波等编《语言：形式的命名》，人民文学出版社1999年版，第363页。

而是出于反抒情或反浪漫的考虑,力求表现诗的肌理和质感,最大限度地包容日常生活经验。"① 王家新也提出,"如何使我们的写作成为一种与时代的巨大要求相称的承担,如何重获一种面对现实、处理现实的能力和品德,这是我们今天不得不考虑的问题"②,他自觉转变以往的意象象征的抒情模式,倡言要在诗歌中讲出一个故事来。

然而,当"叙事性"被指认为90年代诗歌特征的时候,很容易引发80年代进行过"平民化"写作的诗人的"原创"维权。其实,在"叙事"这一共同的称谓下,有着截然不同的文本形态。洪子诚先生曾提出90年代诗歌中的叙事性和解放区诗歌的"写实传统"及五六十年代的"生活抒情诗"区分的问题③,至于80年代的平民叙事,更加不同于90年代诗歌呈现的"叙事性"。

概括地说,90年代诗歌中的"叙事性"具有独特的诗学旨归。对真正优秀的诗人而言,叙事当中的事件、细节、场景一般只是写作素材的基础,作为艺术想象的生发机制,最终生成崭新的艺术经验。他们往往注重对现实材料重新组建和改造,通过情境置换、语言变形、人称隐藏等丰富多样的方式对叙事设置障碍。由此,叙事其实变成了不可叙事。由此看来,90年代诗歌的独特"叙事性"显示了诗人关于语言和现实关系的新型观念,即语言指涉现实,又超越现实,语言最终实现了对现实的另一种发明。在一些90年代诗人的追求中,处理现实叙事的过程,就是"使之映现出可能隐含的构成人类生活本质的东西,以及映现出我们在精神上对它们作出的人性的理解"④,因而,文本现实往往是最高虚构之上的真实。当然,这里的"本质""虚构"不再是传统现实主义理论中的本质抽象和模式化虚构,而是从个人精神世界出发的抽象和虚构,既源于现实又不等于现实,是诗人对现实的一种新洞察和新发现,文本中的现实和生活中的现实形成对等、对话的关系。

对照90年代诗歌的"叙事性",五六十年代的写实长篇叙事诗中的叙

---

① 张曙光:《写作:意识与方法——关于九十年代诗歌的对话》,载孙文波等编《语言:形式的命名》,人民文学出版社1999年版,第391页。
② 王家新:《阐释之外:当代诗学的一种话语分析》,《文学评论》1997年第2期。
③ 参见洪子诚编《在北大课堂读诗》,长江文艺出版社2002年版,第405页。
④ 张曙光、孙文波、西渡:《写作:意识和方法》,载孙文波等编《语言:形式的命名》,人民文学出版社1999年版,第36页。

事，即便有主观的抒情和一定程度的押韵，但文本呈现的是线性事件的过程、冲突、结局，在明确的人物性格塑造或主题表现意图中，语言达到的是直接陈述目的。如孙犁的《铁木前传》等叙事诗，都以情节故事或人物性格为叙事内容，以社会学主题表现为宗旨，语言和所指事实构成直接的对等关系。其他短篇类型的写实叙事诗，也多半直接截取现实情境的一个片断或者细节，所指和能指没有任何张力，如闻捷的《舞会结束以后》《苹果树下》，都停留在对客观事实的叙述上，在具体写实情境画面中浅显、简单地表达政策规约下的阶级情感和时代主题。而90年代诗中很难看到类似线性的故事情节、人物形象或社会伦理学主题。另外，90年代"叙事性"也不同于80年代朦胧诗或史诗中的叙事因素，江河等人的"现代史诗"中的叙事更为强烈的抒情话语所笼罩，而90年代诗人的叙事淡化了抒情。80年代"非非主义"的零度叙事，如杨黎的《冷风景》《怪客》，则割裂了语言和现实的关系，语感追求下完全剥离语义。

唯一与90年代发生"叙事性"命名争议的是80年代日常主义书写的叙事。由于两代诗歌在经验素材上都存在相似之处，即都注重以日常生活经验为写作生发基础，因而容易引发关于元创性专利的争执。客观地说，80年代生活流叙事，由于诗人对主流意识形态的拒绝和对个人生活意愿的真切表达，诗歌具备的主体诗情、意绪，显示了当代诗歌的审美转变，诗作有意吸收叙事文学的要素，用平凡、朴素的语言编织文本。有海外学者概括了这种强调日常生活、努力回到事物现场写作特征："擅长于叙述手法、低调和非象征语言……常着眼于平凡的城市人。"①

但是，深入80年代和90年代诗歌"叙事"的内部结构，能看到明显的代际差异。80年代注重对日常经验的临摹或者反讽，无论是客观写实或还是戏谑叙事，都意在表达平民主义思想，"生活流"叙事中带有"自动化写作"的嫌疑。如"我们常拥在一起叽叽喳喳／骂几声轻薄儿赞几声苏小明／唱几遍澎湖湾"（伊甸《快乐的女车工》），稀释的平民主义庸常叙事。日常叙事在"平民"旗号下无形中如同流水账式的简单集中，直接剪辑平民生活的细节片断，把诗歌当作收纳日常琐事的大口袋，内容无非是平淡、自动感慨，大部分缺乏认知、感受的精神鲜味，也难有语言

---

① 奚密：《从边缘出发——现代汉诗的另类传统》，广东人民出版社2000年版，第25页。

形式的打造。这种"生活态度对艺术态度的取代和僭替"① 现象，必然降低了写作的难度，缺失了艺术创造的本质规定性。

90年代诗人的大部分戏剧化写作孕生于"叙事性"当中。例如陈东东意识到完全超验的抽象中必须深入"本地"的抽象。无论是对"细致"的兴趣，还是"本地"意识的自觉，最终都要寻找"叙事"的表达方式。他的《喜剧》《傀儡们》《月全食》，一改以往单纯明净的色彩、声音等形式化追求，摄入许多现实场景、人物、动作和对话等叙事性因素。翟永明的《咖啡馆之歌》《莉莉和琼》《道具和场景的述说》《祖母的时光》《盲人按摩师的几种方式》《小酒馆的现场主题》和《乡村茶馆》系列诗歌，也自觉褪去了自己80年代成名作《静安庄》《女人》组诗类似的自我独白，广泛地纳入现代生活的具体情境，给人鲜明的在场感。欧阳江河也在《手枪》《智慧的骷髅之舞》《一夜肖邦》《玻璃工厂》中的唯美、智性化操练后，在90年代的创作中增加时代事境的具体场景叙述，如《咖啡馆》《1991年夏天，谈话记录》《时装店》等文本中的叙事要素，都显示了对市场经济以来的历史、社会场景的个人化思考。总体而言，写作者的精神立场、主体构思、艺术方式，决定了"叙事"效果的等级差异。

当"叙事性"被提炼为90年代诗歌的主要特征时，曾有研究者反思这一术语是否具有普遍效力，并提出"综合性"②来取代。事实上，一些诗人本人就具有这种自觉的"综合"意识。西川就说，"与其说我在1990年代的写作中转向了叙事，不如说我转向了综合创造"，即一种试图"将叙事性、歌唱性、戏剧性熔于一炉"③ 的现代诗艺。"综合性"功能的追求，体现了当代优秀诗人对提升诗歌写作难度的认同。他们在写作当中调动自己的综合心智，尽力探索新诗的可能性。他们对单纯"诗意"观的突围立足于建设性的姿态，重视语言的创新及语言所发明出来的独特现实，力求证明"诗"的存在价值。这间接表明，"诗歌本质"观念的确不是只有唯一的答案。

---

① 朱大可：《燃烧的迷津》，学林出版社1991年版，第208页。
② 参见洪子诚编《在北大课堂读诗》，长江文艺出版社2002年版，第405页。
③ 西川：《〈大意如此〉自序》，湖南文艺出版社1997年版，第3页。

第三章

自我的隐遁或拓展：戏剧化角色的言说方式

自中国古代以来，诗歌被普遍视为诗人抒一己心境中的所感所动，或借他事以托意绪，诗人自我的感觉、情绪、体验都直接呈现于文本符号形态当中。学者陈世骧曾提出，"以字的音乐做组织和内心自白做意旨"的诗歌，形成了中国浩浩荡荡的抒情传统。[①] 诗歌始终和个体真实情感抒发联系起来，如《毛诗序》中的"在心为志，发言为诗"，孔颖达《诗大序·正义》中的"在己为情，情动为志"，袁枚《随园诗话》中的"诗以言情，情者，性之符也"，都表征着诗歌与诗人自我情感的天然联系。即便是被台湾学者叶维廉视为最高境界的"无我"的"观物"类古诗，在物我融合的过程中仍包含了诗人直接面对自然物象的审美把握，诗人的人格、心境皆由物出。而在古典文人叙事诗中，诗人同样直接以叙述者的面目出现，不存在把自己隐藏、化身角色的意识，文本最终实现的仍是诗人自我的直接抒情和议论。如杜甫的"三吏""三别"，尽管叙述的是社会人生疾苦，但在"言之凿凿"的外部事件描述中，仍是诗人自己的"情之切切"。

但在新诗发展史上，诗人独白和戏剧化角色言说的共存与对话，构成了一个共在的言说系统结构。一方面，许多诗中循着自我独白抒情的路子，诗人纯然地从自己的声音和调式出发，将自我直接面对读者或虚拟的大众，呈现炽热或幽深的个人心灵，映衬自己的真实人格与心境。而另一些诗中，因为不同的诗学观念和文本技巧，诗人以各种变换了的非我式角色的言说方式，传达隐秘或复杂的情思、经验，这种戴着面具的主体或戏剧化角色，逐渐形成了新诗中独白之外的其他类型的声音。相异的言说方

---

① 陈世骧：《中国的抒情传统》，《陈世骧文存》，辽宁教育出版社1998年版，第2页。

式自然形成不同的意趣。从话语理论来看，诗歌写作也是一种言说，谁在说话，怎样说话，都决定着文本传达和读者接受的效果。因此，对于读者来说，进入和理解戏剧化类型的诗歌，首先就面临着对声音和角色的判断，只有透过戏剧化的角色，才能深入诗人的精神内核和旨趣。

第一节 戏剧化角色与戏剧化声音

对于普遍意义的抒情诗歌而言，"角色"和"面具"作为一种隐遁自我、代言他人的言说方式，完全和诗人自我独白的抒情诗无关，它纯然属于戏剧文类的范畴。抛开舞台表演层面，剧作家的文本写作首先就是一种化身角色的虚拟，是戴着面具的言说，在这一层面，叙事文类与戏剧也相仿，同样需要摹仿和虚构。以此为参照，抒情诗歌是诗人自我情思经验的直接呈现或传达，既远离着"角色"意识，更不需诗人戴着面具。但新诗阶段，一些非叙事诗中采用戏剧化角色或戏剧化声音的言说方式。所谓"戏剧化角色"，是诗人虚构某一情境中说话的"他者"角色，或者把诗人自己的形象化身为角色，由此也产生了诗中的"戏剧化声音"，其中主要有戏剧性独白、对话、旁白、引文等言说方式。

比起古典诗歌中的类型化代言体，新诗中的"主体戏剧化"有着特殊的生成缘由、内在逻辑和诗学意义。它从最初的受启于西方诗歌，到逐渐走向个人创化；它既有着现代诗人追求"非个性化"创作的因子，又并不止于这一层面；它似乎倡导诗歌离开诗人"自我"形象，而最终仍回到诗歌塑造"自我"的原点。这些复杂事实都缠绕着现代诗歌独特的知识谱系。

一 不是诗人本人的声音——戏剧性独白、对白与旁白（引文）

每一首诗都隐含具体的言说情境。当诗人并非选择自己做第一人称说话者时，他需要调动戏剧的角色台词感来发展新的抒发内容，由此创造戏剧化声音。由于非叙事诗并非以展开事件冲突、命运过程为目的，这些声音也属于静态的抒情、议论、辩驳，但因和诗人隔着距离，诗篇显得复杂或隐秘，读者需要确认它们的真实意图，分辨文本主旨。

如果说古代的祭神诗、乐府诗、拟女性语吻诗中的代拟有清晰的类型

第三章 自我的隐遁或拓展：戏剧化角色的言说方式

化、程式化特质，新诗中的戏剧化言说形态各异。较常见的主体角色化，是诗人采取纯粹的戏剧独白口吻，虚构一个特殊具体情境中的角色或特殊身份的角色的言说，从头至尾都不见诗人的声音，诗人自我完全隐蔽了起来。如徐志摩作于1925年的长诗《翡冷翠的一夜》，独白女主人公在爱人怀里表达"爱死"追求，"闭着眼，死在你的胸前，多美！/头顶白杨树上的风声，沙沙的，/算是我的丧歌，这一阵清风，/橄榄林里吹来的，带着石榴花香，/就带了我的灵魂走，还有那萤火"[1]，女性的缠绵声调和诗人语吻个性区别开来。五年后，他依然用女性独白写了篇幅更长的《爱的灵感》，开篇"不妨事了，你先坐着吧"一句展示了戏剧化情境，随后对在场的沉默听者大段诉说，有当下的死亡预感，过去的暗恋痴迷，至极的爱死冥想——"我只企望着更绵延的/时间来收容我的呼吸，/灿烂的星做我的眼睛"[2]，还有投入田野劳作新生活的欢愉，在更大的爱中感受"最后的光焰"。独白者的心路历程在她的急切、深情语气中袒露出来，它们固然出于徐志摩对爱的参悟，对两性、自然、宇宙各个层面的爱的思考，但从戏剧化角色中折射出来，就多了真切、曲折、生动的语吻效果。

戏剧化独白诗在英美文学中历史悠久，除了不同于作者的第一人称说话人，还存在一个沉默但对说话人有情感呼应的听者，文本凸显说话人的性格、情感和心理，艾布拉姆斯将它定义为抒情诗。经由现代汉语诗人发展，戏剧性独白诗不一定对着在场听众说话，也不必然反映人物具体性格和生活情感。如穆旦戏剧独白诗《防空洞里的抒情诗》[3]，起句类似徐志摩的《爱的灵感》，"他向我，笑着，这儿倒凉快"，提示独白者的具体情境，但角色"我"并非对着在场者说话，而是对着想象的读者叙述和抒情。该文本中的"我"是一个击落过敌机的战士，在防空洞中一边观察周围人事，一边叹息"你看见你再也看不见的无数的人们，/于是觉得你染上了黑色，和这些人们一样"。在"我"的独白情境中，"他"也偶尔和"我"交互反应。"你不应该放过这个消遣的时机，/这是上海的申报，

---

[1] 徐志摩：《翡冷翠的一夜》，韩石山编《徐志摩全集》第4卷，天津人民出版社2005年版，第227页。

[2] 徐志摩：《爱的灵感》，韩石山编《徐志摩全集》第4卷，天津人民出版社2005年版，第380、385页。

[3] 穆旦：《防空洞里的抒情诗》，李方编《穆旦诗文集》第1卷，人民文学出版社2006年版，第11页。

唉这五光十色的新闻",这是"他"将沉思、想象的"我"拉进现代都市娱乐现场中。增加了不同的角色和声音,戏剧独白诗篇覆盖生活面拓展,切入现实的主题内涵也得以丰富,文本不在于反映"我"或"他"的个性,而是对庸俗现代日常、陈腐观念、战时生命的呈现和反思。还有的戏剧性独白只是纯粹的静态抒情,如卞之琳的《鱼化石》(一条鱼或一个女子说):"我要有你的怀抱的形状,/我往往溶于水的线条。/你真象镜子一样的爱我呢,/你我都远了乃有了鱼化石。"[①] 不需要具体的事件型情境,也无隐含的关系、心理的动态描摹,只是角色纯然的静态抒发:爱的过程中相交相融,不分你我,但物质性肉身随时间而逝去,最终的鱼化石既是爱的证明,也似乎暗示了爱的空枉。诗人这番参悟如果不借助女子或鱼的独白口吻,就难以表现得这么痴娇细腻。

戏剧化独白类的新诗数量不少,其他如闻一多的《大鼓师》《荒村》《天安门》《飞毛腿》,徐志摩的《卡尔佛里》《大帅》《太平景象》,朱湘的《昭君出塞》,陈梦家的《悔与回——给方玮德》,卞之琳的《西安长街》《妆台》《酸梅汤》《叫卖》《过节》,穆旦的《华参先生的疲倦》《蛇的诱惑》,杜运燮的《老人》《盲人》《算命瞎子》《流浪者》《被遗弃在路旁的死老总》《追物价的人》,张枣的《丽达与天鹅》《吴刚的怨诉》《海底被囚的魔王》《楚王梦雨》《卡夫卡致菲丽丝》等,西川的组诗《激情》,翟永明的《祖母的时光》《孩子的时光》,臧棣的《木匠活》《相手师的独白》,朱朱的组诗《清河县》,陈东东的组诗《傀儡们》。诸多文本都以一个或几个不是诗人本人的独白声音构筑诗篇,传达角色的内心体验和诗思,诗人既不是评说者,也不是叙述者,完全把自己的形象、立场间隔在文本之外。

除了戏剧性独白,更普遍的戏剧化声音是诗人抒情片段或情境叙述中插入的对话、旁白、引言,他者角色的声音进入"我"的声音。从新月诗人的外在戏剧化场景中的旁白、引言,到卞之琳内在戏剧意味的引言,再到 90 年代叙事性诗歌中的大量插入语,这些引号中的戏剧化声音如同诗人暗藏的技术武器,对读者进入诗歌构成了很大的挑战。

徐志摩不仅擅长韵律化抒情,也自觉摄写社会、人生冲突,他常在诗

[①] 卞之琳:《鱼化石》,江弱水、青乔编《卞之琳文集》第 1 卷,安徽教育出版社 2002 年版,第 61 页。

第三章 自我的隐遁或拓展：戏剧化角色的言说方式

中嵌入对话片段，这与哈代等人的戏剧化技巧有一定关系。加拿大学者梁锡华曾说："志摩有不少诗歌以哈代式对话来书写。"① 以讨论较多的《海韵》为例，一个声音反复劝女郎不要在海边徘徊，女郎则坚持和海相伴："女郎，散发的女郎，/你为什么彷徨/在这冷清的海上？/女郎，回家吧，女郎！""啊不；你听我唱歌，/大海，我唱，你来和。"② 该诗五节基本以这种对话组成，略辅以场景描述，由于没有一般叙事诗的细节交代和诗人议论，该诗主题有不同的解读。③ 这两个对话声音并非生活经验呈现，而是包含象征、隐喻意味。新月出身的卞之琳也擅长将他人的声音纳入他的智性诗中，如《雨同我》中的"天天下雨，自从你走了"，"自从你来了，天天下雨"，两个声音来自不同的友人，它们在诗中并非絮叨，而是推动诗人情思的起点，促生后文对人类情感关联、时间空间关系的感叹。在他的《航海》《妆台》诗中，引号内的对话或警句也类同于诗眼，它们增加了诗歌的层次和深度。读者要区分这是谁的声音，怎样的情境，诗人对这些声音的态度，等等。对此，当代诗人孙文波做了现身说法，他通过使用引文，体会了诗歌戏剧性的奥妙。他的《地图上的旅行》第一段就用了引文，"我们从前到过这里"——"你"的声音；"怎样才能解开"——一个尖细的女声。孙文波冒着絮叨的危险把对话调进诗篇，是为了克服诗歌"简单浅白的弊端"④。这种戏剧化场景中的对白、引文在90年代诗中非常普遍。如陈东东的《月全食》，全篇抽象了一场"夜晚的戏剧"，星球中驰骋的宇航员和大地上骑行的邮差（皆为诗人的化身）奋力前行，中间杂有多行引文，如"末日恐慌乱了人心/所以要怒斥和将它禁止"，"好像又一个炼狱故事"，"嫦娥是我的镜中幻象"，"我的日子，不就是一块废弃旧海绵烂湿的日子嘛"⑤，这些戏剧化声音共同奏响了诗篇关于颓

---

① ［加拿大］梁锡华：《徐志摩新传》，台湾联经出版事业公司1991年第4版，第129—130页。
② 徐志摩：《海韵》，韩石山编《徐志摩全集》第4卷，天津人民出版社2005年版，第236页。
③ 孙玉石先生认为是爱情悲剧，参见《中国现代诗导读》，北京大学出版社1990年版，第46页。
④ 孙文波：《生活：解释的背景》，《在相对性中写作》，北京大学出版社2010年版，第215页。
⑤ 陈东东：《月全食》，《夏之书·解禁书》，重庆大学出版社2011年版，第111—117页。

废、末日、幻灭情绪的主题。萧开愚的《精神科》《歌》《准备》《传奇诗》，翟永明的《咖啡馆之歌》《小酒馆的现场主题》，臧棣的"维拉女友"组诗，都有较深意义的戏剧化声音。

此外还有一种拟诗剧，即诗篇由两个或多个声音的言说构成结构全篇的材料，声音之间争论、对抗或辩驳，产生隐约的戏剧性，如穆旦的《神魔之争》《森林之魅》等。它们没有郭沫若诗剧《凤凰涅槃》中的线性神话故事，而是诗人虚拟的不同角色的辩驳声音，表达对历史、人性、生命悖论矛盾的思考。

从产生、发展过程看，新诗主体戏剧化写作在现代时期都不同程度地连接着西方诗歌的影响，与西方诗人勃朗宁、哈代、艾略特的影响及对应关系更为明显，但到 90 年代诗人这里，"戏剧化""面具"已经成了普遍的诗学常识，诗人个体的创化能力占了很大比重。前文提及的胡适将自己模仿勃朗宁"戏剧独白诗"所作的《应该》称为"创体"，称得上这一线索的端倪，该文本为胡适模拟一位女性情感体验的内心独白。随后是闻一多、徐志摩对异域的借鉴和实验，如徐志摩参照哈代《"我打死的那个人"》而作的《太平景象》，反战主题相同，只是戏剧独白变成了戏剧对白诗，随后勃朗宁、哈代、霍斯曼等异域诗人的角色化写作逐渐在新月诗人圈子内推广，可以看出诗人之间互相影响下戏剧化写作的自觉。到 30 年代，出于新月诗人的卞之琳既内化了师辈的技巧，又增加了对艾略特"戏剧性"的吸收，在诗性化的"戏剧独白诗"或众声喧哗的诗中"把诗中的'我'与诗人自己分开"，"从不同身份的说话人观点看事物"[①]。卞之琳的《春城》，几乎可视为艾略特《荒原》中的"戏剧化"技巧在中国的最早借鉴印记。[②] 而西南联大时期的穆旦和杜运燮，更主动地从艾略特、里尔克等西方现代诗人那里习得"隐身"的手法，把诗人的"自我"藏于角色口吻之后。如穆旦几个代表性戏剧独白文本，已有学者指出它们和艾略特《普鲁弗洛克的情歌》的显在渊源关系[③]；而杜运燮的面具独白诗，也映照出里尔克的《声音》系列组诗的影响。上述显在的接受关系事实呈现了新诗戏剧化写作与西方影响的关系。有意味的是，现代汉语诗

---

① 张曼仪：《卞之琳著译研究》，香港大学中文系 1989 年版，第 18 页。
② 张文江、张曼仪、江弱水、赵毅衡等学者分别对此有所讨论。
③ 江弱水：《伪奥登风与非中国性：重估穆旦》，《外国文学评论》2002 年第 3 期。

人从不刻意回避自己借鉴西方诗歌"戏剧化"的事实,如卞之琳特别地把西方的"戏剧性处境"和中国的"意境""戏拟"融会贯通,对自己的"戏剧化"个性加以解释;而穆旦晚年翻译中对于"戏剧独白"的特别关注,无疑自动显露了他早期现代主义诗歌创作中的"戏剧化"渊源。

90年代诗人翟永明、张曙光等也将写作转向了与叶芝"面具"理论、"戏剧化"理论的关联①,甚至还高度评价艾略特、叶芝、里尔克等西方20世纪上半叶诗人对当代诗歌发展的决定性推动作用。西川便曾说:"他们精神的高度、他们灵魂的力量和他们创造的勇气,对当代中国诗歌的影响至深至广……没有 T. S. 艾略特有关逃避个人情感的论述,没有叶芝、里尔克、史蒂文斯、圣琼·佩斯等人的创作实践,中国当代诗歌也许仍旧要停留在'革命的现实主义加革命的浪漫主义'阶段。"②

需要强调的是,八九十年代的戏剧化角色写作不再是对西方"面具"理论的征引,在文本实践方面,诗人完全跳出了模仿和借鉴的框架,具有个人独创的艺术价值。如张枣自我阐释的"通过面具""寻找知音"③,只属于他个人的秘密诗学,他的系列戏剧独白诗都呈现为个人隐秘的精神。而西川所擅长构拟的伪书作者、伪先知、游侠骑士、僧侣、占星术士和炼金术士等多重面具化的"我",同样来自诗人对自我身份的综合想象能力④。此外,翟永明打通了中国戏曲艺术的唱腔和舞台现场感,写出了独具韵味的《孩子的时光》《祖母的时光》等戏剧独白诗;陈东东的《喜剧》《傀儡们》中的"戏剧化"是他寻找音色的新途径,臧棣的《相手师的独白》《木匠活》中的主体戏剧化方式则化为他追求语言欢乐和个人想象能力的"道具"。当代这些丰富多元化的实践,标志着新诗中的"戏剧化"言说方式达到了完全的本土创化。

二 自我的间离、隐藏与丰富

戏剧化角色的言说方式首先意味着诗人对"自我"采取间离态度。

---

① 参见翟永明《词语与激情共舞》,载《诗歌与人》2003年8期。
② 西川:《让蒙面人说话》,东方出版中心1997年版,第272页。
③ 张枣在1995年8月12日接受南德电台的访谈中,说:"……那是我在1989年6月6日十分复杂的心情下通过面具向钟鸣发出的,发出寻找知音的信号。"参见苏珊娜·格丝《一棵树是什么?》,载孙文波等编《语言:形式的命名》,人民文学出版社1999年版,第344—345页。
④ 西川:《让蒙面人说话》,东方出版中心1997年版,第235页。

"间离"一词本指戏剧演员采取"陌生化"的方式,打破观众关于情境真实的幻觉,使观众成为舞台上事件的观察者、评价者。本文指诗人像剧本作者那样将自身人格、形象间隔起来,在虚构"角色"的言说中,间接地表达自己的情思经验和对世界的评价态度,它是诗人主动控制的结果,从某种程度上说属于一种"非个性化"写作。

20世纪文学理论强调文学的"无我性"与"客观性",这成为整个世界文学大潮的趋势①,其中,艾略特的"非个性化"理论无疑起了一定的推动作用。艾略特的理论本是一个有着结构层次、功能效应区分的系统,具体包括"非个性化""情感逃避""客观对应物"等。他认为诗人只是一种媒介,将许多印象和经验结合起来,而并非一个个性,因而提出诗人要"不断地放弃当前的自己""不断地消灭自己的个性",现代诗歌"不是放纵感情,而是逃避感情;不是表现个性,而是逃避个性"②。庞德也反对直接宣泄情感。新诗中的戏剧化角色言说方式当然不能直接对应这一宏观理论体系,但作为诗人一种间离自我主体的传达,文本中无疑带有"非个性化"写作的意味。

"非个性化"观点在西方主要是针对浪漫主义诗歌提出的,进入新诗语境首先面对一个悖论,即不少学者看来,中国现代浪漫主义文学本来就存在"早夭"③的遗憾,何来反浪漫主义一说?这要放在具体诗潮、诗人现象中考察。从一定意义上看,中国诗人对西方浪漫主义诗歌存在误读倾向。例如郭沫若只看到了惠特曼的狂野、豪放,却不能读出他的深幽;广大浪漫主义诗歌爱好者也只钟情表面的自然描绘和伤感情绪,却不能领悟深层次的爱与死、永恒与死亡等形而上意义。宇文所安曾撰文指出:"浪漫主义诗歌的引入通常是通过翻译,或者通过对原诗语言并不成熟的把握。因此,当其进入中国和其他亚洲国家,人们往往对其背后文学史和文化史的重量所知甚微。浪漫主义诗歌成为游离于历史之外,奇迹般的全新事物。"他还质疑了北岛的《结局或开始》中的直接抒情方式,指出"中国新诗向读者许诺直抒胸臆、纯洁坦诚。这种带有欺骗性的许诺,其后果

---

① 参见张汉良《导读瘂弦的〈坤伶〉和〈一般之歌〉》,萧萧编《诗儒的创造》,台北文史哲出版社1994年版,第106页。

② [英]艾略特:《传统与个人才能》,《艾略特诗学文集》,王恩衷译,国际文化出版公司1989年版,第8页。

③ 冯光廉、谭桂林:《论现代浪漫主义文学的早夭及其研究》,《东方论坛》1994年第4期。

之一就是滥情","在中国现代诗里,政治性诗歌或者非政治性诗歌都存在着滥情"[1]。宇文所安最终指向的是"意象""诗意"标准,有点陷入古典诗的窠臼,但他一定程度上言中了新诗中把浪漫主义简单化、虚浮化的现象。

在新诗发展过程中,"情感"论、"人格"说的诗歌本质观在较长一段时间居主导地位。虽然中国古代诗歌就有着丰富的自我体验,且在魏晋与晚明的洗礼下,曾被"礼义"文化限制的个体情感也逐渐获得存在合法性,诗人独立的自我、个性意识逐渐发展,"主情"文学观日益广受认同,但中国文学的抒情传统并不倡导赤裸裸的抒情与直白的风格,而是感性体验与修辞形式并重,主体情感呈婉曲回环之态。而进入现代以后,中国大时代的激情动律与浪漫主义热烈张扬的一面一拍即合,在现代诗人极端强化的主体意识下,新诗话语在古典的"缘情"说的基础上发展出新的内涵,传统"中和"抒情的审美品性向"意志化"[2]倾斜,丰富多样的个人化"才情"被"道统"的"人格""时代"所制衡。郭沫若在现代诗人中最早把诗歌固定为"强烈的情感""人格"的表现,他提出"诗是强烈的情感之录音","诗——不仅是诗——是人格的表现,人格比较圆满的人才能成为真正的诗人"[3]。郭沫若的"情感"说一定程度上通向袁枚的"凡诗之传者,都是性灵"(《随园诗话》)等传统诗观,也与卢梭的"诗是情感和感情的流溢"这一观点有某种相合,他所形成的浪漫主义个性至今仍是文学史叙述者不能绕开的,但是,他最终将情感导向毫无节制,将诗人"人格"和时代、政治、大众直接画起等号,这就必然走向了片面。郑敏在反思"白话诗"时便质疑道,郭沫若的《女神》是"一种松散、表面的浪漫主义口语诗"[4]。在郭沫若之后,中国现代汉诗的抒情自我"个性"分为两大主要类型。一是政治抒情诗中扩张、崇高、抽象的"大我",即文本中直接以诗人自身形象代言的"集体我",这个"我"代表着"我们"对着大众高声宣讲,文本以明确的时代情感、鲜明

---

[1] [美]宇文所安:《什么是世界诗歌》,洪越译,载《新诗评论》总第三辑,北京大学出版社2006年版,第121—122页。

[2] 李怡:《中国现代新诗与古典诗歌传统》,西南师范大学出版社1994年版,第53页。

[3] 郭沫若:《论诗三札》,载刘匡汉等编《中国现代诗论》(上编),花城出版社1985年版,第52页。

[4] 郑敏:《世纪末的回顾:汉语语言变革与中国新诗创作》,《文学评论》1993年3期。

的语言基调和单向度的句式为主要特征。另一个则是现代个人情绪抒发的"个我"或者"小我",它不升华集体感情,而是传达个体生命体验中的情绪,易于流露伤感、孤独、寂寞等心绪,文本中的"我"常常是独语或对着某一特定对象低声表白。在这两大类自我"个性"之间,当然还存在一些区分细微的抒情形态。如"大我"抒情就有艾青少数融崇高激情与个人想象方式的创作,"朦胧诗人"的或悲壮或叹惋,"文化史诗""整体主义"诗人的炽热、神秘;而"个我"则还有湖畔诗人的天真抒情、海子的神性抒情。

戏剧化言说方式是间离、隐藏自我的。诗人似乎无意向读者端出一个直接的自我,也不急于袒露他的个性气质,因而成了一个隐遁者。文本不提供一般理解范式中的抒情"个性",近乎隔绝了读者对诗人情感、态度的直接把握。从具体诗人的创作初衷看,他们的戏剧化角色言说方式一定程度上源自他们的节制意识。如20年代,闻一多尖锐地称自己的《红烛》为一个"不成器的儿子",对其中"顾影自怜""善病工愁"式的"多情的眼泪"[1] 进行了自嘲,因而到《死水》时期,他增强了自我间离的自觉,戏剧化文本在这一阶段集中出现。如《天安门》《飞毛腿》等诗,即便写的是社会题材,但由于闻一多没有流露自己的判断,也不作类似胡适等早期白话诗人那样的社会学议论,而是完全由戏剧化口吻曲里拐弯地饶着舌,读者仍要调动审美智慧揣摩其中的真实内涵,这就区别于古代拟乐府诗的写实性,自然也不同于一般的叙事诗。徐志摩的情形相对复杂一些,他既适合轻盈的抒情,让自我情感流泄而出,也自觉批评了"伪浪漫主义"诗歌,到了后期又"作风一变而为朴素,淡远"[2],他的"戏剧化角色"既涉及平民题材,也深入个人精神、信仰世界,不能不说是一种严肃的探索。在他的《翡冷翠的一夜》《爱的灵感》中,在场女性角色长篇"戏剧独白",传达对爱情、死亡、自由等人生方面的体验和态度,一些论者把它们称为"叙事诗"[3],其实并不确切,因文本中没有故事情节冲突,且呈现的是某一时间片断中的角色独白,故应归为勃朗宁所说的

---

[1] 闻一多:《诗的格律》,《晨报副刊·诗镌》1926年5月13日。
[2] 苏雪林:《论闻一多的诗》,《新月派评论资料选》,华东师范大学出版社1993年版,第66页。
[3] 王荣:《论"新月诗派"的现代叙事诗创作及其理论批评》,《文学评论》2008年第2期。

"戏剧化抒情诗"。不喜欢宣声告人的调子的卞之琳更直接坦言自己写作倾向于"非个人化",最具代表性的是他的《尺八》《航海》《水成岩》等文本,诗人着意让"海西客""多思者""沉思人"等角色扮演自己出场,或者追问着"为什么年红灯的万花间,/还飘着一缕凄凉的古香",或体会着一夜的二百里航行也是"一段蜗牛的银迹",或"水哉,水哉!"地叹息着时间。这一个个角色本来就是诗人自我,却不以诗人"我"出面。这种隔断"我"的智性化风格虽然遭到一些人的误读,但卞之琳乐此不疲。

40年代的穆旦比较特殊,曾倡导"新的抒情"[1],提出理性介入诗歌的必要,其文本属于智性抒情,但不少诗作中借了戏剧角色来传达,获得了生动、客观、丰富的审美效应。如《森林之魅》中拟写了"人"和埋没自己的死亡之神"森林"的无形对话,人感应着"有什么东西/忽然躲避我?在绿叶后面/它露出眼睛,向我注视,我移动/它轻轻跟随。黑夜带来它嫉妒的沉默/贴近我全身","森林"则对"人"说"我要把你领过黑暗的门径;/美丽的一切,由我无形的掌握,/全在这一边,等你枯萎后来/美丽的将是你无目的眼,……空幻的是所有你血液里的纷争,/你的花你的叶你的幼虫"[2],由于角色之间的互相辩驳和质疑,更能传达诗人关于人类本性、生死终极等矛盾体验,没有直接说教的嫌疑。而九叶诗人杜运燮借用奥登"轻松诗"创作《追物价的人》《被遗弃在路旁的死老总》,以戏拟的口吻表现生命的窘迫、无奈与悖论,透出悲悯与诙谐、自嘲与嘲人的现代思想,读者很难直接判断出诗人的确定态度,需要一番智性辨析,这同样体现了诗人间离自我的艺术节制。

比较起来,当代诗人90年代的戏剧化写作更多了向"非个性化"转型的自觉。西川90年代以后开始"追求一种间接暗示性",并在作者观上尽量追求"非个人化"[3];翟永明从前期认同普拉斯自白风格、听凭"与生俱来"[4]的女性意识的写作,90年代转而向"一切我"靠拢,以"他者"的声音负载诗人关于命运的深沉慨叹。还有陈东东追求的"非我

---

[1] 穆旦:《〈慰劳信集〉——从〈鱼目集〉说起》,载香港《大公报》1940年4月28日。

[2] 穆旦:《森林之魅》,李方编《穆旦诗文集》第1卷,人民文学出版社2006年版,第148页。

[3] 陈超:《从"纯于一"到"杂于一":西川论》,《山花》2007年第4期。

[4] 翟永明:《完成之后又怎样》,载民刊《标准》(北京),1996年创刊号。

化"、萧开愚说的"中年节制",都源于诗人这一时期对自我个性的间离意识。

由于间离自我的戏剧化言说不以传达抒情个性为旨归,不必向读者交代自我,它只须合乎具体情境的要求,因而诗人本人的情感、态度、立场显得间接、隐秘、复杂,这就必然使文本的意味显得间接而弯曲,且将意识、想象拓展到自我之外的许多生命类型中。尤其到当代诗人这里,不仅角色、面具的创造呈现个人化特色,如西川文本中的"鹰""蒙面人""怪兽",陈东东的"女高音""判官""傀儡",张枣的"德国间谍""德国士兵",都是远离诗人身份、日常情境的角色,诗人个性更显得幽深莫测,且角色的言说情境、言说语气都为诗人的想象力和音势所推动,文本中疏离了诗人的个体情感体验或一般人生情怀。臧棣曾说,当代诗歌已逐渐由"情感"转向"意识"[1],也在另一层面证实了当代诗人对普通读者习惯但流于泛化庸常的常识性情感的拒绝。

三 并未放逐的抒情

纵观新诗戏剧化言说对各种虚浮浪漫主义现象的抵制,联系艾略特以来对浪漫主义诗歌的批评声音,再结合新世纪以来对"放逐抒情"[2]的讨论,可能构造出一个表面现象:浪漫主义、抒情性在诗歌中遭遇着流浪的命运。但深入具体诗人的观念和文本可以发现,戏剧化角色言说虽然疏离了诗人的直接个性化抒情,但并未背离诗歌抒情性的本质,也没有颠覆文学的浪漫主义实质。

戏剧化间离的"非个性化",放逐的只是单纯直接的"我"的情感、人格的呈示,诗人们或警惕青春式抒情的单纯,或节制诗歌运动式的喧嚣滥情,而不是反对浪漫主义本身。只要超越一般关于浪漫主义的泛化、简化理解,可以寻绎出戏剧化言说和浪漫主义终极追求的一种平衡。现代时期的闻一多、徐志摩、卞之琳、穆旦,堪称标准的"抒情诗人",而八九十年代的张枣、陈东东、翟永明、臧棣、朱朱等进行过"戏剧化"实践的诗人,也从不否认诗歌和浪漫主义的内在关系。其中如卞之琳尽管克制

---

[1] 臧棣:《1990年代诗歌:从情感转向意识》,《郑州大学学报》1998年第1期。
[2] 参见姜涛《从"抒情的放逐"谈起》,《扬子江诗刊》2005年第3期。

自我，但他澄清过"我写诗，而且一直写的是抒情诗"①；而当代一些实力诗人，也力求客观地把握诗歌和浪漫主义的关系。如即便提出由"情感"向"意识"转变趋势的臧棣，也仍一分为二地提出：不能把反伤感主义等同于反浪漫主义，现代诗基本上是浪漫主义的现象，浪漫主义在今天依然可以作为一种诗歌的秘密语境出现，或者一种源泉，而所谓的"去情感化"可能只是一种局部的类型化的写作现象，诗人必须维护诗的抒情性，更新对抒情性的认识，扩大关于抒情性的概念②。

何谓扩大的"抒情性"？姜涛曾归纳出关于"抒情"的常见认识误区，"抒情"或者被人普泛化地等同于"表达了感情"，或者被"窄化"为只有田园牧歌情结，或者个人感受情调才属于"抒情"③。而从臧棣上述阐述可以进一步推出，扩大的"抒情性"主要立足于诗歌想象力和浪漫主义本质规定性。也就是说，对现实的超越和想象既是浪漫主义的本质特征，也是诗歌抒情的追求目标，抒情性的诗歌就是具有想象力、创造性的诗歌，它也体现了浪漫主义的超越意味。由此，抒情性才能不再停留于传达国家、时代、民族等集约型宽泛情感或者爱情、友情、人格操守等常识型情感范围，而是扩容到表现领域，提升到诗人关于存在体验、感受的创造想象层次，最终抵达浪漫主义"提倡想象、注重作家的内在精神世界"④ 这一本质。

应该说，用扩大了的"抒情性"来观照，大多数戏剧化角色言说方式显然没有放逐诗歌的抒情本质，诗人在文本中虽间隔了自我的情感生活和社会感悟，但表现的仍是深层的人生存在关怀和宇宙感应。大部分主体戏剧化文本是通过角色间接传达诗人自己的人生感悟，如卞之琳的《酸梅汤》虽然间离了诗人自我形象，全诗是一个车夫的独白，但角色发出的人生体悟同样包含着善感的情怀：

今年这儿的柿子，一颗颗
想必还是那么红，那么肿，

---

① 卞之琳：《雕虫纪历·自序》，人民文学出版社1979年版，第1页。
② 臧棣：《大忌还是大计：关于新诗的散文化——答〈广西文学〉关于当代诗歌语言话题的问卷》，《广西文学》2008年第11期。
③ 姜涛《从"抒情的放逐"谈起》，《扬子江诗刊》2005年第3期。
④ 王文生：《论情境》，上海文艺出版社2001年版，第51页。

花生就和去年的总是同
一样黄瘪，一样瘦。①

这里的车夫独白不同于老舍笔下骆驼祥子"他妈的，我招谁惹谁了"这类经验现实中的艰难谋生心理，而是提升到对时间流逝的审美感悟，包含了超越日常的想象意味，因而契合抒情诗的特质。很明显，车夫的语吻一定程度上融合了卞之琳对日常的诗性体验。

又如穆旦《蛇的诱惑》，独白者"我"的身份是一个现代物质潮流中的凡俗者——德明太太的朋友，但诗人赋予他一种深刻复杂的自我反思意识和诗性想象："虽然观念的丛林缠绕我，/善恶的光亮在我的心里明灭，/自从撒旦歌唱的日子起，/我只想园当中那个智慧的果子：/阿谀，倾轧，慈善事业，/这是可喜爱的，如果我吃下，/我会微笑着在文明的世界里游览。"② 这里的角色独白交织着对于知识智慧和物质文明矛盾的悖论性思考，远远超越日常现实经验，同样给人诗性的启悟。有意味的是，该诗模仿的对象——艾略特的《普鲁弗洛克的情歌》同样是一种抒情性言说，诗中普鲁弗洛克敏感而怯懦，怀着生命的欲求又不敢采取行动，伤感时间易逝却又无可奈何。对照艾略特的例子，卞之琳或穆旦的戏剧性独白同样呈现了一种普遍的内在心理经验，诗人虽在具体的创作中犹如剧作家把本人形象遮蔽起来，让角色自己的内心展开活动，但文本内涵最终表达的仍是对世界的悲悯、怀疑或绝望感受，主观性的精神体验和想象力充盈着文本。因此，戏剧化言说可以同时实现抒情诗的功能。

另有一类抽象、玄想的戏剧化抒情较为特殊，其中的言说内容和日常抒情差异更大，想象性成分大于现实逻辑意味。如杜运燮"我给简单的歌以生命，/歌声尽其悲痛来哀悼我。/小孩跟着我，大人吆喝他们，/疲乏的狗也会起来追赶我"（《算命瞎子》），这里不同于小说、戏剧中的人物心理描绘，诗人不是根据人物的身份和处境写出他们的常态悲苦体验，而是代替角色诗性地表达生命感受和思考，抒情意味浓厚。在当代诗歌中，这种戏剧化言说情感内涵更为幽深。如陈东东的《傀儡们》一个亲王和

---

① 卞之琳：《酸梅汤》，《雕虫纪历》，人民文学出版社1979年版，第12页。
② 穆旦：《蛇的诱惑》，李方编《穆旦诗文集》第1卷，人民文学出版社2006年版，第25页。

他的第一夫人、第二夫人末世般的灵魂体验,"到五月,南风把夏天递还给我们,/城市上空一场雨敛迹。万千窗玻璃,/它们朝向共同的黄昏,如我的人民,/同声念出过唯一的姓名","一支军队溢出了傀儡戏。/而我和两夫人总算开宴了"①,这里没有客观故事的叙述,都是角色的哀惋的感叹,呈现了萎靡的内心,这种戏剧性独白如同莎士比亚诗剧中的抒情部分,将悲剧性的现代人生体验传达于读者。

由此,我们应该纠正近年来批评中的一种错误认识,即把诗歌中戏剧化、叙事性因素视为诗歌远离抒情的必然②。事实上,一些诗人反感的只是那种普泛的、自动的抒情类型,并非反对抒情本身。臧棣曾对诗歌中的"情感"做了新的界定,认为它"不再是一种简单的混同于公众心理或情绪的情感,而是对人所可能有的情感的一种概括"③。这一合理说法同样适用于阐释戏剧化角色的抒情功能。可见,主体"戏剧化"和诗歌的"抒情性""浪漫主义"不是对抗性关系。

第二节 他即"我":自我意识的"面具"化呈现

在主体戏剧化的新诗文本中,诗人通过角色与读者对话,而角色常常以"我"的声音形态出现,因此,辨析这一声音和诗人自我意识的关系成为进入诗歌的必经路径。就具体诗人创作层面而言,他创造一个角色,就意味着打破传统"抒情自我"的戒律,对自身形象进行一种新的想象,他可以既是自己又是别人,从而丰富自身的表现活力。在这统一化的表层形态中,文本的内部意蕴实际上存在两种类型,一种是角色言说等同于诗人自身的声音,另一种是独立于诗人自我的纯粹角色言说。就前者而言,是诗人戴着面具说话,表达的仍是自己的情感、意识及经验;而后者则远离诗人的价值、立场或态度,是诗人代拟角色的声音,虚构的是角色的生命意识。

一 自我情感、意识的"面具"

"代言"是戏剧文类的话语形式,现代汉语诗人采取戏剧化言说方

---

① 陈东东:《夏之书·解禁书》,重庆大学出版社2011年版,第183页。
② 参见罗振亚《九十年代先锋诗歌的"叙事诗学"》,《文学评论》2003年第2期。
③ 臧棣:《1990年代诗歌:从情感转向意识》,《郑州大学学报》1998年第1期。

式，必然要在想象中模拟语吻、声口传达情思。有意味的是，这些角色常常就是诗人本人的替身，他们充当了诗人的"面具"，看似间隔着诗人自我，实则就是诗人主体意识的化身，因此，诗中以第一人称自称的"他"的独白往往就是诗人"我"的意识。

新诗中的"面具"诗学很大程度上连接着西方现代诗界的"面具"论。在世界现代诗歌史上，"面具"论最早源自叶芝。1908年，叶芝开始使用"面具"说，他的戏剧和诗中的骑士、渔夫、疯子、傻子都是这种面具，它们与自我不同，都是不自然的，具有"创造性和想象力"①，属于反自我。他曾在《人类灵魂》(1917) 一文中讨论心理学意义上的自我和反自我，认为自我只有找到、模仿反自我，一个人同时又是无数个人，人格才发展完善，才有所创造。他提出，诗人应该改变以往绝对的、单一的自动言说姿态，主动换上另一类形象，追求一种"做戏似的、有意识的表演，戴着面具"②。在《或许可谱曲的歌词》"疯珍妮组诗"中，叶芝自觉创造了"女性反自我"角色，疯珍妮朝主教吐口水，表面看粗俗、怪诞，其实执着爱情、信奉上帝。她和雇工杰克相爱，杰克被主教放逐，疯珍妮对主教说"美好和丑陋是近亲，/美好需要丑陋"③；主教宣扬灵魂高于身体，疯珍妮说灵魂肉体不能分离，显示了这一角色的勇气和真知。可以说，借着疯女珍妮的深沉言说，叶芝大胆道出了自己内心对诗歌艺术、美学、神秘主义、爱情的追求。这种"反自我"，对立于自然形态的自我。叶芝诗中的傻瓜、小丑、老人、粗汉等"面具"形象，都有丰富诗人自身形象的功能。如《英雄、姑娘和傻瓜》中，几种声音各自显露真实性格，诗人不同的自我彰显出来；在《一九一六年复活节》中，也是四个声音表现叶芝身上四种互为矛盾、相互冲突的思想。一些诗中的乞丐甚至拟人化的玩偶面具，也是他自我拓展意识的另一种表达。如《乞丐对着乞丐喊》"是离开的时候了，去另外一个地方，/到海风中去重新找回我的健康"，"在我脑瓜秃光前，让我的灵魂发光"，"虽说我愿意娶一个漂亮的姑娘……她也不要太阔，因为阔人为财产驱迫"，"她就不能有

---

① 李静：《叶芝的"面具"说》，《临沂师范学院学报》2009 年第 2 期。
② [爱尔兰] W. B. Yeats, *Autobiographies*. London: the Macmillan Press, 1955. p.152.
③ [爱尔兰] 叶芝：《疯珍妮与主教交谈》，《叶芝诗集》，傅浩译，河北教育出版社 2002 年版，第 632 页。

第三章 自我的隐遁或拓展：戏剧化角色的言说方式

幽默、愉快的语言"① 系列诗行，乞丐不断告别此地、寻找心灵相契的爱情，正是叶芝本人意识的间接表露，戴上民间的、活泼的乞丐面具，言说风格不同叶芝本人，变得粗犷、豪放。叶芝重视从民间吸收这种民谣风并加以发展改装，成为自我抒情的有益拓展。

使用面具"替身"说话的西方近现代诗人还有勃朗宁和庞德，这一点艾略特曾做过专论："在《卡力班论赛特波斯》中，我们听到的是勃朗宁的声音，换句话说，是勃朗宁通过卡力班大声说话的声音。采用'替身'这个词来表示诸人借以说话的那些历史人物的，正是勃朗宁最伟大的门徒——埃兹拉·庞德先生。"② 一些现代汉语诗人对"面具"的借鉴正如此，他们意在借着"面具"言说自己的心声，通过角色隐秘传达自己的处境、人格或意识。

叶芝等西方诗人的"面具"理论及实践在中国现代诗人的创作中可以看到一定的影响，到当代诗人张枣、西川、张曙光、翟永明、臧棣那里，"面具"论已成为他们公开的诗学"秘密"。不过，在具体的现代汉语诗人创作中，他们理解的"面具"论并非对叶芝原典的照搬，各自有着自己的改造与创新。

创作层面，新诗中面具化传达的自我意识呈现了由显到隐、由浅到深的发展过程。在早期，"面具"的运用在于对私我情感、形象的隐蔽。如闻一多的《大鼓师》，文本表层是主人公大鼓师独自唱白，"我却吞下了悲哀，叫她一声，/"快拿我的三弦来，快呀快！这只破鼓也忒嫌闹了，我要/那弦子弹出我的歌儿来"。/我先弹着一群白鸽在霜林里，/珊瑚爪儿踩着黄叶一堆；/然后你听那秋虫在石缝里叫，/忽然又变了冷雨洒着柴扉。/洒不尽的雨，流不完的泪，……/我叫声"娘子"！把弦子丢了，/"今天我们拿什么作歌来唱？/歌儿早已化作泪儿流了！"③ 大鼓师一番悲戚地诉说，尤其是"歌儿早已化作泪儿流了"，道尽人世艰辛，一些研究者因此对此诗完全持传统的社会学解释，认为"倾诉了一对

---

① ［爱尔兰］叶芝：《乞丐对着乞丐喊》，《丽达与天鹅》，裘小龙译，漓江出版社1992年版，第120页。

② ［英］艾略特：《诗的三种声音》，《艾略特诗学文集》，王恩衷编译，国际文化出版公司1989年版，第255页。

③ 闻一多：《大鼓师》，《闻一多全集》第1卷，湖北人民出版社1993年版，第130—132页。

夫妇漂泊卖艺的辛酸"①，但联系闻一多自身奉父母之命成婚的现实以及他给同学信中屡屡表达对长辈强加自己的情感生活的不满②，可以发现"大鼓师"就是诗人自我的"面具"和化身，诗中的角色独白其实透出了诗人对旧式家长制规约下的婚姻的不满，对双方内心精神世界之间的距离的无奈。诗中的鼓师这样独白："纵然是刀斧削出的连理枝，/你瞧，这姿势一点也没有扭。/我可怜的人，你莫疑我，/我原也不怪那挥刀的手"，这一独白正是诗人对自身情感命运的深层伤感，连接着诗人的现实情感遭遇。但闻一多用"鼓师"这一角色有效地隐藏了自己的身份，传达了内心隐秘的情绪，而鼓师一唱三叹、跌宕起伏的调式也增添了抒情的层次感。

同一时期的徐志摩，也在《爱的灵感》这一戏剧独白诗中表达了自己对情感、生命的态度。诗中女性对在场情人如下表白："因为照亮我的途径有/爱，那盏神灵的灯，再有/劳苦给我精力，推着我/向前，使我怡然的承当/更大的劳苦，更多的险。/你奇怪吧，我有那能耐？/不可思量是爱的灵感！"③这里对爱的无上的信仰，对个体劳动的赞美，正是当时徐志摩人生、哲学意识的写照。

30年代的现代派诗人也曾偶尔尝试了拟女性诗，如戴望舒的"一枝，两枝，三枝，/床巾上的图案花/为什么不结果子啊！"④（《妾薄命》）；何其芳的"寂寞的砧声散满寒塘，/澄清的古波如被捣而轻颤。/我慵慵的手臂欲垂下了"⑤（《休洗红》）；卞之琳的"世界丰富了我的妆台，/宛然水果店用水果包围我，/纵不废气力而俯拾即是，/可奈我睡起的胃口太弱？//游丝该系上左边的担角。/柳絮别掉下我的盆水。/镜子，镜子，你

---

① 参见季镇淮编《闻一多研究四十年》，清华大学出版社1988年版，第309页。另，闻一多该诗原版发在1925年3月25日《晨报副刊·文学旬刊》第65号上，原诗还有一句"既然过着了，还要守到死"。

② 参见闻一多1922年1月21日《致梁实秋》，《闻一多作品新编》，人民文学出版社2009年版，第353页。

③ 徐志摩：《爱的灵感》，韩石山编《徐志摩全集》第4卷，天津人民出版社2005年版，第389页。

④ 戴望舒：《妾薄命》，《戴望舒诗全编》，浙江文艺出版社1989年版，第87页。

⑤ 何其芳：《休洗红》，李方编《何其芳全集》（第1卷），河北人民出版社2000年版，第27页。

真是可憎,/让我先给你描两笔秀眉"①(《妆台》)。他们都沿用了古代男性诗人模拟女子口吻的写作模式。但正如江弱水指出,几个文本的说话者表面上是一女子,但其中的具体情感意蕴实为"诗人自我意识的客观折射"②。其中的戏剧化自我意识分别是爱情悲剧中的自爱自怜、寒秋伤时和辩证思维。戴望舒的《妾薄命》"明天梦已凝成了冰柱;/还会有温煦的太阳吗?/纵然有温煦的太阳,跟着檐溜,/去寻追梦的玎咚吧!"是借女性口吻表现诗人自己对明天、太阳、梦想的渺茫追寻。何其芳与李贺同题的《休洗红》,"我慵慵的手臂欲垂下了。/能从这金碧里拾起什么呢?/春的踪迹,欢笑的影子,/在罗衣的退色里无声偷逝",虽是女性口吻,更有一种现代的广漠时空中的静寂、孤独感。《妆台》首句"世界丰富了我的妆台"似乎透露给读者诗中是一个女性的声音,但"从每一片鸳瓦的欢喜/我了解了屋顶,我也明了/一张张绿叶一大棵碧梧"提醒我们这是典型的卞之琳式的现代辩证思维,而"装饰的意义在失却自己""我完成我以完成你"这些现代性箴言,更见证了诗人大脑中如同瓦雷里诗中的石榴那般奇妙的智慧之花。

随着诗人对言说内涵深度和技巧、修辞的进一步追求,通过"面具"巧妙表达自我情感的创作逐渐发生转向,"面具"形象更多用于传达诗人自我对整个存在世界的观察和思考。除了卞之琳以"多思者""沉思人"等面具表现自我对时间、空间维度的思考之外,40年代前后,穆旦在《防空洞里的抒情诗》《从空虚到充实》《华参先生的疲倦》等诗中戴着"小资产阶级"面具,忧郁多思的独白者几乎就是诗人自己的化身。这些角色代替诗人"我"观察社会、内省自我,间接呈现了穆旦敏感深刻的现代体验,对此后文将专节表述。

二 民间、神秘"面具"的特殊效应

"面具"能释放诗人的多重人格或多重意识,让诗人拟想角色所处地位、身份、情境时可能说出的话,它们多半是诗人自我不曾有过的经验、感受和思想,或是诗人本来说不出口的话。尤其在新诗中,一些诗人采用

---

① 卞之琳:《妆台》,江弱水、青乔编《卞之琳文集》第1卷,安徽教育出版社2002年版,第75页。

② 江弱水:《卞之琳诗艺研究》,安徽教育出版社2000年版,第76页。

民间流浪者或神秘灵验人，诸如乞丐、瞎子、算命人，乃至古代的先知、占星师，等等。前者是民间大地上的漂泊者，处于社会底层，但历经磨难沧桑、洞察命运，所思所感比常人深刻感人。后一类型通灵神性，预测未来，所言能震慑人心。现代诗人借用这些面具，能激发出特别的思想和修辞。在人类早期社会，巫诗一体，诗人往往是先知，以深邃、诗性的语言预测人的命运，后来诗人逐渐与神巫形象剥离，演变成"堕入凡间的精灵"，但少数诗人的哲思秉赋和想像力仍能让算命人、相手师、先知、占星士等幽灵附体，戴着各种古老神秘的职业"面具"进行创作，臧棣、西川、陈东东等诗人就具有这类才情。

早在40年代，杜运燮就创作了《流浪者》《老人》《盲人》《算命瞎子》等特殊面具的人物独白诗，唐湜曾将它们归为奥登"心理分析诗"类型。① 值得进一步区分的是，这种戏剧独白诗不能用小说的"心理分析"术语一并概括，小说的心理分析刻画常常围绕着某一具体现实事件、人物展开，而杜运燮这类诗歌借助的仅仅是人物的身份、处境，表达的是幽微或深沉的生命体验，这些智慧思考来自诗人。因此，杜运燮诗中流浪者的"寻找"，老人被厌弃的孤独，看上去似乎和诗人无关，但其中角色"我"的言行、心理都包含了诗人的体察，这些哀挽、悲伤的生命感悟实为诗人戴上各种人物的面具，表达对"生"与"死"、"黑暗"与"追求"、"命运"与"个人"等人生问题的思考。独白者的认识和体验都源自诗人主体意识。如《流浪者》中复杂对立的存在矛盾感，"满足"与"饥饿"、"别人的孤独"与"自己的寂寞"、"挥霍"与"收集"、"碎裂"与"凝结"等，绝非现实中流浪者的心理体验，尤其"不是去控诉，/是来见证"这类智者哲思，深深烙上了年轻诗人的玄想个性。又如"死是你们所怕的，所恨的，/我陪着他行走，/所以我也被厌恶。//但我与他并不熟悉，/我也在怕他，避他，/所以我只能孤独"（《老人》），也是诗人在沉思人终将老去时无可奈何地面对死亡、孤独的心理。

联系九叶诗人40年代所接触的异域诗歌范围，可以肯定，杜运燮的这些文本受到里尔克《声音》组诗的影响。里尔克向内转的"心灵"诗学和克制成熟的诗艺，加上他对物、人的凝定观察，使诗歌显示了智慧的

---

① 唐湜：《杜运燮的〈诗四十首〉》，《新意度集》，三联书店1990年版，第51—53页。

第三章 自我的隐遁或拓展：戏剧化角色的言说方式

高贵。在《声音》①组诗中，里尔克用悲悯的情怀打量人类的命运，创作了《乞丐之歌》《盲人之歌》《自杀者之歌》《白痴之歌》《酒徒之歌》《孤儿之歌》《侏儒之歌》《麻风病者之歌》等文本。当然，里尔克和杜运燮的人物独白诗存在区别。里尔克从人道层面出发，提出社会底层"贫困却需要表白自己""他们必须歌唱"，因此借角色自白直接呈现这些孤苦弱者的生存现状，独白声音并非诗人的。如"我把手扶着我妻子的胳膊，/我灰白的手扶着她灰灰的胳膊/……活着，备受着折磨，而且呼喊。/我体内有一种永无休止的哭嚷"（《盲人之歌》）；"的确不值得费心来将我抚养：/反正我会给抹杀。没有谁能够利用我；目前还太早"（《孤儿之歌》）；"如今我是在它的戏法里了，/它用耻辱包围我并且至今/任凭我堕入兽道和死亡"（《酒徒之歌》）；"那不是他的也不是我的过错/我俩彼此间除开忍耐再没有什么……/可什么才是我的，我自己的？/连我悲惨的存在/不也是从命运借来？"（《寡妇之歌》）。角色的悲苦诉说都是贫困者自身的不幸。而杜运燮戏剧独白诗中的意蕴不少是诗人诗性意识的"面具"化表达，以他那首几乎与里尔克同题的《盲人》为例：

只有我，能欣赏人类的脚步，
那无止尽的，如时间一般的匆促，
问他们往哪儿走，说就在前面，
而没有地方不听见脚步在踌躇。

成为盲人或竟是一种幸福；
在空虚与黑暗中行走不觉恐怖；
只有我，没有什么可以诱惑我，
量得出这空虚世界的尺度。

黑暗！这世界只有一个面目。
却也有人为这个面目痛哭！

---

① ［德］里尔克：《声音》（组诗），陈敬容译，臧棣编《里尔克诗选》，中国文学出版社1996年版，第176—185页。

只有我，能赏识手杖的智慧，
一步步为我敲出一片片乐土。
只有我，永远生活在他的恩惠里：
黑暗是我的光明，是我的路。①

对于杜运燮的人物诗，有学者指出了"面具"特点，并提出诗人是"向叙事文学借鉴"②。这个中需要细作分别。显然，本诗没有从社会学层面表现底层心酸，而是抓住盲人特殊感觉，赋予他思考人生和世界的智慧。盲人听觉敏锐洞察，他听出人类脚步的两种特征，"匆促"和"踌躇"，这里有暗示意味，前者指人欲望的径直奔突、一往直前，后者指人永恒的选择困境，不知道哪条路最便捷或最理想。诗中盲人进行的其实是思考和洞察。第二节在独白式自嘲口吻中揭开盲人处境的两面性。盲人深处看不见的"黑暗"，好像是世俗意义的不幸，但他无需被目标被光明诱惑，毋须追求名利，也不为前路未知而恐惧，这真是一种较高意义上的"幸福"，同时他还旁听着世人忙忙碌碌的脚步，直察到其中的"空虚"。第三节，盲人以对世界的黑暗感知上升到"黑暗"实质，这既发展了前两节的意义，也新添了"手杖"的隐喻功能。既然洞察到一切都是空虚，盲人索性以黑暗为光明，用"手杖"摸索前行人生的智慧，"敲出一片乐土"，由此"黑暗是我的光明，是我的路"。这几乎是鲁迅《过客》式的超越性表达。可见，杜运燮给了盲人特殊的智慧，也借此角色道出对现实世界的清醒意识，即人们平庸的忙碌，无目的的空虚，充满了黑暗的现世。诗中虚拟盲人的戏剧独白表达人生智慧，首先给读者一种陌生的新奇感。其次，正是借助盲人角色的虚构，诗人才得以摹拟生动的感知和独特处境下的口吻，呈现别具一格的人生体验。

采用民间、神秘类型面具不等于小说中的"类型化"人物，更不能用平面化写作来解释。事实上，借用公众熟知的神秘类型人群传达诗人的主体意识，往往需要超越一般人的艺术勇气。诗人臧棣的《相手师的独

---

① 杜运燮：《盲人》，游友基编《九叶诗人杜运燮研究资料选》，海峡文艺出版社2018年版，第75页。
② 蒋登科：《杜运燮：世相解剖与心态描述》，游友基编《九叶诗人杜运燮研究资料选》，海峡文艺出版社2018年版，第385页。

白》就体现了高超的戏剧化想象,全诗如下:

> 我的地平线不会升起太阳
> 我的位置通常是在街角
> 历史的不易察觉的拐弯处
>
> 我常常利用人们的愚蠢
> 或好奇心。但这并不意味着
> 我所掌握的知识比科学更神秘
>
> 我不需要多余的遮掩:像街对面的
> 那间历史的售票处
> 需要把自己密封成亭子
>
> 只留下一扇小小的窗口
> 收取每只手递进去的钞票
> 却从不出售希望和安慰
>
> 我不需要场面过于宏大的理解
> 像插着彩旗的卡车排着队
> 一直延伸到视线模糊的地方
>
> 如果人们敢于伸出手
> 无论洗得多么干净
> 他总要在我面前暴露出一些事情[①]

作为 20 世纪 90 年代以来的重要诗人,臧棣视想象力和语言欢乐为根本,但他也有"重体"型文本,在追求意识和语言的想象中达到对现实本相的深入。就整体表达看来,该诗成功地将"面具"策略和诗人意识接合得水乳交融。表层上看,"相手师"和闻一多的"大鼓师"同属于民

---

① 臧棣:《相手师的独白》,《燕园纪事》,文化艺术出版社 1998 年版,第 184 页。

间艺人,和西川诗中的神秘角色是同一类型面具,但本诗的戏剧化策略和修辞技巧很见个人化功力。文本中的角色独白是"思"而非"唱"或"说"的形态,更接近诗人内省式的表达,而经由诗人超越常识的创造性想象,"相手师"的"面具"效果非常独特。常识当中,相手师所处的位置是"街角",诗人抓住这一线索展开想象,借用相手师的视点进行观察,再延伸、变形,深入历史和时代中的阴影部分。从读者接受层面看,相手师这一"面具"的职业、心理特征生发出诗人如下主体意识判断。首先是"街角"向"历史的不易察觉的拐弯处"的转喻,既完成了由客观地理向人文语境的过渡,又传达了诗人对特定历史境遇的敏锐触觉,并由此拉开了系列对位式比较和反讽。借相手师嘲笑自己"利用人们的愚蠢"的"知识",暗中巧妙地把打出去的拳头对准了神秘的"科学";由相手师的不遮掩,诗人引出了"密封成亭子"的"历史的售票处"这一对立面,揭示了现实世界兜售价值、打扮历史、封闭真相等让人绝望的本质;从相手师现实生存空间的狭小位置,诗人生发出对大街彩旗飘飘的宏大宣传的讽刺。最后,文本收束的方式利落干净,回归到"相手"这一"本事",有力地击中了表面"干净"而灵魂不洁的时代真相,完成了诗人对时代语境的批判性思考。臧棣这种对特殊类型戏剧化角色的借用,还体现在他的《木匠活》等文本中,它们和西渡的《一个钟表匠人的记忆》具有相似的艺术生发机制,即特殊的"面具"能够引发诗人超常的艺术感知力和想象力,拓展、深化诗歌发掘世界的空间。

西川的"面具"化诗思有些特殊,他推崇"伪先知"写作,认为"谈论哲学不是诗人的事",文学更多属于伪哲学,因它"它不指向对于天地宇宙的终极的正确解释,它更关心提示人类自相矛盾的、浑浊的、尴尬的生存状态"[1]。因此,西川倾向于表达伪哲学中的自相矛盾、诡辩、戏仿、似是而非、似非而是、假问题、假论证、悖论、歧义,切入世界的复杂。在《激情》[2]组诗中,他笔下的"先知"箴言不同于具体情境中的个体化角色,是诗人对某类人群的职业身份、语言思维等进行想象并提升后形成的戏剧化言说主体,其中伪书作者、伪先知、游侠骑士、僧侣、占星术士、炼金术士属于典型的代表。西川在诗中以六种身份进入"野蛮与

---

[1] 西川:《个我,他我,一切我》,《天涯》1998 年第 1 期。
[2] 西川:《激情》(组诗),《大意如此》,湖南文艺出版社 1997 年版,第 127—137 页。

文明的""愚昧与崇高的""迷信与信仰的"中世纪[1]，完成的恰恰是对当代的进入和思考。诗人一方面重现中世纪某些历史场景，一面让这些角色说出当代的生活和命运，传递大量切入时代语境的议论。如"伪书作者之歌"部分，"托名为你们——另一个时代的亲人写书"，这是拉开距离，制造中世纪角色效应，但"什么样的缺点使我偷生人世／……可是后来者，唯有怀疑能使时代进步"等独白，又烙有西川八九十年代的感受和反思意识。

由此可见，"面具"化写作、戏剧化角色对诗人自我意识的表达而言，并非单纯的形式或技巧，而是能为诗人提供独特观察世界和深入言说的主体装置，它们激发诗人超越个体狭小处境和限制性身份，向新的想象世界、语言世界突进。

三 "面具"言说人类普遍处境

对命运、存在的思考突进到终极时，一些诗人直逼荒谬本真：世界就是一个大剧院，人生如戏，充满虚幻或虚假、僵硬机械，或者病态的动作和语言。现代存在主义经典戏剧曾将这种荒谬状态夸张为几个高度抽象的动作及情境，当代一些诗人则往往借他者面具唱出这种虚无感，这一类面具可能是历史、传说中的某个人物，也可能是现实生活中的某一类形象，诗人随意赋影，拟出具体角色的心声，这些声音和诗人意识、感受、判断非常接近。

翟永明进入90年代后对"面具"运用得最为自由。80年代，她在《女人》《静安庄》组诗中细密地低语着自己对成长、爱、死亡等的焦虑和恐惧，那些暗夜中的独白展示了女诗人的敏感和脆弱。随着中年生命的理性上升和90年代客观、冷静诗风的影响，翟永明逐渐把那个凸显的"我"替换成了他者，如"我用整个身体倾听／内心的天线在无限伸展／我嗅到风、蜜糖、天气／和一个静态世界的话语——观察蚂蚁的女孩'是我'／蚂蚁溢满了我的火柴盒"（《十四首素歌·九·观察蚂蚁的女孩之歌》），这个女孩可能是某一虚构角色，当然也可解读为女诗人少女时期。这种独白角色不要求具体特征的规定性，"面具"的言说方式和自我

---

[1] 西川：《关于〈汇合〉写作的说明》，《让蒙面人说话》，上海东方出版中心1997年版，第235页。

言说方式也较为接近，诗人不需要在角色和自我中间刻意转换。但因为面具的间离效果，诸种生命体验传达显得克制。同时，翟永明诗歌的戏剧性又不止于人称面具，还包括戏剧仪式、戏剧场景的营造。她从小对戏曲感兴趣，经常出入戏园，中年以后更添了"戏如人生，人生如戏"的感受，"人生命运的戏剧性"成为她诗歌中的一个主题。最典型的戏剧性表达还是她的《祖母的时光》《脸谱生涯》等诗篇，运用经验中的戏剧形式感，在场景、动作、语言的直接呈现中，一个个独白角色的抒情代替了诗人自白。如《祖母的时光》片段：

　　一切都在夜里
　　死人也在长眠　鬼也在夜里
　　我是一个七岁的孩子
　　在脸上画下条条泪痕
　　鬼也在掩面而泣
　　看见鬼的那只眼也在流泪

　　台上铙钹作响　锦旗翻飞
　　还迎风洒出白色纸钱
　　"如花美眷，似水流年……"
　　一声念白　中音绕梁①

诗中虚拟的"孩子"这一角色的语言既不受特定人物处境的束缚，也无须特殊的视点或思维，而是相仿于诗人自身的言说。因此，孩子视角中舞台上演出的"台上铙钹作响　锦旗翻飞""如花美眷，似水流年"，是诗人自己观尽中国戏曲和现实后对人生喧嚣、忙乱、终难逃魔咒的悲剧体验。另一独白诗《脸谱生涯》中的意识非常接近："天生美质　仍是白头之客/我饱蘸浓彩，慢慢地/一字字道出苍凉，孤寂"，"我唱出谁的曲调？/后台的阴谋无止无休/戏剧却总是如此凄美"②，脸谱是更具有形式感的面具，更具有人类共同命运的概括性，它哀唱着充满孤寂和阴谋的速朽

---

① 翟永明：《祖母的时光》，《称之为一切》，春风文艺出版社1997年版，第133页。
② 翟永明：《脸谱生涯》，《称之为一切》，春风文艺出版社1997年版，第150—151页。

悲剧，更指向了人生的普遍处境。除了这种戏剧舞台上的独白唱腔，翟永明还善于在城市戏剧性场景中穿插声音引文，"公园以北，一个鬼魂/正昼夜歌唱：/'我死了，请让我复活/成为活着的任何人'//公园以北，一个行人/正停足四望：/'是谁？又是谁？/在说着这些疯话？'"（《莉莉和琼》）[1] 这些角色声音也指向人世代谢不过是悲剧的轮回和循环，所谓疯话也是真言，具有普遍隐喻意味。

由于"面具"和自我的近亲关系，翟永明的选择空间也就扩大，"孩子""祖母""莉莉"，这些角色都成为诗人感悟生活的"面具"。这些"面具"的作用如同扮演了诗人，作为一个在场的见证者，传达出翟永明灵魂中的生命意识。这种"面具"写作对一般单纯的诗人自我独白无疑是一种丰富。程光炜对翟永明的角色化言说进行过精到的评论，他说："对'脸谱'——人格面具的研究，使她90年代的诗发散出一种深不可测的悲悯，也使她的叙事游离纯粹的个人体验，而变得愈加混沌。"[2]

陈东东诗中的角色面具更多置于具体关系场景中，再通过角色内心独白表达人类普遍的荒谬处境，以此实现他对戏剧化的感觉。长诗《喜剧》[3] 包含"龙华""歌剧院""闸北""动物园""外白渡桥""图书馆""七重天"部分，虚构了一个女高音亡灵在焚尸后被判官带入地府前飞跃人世几个空间的场景，谋害她的指挥家丈夫最终也被判官勾了魂魄，黑暗、亡魂的超现实和地面现实不断穿插流动，角色独白的高亢痉挛声音加强了戏剧性紧张。在上海闵行、在新电子区上空，黑暗"刹不住车"，判官"已钓出他选中的女高音亡灵"，他们"翻越人群中崩溃的并发症"，历经一个个人间的炼炉。判官的许多独白如同审视人间的正义神谕，也形同诗人的议论："但我们正逆着塔的指向/要通过所谓本质的罪恶。""那懊悔的灵魂，要忍受/本城不洁的火焰之煎熬。"这是对人间欲望的宣判。女高音亡灵在重新投胎变形前独白"我又将重演我失败的一生"，可谓每一个生命的最终处境，没有谁能幸免于失败。而她所投胎的鹦鹉独白着"又看透一轮不变的轮回"，也是永恒的存在悖论。诗篇的尾声，在图书

---

[1] 翟永明：《莉莉和琼》，《称之为一切》，春风文艺出版社1997年版，第116页。

[2] 程光炜：《序〈岁月的遗照〉》，《程光炜诗歌时评》，河南大学出版社2002年版，第55页。

[3] 陈东东：《喜剧》，《夏之书·解禁书》，重庆大学出版社2011年版，第154—175页。

馆阅读的指挥家也被判官收了生命,唱着"那卷宗里翻卷阎王的舌头!/吐露死亡的时日和黑名单"——谁都逃不过的戏剧结局。

《喜剧》以反讽的标题、悲剧的实质传达了现世欲望、生命存在的荒诞真实,让读者看到了幻灭与虚无,但这些都不是诗人直接的议论,而是黑暗中的各个角色的独白吟唱,它们夹杂在地面各种闹腾、混乱的喧嚣喜剧场面中,聚合了世界的表象和本质,并以对但丁《神曲》的表层戏仿实现本地抽象,这里并没有神性的飞升,而是世俗性的堕落。《喜剧》这种宏观深刻的艺术效应,和陈东东的佛学悟性、语言澄明和音乐天分有关,角色的独白如同歌剧唱词,节奏铿锵,直抵生命本真。这些独白中都有"火焰"的灼烧感,无形中实现了陈东东曾说的"有一个诗人却想以一种懊悔的节奏,重写这关于火的反自然故事","反自然精神照耀人类的进化和进步,文明和发明,并一再点燃人之为人的热烈的欲火"①。《喜剧》中充满各种火焰,闹市区的灯火,角色肺叶中的火焰,焚尸炉中的火焰,从生到死地贯穿着,最终火焰成灰,炼狱中的灵魂徒然懊悔。

翟永明和陈东东的创作都不是戏剧,也非剧诗,仍属于抒情诗,只不过是间离自我的抒情诗。陈东东对此有自觉意识,他在1998年写的《望远镜》中透露了自己这一诗学观,"意念望远镜,看不见的星际虎""提供了想象之外的想象""超出了梦境""他的观看更远地离开戏,/更远地离开那扮演的伽利略",诗句都是元诗观念表达。陈东东将自己看作一个编剧,不断离开自己、离开现实经验,在各种可能的意念中飞翔,在语言高速路上表达对人世普遍状况的关切。至于其中看上去煞有介事的叙事,陈东东直接否定,和其他诗人的伪叙事策略一样,他最终把所叙之事变成一件不可复述之事,把本地故事从语言中打发掉。因此,《喜剧》固然表现了存在境遇的主题,诗人重点经营的还是角色语吻、场景想象中的语言修辞,这点将在下节补述。

第三节 "我"非我:突入他者的别一种意识世界

在另一些戏剧化角色言说中,角色和诗人自我则保持着较远的关系,

---

① 陈东东:《词的变奏》,东方出版中心1997年版,第29页。

有着相对独立的话语空间和话语个性，因而诗人主体的情感、意识、判断不直接出现在文本中，这种写作可视为突入他人的生命，具有典型的"非我"特征。比起"面具"写作只需拟构某种角色，最终传达的仍然是诗人对世界的看法和态度，这种"他者"经验的言说更需要诗人间离自我、扩大自我，属于完全的"戏剧化声音"。诗歌摄写他者的生命经验，本身当然不构成什么文学特例，如大量叙事诗都是对诗人自我经验世界以外的写照。但就非叙事诗中的戏剧化言说来说，确实存在一定的独有特色，由于没有叙事诗中那样的叙述口吻，戏剧化声音独立于诗人主观态度之外，因而具有戏剧文类的客观性。因此，观照新诗中这种戏剧化言说的发展及现状，可以呈现出诗歌文本另类言说形态。

一　戏剧化口吻："发明"他者的经验和意识

戏剧化地客观呈现他人的生命经验，不是一般的写实主义叙事，更不等于常见的现实主义主观化倾向，读者在文本中所见的，是完全的、纯粹的不关乎诗人自我的他者思维、他者语言。这种客观化突入的方式，最早为新月诗人实践。在"新月"之前，新诗中普遍叙事文本都是诗人态度的直接流露，即便是朱自清当时被人称道的《毁灭》，在前半节的写实之后跟着的是诗人主观议论。而早期所谓的写实经验叙述，甚至还有这种诗人直接出面的浅显陈述："我的邻人，有两个儿子；/他自己吃喝嫖赌，还偷人点儿东西。/他大儿子，劝他不听，和他断了关系。/大家说，这儿子不好，真忤逆！/他二儿子，便不劝他，直到他捉将官里去。"（邓拙园《好难当的儿子》）大白话式的叙述中传达的是简单的社会道德判断。对照之下，新月诗人对他者经验的戏剧化呈现完全不同于五四白话叙事诗，闻一多的《天安门》可称为代表。这一文本模拟的是一个车夫在"三·一八"事件中的感受经验，诗中部分独白如下：

"咱一辈子没撒过谎，我想/灌上俩子儿油，一整勺，/怎么走着走着瞧不见道。/怨不得小秃子吓掉了魂，/劝人黑夜里别走天安门。/得！就算咱拉车的活倒霉，/赶明日北京满城全都是鬼！"[①]

闻一多面对的本是大的时代情绪问题，通过虚构他人的经验，以车夫在特定情境中的独白侧面深入历史事件，自始至终，诗人都保持了隐身的

[①] 闻一多：《天安门》，《闻一多全集》第1卷，湖北人民出版社1993年版，第160页。

态度，给车夫的经验设置了独立的存在空间。车夫的独白中透出了他对流血事件的惊恐、不解、埋怨、丧气等内在感受和情绪，这是独属于他的经验方式。此外，闻一多充分考虑了独白者的话语个性，并做了必要的含蓄、曲折处理，加上车夫独白的特有节奏，顺溜的现代口语，这些因素确保了《天安门》没有沦为直接表意的写实性陈述，也区别于叙事文类中的场景。除了这首《天安门》，新月诗人在"三·一八"事件后几乎形成了一个戏剧化写作的小高潮，如饶孟侃的《三月十八日》《天安门》，闻一多的《欺负着了》《飞毛腿》，杨子惠的《回来啦》，刘梦苇《我亲爱的玛丽雅》，塞先艾的《"回去"》，都表达了对时局的关注，但诗人都没有直接在文本中说话。他们灵活地采用当事人或无知者等戏剧化角色的独白和对话，客观呈现角色的经验。

当代诗人胡续冬也创造性地写了几首戏剧独白诗，严格说是土白诗，用重庆方言模拟底层絮叨日常，和徐志摩的《一条金色的光痕》路子相似，土白节奏带来意想不到的生动效果，不过趣旨存在差别。徐志摩诗中是严肃的人生呈现，独白者是一穷人，为同村死去阿太来向沉默的太太即在场听话者借钱安葬，全诗都以"我自己屋里野是滑白欧"这种地道的硖石土白尝试新月的格律和节奏。而胡续冬走戏谑风格，底层悲剧人生被喜剧性方言独白盖住了沉重。如《关关抓阄》[①]中，一农妇独白"猴跳虎跳，尽在外头葛孽"的孩子，气得她"喊天叫地都扯不抻抖"的丈夫，以及县有线台记者拍她家生活的片名"关关抓阄，在盒子洲"，都冒出闹腾腾的喜剧意味。《太太留客》别出心裁地用土白模仿一妇女对电影名"泰坦尼克"的误读，对影片中性爱遮掩镜头的抱怨，赤喇喇地呈现了底层女性对性的大胆直接。

毫无疑问，诗人要深入他人的现实生命经验，首先面临着"诗性"的拷问。以诗人诗性意识为基底拓展的抒情，往往可以斟酌诗情与诗意的表述方式，但采用戏剧化角色的独白和对话，并深入他们的意识，文本情感、诗思便很难获得自动的诗意，尤其是距离诗人身份较远的底层角色，他们的经验和话语都远离着诗性意味。因此，这必然促进新诗拓展表现范畴。事实上，除了新月诗人和胡续冬这种"俗白"写作，现代时期的卞之琳、杜运燮、穆旦也都把以往难以入抒情角色的各种"他者"引入诗

[①] 胡续冬：《关关抓阄》，《日历之力》，作家出版社2007年版，第167—169页。

中，这着实需要一种艺术自觉。由于现代汉语本身的芜杂，戏剧化地呈现他人生命意识就不像古代乐府诗那样有着凝练诗语做保证，但从另一角度来说，失去了绝对含蓄凝练的语言，诗人只能在诗思上进行创新。

因此，正如我们看到的，新诗中对他人生命意识的突入很少停留于一般小说、叙事文类那种外部现实经验的表述，而是挖掘内在的新异诗思。卞之琳的创作便往往以个人化发现制胜。除了前面的《酸梅汤》对自然物象的时间感发，即便是类似《叫卖》《过节》这样篇幅很小的家常题材文本，也透出诗人不一般的构思，如《过节》中："账条吗，别在桌子上笑我，/反正也经不起一把烈火。/管他！到后院去看月亮。"[1]诗人模拟一店铺掌柜的内心独白，"钱"和"账"本来是非常世俗的人事，但经由诗人的诗心一转，立刻提升到了"管他！到后院去看月亮"这样折射乐观人生态度趣味的层面。又如他的《春城》交织着几种不同身份的语吻，自我安慰的、戏谑他人的、发泄不满的、老气横秋的，一幅闹哄哄的场景画面，但由于诗人深入的是角色内心灵魂对日常的敏感、对世界的态度、对命运的感慨等各个层面，文本最终没有漂浮在事件和场面上。比起卞之琳，杜运燮诗歌有时虚拟一个独白者表现当下经验，将严肃的内容充分戏谑化、喜剧化，如针对40年代后期国统区高物价现实写的《追物价的人》："虽然我已经把温暖的家丢掉，/把好衣服厚衣服，把心爱的书丢掉，/还把妻子儿女的嫩肉丢掉，/但我还是太重，太重，走不动，/让物价在报纸上，陈列窗里，/统计家的笔下，随便嘲笑我。/啊，是我不行，我还存有太多的肉，/还有菜色的妻子儿女，她们也有肉，/还有重重补丁的破衣……"[2]和前面论及的杜运燮的《盲人》那种从面具身份和感知特点展开的严肃智性发抒不同，本诗反话正说，从物价"飞"涨这一现实寻找想象机制，创造性地把饥饿难民的瘦、穷改写为主动"丢掉"肉、丢掉破衣，要轻装上阵去追飞上空的物价"红人"，且反复宣誓不落伍。整篇自嘲与调侃的语吻带来戏剧化效果，出奇制胜，一箭双雕，既批判了物价造成民难的当局现实，又实现了诗心，生动夸张的调侃式讽刺中，发掘、创造了人物意识中的可能。

---

[1] 卞之琳：《过节》，《雕虫纪历》，人民文学出版社1979年版，第15页。
[2] 杜运燮：《追物价的人》，游友基编《九叶诗人杜运燮研究资料选》，海峡文艺出版社2018年版，第86页。

诗人的戏拟对象还包括历史中的真实名人，如卡夫卡多次进入当代诗人的戏剧独白文本中，有张枣的《卡夫卡致菲丽丝》（具体分析见附录）、森子的《卡夫卡日记》等。如果说张枣是戴着卡夫卡面具寻求知音，森子的文本则为虚构卡夫卡写作生活中的灵魂起伏，和真实《卡夫卡日记》的反思不同，诗人创造出来的卡夫卡满腹感性的犹疑、虚弱：

> 荒废了一天，睡觉和躺着度过，什么都没干
> 在办公室和家里都是这样。写了几页
> 虚构的旅行日记。晚上，我像一只可怜的
> 小老鼠在实验室的笼子里哭泣。
> 记下一个梦：我开着一辆老爷车穿越密林
> 说穿过，不如说是从山坡上滑落。①

对照一下卡夫卡自己的日记，我们可以看到诗歌的戏剧独白所作的诗意虚构。卡夫卡曾在书信中反复表达对老鼠的恐惧，而森子虚构为在实验室笼子里哭泣的老鼠自喻，更显得感性、软弱、无助。诗人杜撰卡夫卡厮混的有六个姑娘，"我全部的罪过/是不爱她们，赞美占据了我的舌头"，更直入卡夫卡对世界的疏离和拒绝。这些戏剧独白也许是森子联系自身写作心境对卡夫卡改写，但创造给读者的是历史人物的多重可能体验，正如卡夫卡给妹妹的信中剖露的，"我写的不同于我说的，我说的不同于我想的，我想的不同于我应该想的"②。人的复杂性就存在于各种矛盾纠结中，森子的诗是对卡夫卡内心可能的想象性突入，也是诗人写作状态的他者化。

二 探幽虚拟角色"灵"的颤动

诗人从自我世界转向他者世界，要消泯自我，将主体意识交给其他意识吸附，这看似丧失自我，其实更应视为意识迁移。在这一过程当中，诗人可以突围传统身份的束缚，在大胆的想象中打破某些诗歌审美范式的限

---

① 森子：《卡夫卡日记》，《森子诗选》，长江文艺出版社 2016 年版，第 69 页。
② ［德］卡夫卡：《卡夫卡全集》（第七卷）（书信（1902—1924）），叶廷芳、赵乾龙、黎奇译，河北教育出版社 2015 年版，第 163 页。

第三章　自我的隐遁或拓展：戏剧化角色的言说方式

制。陈梦家的《悔与回——给方玮德》便可称为一次突围。这一文本大胆突入人的罪恶忏悔心理，在当时被闻一多称为"写得惊心动魄""本年诗坛最可纪念"①的诗作。在笔者看来，它也该属于陈梦家这一新月后起之秀对前辈诗人"戏剧化言说"的承接。文本中，主人公临死前就自己"一身的罪恶"向知心朋友自剖，一番独白呈现了一个现代浪子身陷欲海、自我毁灭的经历，以及在自戕自贱中渴望精神救赎的灵魂世界。开篇直接恳求朋友诅咒，"今夜哦你才看透了我的丑恶/你尽管用蛇一般的狠毒来咒诅/我的罪恶我的无可挽救的堕落/用不赦的刻薄痛骂我的卑鄙"。随后的独白交代，"你把我看成一个神明/一个纯洁无暇的偶像，你膜拜/一个魔鬼用着虔诚的颂辞；/到今天，你看清楚我的真身，/我的蒙混中蛇蝎一样的花纹"。"我"的罪恶是什么呢？"受着试探无穷的诱惑把自己/一颗宝贵的纯正的心不小心的/让色淫的火烧坏我"，"但是我太软弱我终抵不过/那些惑人的甜蜜紧身的拥抱/鲜红的嘴唇舐进我的舌尖只教我/一刻间推翻我的信念我的坚强/都只为一个温柔溶成了水谁知道/那又是假"②。这一独白者的内心体验和语言风格，已经脱离了陈梦家温婉的诗人自我个性，诗中暴露自己的肉身堕落，恶狠狠地自我刻薄，这些以诗人自身口吻不可能抒发，但放在戏剧独白主人公那里，就拥有了审美空间。而在同类题材中，邵洵美的《花一般的罪恶》属于诗人直接自我体验的抒写，由于诗人忘我地沉醉于女性的"红唇""舌尖""蛇腰"等唯美颓废色彩的视觉享乐和感官盛宴，难免让读者感觉自我主体显得过于轻飘和艳俗，以致被学者批为"将美感降低为官能快感，并藉唯美之名将本来不乏深刻人生苦闷的'颓废'庸俗化为'颓加荡'的低级趣味"③。同一现象的还有郁达夫小说中的肉欲描写，因为作家自叙传的口吻引发了当时接受困境。对比之下，《悔与回——给方玮德》由于戏剧独白主人公经验的他者性，能隔断读者对于诗人人格的猜想和误读。

爱和死的体验，始终是文学家最甘愿穷思探幽的"灵"的颤动，诗人大胆、直接写这类题材，尤其是爱欲题材，诗人"自我"形象塑造颇

---

① 闻一多：《论〈悔与回〉》，《新月》第3卷第5—6期，1931年4月。
② 陈梦家：《悔与回——给方玮德》，《梦家诗集》，上海新月书店1931年版，第95—98页。
③ 解志熙：《美的偏至：中国现代唯美——颓废主义文学思潮研究》，北京大学出版社1997年版，第229—230页。

有些风险，容易被归为"颓废"个性，而且这种颓废和诗人纵酒好色行为上的颓废还不同，后者"以惨遭主流价值诋毁的消极方式，反倒成就了个人主义领域内的积极进取"①，而它是白纸黑字中的欲望沉溺表达。当然，并不是说小说比诗歌更具有表现灵欲颤动的伦理，而是欲望、色情以何种感性方式和精神层次进入诗歌。这一问题在当代诗人中得到深入讨论。首先，欲望被看成个体冲动、民俗精神的重要组成部分。陈东东就主张，色情"既然稍纵即逝，为什么还不加倍迷恋？应该热爱人类生活和生命中带来巨大的快感、颤栗和美的部分和瞬间，它们是要灭亡的，热爱它们，我们就跟把我们引向灭亡的力量协同合一了"②。这是对生命本能的现代性张扬和美学辩证。其次，诗人们洞察到文化传统和权力话语对民间爱欲表达的禁锢，色情又成为个体"受挫"而反弹的"激情"③，由此欲望被文学织进了权力与民间的对抗机体中。因此，80年代以来，欲望主题在男女诗人笔下不少具有挑战的意味，结合戏剧化艺术的诗篇也有佳品。如钟鸣的《穿红鞋骂怪话》④为一个女孩独白，嘲笑了一个禁欲的时代环境，"我只用房间里的红绳把双鬟绾住 把腿锁住"，"我穿红鞋，眯上杏眼，到霓虹灯下闲逛，/夸夸两道柳眉，空度时光，信仰即酷刑"，独白中的肉身暴露和夸张表演性，正是诗人与权力话语的抗衡。更大型的戏剧化规模书写，是朱朱和陈东东，比起陈梦家的浅尝为之，陈东东、朱朱向"他者"的欲望意识的戏剧化突入就显得幽深而唯美。

陈东东在《傀儡们》⑤中拟写了一出亲王后宫的欲望、沦亡之歌，每一节都是角色的自我吟唱。一、三、五节的亲王独白是衰老、颓靡的悒悒声音，如"在轮椅里坐定，我已经听到，/池里的金鱼跃起又折腰。宽大的草坪，/雨后的草坪，啊第二夫人裸体的草坪，/那偃仰的割草机锈蚀了腹部，/为谁的坏心情构筑起风景"，流水式的咏叹中，残疾亲王对第二夫人"草坪""割草机"的色情想象，是本能的律动，但现实中的他只能对

---

① 敬文东：《感叹诗学》，作家出版社2017年版，第166页。
② 参见陈东东、燕窝访谈《色情总是曲尽其妙》（2004年），MSN，来源：https://bbs.poemlife.com: 1863/forum/add.jsp?forumID=14&msgID=2147480251&page=1。
③ 欧阳江河：《'89年后国内诗歌写作：本土气质、中年特征与知识分子身份》，《花城》1994年第5期。
④ 参见钟鸣《中国杂技：硬椅子》，作家出版社2003年版，第33—34页。
⑤ 陈东东：《傀儡们》，《夏之书·解禁书》，重庆大学出版社2011年版，第183—185页。

美丽欲望肉身徒然无助。"由两夫人推我到他们面前？/去检阅广场？象一架旧钢琴/自动奏出沦亡的一曲"，诗人给了亲王对自己残破身体音乐性感知。"完美的肉体，如今损坏了，/这五月也向着武器弯曲"，开启了邦国临亡的宴饮。次节是藏在停尸房的第一夫人对青春时期美好欲望的怀念。"我曾经是被音乐擦亮的水晶之树"，"也曾经是黎明天边最淡的/月影是一尾金鱼"，当年和亲王欢爱时的第一夫人感觉自己如同"被音乐擦亮的水晶之树"，这是诗人想象的色情的调性和光芒；"黎明天边最淡的月影"，也以具体形影暗示了欢愉的持久及余音。这些诗句显示了《傀儡们》的拟诗剧特质，诗人目的不在于构造冲突和塑造角色，而是借人物关系框架不同角色进入不同形态的肉身颤动体验，以他们的独白表达诗人对该种处境的诗意想象。在肉身爱欲的唯美颓废咏叹中，我们既要欣赏诗中的感性细节，为欲望之"灵"调动诗意想象，又要留心隐藏的权力和奴役主题，亲王的欲望残障隐喻他的权力下野，而夫人对青春时期的华美欢愉的沉浸，也反讽着被奴役者的受虐快感。

朱朱曾表白："成为他者，无疑是我们永生的渴求之一，文学中'我'的使用即一种出自单方意愿的双向运动，在他者的面孔上激起一个属于我的涟漪，自我的意识因而得以净化。"[①]这种对模拟"他者"意识的近乎迷恋的写作心理，在朱朱的《清河县》[②]组诗中得到极致体现。这一组诗和《悔与回——给方玮德》有着同样的欲望主题及戏剧化口吻，但彼此言说内涵、表达方式之间的差异彰显了新诗发展中审美的衍变。《清河县》因其对《金瓶梅》的创造性改写及其"元诗"意味，得到界内的一致赞誉，结合诗人自觉的"他者"化追求来看，这一文本的戏剧化处理细节值得品析。由于该组诗的写作时间跨度达几个月，诗人在每首诗中的突入意识并非一致。第一首《郓哥，快跑》采用茶肆观众旁白式的叙述形式，诗人化身为观众，目的在于给读者提供一个视点，营造了在场氛围。随后的五组独白诗，《顽童》中西门庆独白的客观、独立意味明显，如观察女人"踮起的脚"、感受着"她的目光"，这些都是诗人完全"他者化"地进入角色情境的结果，不过，西门庆关于"我是佛经里摸象的盲人"，"吟诵虚度一生的口诀"的独白，则是诗人主动赋予角色的现代

---

① 参见朱朱、木朵《杜鹃的啼哭已经够久了——朱朱访谈录》，《诗探索》2004年Z2期。
② 朱朱《清河县》，《皮箱》，广西师范大学出版社2005年版，第4—24页。

意识。最后一首《威信》中陈经济的嫉妒、脆弱、敏感心理，如"但清河县更可怕 是一座吞噬不已的深渊""我害怕这座避难所就像 害怕重经一个接生婆的手"等幽深、纤细的感受，可视为诗人对古代他者经验的现代重构。最能体现诗人主观发挥、大胆突入的是关于武大郎、武松、王婆三个角色的独白部分，加入了更多改写、创造的成分。《洗窗》中对武大郎的形象全部推翻，文本中这一独白者传达了关于椅子、身体、力的想象和思辨，武大郎对被观察者（潘金莲）身体的活跃感知能力，都是诗人赋予他敏感和灵觉的结果，诗人仿佛代替武大郎进入情境现场（不同于前文所讲的"面具"代替诗人进入现场）。《武都头》中武松内心的矛盾纠结也是诗人经验想象的结晶，文本中武松独白包括对美人"腰间的漩涡"的感知，对兄长"魁伟"和"臂膀"的回忆，以及内心被欲望"软禁"的拷打，并决定不愿做"杀人"的世俗的"同谋"。这些改写源自诗人对复杂人性的现代思考。而王婆内心世界的呈现，更体现了朱朱将戏剧化和想象结合的能力。王婆自嘲如同"煤渣""冒泡泡"的身体，自喻"门下的风"，自承认贪恋"存活的低温"，自甘"贱的黏性"，这些独白口吻中传递的是人性阴暗欲望的强旺。综合六组诗来看，朱朱对他者的生命世界洞察幽微，他没有被文学形象牢牢束缚，而是把现代人的细腻观察、敏锐感知、人格意识、诗意直觉和自剖心理赋予古代人物。这种写作有种魔法般的神力，一方面，诗人的人格远离着笔下那些欲海沉沦中的卑贱人物；另一方面，诗人又不仅不能厌恶他们，还要短暂地充当他们，宛如演员一般，甚至因为要担纲所有角色的独白，比演员还要投入。可以说，朱朱这一文本中的戏剧化想象能力和语言虚构能力足以成就他的声誉。

从朱朱、陈东东、陈梦家等人深入的"他者"生命经验世界可以发现，诗人不仅仅只是对着自己的心灵，他还能整合人类的各种意识，诗人完全可以去挖掘自己经验状态中缺席的东西，模拟他人的视角、心理及语吻，呈现一个完全和自我无关的世界。而另一些诗人不仅能传达他者化的现世经验，还可以实现超验经验的提升，表现非常态的体验，这种想象性的创作往往和神性角色有关。如穆旦的《神魔之争》《森林之魅》，都模拟了超乎实存世界的神秘角色。不同于一般的拟人修辞，这种独白中表现的是自然之神的意识和意志，原始寂静中的自然神秘知觉，需要诗人的超验想象能力，也是现代诗人对宇宙存在自觉勘探的结果。

要说明的是，现代汉语诗人对他者生命意识的突入，其意义并不只是拓宽了诗歌内涵广度或深度，因小说、戏剧等叙事文类更方便传达人类精神的复杂内涵，诗歌中的"他者"体验、意识的重要价值在于诗人采用的是"诗"的言语表述方式，丰富的想象力，一定程度的音乐性，非线性叙事的规定性，这些都是抒情诗的言说要求，诗人在保证这些"文类"特征下而突入另一种生命经验、意识当中，必然呈现不同的韵味。因此，抒情诗人深入角色的处境和心理，不在于丰富人物内心世界，弥补小说白描手段，重复小说、戏剧文类写作中的"心理分析"，而是发明出不同于小说、戏剧的现实和修辞。

三　角色言说对修辞、语吻的丰富

诗人创作的根柢还是语言，他们将自我意识拓展到别的主体上，利于挖掘语言的潜能，实现语言炼金术的工作价值。在上一节中，诗中面具和诗人自我意识贴得很近，戏剧化言说基本合乎诗人的声音、修辞个性，而当诗人进入完全不同的生命情境或命运处境，他需要大力勘探他者的言说可能。葡萄牙诗人佩索阿也擅长戏剧性独白，并以多重书写人格著称，他在《不安之书》中说："我们每个人都是好几个人，许多人，都是海量的自我。因此，鄙视他周围环境的那个自我，并不是那个遭受痛苦或者从中取乐的自我。我们自身的存在是一块广阔的殖民地，那上面有着各式各样想法不同、感受相异的人。"① 当诗人将意识转向他者处境、个性时，必然唤起他对一个新的语词谱系的创造冲动。

朱朱创作《清河县》的过程就让他"明白了生命可以超越时空，被词语运载到那么远的地方。"②这里的逻辑很有意思，说明诗人和小说家、戏剧家不同，他超越时空进入他者生命，不是凭着经验细节、人物动作或关系冲突的新构，而是借语言摆渡。换句话说，是语言的创造，才完成了诗人对他者生命的发现和发明。朱朱是语言天才，少年的他就在政治课本里挑选一些"音节轻盈、色泽饱满、形状在手中就像日光里

---

① ［葡萄牙］费尔南多·佩索阿：《不安之书》，刘勇军译，（台湾）野人文化2017年版，第413页。
② 朱朱、木朵：《杜鹃的啼哭已经够久了——朱朱访谈录》，《诗探索》2004年第Z2期。

的雪花和水晶球的词语""让整篇课文的意义空缺"①。因此,组诗《清河县》的重要审美价值不止于王婆、武松等人心理的现代式描绘,更在于语言的发明。如"顽童"一节的西门庆独白,"现在她的目光/开始移过来在我的脖颈里轻呷了",目光"轻呷",这一小说戏剧文类不可能使用的新颖组合,包含了诗歌词汇搭配的创新和通感的发明,且发掘了感觉的幽微,传神呈现了潘金莲的魅惑力和西门庆的色情意淫心理。又如"武都头"一节武松的内心:"姐姐啊我的绞刑台,/让我走上来一脚把踏板踩空。"武松自觉选择为美赴汤蹈火,这是诗人的大胆改动,而诗中将潘金莲比喻为"绞刑台",是对"爱即死"的吟叹,"一脚把踏板踩空"的感觉,紧张、危险的意味出来了,再和武松的武士身份一对照,形成戏剧性反差的妙趣。再看武松联想哥哥的台词,"当他在外卖着炊饼,/整个住宅像一只中午时沸腾的大锅,/所有的物品陡然地/漂浮着","大锅"看似由大郎的炊饼生出,实则隐喻欲望的蒸腾之锅,这是朱朱赋予武松的联想。由此可见,朱朱既通过语言深入生命的幽深处,又借生命的潜能释放语言的爆破性。在新世纪,朱朱又续写了《清河县》(名为《小布袋》组诗),其语言创造力并未下降。如"我被软禁在/一件昨日神话的囚服中,/为了脱铐我瘦了,/此刻我的眼睛圆睁在空酒壶里,/守望帘外的风",软禁于昨日的囚服、"脱铐",语言成色不一般;又如"借一束门槛上的日光,照耀我/尘埃般的舞蹈;借一块夜色/绣醉拥的鸳鸯,不尽的余兴往上缝,/要在空气中缝出高飞的双燕"。夜色成为绣线,空气中缝双燕,古代经验和现代感觉交织,传神摹写了角色相思心理。可以说,朱朱这组诗的过程包含着人与人的戏剧性、词语和词语的戏剧性、人和词语的戏剧性。

当下的现实个体也能转化为戏剧角色,并激活诗人语言的敏感。如陈先发写于新世纪的《白头与过往》②长诗,诗人注明献给他客死河北的朋友 ML 和他妻子 RJ,一对魔术师伉俪。诗篇固然是怀念亡友,但角色言说提供了新的语言辞藻。该文本以丈夫"我"的独白叙述推动,场景是他与 50 多岁的退休魔术师妻子隐姓埋名,他们服致幻剂,看身体的变化,

---

① 参见《朱朱访谈》,西渡等编《访问中国诗歌》,汕头大学出版社 2009 年版,第 291—292 页。

② 陈先发:《白头与过往》,《写碑之心》,安徽教育出版社 2017 年版,第 101—114 页。

第三章 自我的隐遁或拓展：戏剧化角色的言说方式

在白头中回忆过往。且看诗人如何调动魔术行业语词："我"看着"她"从过往记忆的"瓦片"中寻找材料，在舞台上变为"鸽子"，回忆中"旧麻布"下是一座"邈遏的水电站"图景；"我"劝她栽儒释道"冬青树三棵"，洞悉她的嗜好——意识形态的"芹菜"；"我"把失踪的事物视为"魔术"，将变魔术的材料称为"惘然的敬意"；"我"感悟着时间这个最大的魔术师，洞察"大众"这一"最爱看奇迹"的群体，人类历史中充满了令人瞠目的政治丑闻"魔术"。整首诗都以角色的魔术师职业身份展开对经验、意识和政治的及物表达。

诗歌语言不只是辞藻层次，还离不开节奏、音色等音乐性意味，诗人陈东东是当代最执着于诗的音乐感觉的诗人。他说："我真正关心的不是思想，不是通过写作说出的东西，而是写作本身，是语言，是语言升华中诗篇的诞生；我的出发点通常是一个词、一个语调、靠呼吸把握的一种节奏。"[①] 他所界定的诗歌音乐不只是传统声音层面，诸如复沓、韵律、节奏，还包括语调、语气、语速这种由情绪牵动的音势，以及轻微顿挫引发的换行、跨行。上节分析过《喜剧》中角色某些声音如同诗人的议论，那是在诗人表达普遍永恒的悲剧感时，但具体到角色遭遇、情境，角色的声音不是诗人的声音，比如该诗判官、女高音亡灵、指挥家丈夫和投胎鹦鹉的独白口吻都不同。女高音的声音，是忧心忡忡的、尖利的：

　　……这痉挛的起飞
　　是否会抵达下一次生命？如果
　　我们，真的去找寻一个出口
　　……历炼中另一扇火之
　　门扉……？[②]

在诗人超现实想象下，这时的女高音被判官钓起拎着，已失去了身形，带着呼吸的肺叶飞行在高空中，她生前被丈夫背叛暗害的惨痛经历，让她的音质非常高亢，她的独白句子短促，词语跨行、省略以及较

[①] 陈东东：《词的变奏》后记，东方出版中心 1997 年版，第 190 页。
[②] 陈东东：《喜剧》，《夏之书·解禁书》，重庆大学出版社 2011 年版，第 155 页。

长的迟疑,包含了她对转世的焦虑。而她移情别恋的指挥家丈夫的独白则是:

> 她竟然能身轻如一叶蝴蝶!
> 她其实更像是肥胖的蛾子!
> 她终究触犯了我的火焰!她
> 多余的灰,是否已经被秋风
> 吹散?……①

整齐的长句给人流畅的节奏,显示了指挥家的自以为是、漫不经心,丝毫不为自己的背德行为紧张惭愧;蝴蝶、蛾、火焰、风,都是空中飘忽的物象,既暗喻幻灭感,又呈现了指挥家的粉饰和夸张,他对女高音的嘲笑、对自己的辩护,暴露了他的粗俗、自私和残忍;而"蛾子""灰",两个低响度的词,显示了他晦暗的内心。比较起来,判官的独白语吻严正中有悲悯:

> ……在命运的定案上
> 我的笔总会重新加圈点②

顿挫铿锵,长短错落,和判官的身份非常吻合,"总会"传达出判官的威严,"重新加圈点",掷地有声地表达了他的宣判权力,显示了判官的公正和审慎。至于女高音亡灵投胎变形的鹦鹉,作者为它设计了最长的独白,其中片段为:

> ……靠环环相扣的七条巧计
>
> 从生到死的致命化学圆满地
> 完成。指挥家的失算……
> 女高音的苦水。他的磨难和

---

① 陈东东:《喜剧》,《夏之书·解禁书》,重庆大学出版社2011年版,第160页。
② 同上书,第172页。

第三章　自我的隐遁或拓展：戏剧化角色的言说方式

> 她的怒斥。疼痛。配方。杯子。
> 嘴唇……而仿佛一面能再现的
> 镜子，我学通人语的柔软的舌头，
> 是全部见证中最硬的火焰。
> ……
> 我的发声学！——我也许
> 一样碧绿的鹦鹉之血又如何，
> 接纳？又如何去承受我那位
>
> 女主人进入她昔日玩物的
> 恐惧、惊喜和巨大的幸福？
> 啊激昂的花腔，在动物园，
> 两种身份被合为一体。
> 两种目光自同一瞳仁……①

　　鹦鹉的声音节奏不断变化着。在前半段，它是人间悲剧的见证者，用短促、快速的节奏陈述了女高音和指挥家之间的细节，句号频繁使用，以有力降调之音势，纷呈了现实的苦难细节。尤其是鹦鹉把自己的舌头称为"镜子"和"全部见证中最硬的火焰"，表达对人间毫不手软的揭露。这一段陈述性语气，加重了现实的荒谬感。后半段，鹦鹉的独白声调往上，它作为见证者表达的是正义，可一想到女主人投胎在它身上，它情绪立即复杂起来，"又如何"的复沓透出惊恐不适语气，"啊激昂的花腔"是激动难耐的语吻，"两种身份""两重目光"看似幸福的高扬，也充满了对命运巨变的戏剧性慨唱。可以说，陈东东对诗歌音乐性的追求，在戏剧化角色言说这里得到了充分施展。

　　通过上述戏剧化片段可以发现，当诗人不以讲述故事、制造事件冲突去深入他者生命意识时，文本结构及语言样态和我们常见的诗剧、剧诗大为不同。比如莎士比亚的经典诗剧，虽然里面也有大段的诗性独白，但基本是以比喻和象征来凸显角色的现实选择和命运情境，加强戏剧冲突，深

---

① 陈东东：《喜剧》，《夏之书·解禁书》，重庆大学出版社2011年版，第164—165页。

化人物内心的忏悔、矛盾或裂变心理，诗性抒情服务于角色性格。而陈东东、朱朱等诗人创作的戏剧独白，是从角色身份、命运、情境中生发出去的语言跳级，它们不属于事件的件壳，无法搬上舞台成为角色言说，仍只能作为细品慢鉴的"诗"的语言。

第四章

异质冲突经验或戏剧性修辞

从哲学存在层面而言，冲突是世界的本质。对于文学来说，冲突、矛盾是一个普遍的内核，如作家主体和外部世界的紧张矛盾，叙事类文本中人物、环境之间的激烈冲突，等等，是促生文本发生、接受的关键因素。就各文类的冲突性而言，所有的戏剧"基本上都产生于冲突"①，并表现为"突然的、惊奇的、骚动的和猛烈的……有紧张特性的事件"②，因而"戏剧性"常常被称为"冲突性"。在诗歌文类中，叙事诗也常具备一般情节性小说那样的冲突性，如古典诗歌《木兰辞》《陌上桑》等长篇叙事诗，包含着明显的矛盾冲突。距离戏剧性最远的无疑属抒情诗。在一般的文类常识中，非叙事类的诗歌，往往起于一种情绪的自然感发、一种情感的深沉吟唱，或者是瞬间经验的描摹记录、刹那人生思想的哲学感悟，对于接受者，它们往往容易触起相似的感受，引发强烈的共鸣。由于传统重视直觉、感悟的诗思方式，中国抒情诗歌有着悠远的剔透晶莹或朦胧悠远的诗意传统，追求圆融和谐的意境或氛围。诗人大都怀着某种确定向度的起兴，或描写风云月露，或表抒愁怨、隐逸的情怀，抑或传达某一人生感悟，都统一于某类整体氛围中。而那些颇显豪宕情怀的古风体制，慷慨激昂、惊涛拍岸的豪放诗歌，或是涉及宏大场面及时事的意气风发之作，也多半是明朗意绪的发抒。因此，古典非叙事诗歌整体上不以含纳复杂矛盾经验为文类价值。然而，对部分追求深刻、繁复的诗人而言，诗歌的缘起和功能不是这么单纯和平面化，他们身处复杂的现代文明社会，敏感于各种隐秘的矛盾、对立和悖论，在创作中自觉深入世界的内在、深层的矛盾

---

① [英]阿·尼柯尔:《西欧戏剧理论》，徐士瑚译，中国戏剧出版社1985年版，第108页。
② [美]庞考克:《戏剧艺术论》，转引自顾仲彝编《编剧理论与技巧》，中国戏剧出版社1987年版，第94页。

性，从而使文本表现出另一种"戏剧性"。这种"戏剧性"并不等同于叙事性文本中那种因人物命运发展、性格冲突、社会力量对比造成的外在矛盾性，而是指诗歌文本包含相互矛盾冲突的各种内在成分，或者是呈现隐性对立冲突的力量与情境，或者是主体相反情感态度，或者是几种相互矛盾的经验，或者是智思中几种纠结冲突，以及对立悖论的修辞。用余光中的话来说，这种戏剧性不是依靠生动叙述，而是"在构思上往往始于矛盾，而终于调和""具有戏剧的紧张性"①。

第一节　新诗综合矛盾经验的"繁复"追求

　　文学是特殊的"情感符号系统"，这早已成为普遍的诗学共识，而诗歌作为抒情文类，更和情感表现具有千丝万缕的关系。但是，在现当代一些诗人、诗家那里，诗歌表现的对象由"情感"转移到"经验"，他们不同程度地抗拒着被公众本质化、体制化的"情感"，进行了一次次美学转换。20 世纪 40 年代提出"新诗戏剧化"的袁可嘉认为，"现代人重新发现诗是经验的传达而非单纯的热情的宣泄"②；同一时期，其诗友唐湜也呼吁大家认识"诗并非如人们所想的只是情感而已，它是经验"③。进入 90 年代，"经验"诗学得到不同类型的先锋诗人的重视，臧棣便提出，经验是诗歌的起点④。诗人诗学意识的转换进而延伸到新诗批评和研究界。陈超把当代先锋诗歌存在的最基本模式概括为"对当代经验的命名"⑤，他还将迷信"情感"说的现象归为中国诗人与读者的双重"宿疾"⑥。可以说，"经验"说几乎发动了一场诗歌言说方式的革命，以至在近些年较长阶段的新诗研究中，"经验"替换了"情感"的核心地位。晚近有学者将"经验主义"归纳为"现代诗歌方法"，并解释为对"日常性、具体性

---

　　① 转引自江弱水编《余光中选集》第 3 卷（文学评论集），安徽教育出版社 1999 年版，第 101 页。

　　② 袁可嘉：《论新诗现代化》，生活·读书·新知三联书店 1986 年版，第 47 页。

　　③ 唐湜：《新意度集》，生活·读书·新知三联书店 1990 年版，第 11 页。

　　④ 臧棣：《1990 年代诗歌：从情感转向意识》，《郑州大学学报》1998 年第 1 期。

　　⑤ 陈超：《求真意志：先锋诗歌的困境和可能前景》，《中国先锋诗歌论》，人民文学出版社 2007 年版。

　　⑥ 陈超：《情感、经验与智性的融汇》，《清明》2004 年第 2 期。

和现场感的呈现和反思"①。

当然，就本书命题而言，并非新诗史上所有"经验"说都关系到"戏剧化"，只有在写作中凝聚了包含冲突或异质性的经验时，才可能产生文本内涵层面的矛盾冲突，也就是"戏剧性诗思"。纵观新诗中的复杂冲突型写作，大都体现了对矛盾经验的综合能力。

一 现代经验"综合"之必要

"经验"作为一个普通名词，在汉语内部近似"体验""经历"等意义，本属于认识论意义上的一种心理物象。它何以成为一个诗学"关键词"②？这还得从异域渊源说起。在西方现代主义诗人里尔克、艾略特的论述中，"经验"是他们强调的诗歌表现对象，但他们的"经验"不是照搬康德哲学上相对于"先验主体"而命名的"经验主体"内涵，还包括理性、思想、情感等意义在内。如艾略特曾说，"思想对于邓恩来说是一种经验，……当诗人的心智为创作做好完全准备后，它不断地聚合各种不同的经验"③，这里的"经验"不仅是通常理解的外在的、表层的对实有材料的感觉体验，还连接着自我意识，等等。可以说，正因为"经验"有着比"情感"更丰富的内涵，它才变成一些诗人的"理论据点"。艾略特倡导，现代的诗是"许多经验的集中，集中后所发生的新东西"④。新诗开创者胡适、现实主义诗人臧克家、象征主义诗人梁宗岱以及当代的先锋诗人，都曾以"经验"说作为自己的诗观。当然，从新诗发展历史看，诗人即便有了"经验"诗学的导向，并不能自动具备比"情感"诗学作用下的写作更深厚的精神底蕴，因为个体审美向度的不同，决定了对"经验"选择的差异。在新诗发展阶段，持"经验"写作观念的大有人在，

---

① 一行：《认同之诗，或经验主义的四重根——读孙文波长诗〈长途汽车上的笔记〉》，《新诗评论》第22辑，北京大学出版社2018年版，第46页。

② 参见潘颂德《中国现代新诗理论批评史》，学林出版社2002年版；龙泉明、邹建军《现代诗学》，湖南人民出版社2000年版；汪亚明《经验与现代主义诗学》，《浙江师范大学学报》2005年第1期；陈均《中国新诗"经验"说的引进和建立》，《河北学刊》2007年第1期。

③ [英]艾略特：《玄学派诗人》，王恩衷编《艾略特诗学文集》，国际文化出版公司1989年版，第31页。

④ [英]艾略特：《传统与个人才能》，王恩衷编《艾略特诗学文集》，国际文化出版公司1989年版，第8页。

如五四时期胡适的经验写实，80年代诗人的"生活流""平民主义"叙事和90年代的"底层"经验、"日常"经验写作，等等。不过其中一部分诗人对"经验"说的诗学资源缺乏深入了解，随意为自己写作冠以"经验"二字，就以为获得了诗坛的入场券，这可能是一种天真的谬见。

真正为新诗审美带来变革的，还是"经验综合"说。所谓综合矛盾经验的写作，是相对于那种单纯化写作风格而言的。在诗歌美学范式惯例中，抒情诗人常常倾向于表现某种特定的情绪和场景，传达某一哲理，表达某一主题。当然，单纯不等于单薄，单纯也可以集中、深刻、凝聚或抽象，古往今来，那些令人沉吟、秀逸隽永或者让人情兴触发的经典名篇，往往都是某类情感的凝练集中，它们的直观即景或暗示内在情思，能使读者犹如猝然地相遇。但当诗人就某一情思变得经验聚增、情绪复杂、视野打开、思维矛盾之后，他无法安然于单纯式写作。尤其在时代暗流汹涌、人生戏剧般变化的时刻，诗人往往自觉纳入主体的挣扎、世相的矛盾或超验的悖论等复杂冲突的一面。

倡导综合现代经验的说法，从九叶诗派到90年代有续接性，"情感是我们早已有了的，我们需要的是经验"[①]，这是九叶诗人的诗观，袁可嘉借鉴新批评的"最大量意识形态"，就是取综合之意。90年代以来不少诗人普遍追求含纳更多矛盾经验。程光炜便曾根据90年代诗歌发展态势提出，"判断一首诗优劣的不是它是否具有崇高的思想，而是它承受复杂经验的非凡能力"[②]。如何看待这种对矛盾异质经验的倡导？从根本上说，它对应于现代社会繁复变化、多元冲突的文明类型。单纯的诗意固然契合着古典传统的"和宁"宇宙观，但现代人在主体意志哲学的引导下，更敏感于世界的"变化"与"冲突"。从繁复万象的实质来看，存在的本质、世界永恒的东西不外乎是"变"，万象生变的动力在于矛盾、对立与冲突，在变的过程中，和谐与统一只是偶然存在，变的最终可能又是新的对立与冲突，如此循环，永不停终。因而，诗人是求得经验的单纯明朗还是直面经验的对立冲突，直接派生了不同的写作。新诗史上那些倾心于文本丰富性、冲突性特质的诗人，往往将写作投向那些充满变化、矛盾、对

---

① 参见唐湜《论意象》，《新意度集》，三联书店1990年版，第11页；里尔克《马尔特·劳利兹·布里格随笔》（冯至译），《沉钟》第14期，1934年。

② 程光炜：《1990年代诗歌：另一意义的命名》，《山花》1997年第3期。

立、悖论的经验。在这种写作中，诗人同样"进入存在的深处，把隐藏在存在中的东西搜寻出来，带到意识的光辉里。这样的思，才是枝叶丰满，同时又显示本质"[1]。

不过，综合矛盾经验戏剧性诗思不可能在新诗每一具体发展阶段中都均衡出现。五四早期白话诗人由于侧重关注"白话"实验，停留在一般的叙事、说理、写景层面，综合矛盾经验的意识远未产生。事实上，胡适当时借鉴杜威"经验"论提出了自己的"经验"诗学，但是，作为一个自然主义、实证主义的"诗质不纯"的尝试期诗人，他的"经验主义"观点着实有欠推敲。他说，"做梦尚且要经验做底子，何况做诗？现在人的大毛病就在爱做没有经验做底子的诗"[2]，"不能作实地的观察，便不能做文学家；全没有个人的经验，也不能做文学家"[3]。照胡适看来，诗的经验完全来自实际的经历，且都是"平常经验"[4]。这显然是杜威反理性主义、"自下而上"的实证经验思想的模板。在实证主义的逻辑下，胡适得了一个儿子，也用几句诗记下来（《一个儿子》）。戏剧性的是，当时类似的经验诗很多，如郭沫若的《某礼拜日》《晚饭过后》等，都是日常琐事的随意记录。这样草率地用所谓的"现代经验"搭就一个诗形，显然给诗歌降低了门槛，受到当时许多读者的质疑。随后，郭沫若的抒情诗充满了破坏和新生的豪情，但绝大多数诗篇是情感明朗地歌颂与诅咒，未形成自觉的内在矛盾性综合。此外，同一时期的"小诗"追求的是表达片刻体悟的诗意"哲理"，湖畔诗人倾心于爱情的纯真倾诉，都属单纯之诗。

较早自觉表现矛盾性经验写作的，还是被冠以"浪漫派"之称的新月派诗人徐志摩、闻一多和林徽因。他们并未封闭于"纯美"天地一隅，也自觉捕捉矛盾性体验，感受着现世中的冲突，加上他们程度不同地参与过各种戏剧艺术活动，矛盾戏剧性冲突顺理成章地进入了他们的《海韵》《命运的逻辑》《闻一多〔先生〕的书桌》《奇迹》《谁爱这不息的变幻》等文本中。早期象征派诗人李金发的《爱憎》《秋》《夜之歌》以及其他

---

[1] 吴晓：《冥思者的理性之光——当代诗歌思的品味与指向》，《诗探索》1996年第2期。
[2] 胡适：《〈梦与诗〉"自跋"》，《尝试集》，安徽教育出版社1999年版，第91页。
[3] 胡适：《寄陈独秀》，载《中国新文学大系·建设理论集》，上海良友图书公司1935年。
[4] 胡适：《尝试集》，安徽教育出版社2000年版，第90页。

诗人的写作也倾向于表现一种感觉和情绪，只有《弃妇》因表现了主体与现实之间的隔绝与紧张而跃出。30年代的诗坛以"晚唐"余韵唤起了新诗中的诗意，戴望舒、卞之琳、何其芳等诗人往往因情抒慨、依感寻象，在浓浓的古典旨趣和新鲜的现代意识中重构新诗诗形和诗味，留下了《印象》《眼》《白螺壳》《圆宝盒》《预言》等成熟的经典诗作，时空意境阔大，意象细密或抽象，表现出复杂而精致的诗艺。而艾青也曾以他独有的深度抒情和超现实想象孕生了《我爱这土地》《太阳》这样的优秀作品，克服了他多数时候的"单纯"[1]追求。

新诗史上最早鲜明突出综合矛盾经验写作意向的，无疑属穆旦和杜运燮两位九叶诗人。在西方现代主义诗歌的影响下，他们犹如找到了通向诗歌秘密的钥匙，那就是对立、冲突的经验，而这一具体的写作实践，早于袁可嘉的"新诗戏剧化"诗学译介。穆旦的矛盾冲突性写作范式在新诗发展中有着革命性意义，他几乎将矛盾经验的综合这一诗歌美学转换进行得深入而全面。无论是历史与传统的对立，个人与社会的冲突，自我与自我的纠结，神性与魔性、人性的对立，他都用矛盾的关系去组织。在《五月》中，他综合了田园诗意传统与现代混乱社会；在《被围者》中，他谱写了一出希望与绝望、完整的平庸与新生的残缺之间的冲突；在《空虚与充实》中，他呈现了一个包含日常生活的我、动摇的我、社会现实阴谋中的我、战争洪流中的我等多层分裂冲突的"自我"；在《赞美》中，表层的歌颂和深层的隐痛融合为一体；在《神魔之争》中，他聚焦了孕育生命种子的"东风"、掌管仁义理性的"神"、诅咒破坏一切的"魔"、哀叹自己愚蠢一生的"林妖"等多方之间的对抗和斗争；在《诗八首》中，更交织着爱情过程中双方相遇又隔绝、相爱又处于"黑暗"、危机与倦怠相随、分裂又统一于自然死亡，这些多重反复的矛盾否定以及这一切矛盾被上帝操纵的悲哀，撞击着读者的心。因此，即便正视到穆旦诗中的异域痕迹，许多学者仍沉浸于那种"丰富和丰富的痛苦"[2]；而唐湜当年就评道，穆旦的思想与诗的意象"最多生命的辩证的对立、冲击与跃动"[3]。

---

[1] 艾青曾将自己的诗观概括为"朴素""集中""单纯"和"明快"。其中"单纯"即"用一个意象来表明一个感觉和观念"。见《艾青论创作》，上海文艺出版社1985年版，第538页。

[2] 王佐良：《一个中国诗人》，曹元勇编《蛇的诱惑》代序，珠海出版社1997年版。

[3] 唐湜：《新意度集》，生活·读书·新知三联书店1990年版，第91页。

从穆旦的综合矛盾经验写作可以发现,"戏剧性诗思"需要自觉的建构,它因个人思想、气质而生。穆旦在70年代的部分信件一定程度上敞亮了他的创作观。他谈到,诗歌"最重要的还是内容",寻找内容要一种"特别尖锐的感觉","别找那种十年以后看来就会过时的内容",而应"新鲜而刺人"[1]。这里的"尖锐""刺人"相当于矛盾经验的冲突、对立特征。这些片言只语透出了穆旦重视诗歌内涵复杂的审美标准。对比卞之琳、冯至这两位优秀师辈,穆旦比他们多了冲突性内核。从创作成就和个人诗艺来看,卞之琳、冯至已被公认为现代时期的一流水平,但穆旦以深刻的矛盾性、冲突性凸显了自己的存在。其实,卞之琳的观念冲突写作也透出了玄奥的复杂性。他的《尺八》《航海》《候鸟问题》《断章》等几个诗篇具有明晰的内在冲突意味。但卞之琳的古典气质和禅意平衡了他的矛盾性体验,其观念性冲突写作也没有衍生出尖锐的存在悖论感。而冯至也是一位平和的"沉思的诗人",他从"佛家弟子,化身万物,尝遍众生的苦恼"中获得启示,要在写作中求得"真实的诗和哲学"[2],因而自觉寻找一条实现生命融合的超越之路。他在默察和体认中感到"我们的身边有多少事物/在向我们要求新的发现"[3]。经过他的融合,人与人(凡人与伟人)、人与自然和社会、虚无与实在、过去与未来,都在一个同一的世界里。穆旦的个性显然不同于师辈。

在九叶诗人之后很长一段文学政治一体化时代,叙事诗中的线性革命故事,颂歌中的集体豪情,民歌中的表浅生活情境描写,都不可能产生综合矛盾的意义。反而是在地下"潜在写作"中,诗人多多的写作充满了紧张对立的冲突意味,达到了至今看来仍不失前卫水平的高峰状态。如果说他最初于1973年写下的《蜜周》以个人经验情境叙事取胜,以个人化价值显示了对"文革"公开文学的超越,那么,同年的《祝福》则加强了荒诞的冲突对立:"黑瘦的寡妇"招摇着"浸血的飘带",通宵狂吠的恶狗,被另一个父亲领走的"祖国",似口吃的孤儿在伦敦的公园和密支安的街头流浪。这些恐怖、幻觉式的情境隐喻了特殊阶段民族动荡、青春

---

[1] 《穆旦给郭保卫的信》(三),曹元勇编《蛇的诱惑》,珠海出版社1997年版,第223页。
[2] 李广田:《沉思的诗——论冯至的〈十四行集〉》,载《明日文艺》第1期,1943年10月。
[3] 冯至《十四行集》第26首。

个体背离母体文化的历史,诗中充满了高度紧张的矛盾冲突性,体现了诗人对那段荒谬历史的洞见和超前的艺术悟性。而在80年代的诗潮中,朦胧诗人作为被历史推向前台的先锋者,以蒙太奇的意象组合方式获得了艺术"陌生化"效应,但文本内涵主要表现为呼唤理性和人性、传达青春迷惘,除了北岛的《履历》等个别复杂文本,朦胧诗人整体无意于处理复杂冲突的经验。如舒婷的《致橡树》虽有木棉和橡树的对比,但诗人表达的是两性人格平行而独立的爱情理想。相对阔大急骤的是随后杨炼的文化史诗,《半坡》《自在者说》《巨匠》《死城》等诗篇以超重的意象力度交织着灼人的激情,表达对充满生命力的远祖神的颂歌。当时类似的还有廖亦武、石光华、宋渠、宋炜和海子等怀有"史诗"写作抱负的诗人,他们在神话历史中寻找原型、图腾或仪式化意象群,创造大规模意象群落的板块,用来表现民族原创力和文化心理结构,都属于情怀写作。而80年代"第三代"平民主义、日常主义诗歌潮流,终究不能遮蔽张枣、多多、柏桦、陈东东、翟永明、钟鸣、欧阳江河等诗人的个人先锋性,他们发明了不同于朦胧诗的"写者"姿态和创新性想象及语言,确保了80年代诗歌的水准。90年代以来,复杂矛盾的经验综合成了一批优秀诗人的写作理想,比起40年代,这一时期的矛盾经验综合方式显得更广泛、更个人化。

二 综合异质经验的个人化方式

从写作和生活关系考量,90年代以来诗人追求情思、经验的矛盾综合,是由于生活经验本身的日益复杂。90年代开始的政治文明的刻板机械,市场的霸权,人文理想的疲软,个体欲望的泛滥,使单纯的自我吟唱变得不合时宜。这期间,陈超倡导诗人"忠实于成人精神世界的复杂性、矛盾性和多变性,在诗中自觉地涉入追问、沉思和互否因素"[①],姜涛也认为,"在现代世界的紊乱冲突中,诗歌的整合价值来自对矛盾冲突的有机调和"[②]。90年代新诗中的综合矛盾经验,首先以诗人的文本新质或转向为标志。且不说"知识分子写作"的诗人,即使惯称"拒绝隐喻"的

---

① 陈超:《可能的诗歌写作》,杨克编《90年代诗人诗选》,漓江出版社1999年版,第620页。

② 参见洪子诚编《在北大课堂读诗》,长江文艺出版社2002年版,第245页。

诗人于坚，在 90 年代也推出了几个综合现实矛盾经验的大型文本。他一直强调自己的写作兴趣在于发掘各种形而下的物象中潜藏的"诗意"，往往以直接的叙事和感怀构思文本，达到他追求的"民间""本土""原创"个性。但 90 年代的《0 档案》《飞行》等少数文本，也容纳了戏剧化的冲突、矛盾经验，获得了批评界的普遍好评。《0 档案》在各种词语的"档案"式密集排列造成的密不透风的叙事中，有"成长史"中的鉴定词语，也有日常生活"思想汇报"，交织着个人存在与公共社会的对立、合谋关系，表现了个人被社会监视、审核、控制的生命形态，深入了本土现代文明的内在矛盾。该文本被拍成实验舞台剧而在世界巡回演出，也很大程度上证明了其中蕴含的戏剧化张力。《飞行》[①] 贯穿更多的戏剧化手法，包括引言的大量设计、官话与戏谑的反差、古典和现代的对比性穿插，整个文本都是充满矛盾、差异、悖论的并置语调，戏剧化意味鲜明突出。在这里，于坚和"知识分子诗人"的"综合经验"写作无意中形成异曲同工之妙。

个人化的矛盾经验综合写作集中在具有"知识分子写作"之称的诗人群中。比起穆旦以矛盾思辨意志来综合的经验写作，他们的戏剧性诗思综合呈现方式更为多元化，而文本跳跃性、多域性、个人修辞性的特征也带来研究和界定的困难。洪子诚曾对"综合"一说持保留态度："'综合'在诗歌的艺术形态上怎样呈现，是难以有效诠释的。"[②] 的确，描述 90 年代以来大型组诗的"综合性"，一般都指诗人容纳历史、哲学、政治学、科学多领域，调动陈述、戏谑、反讽、悖论等多种修辞的写作能力，若将"综合"作为一个术语去研究，很难形成有效的严谨概念。不过，考察一些最具综合能力的诗人的文本内部，如果从主体经验、情思、情境相冲突的形态角度，大致可以归纳如下几类。

一是依托某一空间轴幅或某一时间轴面，聚合不同场景、主体的相互矛盾异质的经验。90 年代写现代经验的优秀诗篇弃绝了直接事件型对立场景，冲突性经验不可能集中于某一事件或某一场合，而是以网状发散型矛盾经验织就文本，因而不同于穆旦在神魔、自我、个体与社会等对立关

---

① 于坚：《飞行》，《于坚的诗》，人民文学出版社 2000 年版，第 367—395 页。
② 参见洪子诚编《在北大课堂读诗》，长江文艺出版社 2002 年版，第 405 页。

系之间构筑的直接冲突性诗思。如欧阳江河的《咖啡馆》①,咖啡馆仅仅是诗人构思的抽象影子空间,他想象性地安排不同人群先后进入咖啡馆,没有童年、一下老去的人,迅速相爱、激情短暂的人,信仰时代的人,黑衣革命党人,哲学家,天真的革命者后代,留学者,最后这些影子纷纷散去。虽然欧阳江河一直声言脱离"物"的"反词"②追求和凌空虚蹈的立意个性,但他的许多文本仍包含大量历史、现实的典型经验。《咖啡馆》上述场景和主体,就综合了性与革命、个人和时代、青春与速朽、艺术与生活、怀恋和流亡、"打听乌托邦"的人与"物质的人"等相互异质的分裂经验,传递了一个世纪以来本土的矛盾现实,盲目、虚无漂流的存在境遇潜在地透了出来。该诗用高度隐喻和悖论的语言容纳了现实当中驳杂的矛盾经验,尤其设置的"咖啡馆"场景完全抽象化,它本质上类似于一个现代化的时间装置,堪称 90 年代综合写作的典范。孙文波的《搬家》③也虚构了同一城市空间中不同身份主体,有在语词世界里隐身的"他",有忙于各种表格的可怜小职员"我",有天天臆想战斗、告密别人"把海市蜃楼建在了城市"的"邻居",还有"被魔法装上木头面孔的人",即城市权力的执行者。诗篇构筑个人和城市的尖锐矛盾,一方面是精神理想的表达,"幻想精致花园",一方面呈示一个诗人的失望和愤怒,理想最终被宣判为"想如天马一样,谁就只能得到栅栏"。诗人借"他"的语吻道出"是城市加速了／我们生活的流亡性质"这一悲剧主题,人和城市的斗争很是惨烈。西渡的《一个钟表匠人的记忆》④则以时间为经验叙述结构,呈现两类主体面对世界的态度的矛盾冲突。叙述者钟表匠是一个虚拟的智性经验主体,"在世界的快和我的慢之间"中观察一切。他目睹着"一个梳羊角辫的童年／散开了":她"戴着大红袖章,在昂扬的旋律中／爬上重型卡车,告别童贞／""悄悄踅进后门"又"匆匆离去",经历了"憔悴、衰老",后又"在人群中楚楚动人",最终被报道为"死于感情破产和过量的海洛因"。在文本中,诗人诗性化地构筑了"钟表匠"和"她"的人生态度的冲突:钟表匠为了"在快和慢之间楔入一枚理解的钉

---

① 欧阳江河:《咖啡馆》,《如此博学的饥饿》,作家出版社 2012 年版,第 72—79 页。

② 欧阳江河:《当代诗的升华及其限度》,《站在虚构这边》,生活·读书·新知三联书店 2001 年版,第 24 页。

③ 孙文波:《搬家》,《孙文波的诗》,人民文学出版社 2001 年版,第 178—183 页。

④ 西渡:《一个钟表匠人的记忆》,《草之家》,新世界出版社 2002 年版,第 3—6 页。

子",反复用自己的职业手艺调整时间的快慢,而"她"则奔跑式抓住每一个时代的风气和利益,无论革命还是市场,她都紧跟喧嚣的热潮,最后,被吞没于飓风风眼和洪水漩涡中。两个主体的对立性设置直接生发出深刻的现代性主题,即钟表匠人最后独白的:"但为什么人们总是要求我为他们的/时间加速?为什么从没人要求慢一点?"钟表匠主体"慢"的心愿,不只是他和这个女孩的差异,而是智者和盲从的区别,诗人反讽了现代文明可能"死于加速"的命运。

另一种矛盾经验综合则体现为同一主体不同情境或情思之间的冲突。在90年代之前,现代诗人也深入过自身的情思、灵魂层面的冲突,如卞之琳的《侯鸟》、闻一多的《奇迹》和穆旦一些诗篇,它们和一般直接线性抒情相比,显得或矛盾曲折或复杂深邃。以闻一多新诗封笔作《奇迹》[①]为例,这一当时被称为"石破天惊的绝唱""美丽的谎"的诗篇,尽管至今仍是难解的"谜"[②],但其中包含的矛盾、冲突显而易见。据笔者看来,"奇迹"就是诗人追求的艺术精魂,该诗是诗人对于实际写作和艺术理想冲突关系的矛盾体验。文本中,诗人纷纷列举"火齐的红""桃花潭水的黑""琵琶的幽怨""蔷薇的香""文豹的矜严",他都表示"不要"。这些意象既可能暗指诗人往昔的《发现》《死水》《大鼓师》《忆菊》等文本,也可能隐喻诗人以往写作中的青春激情、严肃沉思、隐幽怨愤、柔情或严正,最终诗人对过往创作决绝告别,宣布自己要的是"这些的结晶",一个更神奇的"奇迹"。然而,现实却是"这灵魂是真饿得慌,/我又不能让他缺着供养",诗人每每都等不到真正奇迹出现就铺就诗篇,可内心却不甘。文本中,闻一多那些感动读者的所谓对"丑"的鞭挞诗简直成了令他厌恶的"勾当"和费解的"附会"。文本最后呈现了"奇迹"的形象:"半启的金扉中,一个戴着圆光的你",这是诗人梦想的语词和思想光环神现的最高诗意。整个诗篇交织着闻一多痛苦否定旧作、追求"奇迹"的心灵冲突,这冲突不是依靠叙述事件而是由情思抒发过程呈现出来,如同一场内心的戏剧。

---

① 闻一多:《奇迹》,《闻一多全集》第1卷,湖北人民出版社1993年版,第260—261页。《奇迹》系闻一多于1930年底创作的最末一篇新诗,长49行,每行基本为14—16字,气长、意深。

② 孙玉石先生在《闻一多〈奇迹〉本事及解读》一文中梳理了关于该诗的各种阐释,见《北华大学学报》2000年第1期。

相比之下，90年代以来诗人同一主体的矛盾性经验或冲突诗思很少以某一事物或事件为矛盾中心，而是在意识流式的跳跃、突转中形成相互冲撞、矛盾的体验或意识。如张枣的《卡夫卡致菲丽丝》①组诗文本表层拟构了卡夫卡对爱情婚姻的犹疑矛盾心理。一边寄托思念，"菲丽丝，今天又没有你的来信。/孤独中我沉吟着奇妙的自己"，另一边又宿命地彻悟"菲丽丝，我的鸟／我永远接不到你，鲜花已枯焦／因为我们迎接的永远是虚幻"。虽然诗人意在借卡夫卡的面具表达自己的"知音"寻求，但也透露了他和卡夫卡精神相通的焦灼存在体验，尤其诗中"阅读就是谋杀"的警告，宣告了诗人和俗世的矛盾，而"……必死的，矛盾的／测量员"几乎类同鲁迅笔下的绝望分裂主体意识。萧开愚的《台阶上》也是主体丰富内在矛盾经验的呈现。该文本复杂晦涩，曾有学者提到，它看上去"就像是一部存在主义的小说"，"一个洛根丁式的主人公对于生存世界的感想和沉思"②。诗中写出了主体作为知识人和世俗人双重境遇的意识冲突：孤独的老山羊"蹲在洁净的图书馆"，"哈姆雷特的疑问涌上喉咙"，图书馆是最纯净的圣地，通向人类各种复杂知识和终极思考，但知识人难驱高处不胜寒的孤独；"他"下着图书馆的台阶（喻"人生的台阶"，笔者注），想告诉相遇的小伙子"图书馆并不安静，／幽灵的喧嚷甚于嘈杂市声，同样无所终"，知识终不能安顿灵魂，知识选择的痛苦不少于尘世。主体陷进了现实和知识的悖论矛盾，这是智性人格的分裂性体验。

第三类戏剧性诗思最为开放和包容，文本突破时空的限制，把无序的人物经验、情绪、场景甚至伪谬见掺和一起，形成意义混杂的组织。这种综合方式常见于90年代诗人。如西川被柯雷称为"中国当代诗歌的一个里程碑"③的《致敬》④中，一个个互相矛盾冲突的句群，迥异于诗人80年代的《夕光中的蝙蝠》《十二只天鹅》等相对凝练纯净的文本。诗中有被封闭阻隔的凝滞时间的场景，又对立着桃花、春光、歌唱的世界；有奇怪闯入室内对"我"发号施令的巨兽，更有许多伪先知口吻说出的"箴

---

① 张枣：《卡夫卡致菲丽丝》，《张枣的诗》，人民文学出版社2017年版，第171—178页。
② 张闳：《介入的诗歌》，载孙文波等编《语言：形式的命名》，人民文学出版社1999年版，第314页。
③ ［荷兰］柯雷：《西川的〈致敬〉》，穆青译，《诗探索》2001年1—2辑。
④ 西川：《致敬》，《大意如此》，湖南文艺出版社1997年版，第159—174页。

言"。对此,姜涛提出"'戏剧化'寓言性"是该诗的本质①,而戏剧性诗思也是非常明显的。它的存在,极大地挑战了人们关于诗歌范式的想象。它当然不能被视为后现代主义拼贴艺术,诗人所作的各种非理性的超验冥想和悖论性箴诫,一方面是朝向对现实的智性批判,另一方面是西川对诗歌写作乐趣的创造,评论家看到其中的"重",西川却坦言暗含的"轻"。他说,"我对荒诞感兴趣,但不是存在主义的荒诞……是思维的荒诞",因为"现实经验本身就很荒诞"②。在21世纪,西川推出的《小老儿》③也是戏剧性突出的大型组诗,全诗由很多滑稽而矛盾的超现实情境组成,这些情境都是小老儿和外界的冲突。如"被砖头绊倒,也绊倒别人""一边打喷嚏一边砸药店""专门打瞪眼的人、吐痰的人、吃饭吧唧的人",拿小铁铲封锁学校,"绑架自己向全世界要赎金""向全世界派小老儿",以至人人惧怕小老儿,猜测对方是不是小老儿。一个个冲突荒诞的场景,没有现实因果逻辑,且不展开经验层面的对话细节,每一个情境都高度概括。联系文本在非典时期的创作背景,我们才能在狂欢戏谑般的文字中读出病菌社会心理情境的隐喻和变形内涵,诗人把病菌角色化,虚构了病菌在人间引发的各种矛盾、荒诞、冲突情状。

三 智性和想象:化合矛盾经验的"白金丝"

综合矛盾经验的戏剧性诗思来自创作主体的智性和想象。有学者曾提出,新诗的"诗质"一直交织着"主情"和"主知"的两条脉络,情性和智性构成了现代诗歌内容的两个主体部分④。随着新诗研究的深化,"智性"一脉日益凸显为新诗发展当中优秀诗人的普遍追求,覆盖了废名、卞之琳、穆旦、冯至、郑敏和20世纪90年代的主要诗人。30年代的柯可就提出了一种"不使人动情而使人深思"的"新智慧诗"⑤。不过,

---

① 姜涛:《被句群囚禁的巨兽之舞》,载洪子诚编《在北大课堂读诗》,长江文艺出版社2002年版,第233页。

② 西川:《视野之内》,参见凌越等《从最小的可能性开始》,人民文学出版社2000年版,第305页。

③ 西川:《小老儿》,《小主意:西川诗选(1983—2012)》,江苏文艺出版社2014年版,第314—319页。

④ 骆寒超:《20世纪新诗综论》,学林出版社2001年版,第297页。

⑤ 柯可:《论中国新诗的新途径》,《新诗》第4期,1937年1月10日。

所有融合思想和感觉的诗歌写作都具有"智性"美，统一的"智性"概念下还存在着多种细微差异。如废名与卞之琳的"智慧"体现为意识的跳跃和奇特的联想，冯至、郑敏的"智性"体现为哲理式冥想和冷静的沉思，而穆旦、西川、萧开愚等人的"智性"则是综合冲突、矛盾经验的戏剧性诗思。这三种"智性"分别给人空灵、肃穆与沉重之感，各自的背后又主要通向传统感悟、西方哲学和个人复杂的现实存在体验。在艺术的天平上，上述三种智性写作的高下之分是很难判断的。综合矛盾经验的智性并不一定比空灵、静穆的智性更具写作伦理的优势，关于这一点已有学者指出，诗人的成功并不以"对事物的分析与综合能力"为前提。①另一方面，三者之间也并非截然分明，例如卞之琳在相对观念的联想中有时也透出潜在的矛盾性和悲哀感。

相比而言，具有综合特征的戏剧性诗思最不可能直接从现实经验中随意提拎，它包含了凝聚、感觉、思考、想象等心智过程，因此不同于宋诗的议论和五四白话哲理诗那种直接的抒发。无论是闻一多，还是40年代的穆旦，抑或是90年代诗人，他们在综合经验的过程当中都充分调动了"智性"的因素。如《闻一多［先生］的书桌》，单凭抒写现实经验是难以如此构思的，它还包含了闻一多对静物们之间的矛盾、静物和自己的矛盾、自己和秩序的矛盾等多种冲突的智慧把握。袁可嘉曾借鉴异域诗学描述了智性创作中包含的艺术经验对生活经验的"质变"："在作品中所表现的艺术情绪原已不是作者在人生中所经验到的人的情绪；原来的粗糙原料经过艺术的陶熔，在质在量都起了剧烈变化。"他倡导的经验"质变"实为"许多不同经验的综合或结晶"②。凝聚经验对智性的要求很高，唐湜在《搏求者穆旦》一文中提出穆旦"冲突""挣扎"的内心情感和他的"深沉的思想力"直接相关，并由此得出诗是"情绪与思虑的和谐与洗礼的产物""意志的产物"③这一结论。这种"智性"正是九叶诗人区别于当时主流现实主义诗歌的核心特质。如前文所及，九叶诗人并不回避现实，他们同样重视文艺与现实的密切关系，拥

---

① 江弱水：《思的聪明与诗的智慧——从夏志清的评语谈卞之琳的诗》，《新诗评论》2005年第1辑。

② 袁可嘉：《批评漫步——并论诗与生活》，《论新诗现代化》，生活·读书·新知三联书店1988年版，第160—161页。

③ 唐湜：《新意度集》，生活·读书·新知三联书店1990年版，第91页。

抱真实生活。站在今天的角度看，唐祈的《时间与旗》、杭约赫的《复活的土地》、袁可嘉的《上海》和《南京》都直接切入具体社会现实，但这些文本在当时文坛却并不受欢迎，其中的奥秘在于"智性"的含量超过了一般读者的理解能力。在当代，诗人臧棣曾提出90年代诗歌重要的审美转向"从情感转向意识"[①]，这更道出了"经验"诗学的内在机制：经验既是诗歌的起点和发端，也是诗歌的主要原材料，但经验最后被点化成一种包含情感和思想的意识综合，实现了感性和理性的统一，呈现为高度智性的结晶。

因此，智性对一些表达冲突矛盾经验的诗人特别重要，它可以维持感性与理性的平衡，限制肤浅、轻佻、外露的情感，制止狂躁嚣张的非理性情绪，而以经验的凝重冲撞人心，以深沉的智慧穿透人心。不是所有包含矛盾语象的诗歌都包含本命题中的"戏剧性情思"，如艾青《光的赞歌》中的"统一中有矛盾/前进中有逆转/运动中有阻力/革命中有背叛/甚至光中有暗/甚至暗中也有光"，这是对革命历史矛盾规律的直陈，而非诗人本身矛盾冲突情思经验。

智性在写作中并不完全呈现为理性的面目，尤其当诗人综合矛盾经验时，它和"想象"组成了孪生的统一体。想象是诗思飞翔的必备翅膀。柯勒律治曾把"想象力"解释为"对相反的或不协调的性质加以平衡或使其相互和谐的能力"[②]；艾略特曾说，经验在一般人那里是零散的，但经过诗人如同"白金丝"一样的大脑的"化合"，经验最终成为一块高度凝结的"白金"[③]，这一"化合"即为诗成形的过程。因此，浪漫主义诗人器重想象的作用，而现代主义诗歌中的综合经验写作也并不因为控制情感而弃绝想象。多位诗人的实践证明，综合矛盾经验的戏剧性诗思可以兼容丰富的想象。如穆旦的《神魔之争》中的拟想的神魔对话，欧阳江河《咖啡馆》中的时空变形、跨越和虚虚实实的穿插，西渡《一个钟表匠的记忆》中虚拟的钟表匠的"慢"和梳羊角辫女子的"快"的生活态度对比；孙文波《搬家》中"实在的人""影子人"的超现实虚构，都是诗人

---

① 臧棣：《1990年代诗歌：从情感转向意识》，《郑州大学学报》1998年第1期。
② [英]柯勒律治：《文学生涯》，载刘若端编《十九世纪英国诗人论诗》，人民文学出版社1984年版，第60—62页。
③ [英]艾略特：《传统与个人才能》，《艾略特诗学文集》，王恩衷译，国际文化出版公司1989年版，第11页。

用想象力综合冲突经验的证明。尤其是西川《致敬》中那个抽象"怪兽"和荒谬现实，体现了超验的想象力。曾有讨论者提问：《致敬》"怎样在保持这种关注（超验）的同时，不减低、不缩削经验世界的混杂、丰富和矛盾、暧昧之处"[①]。这个问题反过来表明，西川在接纳经验的混杂、暧昧的同时，又不降低对"超验"的关注，充分调动了想象的能力。在文本中，为了从混杂的、丰富的经验世界中"抽象"出来，《致敬》通过先知式的寓言或告诫口吻，对仗式的箴言语体，将经验表述转化成一种仪式性的超验想象，可见想象对经验处理的关键作用。诗人清平曾说："经验的激发可能更多地依赖于诗人的想象力和对语言的敏锐程度而不是语言自身描述经验的客观可能性。"[②] 这言明了诗歌经验和想象关系的本质。

需要说明的是，在综合个人化经验的智性写作追求中，诗人往往拒绝普遍社会学意义的经验升华。在90年代，诗人欧阳江河提出了"升华及其限度"的问题[③]，虽然他指向的是诗歌词语的再生法则，但同样适用于解释经验综合现象。从一定层面看，基于个体矛盾经验的智性写作，不同于一般平均主义的升华式写作，也不是人们常识中的"生活"说、"实践"说写作，它具有较大的艺术难度。在新诗史上，经验升华式写作主导了新诗的很长时期，并以现实主义写作模式为范本。许多诗人也强调诗是"经验的结晶"，但其中的审美观念侧重在生活基础上进行典型情感的提炼和升华，达到文学感动人、教育人的社会功能，经验世界的扩展直接和现实社会政治挂钩，经验主体性建立在社会普遍意识的认知方向上，属于"共名"时代符合主流意识形态的统一情感体验，因而很容易成为一种被模仿的程式化的抒情模式。这种模式受到当今文学史家的质疑，洪子诚直言："艾青给中国新诗带来的问题可能我们没有意识到。他所确立的语言方式，想象方式、有非常创造性的东西，后来也演化为模式化的套式。比如象征性意象的不断虚幻化、体系化，意象和概念的符号化这种倾向，对当代诗歌的写作影响非常大，包括当代的政治抒情诗的写作。"[④] 洪子诚

---

① 参见洪子诚编《在北大课堂读诗》，长江文艺出版社2002年版，第227页。
② 参见西渡《先锋诗歌档案》，重庆出版社2004年版，第75页。
③ 欧阳江河：《当代诗的升华及其限度》，《谁去谁留》，湖南文艺出版社1997年版，第267—285页。
④ 参见洪子诚编《在北大课堂读诗》，长江文艺出版社2002年版，第404页。

这番话并非否定艾青的整体创作，只是表达了他对新诗很长一段时间缺乏综合个人复杂经验的写作方式的批评。

整体而言，"综合矛盾经验"的戏剧化写作意味着对诗人自觉对现代文明社会繁复冲突的审美把握，这可能使诗歌显得不那么明净、纯美或者感人、愉情，甚至在一些纯诗爱好者看来，还显得"不像诗"。然而，进入现代社会，平衡、稳定、和谐等秩序性存在均成为人类日渐逝去的童年记忆或人文学者梦中的理想精神家园。诗人一旦面对现实，无法绕开的是传统与现代、理性与非理性、信仰与世俗欲望、人与自然及环境、知识与现实等层层叠叠的关系冲突。在这些冲突面前，爱好梦想的诗人当然有选择继续朝圣的权利，去感受神圣音调的唤引，在苦难中建构"自然""家园"的精神庇护所，向前方、远方事物旅行，寻找乌托邦之乡。同样，习惯感伤的诗人也完全可以顺乎忧郁、哀婉或者孤决、冷漠的抒情个性，在敏感和幽独中展示现代人的压抑感，见证一种颓废的现代性。但正视真实性存在的诗人，往往选择"意志化"的写作，关注历史语境现象的冲突，深入形而上的本质矛盾，把内外世界的矛盾冲突纳入诗的文本结构中，发现它们的对立，揭示它们的正面与反面，洞察它们的错位。这种综合矛盾经验的写作，体现了现代人面对荒诞存在无法规避的生存方式和在世态度。

第二节　新诗假叙述情境中的对立冲突

谈论综合矛盾性经验的戏剧化创作，必须将诗思内涵与呈现方式结合起来。抒情诗中的戏剧性不可能像戏剧那样产生于强烈的冲突或者震撼人心的悲剧性，也不可能体现为人物性格的矛盾及情节的曲折，更没有直观的人物剧烈动作和角色化语言。换言之，非叙事类诗歌要在保留自己特有的文类语言属性的前提下传达戏剧性诗思，必然有着特殊的呈现方式。其中，建构假叙述情境成为现代汉诗中呈现矛盾冲突经验的较为典型的途径。

一　隐含的冲突：新诗"情境"建构的一种指向

在现代汉诗批评话语中，"戏剧性情境"一词及类似家族概念在不同阶段为一些诗人、诗家启用，如自称"始终只写了一些抒情诗"的卞之琳在阐释30年代诗作时，道明自己喜欢表达"西方所说的'戏剧性处境'"①；中国台湾学者叶维廉在解读"戏剧诗人"痖弦时，认为他往往用了一种"假叙述"在许多文本中把"情境"中的事件推向"悲情"的戏剧性②；而当代中国内地先锋诗批评家也提出了"境遇诗"③这一概念。上述线索表明，"情境"一词逐渐拓展了本土传统中原有的"情景交融"④"情真意真"⑤的抒情诗学符号体系，向戏剧意义层面靠拢。而这些看似个人化的话语行为暗中折射出新诗发展中的一个事实，即新诗创作中的"戏剧性"和"情境"有一种内在的联系。

"情境"在戏剧性层面指的是人与人、人与环境之间包含差异、对立、矛盾、冲突关系的一种人生境况，在戏剧学史上，它是"表现人的生命活动的戏剧形式"⑥。法国的狄德罗最早提出"戏剧情境"（situation of play）概念，并认为情境是戏剧的最为重要的特征，"人物性格要根据情境来决定"⑦。黑格尔则抽象地将情境视为"一般世界情况"在个人身上具体化过程中"揭开冲突与纠纷"的"机缘"⑧。哲学家萨特也认为戏剧的"中心养料"是"处境"。由此，情境可视为引发冲突的外在环境和事件矛盾本身组合的一种情势状况，它是"促使戏剧性产生和发展的条件"⑨，包含冲突意味的戏剧性情境交织着程度不同的矛盾性。当然，这种"情境"对诗歌而言，也不是什么稀罕什物，但由于诗歌类型的独立分化，"情境"更多属于叙事诗、剧诗的所有物。如古代的乐府民歌和杜甫的叙事诗，现代叙事诗如刘半农的《敲冰》、沈玄庐的《十五娘》、朱

---

① 卞之琳：《〈雕虫纪历〉·自序》，人民文学出版社1979年版，第3页。
② 叶维廉：《在记忆离散的文化空间里歌唱——论痖弦记忆塑像的艺术》，载萧萧编《诗儒的创造：痖弦诗作评论集》，台北文史哲出版社1994年版，第335页。
③ 张闳：《介入的诗歌》，载孙文波等编《语言：形式的命名》，人民文学出版社1999年版，第315页。
④ 参见王达津、陈洪《中国古典文论选》，辽宁教育出版社1989年版，第135页。
⑤ 参见王国维《人间词话》，《王国维文学美学论著集》，北岳文艺出版社1987年版，第363页。
⑥ 谭霈生：《戏剧本体论》，中国戏剧出版社2005年版，第189页。
⑦ ［德］狄德罗：《论情境》，转引自《西方美学史》（上卷），人民文学出版社1980年版，第279页。
⑧ ［德］黑格尔：《美学》第1卷，商务印书馆1979年版，第251页。
⑨ 胡安娜：《关于戏剧情境》，《艺海》2004年第2期。

湘的《王娇》、田间的《中国·农村底故事》、艾青的《吹号者》和《火把》，等等，都包含了人物活动的外部环境和人物矛盾关系等情境因素。相比之下，对于独立分化出的抒情诗而言，"情境"一般不能唱着主角。甚至在一般诗人看来，具有戏剧性冲突意味的"情境"对抒情诗几乎是天方夜谭。现代汉语诗人何以将戏剧性情境引入抒情诗中？在笔者看来，这与他们对存在中的矛盾冲突的表达需要相互关联。

"戏剧性冲突"本质上是因"人"而存在的，离开人，纯粹的现象世界毫无戏剧性可言。人们有一个公约性认定：戏剧从人生而来，但人生本质上更如同戏剧。的确，存在中的百味世相充满了各种矛盾冲突。对于那些敏于体察生活、反思人生、洞观存在的诗人而言，存在世界经验中的戏剧性因素可谓俯仰皆拾。个人与社会、理想与现实、生命与死亡、传统与现代、自我内在分裂、此在与超验等这些对立矛盾横亘在常态人生体验当中，是难以在写作中完全规避的。在一般范式中，诗歌是意象的空间组合，给读者以静态的画面想象、情感共鸣或哲理沉思；戏剧性情境则内含动态事件性因素的演变，矛盾冲突意味由情境而生。因而，当诗人介入"人"的此在境遇或终极命运中的种种真实冲突的时候，文类互渗的现象发生了，"戏剧性情境"无形中替换了"意象"，诗歌文本的颜面从而更改。

不过，抒情诗的文类个性，决定了"冲突"在文本情境中的隐含意味。在新诗史上，在情境中传达矛盾冲突性经验的诗人、文本可谓不少，其中的戏剧性意味从具象到抽象、从单纯到复杂、从抒情化到尖锐化，呈现多层面、多个性的态势。在新诗早期阶段的抒情型诗人那里，矛盾冲突性经验较为隐藏。如被朱自清形容为"跳着溅着不舍昼夜的生命水"[1]的徐志摩，便进行过"冲突型"写作。他并非只有为普通读者所流连的《沙扬娜拉》《偶然》《再别康桥》《雪花的欢乐》等轻柔灵逸的诗篇。并且，除了少数研究者关注到的《先生！先生》《叫化活该》《太平景象》《大帅》等涉及的外部冲突写作[2]，他对矛盾人生的关注还深入精神内在世界的"戏剧化"。如前面提到的《海韵》一诗，超越了五四白话诗拘泥

---

[1] 朱自清：《中国新文学大系·诗集》（导言），上海良友图书公司40年版，第354页。
[2] 龙泉明《中国新诗流变论》、孙玉石《中国现代主义诗潮史论》和江弱水《卞之琳诗艺研究》对徐志摩、闻一多这部分诗歌的"戏剧化""冲突性"均有涉及。

写实的水准，用隐喻的情境展示了个人与环境世界的冲突。诗中的女郎徘徊于"沙滩上""暮霭里""星光下""凉风里"，对着即将起海波的大海凌空舞蹈，尽管似乎灵觉到一神秘先知的"回家吧，女郎！"的唤引声音——，她仍然唱到"海波他不来吞我，我爱这大海的颠簸"。最后，女郎在蹉跎中被大海吞没。作为一个包含戏剧化情境的悲剧性抒情文本，笔者认为这一象征文本也潜在地传达了浪漫主义艺术和现实世界的冲突。大海、暮霭、星光，是西方浪漫主义诗歌的核心意象，也是徐志摩的艺术理想的象征，然而，在人生现实这一"大海"面前，它被淹没了。这就是艺术和人生的矛盾，文本以女郎被吞没作结局，把矛盾冲突意味渲染得更鲜明，实现了一出"理想与现实之冲突"的悲剧效果。

毫无疑问，抒情诗中的戏剧性冲突不可能涉及戏剧、小说中那样的情节冲突，更不能沦为动作表演和角色斗争，诸如家庭伦理、人际关系等社会学层面的冲突，显然进不了抒情诗领域。很多时候，非叙事类新诗的矛盾性涉及的是非具象的冲突，是诗人对于人生、历史、存在中的独特矛盾形态的敏感发现。甚至在个别诗人文本那里，文本情境的"戏剧性"效果需要读者的阅读经验来补充。卞之琳的文本就属于这类写作。江弱水作为卞之琳研究的集大成者，认为徐志摩师辈文本中的矛盾性、戏剧性在卞之琳那里更加"全面深入"[①]，但也有研究者认为，卞之琳的"戏剧化"是"颇为可疑"的，因为"矛盾冲突性似乎不够"[②]。两种论见差异，笔者认为得归于对卞诗中的"戏剧性情境"的理解态度。客观地说，卞之琳的《尺八》《断章》等诗篇的冲突性是内在于情境中的。如《尺八》[③]一诗，前半节可以合成两个古今相对的情境，"三桅船载来了一枝尺八。／从夕阳里，从海西头，／长安丸载来的海西客。／夜半听楼下醉汉的尺八，／想一个孤馆寄居的番客／听了雁声，动了乡愁，／得了慰藉于邻家的尺八。／次朝在长安市的繁华里／独访取一枝凄凉的竹管……"，这一客观情境呈现了中日民族的两个游子，在不同的历史时空，同处"异乡"的孤独处境。而诗人在文本中传达的，还有"归去也，归去也，归去也——

---

① 江弱水：《卞之琳诗艺研究》，安徽教育出版社2000年版，第271页。

② 陈旭光：《中西诗学的会通——二十世纪中国现代主义诗学研究》，北京大学出版社2002年版，第109页。

③ 卞之琳：《尺八》，江弱水、青乔编《卞之琳文集》第1卷，安徽教育出版社2002年版，第26页。

海西人想带回失去的悲哀吗?"这一悲剧性的抒怀。由此,两个微妙对比、抗衡的民族主体,直接暗示了民族变迁中的相互冲突的命运,点化出读者悲哀的历史感怀。同样,卞之琳的经典名作《断章》也提供了人、事、关系等情境冲突因素,"你""看风景的人""楼""明月"看似传统古典的诗歌意象,其实诗人建构了一组动态、矛盾的关系,因而文本中透出对立的意味。当年李健吾为自己读出该诗戏剧性的"悲情"成分而辩护,一定意义上证明了该诗情境生成的"矛盾冲突"。而卞诗的存在,呈现了新诗情境中的"戏剧性冲突"的深隐特征。

二 可能的尖锐:假叙述中的事境冲突

新诗中并不缺乏比上述文本更富紧张感、更含悲剧意味戏剧性冲突的诗篇,换言之,戏剧文类的尖锐矛盾感并非绝缘于抒情诗,抒情诗人同样可以表现一种紧张的生命经验和悲剧形态的人生世界。虽如前文所述,戏剧小说类型的冲突斗争情境决不能贸然侵犯诗歌,但由于诗歌语言的特殊性质,"情境"作为抒情诗"假叙述"的呈现结果,具有压缩、概括的形态特征或模糊、抽象的隐喻性质,因而为紧张的"冲突"制造了抒情或变形的诗性面具。

内含紧张的冲突意味、外却符合诗歌文类特征的"假叙述"情境产生于现代诗学的"含混性"追求。多义性是诗歌的命运[①],这是现代诗人普遍接受的一个现实。从现代诗歌写作史来看,对许多诗人而言,诗歌的本质不再停留在"诗意""意境"的空间直觉层面,而是转向了意义诗学的"含混性""歧义性"。这种诗观有些类似中国古典批评中的"隐",但又不同于"隐"的"言近旨远"。因为道家美学追求的是自然和空灵,"隐"最终通向的是人和宇宙的一种和谐的"大化",一种"无"。但现代的含混、歧义最终实现的是"实有",包含着创作主体对世界的"意志性"介入,而且这"实有"可以指向世界的矛盾悖论本质。许多现代诗中的假叙述情境,就直接揭示了存在的"深渊"状态。所谓"假叙述",是相对于小说、戏剧、叙事散文、叙事诗、剧诗等叙事文类而言的,它不是完整、具象、实体化的叙事。叶维廉曾这样界定,假叙述文本"有故事

---

① [俄]斯拉文斯基:《关于诗歌语言理论》,载波利亚科夫编《结构——符号学文艺学》,佟景韩译,文化艺术出版社1994年版,第252页。

的架构的提示，而无细节的叙说"，是"用省略的方法和压缩的方法"造成"模拟了的故事线"，"故事性发展的因由、轮廓、动机不似一般叙述（如小说中或叙事诗叙述）那样交代和一步步串连性的引领"①。对照这一概念，徐志摩的《海韵》、卞之琳的《尺八》所含的情境冲突都是一种假叙述。不过他们的假叙述和抒情特色结合得更密切，"冲突"意味较为隐藏。而那些更具有生命紧张感的抒情诗人，假叙述情境更提供了呈现"悲剧性"冲突经验的可能。

以"戏剧诗人"痖弦为例，尽管他曾经非常心仪何其芳的美丽诗行，但自己的个人风格几乎走向了何其芳的对面，执着于"搜集不幸"②，在多个文本中虚构了过往历史以及超现实的"假叙述"情境，透视存在世界的"荒诞"。如《上校》③一诗中包含的超压缩的假叙述："那纯粹是另一种玫瑰／自火焰中诞生／在荞麦田里他们遇见最大的会战／而他的一条腿诀别于一九四三年／／他曾经听到过历史和笑／／甚么是不朽呢／咳嗽药刮脸刀上月房租如此等等／在妻的缝纫机的零星战斗下／他觉得唯一能俘虏他的／便是太阳。"十行的短诗，凝聚了一个上校的悲剧人生，但不是生活经验的表层陈述，玫瑰、火焰、腿的诀别，与咳嗽药、刮脸刀、房租、妻的缝纫机，隐含了两个对立性情境，一是战争场景，一是断腿后的穷困，呈现了上校前后人生经验的戏剧性冲突。而历史、笑、零星战斗、太阳，这些意象的存在，隔离了日常流叙事的肤浅和直白，形成了假叙述，戏剧化情境冲突中有个人和社会的对立，有命运和历史的荒诞。小说家、戏剧家也许可以从中虚构出一个曲折广阔的故事，并可能展现艺术的广度和深度，但读者却并不能由此得出诗歌"促狭"的结论。在上述假叙述中，因为凝聚了对立的两个情境，冲突更为集中，几乎直观地呈现在读者面前，因而震撼力度更直接。而玫瑰、火焰、太阳等虚构性意象和历史、笑、不朽、俘虏等社会学词汇结合起来，确保了诗歌的形象和深度。

"假叙述"情境对于包容更紧张、更个人化、更超验的矛盾冲突可谓一个适宜的器皿。冲突的最高层面是终极意义上存在的悖论，随着存在主

---

① 叶维廉：《对存在的开放和对语言的再创造——痖弦诗歌艺术论》，载萧萧编《诗儒的创造：痖弦诗作评论集》，台北文史哲出版社1994年版，第335页。
② 痖弦：《中国新诗研究》，台湾洪范书店1987年版，第49页。
③ 痖弦：《上校》，《痖弦自选集》，台北黎明文化事业公司1977年版，第111页。

第四章 异质冲突经验或戏剧性修辞

义哲学和现代文明社会非理性意识的发展,现代戏剧发展出了荒诞剧这一超现实艺术。受西方超现实艺术的启发,新诗内部也出现了超现实诗歌,但有的诗人只是对想象空间进行拓展,意义不一定指向荒诞,如戴望舒的《眼》,对眼睛这一现实物象进行了无可复制的超现实想象,而另有一些诗人则在假叙述中通过虚拟荒诞情境中人物动作、场景等事件因素,传达矛盾冲突的体验。这类假叙述情境在终极批判立场上类似荒诞剧,但美学效应的实现途径不同。荒诞剧改变了传统戏剧的形态,它不再因袭因果逻辑链的对话和动作等线性演绎,而是以简单对话和极度非理性动作来传达抽象的人生体验。但新诗中的假叙述情境虽有超现实荒诞的成分,却并没有改变诗歌以语言为文本形态的本质,而且由于诗人的创造性想象,语言的歧义性更富有张力,在这一基础上,超现实戏剧化情境中的冲突、荒诞意味才具有深刻的震撼力。如商禽的《长颈鹿》[1],两节情境一在监狱,一在动物园,都是超现实的:年轻的狱卒发觉囚犯们每次体检时脖子变长了,他报告说"窗子太高了",这是第一层超现实;而当典狱长回答狱卒,囚犯在"瞻望岁月",狱卒不识岁月的"容颜""籍贯""行踪","夜夜往动物园中,到长颈鹿栏下,去逡巡,去守候",这是第二层超现实。两层超现实的隐喻给人强烈的冲击感,"脖子长了"固然不可能,但这一超现实却传达了被禁闭者度日如年、渴望自由的急切。而年轻狱卒在长颈鹿栏下目睹岁月容颜,既显示了他对被囚禁者心理的隔膜,也象征了囚犯如动物园长颈鹿一样被关闭的处境,人和动物没有区别;而年老的典狱长能读出囚犯们对时间的焦虑,因为他正处于迟暮心境中。可见,两个超现实情境照出了存在层面的悲剧冲突。

在一些诗人那里,直接对立冲突的情境还可以错杂在现实层面和想象层面之间。萧开愚的大型长诗《向杜甫致敬》[2]的成功,除了语义的繁复扭转升降、场景的灵活转换和人称变化,还在于诗人借历史批判现实的良苦用心。文本线索以个体幼年家庭经历、受教育、革命、职业、性爱、写作等体验贯穿,杜甫所代表的传统诗意生活和现代人庸俗的职业生活、消费生活、糟糕情感及当代暴力历史构成了对立性矛盾冲突。开篇"这是另一个中国"即营造了悲愤的心境,在现实层面,上一代按残忍的"尺度"

---

[1] 商禽:《长颈鹿》,《商禽·世纪诗选》,尔雅出版社2000年版,第6页。
[2] 萧开愚:《向杜甫致敬》,《萧开愚的诗》,人民文学出版社2004年版,第197—244页。

塑造孩子，"照着镜子毁容，人人自危"，自然河流被迫吞进政治、人性的恶果，后现代生活充满了单面传媒及权力、商业的勾结，利益主宰了"这个中国"的每一个角落，封建、陈旧的病态微生物牢牢地附着于现代琳琅满目的"物质"上面。杜甫的诗性而严肃的精神世界，正是"这个中国"的对抗元素。为了虚构冲突性情境，诗人想象性地反复虚拟"你"——杜甫从古代那边传过来的声音"不要这样，不要！"这一哀求的声音"传播着恐惧/生存的和诗意的"，构成对现实的警戒和抵制。

三 必要的"戏剧化"：日常经验的情境化策略

新诗现代性表现之一即在于它对日常经验的接纳、包容与调度，与古代诗歌的意象化写作相比，新诗对日常生活的取材便于为它自身发展提供了活力之源。在这一方面，《闻一多［先生］的书桌》①堪称典范之作。这一不被一般文学史叙述者看重的文本，其实彰显了闻一多对日常经验想象、虚构的艺术能力。该诗对日常经验的合理戏剧化，突出了日常情境中的可能冲突意味。闻一多的戏剧禀赋使他自然而然地虚构了一个片断性情境，让书桌上的墨盒、字典、信笺、毛笔等静物互相争夺空间，埋怨主人和生活。全诗在看似表面、热闹的冲突情境中包含了意味深长的内涵。尤其是结尾的一个突转，加深了矛盾的意味："主人咬着烟斗迷迷的笑，／'一切的众生应该各安其位。／我何曾有意的糟蹋你们，／秩序不在我的能力之内'。"这一结尾看似回应静物们而作的自我辩解，但最终不仅没有解决前面的冲突，而且在转折中突然地增加了一个新的冲突——个人面对众生、面对秩序的无力，从而把矛盾性推入深层。在闻一多这里，戏剧性情境成为结构日常经验的一种有效形态。

在现代经验中，非田园性质的都市日常经验是新诗面临的二难选择。客观地说，都市并非诗歌的先天敌人。早在30年代，都市题材就开始正式进入诗歌领域，当时大部分诗人受西方象征主义、未来主义诗歌的影响，并吸收意象美学原则，因而仍保留了传统诗意的温和，不偏执，不绝望，回应着古典文人诗歌抒写寂寞、感伤的悠远传统。他们文本的独特之处，在于最早以细腻的文字较为形象地写出了现代青年进入都市物欲、肉

---

① 闻一多：《闻一多［先生］的书桌》，《闻一多全集》第1卷，湖北人民出版社1993年版，第167—168页。

欲世界的敏感情绪，如"初次来到舞场，/我有着陌生人的局促：/我局促于太多的笑，/与陌生的燃烧的脸"（路易士《初到舞场》）。从艺术性来说，描写这类都市感觉的诗歌除了少许诗作带来精致、唯美感官的触动，大部分文本呈现的是淡淡的平面的情绪，透出诗人对都市的陌生、局促、新鲜、异样感觉以及青春型体验。对于当代诗人来说，都市早为他们所谙熟，再去重复纯粹常识化的感性经验必然难以抵达艺术的深度，这就需要诗人作出一定的调整。尤其是随着后现代工业文明的到来，现代汉诗的题材领域明显向日常延伸，以往现代主义诗歌超越日常生活的想象方式很容易淡出一些诗人的艺术旨趣，由此也出现了一个问题：日常经验是庸常、琐碎的，它能否胜任传达出诗的经验？

从 90 年代诗人的写作来看，对日常经验的诗学态度主要有两种，一是把日常经验写作视为原生状态的生命写作，对日常加以"神化"，例如于坚、沈奇所持的"本土""民间"姿态便有非日常不取的意味；另一种态度是把现代日常经验作为想象力的生长基地，对日常进行凝聚、概括和抽象，欧阳江河、张枣的写作代表了这一类型。此外，日常经验的处理方式也因人而异，有的描绘场景，有的叙述片断，或者在观察中赋予经验以想象，等等。就普遍性而言，当代诗歌进入 80 年代中期以后，一些诗人随意地消耗着日常题材，诸如"坐在精神病院/草坪前的一把长椅上/我等人//我是陪一个朋友来的 /他进了那幢白楼/去探视他的朋友"（伊沙《在精神病院等人》），"老方抱着两岁的女儿在河堤上走/一里路后孩子被换到妻子手上/二里路不到他们上了大寨桥"（韩东《和方士德一家回洪泽》）。这样的经验絮叨泛善可陈，只是对日常生活镜头的浅显记录，和胡适五四时期的经验诗如出一辙。如果仅仅为了解构诗歌的人文情怀和深度，强调诗歌从现实细节入手，势必降低诗歌美学趣味。谢冕曾对这一现象批评道："现在的诗越写越无聊了，喝了一杯茶、看了一次电影就要写上一首诗。"[1] 诗人周瓒更认为这种没有超越性、批判性的日常生活诗"一读就懂，也一读即忘"，可谓"文化快餐"[2]。这说明，对于当代诗人而言，观照日常生活经验显然不能仅仅停留在咀嚼日常稀松拉常的单一维度上。

---

[1] 参见洪子诚编《在北大课堂读诗》，长江文艺出版社 2002 年版，第 165 页。
[2] 周瓒：《透过诗歌写作的潜望镜》，北京大学出版社 2007 年版，第 117 页。

如何纠正这种泛滥的日常写作，笔者认为洛夫对当下青年诗人的忠告较为中肯："要写好叙事诗，得考虑戏剧手法的穿插……如未经高明的戏剧手法的处理，也就谈不上什么诗味了。"① 洛夫这里提及的"叙事诗"，当然不是传统的情节叙事诗，而是裹挟日常经验、夹杂片断叙事性的诗歌。他的"戏剧手法"倡导一定程度上提出了诗歌日常题材和深度内涵之间的平衡办法，不失为提升日常题材写作的策略或原则。换句话说，能否在日常生活经验中构筑一定的戏剧性情境，也是对诗人写作能力的一大考验。诗人要么在诗性建构中发掘日常经验中的奇异或谋求语言的发明，要么洞观现代日常生活背后的内在冲突，后者深入的是日常经验中的矛盾事象。

从已有的成功写作看，当诗人将日常经验和冲突性锻造成一个矛盾关系的情境时，文本就显示了深度与厚度。如张曙光被称为90年代诗歌"叙事性"典型代表的《1965 年》，在回忆自己童年经历的细节追述中，巧妙地凸显历史和个人的戏剧化矛盾："行人朦胧的影子闪过——/黑暗使我们觉得好玩"，开端的孩子童贞经验给人温馨和诗意感；"我们肺里吸满了茉莉花的香气/一种比茉莉花更为冷冽的香气"，阴冷、不祥的气息开始笼上诗行；"我们的冰爬犁沿着陡坡危险地滑着"，以游戏的危险切入时代疯狂运动的"危险"，"童年一下子终止"。从"好玩"到"危险"，其中的戏剧性意味达到了深刻。萧开愚的《动物园》②也构思了矛盾情境，全诗写"我"和一个从苦难中华丽转身的时髦女士在逛动物园过程中断断续续的交谈及自我内心活动，两人因为来自"不同的生存经验和话语方式"，交流如同一场"经验和精神的撞击"③。时髦女士热衷于后现代消费生活中的宠物话题，她谈起自己赶肥鹅进池塘以看笨拙取乐，把"蚂蟥"当作观赏物；而对于曾经饲养公社的"我"，"青春由温顺的牲畜来展示"，水牛和黄牛是亲密的"他们"，蚂蟥则"吃人比得上鳄鱼"。整个交谈充满了内在戏剧性意味，有当代物欲洪流的浅薄，有历史的荒诞戏剧性，折射出知识分子和外界环境的话语冲突、精神冲突。

---

① 洛夫：《关于新诗》，《诗潮》2005 年 7—8 月号。
② 萧开愚：《动物园》，《萧开愚的诗》，人民文学出版社 2004 年版，第 175—181 页。
③ 张闳：《介入的诗歌》，载孙文波等编《语言：形式的命名》，人民文学出版社 1999 年版，第 316 页。

另外,《动物园》同样具有诗歌假叙述的规定性,情境中的对话和心理意识流程看似线性发展,其实人物交谈形不成聚焦中心,有时甚至风马牛不相及,中间夹杂了故意节外生枝的想象性偏离叙述,如"这头堕落的母狮,这个富婆/瞧我的喜剧",引文是对场景和心理的暗示,既隐射了时髦女子现在的堕落,也暗笑了"我"的欲望想象。而"我"的主观视点和立场,更添了对日常生活的批判力度,如"再度领受穷困孤儿的毒牙""蓦然明白,美妙就是兽性的一半",加强了矛盾冲突的紧张性。

此外,在诗人个性化想象力的作用下,日常情境还具有转变为非日常情境的可能。和通常意象变形原理一样,日常生活情境经过诗人想象性、超验性的调度,能够完成一百八十度的美学转弯。如孙文波的《搬家》没有照搬现实形态的"搬家"事实,而是作了情境的变形,把"家"置于理想主义者、小职员、被迫害狂患者三种立场中观照,于是就产生了冲突的情境。这些虚虚实实的情境,涉及个人和城市、个人和他人、写作自由和生存、个人职业和体制环境等多层面的矛盾关系,深入地揭示了当代人精神流亡的存在本质。这一文本中,超现实想象为日常经验的虚构提供了可能诗艺,超出了许多停留在絮叨日常细节层面的生活流诗歌。

当然,"情境"不是确保新诗诗性的本体要素,应防止它沦为一种体制化的写作模式。正如杨匡汉所说,"事"的因素给人客观、冷淡的感觉,如果处理不成功,就变成了铺叙实事,变为"分行押韵的小说",而诗歌的本体性决定了它不能停留于传达人物外貌、经历等类似的外部事实描写和叙述,诗人要进行的是内在心灵的发掘[①]。虽然这番话论述的是普通叙事诗的写作策略,但其中提出的由"物本"转向"人本"的建设性思路,同样适合"情境诗"。在近年的诗歌写作当中,部分诗人过于信奉情境中的"事本",文本中除了某一情境中的事件因素,似乎就再无深意,使诗歌降格为单纯的呈现,失去了主体内在精神动力。因此,诗人在构筑"情境诗"、调度戏剧性意味时,最关键的还在于写作主体的灵魂深度和强度。

[①] 杨匡汉:《中国新诗学》,人民出版社 2005 年版,第 82—85 页。

第三节　言语与结构的反讽：戏剧性诗思的助动器

在新诗发展过程中，"反讽"是一种与新诗戏剧化紧密相联的话语方式。它集中出现于 20 世纪 40 年代和 90 年代的"戏剧化""综合性"等诗学话语及写作实践中。40 年代，九叶派诗人穆旦、杜运燮、袁可嘉等人敏感于奥登、艾略特诗歌的"反讽"艺术而在创作上大胆借鉴；在理论上，袁可嘉译介新批评"戏剧主义"诗学时，直接对"反讽"加以重点转述。90 年代，"反讽"再次成为诗歌写作中的一个核心词，萧开愚、西川、陈东东、臧棣、孙文波等诗人分别进行过论述。因此张桃洲提出，反讽在两个年代诗歌内部形成了一种"对应性"[①]。

从本质上看，反讽不仅表现为一种修辞手段，更是一种哲学态度和思维方式，体现了现代诗人对写作复杂性、矛盾性的自觉追求。萧开愚甚至提出，反讽不仅仅是写作技巧，它还"投向自身"，表现了自我探索的勇气[②]。从冲突性意味看，反讽是诗人传达诗思态度时自觉在字面和字内、前后情境之间造成一种意义冲突，从而表现自己敏感于世界矛盾性的审美活动。从戏剧性效果看，诗歌中的言语反讽和结构反讽在文本表层上透出一种喜剧意识，但深层意味却指向悲剧性。因而，探索现代诗人反讽意识的内在发生机制，把握现代诗歌反讽形态及意味，也是观照新诗"戏剧化"的一个窗口。本节立足于突破一般的修辞学分析方式，从历史的角度看待新诗反讽艺术形态及发展，并区别诗歌反讽和纯属调侃的戏谑写作。

一　表层喜感与深层悲感的嵌合：反讽在新诗中的生成

谈论新诗中的"反讽"，首先面临这一概念无所不包的困境。在西方语境中，"反讽"一词从古典的"修辞反讽"逐渐发展出"浪漫反讽""叙述反讽"和"存在论反讽"等类型。这一词源自希腊文 einoneia，指希腊戏剧角色"伪装的无知，虚假的谦逊"，随后演变为正话反说或反话

[①] 张桃洲：《现代汉语的诗性空间——新诗话语研究》，北京大学出版社 2005 年版，第 52 页。

[②] 萧开愚：《1990 年代诗歌：抱负、特征和资料》，载陈超编《最新先锋诗论选》，河北教育出版 2003 年版，第 337 页。

正说的"修辞反讽"或"言语反讽";到了现代写作中,增加了以狂欢的语言节奏展示膨胀的暴力或与畸变的"浪漫反讽",还有以主题立意与情节编撰、叙事结构等文体要素形成矛盾的"情境反讽"或"叙述反讽";最后形而上的是展示人类难以避免的荒谬和不能解决的根本性矛盾的"存在论反讽"。以致有西方学者提出,反讽是文学现代性的决定性标志[1]。周瓒曾在她的博士论文中取"存在论反讽"意义,认为海子的《太阳》、骆一禾的诗歌都指涉了某一时间或情状的存在真实,因而属于反讽文本[2]。本文立足于反讽所包含的文本表层与深层或者前后文本之间的"矛盾性、冲突性"意味。综合看来,对新诗审美范式构成革新的反讽写作主要是言语反讽(包含悖论反讽)和情境结构反讽。其中,言语反讽相对接近英美新批评成员的部分"反讽"论,程光炜在80年代曾提出实验诗歌的反讽技巧,他的具体阐析部分地借鉴了新批评诗学[3]。不过,新批评的反讽论"把作为语言现象的反讽与作为哲学概念的反讽紧密结合起来"[4],把"反讽"等同于"意义含混",认为语词的词典意义和诗中意义不同,就是"反讽",并提出所有的诗歌都包含了"反讽",这就未免走向了极端,最终受到不少质疑。因此,本节讨论的"反讽"又不同于新批评成员布鲁克斯把象征、隐喻、嘲讽等所有"承受语境压力"[5]的语言现象都囊括进去的"反讽",而是有着具体的限定。

从词源本义看,"反讽"是一种"言在此而意在彼"的说话方式,即话语的字面意义和内在意义相互矛盾,构成戏剧式的张力。进一步说,"反讽"的文本符码具有表层信息和深层信息,而这双重指涉构成相互颠覆、彼此矛盾的悖立关系。现代汉诗的"反讽"是由诗人有意制造内外意义矛盾、改变话语成规的言说方式。客观地说,反讽并非诗歌的必备品质,也不是诗人的技巧专利。它是特殊的一些诗人,选择特殊的观照和言说世界方式的结果。就文类传统规定性而言,诗歌写作传统是"兴发感动",好的诗歌似乎应该能感人肺腑或直接启人深思,诗人不应在表层意

---

[1] 转引自龚敏律《西方反讽诗学在现代中国的译介与影响》,《文学评论》2007年第3期。

[2] 周亚琴:《当代中国先锋诗歌研究》,博士学位论文,北京大学,1999年。

[3] 程光炜:《反讽的意义》,《程光炜诗歌时评》,河南大学出版社2002年版,第153页。

[4] 参见赵毅衡编《"新批评"文集》,中国社会科学出版社1988年版,第114页。

[5] [美]布鲁克斯:《反讽,一种结构原则》,《"新批评"文集》,中国社会科学出版社1988年版,第335页。

义和深层内涵上造成对立。但是，对于感受丰富、立体、深刻的诗人而言，他们有能力选择意义分裂的表述方式去传达自己对矛盾存在世界的复杂态度。其实，反讽在古代诗歌中虽然罕见，但也并非绝迹，杜甫就表现出这种正视矛盾、戏谑人生的反讽意识，他的《曲江二首》以精致的工笔尽写自己春天赏花吃酒，深层上却含着沉郁颓唐的心情，他字面上表白"须行乐""尽醉归"，可文本却充满了对生与死悖论的追索。在《狂夫》一诗中，上半段给读者感觉"草堂之景，聊堪自适"，下半段则"客况艰难，托为笑傲之词"[1]。诗人对着"恒饥稚子色凄凉"的悲惨，仍宣示"自笑狂夫老更狂"，这种表面不屑于苦难的自乐表达，透出杜甫高度的反讽智慧，他对悲况嘲笑和超越，但狂态中自有沁骨的辛酸。从接受效应看，杜甫正是凭他这种反讽、自嘲、唯美的多元性和复杂性，在当代获得了"审美的现代性"[2]观照。

现代社会冲突的深广和现代主体哲学意识的发展，决定了现代"反讽"不再类似古代时期那样只属于极个人化的独创，而可能日益走向普及。一方面，世界矛盾中的"丑"态日益裸露，在对"丑"的观照中，早已获得主体性的诗人洞察到存在真相，可能升出超越对象及自我的"喜剧"精神；另一方面，诗人内心深层又充满了悲剧性感受。总体说来，反讽意识的思想起点是对荒诞悖论的审视和反应，现代诗人通过它传达了自己对世界的一种反思和批判，挖掘出了生活表象下的真实而荒诞的生存真相，属于对对象和自我的一种超越，其中既有"喜剧"意识，又指向悲剧感。不过，仅这两方面还不能产生"反讽"，而可能只是"讽刺"。反讽者虽然立意怀疑、否定对象或自我，但在实际文本层面，却力求以故意克制或相反的意义表达出来，因而生成了字面意义和深层意义的矛盾。现代汉语诗人将反讽推广成一种相对普遍的言说方式，和他们对"含混""歧义"美学的追求相关。从40年代开始，九叶诗人从西方文本中寻找到这一通向多重指涉的言说机制，体会到间接传达的魅力，因此，他们的反讽诗思和同时期的讽刺小说及《马凡陀山歌》中的直接讽刺不同。到90年代，反讽再度成为严肃写作诗人重视的表达策略，并获得了普遍的推广。

---

[1] 参见仇兆鳌《杜诗详注》第二册，中华书局1979年版，第743页。
[2] 江弱水：《独语与冥想：〈秋兴〉八首的现代观》，《文学遗产》2007年第3期。

第四章　异质冲突经验或戏剧性修辞

整体上看，两个时代的"反讽"写作都来自诗人对所处语境的智性把握。20 世纪 40 年代和 90 年代既是社会复杂、价值混乱的时期，也是汉语诗人直接面对存在矛盾、逼近真相、追求智性写作的自觉时期。对于这两代诗人来说，现实层面、自我层面、形而上层面的悖论、冲突都是他们自觉探索的世界。在现实层面上，两代诗人对环境认识都有一种异己体验，他们都超越了所处的环境，以知识分子的智慧洞观一切深层的矛盾。40 年代诗人面对的是战争，他们敏感于战争中人性的受损，关注战争对人类心灵的残酷伤害；同时，战时生活状态的普通民生充满了无奈与艰辛，而统治阶层却以权利和国家暴力机器掌管一切，这些都激发了诗人的荒诞体验。90 年代诗人虽然身处和平时代，但面对的是更大的精神动荡，物欲主导一切，知识分子彻底被边缘化，信仰和价值的全面解体，这些都宣告了人类"喜剧"时代的来临，诗人真正面临着一个巨大的"深渊"。在自我层面，40 年代诗人较以往二三十年代诗人有着清醒的悲剧意识，他们深刻体会着"历史的矛盾压迫着我们，/平衡，毒戕着我们每一个冲动""而智慧使我们懦弱无能"（穆旦《控诉》）；也亲历了工业时代物质的人和精神的人的分裂，意识到知识分子"这件长衫拖累住/你，空守了半世窗子"的尴尬境遇（杭约赫《知识分子》）；90 年代诗人则更加精准地把握了知识分子的悲剧境遇："语言砌成的墙使他成为了/话的囚徒。他好像长出了/蜡的翅膀，要飞翔，却比铅更沉重"（孙文波《搬家》）。在形而上层面，穆旦代表的九叶诗人徜徉在西方诗歌中有了初步的哲学体验，对生与死、人与神等抽象的矛盾开始了自己的痛苦追问；90 年代诗人虽然处于后现代文化氛围中，但一些优秀诗人并未顺应表浅化、碎片化、拼贴的平面潮流，他们仍难能可贵地坚持着深度思考，时间、死亡、信仰等终极难题时时拷打着翟永明、欧阳江河、陈东东、萧开愚等诗人的内心。反讽需要一种高度的巧智，正是在智性的保障下，诗人能把握到世界及自我的冲突、矛盾和悖论，并在文本形态上以喜剧感、谬论感的方式表述出来。

当然，40 年代和 90 年代诗人选择反讽言说又存在各自的契因。在前者，九叶诗人的反讽写作虽和战争语境有关，但更直接受了燕卜荪、奥登、艾略特的诗观或文本的影响，接受痕迹较为明显；在后者，90 年代诗人不需要从异域获得诗思的启发，他们处于当代"反讽"的大文学气候中。从外部文学环境看，中国新时期以来反思文学、现代派小说、新历史小说等文学潮流把"反讽"变成当代文学的主色调之一，90年代诗人的反讽意识、反讽精神是这一文学场域的共振结果。不过，在笔者看来，诗歌领域的反讽不同于小说中的反讽，它需要诗人特殊的节制能力和想象力。在实际的写作中，萧开愚、孙文波、陈东东、臧棣等90年代诗人既有着对历史语境的喜剧感受，又自觉追求艺术的内敛，遵从着诗歌的节制性表述和想象性发明等审美原则，而小说由于具备对世俗生活语言的强大吞纳能力，粗糙、痞气、狂放的语言常常成为小说家的反讽载体，诸如王朔、王蒙等人的反讽往往涵纳夸张的异质组合、纯粹戏谑的"杂语共生"或者完全消解的颠覆情绪。小说这种反讽显然不能移植到诗歌当中，严格意义上的诗歌反讽不能以游戏为目的，反讽必须既能激发文本意义空间，又要体现诗歌的语言效应和个人化的想象力。

以40年代和90年代诗歌中的严肃反讽为参照，可以排除80年代第三代诗歌运动中部分诗人文本中的"戏谑"。有学者认为，80年代中期王小龙、马松等人的谐谑滑稽、黑色幽默诗歌都具有"反讽"的特征[1]。不过，具体要从诗歌艺术本质规定性来区分，一些诗很大程度上只是当代青年人在颠覆世俗价值、表达青春情绪的直接诉求，体现的是思想史研究意义。如"我为什么穷／我不要脸地活着／我形而上学地活着／我姘居着空气电灯月亮和肤色和肉体／和器官和痛和负重感和什么也不存在"（马松《生日》），有摇滚乐式的宣泄和自嘲，但没有反讽所要求的字面和深层意义的相反，也没有节制意味。又如"我要走进蓬皮杜总统的大肚子／把那里的收藏抢劫一空／然后用下流手段送到故宫"（胡冬《我想乘上一艘慢船到巴黎去》），似乎是一曲80年代青年在精神胜利法层面征服世界的狂想曲，可以作为特定时代青年思想的标本。而同时期其他一些更戏谑的文本，被称为"有关市民口语或白话的强大表现力的'寓言'"[2]。有学者曾说，这种故拟机智、俏皮的语言操作显得十分油滑，难掩市井世俗趣味[3]。如果为粗鄙而粗鄙，必然降低了诗歌言说的格调。与此相似，新世纪以来的下半身写作、"后口语"诗歌大部分都是一些自我加冕、追新炫奇的本能自动化写作，在一味的戏谑和嘲讽中匮乏"反讽"的严肃性。

---

[1] 陈仲义：《诗的哗变》，鹭江出版社1994年版，第162页。
[2] 王一川：《中国形象诗学》，上海三联书店1998年版，第126页。
[3] 骆寒超：《20世纪新诗综论》，学林出版社2001年版，第606页。

说到底,"反讽"蕴含着喜剧与悲剧的双重成分,诗人在对否定性、悖论性存在的讽拟中表达了内在的肯定性价值立场。南帆曾提出:"反讽是一种否定,一种攻讦。但是,任何否定和攻讦必须有一个肯定的——哪怕是隐蔽的——前提。"① 在笔者看来,这是诗歌反讽策略或原则的精神底线。比如李亚伟作为莽汉主义代表,追求随心流浪、恣肆吃喝的"莽汉行为"②,但他的许多诗在泼皮劲中能读出生活的无助和荒谬,且具有想象力和语言生发能力,如"我想用几条路来拥抱你"(《给女朋友的一封信》),爱情的疯狂和失败共存于该诗;"我们是年龄的花,纠结成团/彼此学习和混乱/顺着藤子延伸""我们的骆驼被反射到岛上/我们的舟楫被幻映到书中""我们胸有成竹,离题万里"(《我们》),也是青春的激浪和无力相辅相成;"痛打白天袭击黑夜/我们这些不安的瓶装烧酒/这群狂奔的高脚杯""用牙齿走进了生活的天井"③(《硬汉们》),包含了野狼式的奋力和伤痕。这些文本听上去的口语腔调完全离开了日常经验或庸常语言层面,又具有特殊的喜剧化风格,同时喜中含悲。这种具有难度和深度的戏谑自嘲是当代诗中的珍品。

二 克制陈述与悖论:新诗不断提升的话语反讽

在 20 世纪 40 年代和 90 年代诗人的反讽诗歌中,话语反讽是较为普遍的形态。从修辞论层面看,话语反讽是通过对既有话语成规中的语言的语体、语义、情感色彩等方面的扭曲,实现与表述相反或相左的意思,从而在语言的表象和语言的真实意图中形成鲜明的悖立。话语反讽不只有修辞效果,对于新诗而言,一些诗人通过反讽策略,既传达出思想的深度智慧,又实现了诗歌语言的变化。

关于话语反讽,学界普遍认同的有夸大陈述、克制陈述、正话反说和反话正说、谐谑调侃、语义悖立对峙等几个主导类型,它们在小说文类中都非常活跃。而本节上半部分已说明,新诗由于自身的规定性,夸大陈述和正话反说不太适宜诗歌语言的严谨与节制。结合 40 年代和 90 年代诗人有关文本来看,新诗中话语反讽主要包括克制陈述、反话正说、语义悖

---

① 南帆:《文学的维度》,上海三联书店 1998 年版,第 131 页。
② 李亚伟:《流浪途中的莽汉主义》,《豪猪的诗篇》,花城出版社 2006 年版,第 215 页。
③ 参见万夏、潇潇编《后朦胧诗全集》,四川教育出版社 1993 年版,第 9—12 页。

论，其中反话正说也具有克制陈述的意味。它们各自在两个年代的诗人中有不同形态的呈现。

话语反讽意识需要一种介入的态度。这两个时代的诗人主观上都不同程度地抱着有效切入时事的言说态度。诗歌与现实绝非绝缘，但关注现实的方式并非只有信奉伦理写作立场的"现实主义""底层经验写作"那样的写实方式，也不必然是直接的讽刺文学。另一方面，"现代主义"或"后现代主义"写作也不意味着隔绝现实或平面式写作。40年代九叶诗人虽有"现代主义"之称，但他们介入现实的态度并不逊色于七月诗人，撇开现实主义和现代主义艺术高下之争，九叶诗人关注现实却又获得"现代主义"的命名，一定程度上靠了"反讽"意识及策略的成全。90年代先锋诗人甚至将那些涉及历史语境的诗歌命名为"时事诗"[1]，以便和历来缺乏艺术敏感的"政治诗"区分开来。当然，话语反讽介入的领域不只是时事层面，还包括自我、精神及整个存在。

首先看反话正说，它是一种用积极的字面意义表现否定性、批判性内涵的言说方式。现实主义写作者基本采取直接的现实批判，所指与能指之间完全对等，这对宣传思想自然带来了较大便捷。比如袁水拍的《万税》，"这也税，那也税；东也税，西也税，样样东西都有税；民国万税，万万税！"，句句都是对现实的直接抨击，它们在当时广为传诵，说明了其民谣或"口号诗"的性质。而反话正说由于没有直接的宣传目的，很多时候是一种个人化的表达需要，九叶诗人最早进行了实践。以穆旦为例，他巧妙用反语批判战争：

> 也是最古老的职业，越来
> 我们越看到其中的利润
> 从小就学起，残酷总嫌不够
> 全世界的正义都这么要求。
>
> （《野外演习》）

"职业""正义"这些中性或积极性词语看似没有控诉，内里却表达

---

[1] 臧棣：《后朦胧诗：作为一种写作的诗歌》，载陈超编《最新先锋诗论选》，河北教育出版 2003 年版，第 428 页。

了诗人对主战者的愤怒和对人类的同情。对于"良心",穆旦貌似如下恭维:"因为你最能够分别美丑,/至高的感受,才不怕你的爱情"(《良心颂》),实则微讽了良心在现实面前的无效。《时感四首》中,穆旦更是用"多谢""感动""成功""美丽"等肯定性语言来嘲讽时局。同样,杭约赫的城市批判诗歌也擅长反语,他对都市生存字面赞美字内批判:"我们——属于这个城市的居民,/它是一个牢靠的巢穴,不仅给我们以保卫,/给我们以高贵的身份,/还能给我们去沉醉。"(《火烧的城》)他讴歌都市是为了诅咒都市:"上海——都市的花朵,人们带着各式各样的梦想来到/这里,积聚起智慧和劳力,/一座垃圾堆,现在是一座/天堂。"(《复活的土地》)这些文本属于现代汉诗中较早对反语的运用。

相比而言,90年代诗人的反话正说较40年代更加隐曲或更具个人化经验。这些诗人强调以个人感受、观察和想象方式对历史语境中的经验作独特的处理,因而即使击中时代的心脏,但反讽的思维方式很少类同。如萧开愚对市场经济的暗讽:"望着车窗外的广告牌/心里想到的不应当是诗,不应当!/应当是一个卖钱的窗口,用你顶呱呱的诗去买!"(《国庆节》)表面是指责自己"不应当"不合潮流,内在批判的指向实为物质社会。孙文波则依据自己当兵的经历和体验,对普通士兵的精神境遇作了反讽叙述:

> 国家有国家的形式,从氏族部落
> 到民主制,战争是进步的标志。一个小人物
> 不应该搞清楚这些,产生敬畏就行了。
> ……
> ……在这个地方
> 幸福应该是经常的。你必须挺起腰立正。[①]

诗中的士兵看似劝诫和勉励自己,实际上否定了部队对个人尊严和精神的漠视。张曙光在《尤利西斯》中则用西方神话英雄的遭遇隐喻着所处时代的精神生活,"……最终我们将从情人回到/妻子/冰冷而贞洁,那带有道德气味的历史",在尤利西斯那里,情人意味着冒险的经历,妻

[①] 孙文波:《在西安的士兵生涯》,《孙文波的诗》,人民文学出版社2001年版,176页。

子代表着合乎正统的生活，诗人以"贞洁""道德气味"这种誉美词语来讽喻当下日常生活的平庸和琐屑，让人感到某种宿命法则的强大。此外，陈东东的《喜剧》、臧棣的《小丑之歌》、西渡的《一个钟表匠人的记忆》等文本都包含了反话正说的反讽形态，表现了诗人对历史语境的深入勘探。这些反语有的高深玄妙，因为来自诗人独有的人生经验和阅读经验，也丰富着读者的感受界面。

克制陈述不同于反话，它的字面意义和内涵意义对立不是那么直接，而是通过节制语态、语调，从而减小、降低表面事态的重要性，但内在信息上却透出相反的意向。程光炜在 80 年代提出，这种反讽更适应诗歌①。显然，比起 80 年代大量诗人的夸大陈述，克制陈述更符合诗歌艺术规定性。其实，克制陈述在 40 年代九叶诗人那里就得到了实践。当时，杜运燮、穆旦等人开始借鉴奥登的"轻松诗"写法，用表面轻松的语言表达严肃、心酸或沉重的意义。如杜运燮模拟一个已死老兵的祈求、害怕口吻："给我一个墓""平的也可以／象个小菜圃／或者象一堆粪土／都可以，都可以""因为我怕狗……我还怕看狗打架。"（《被遗弃路旁的死老总》）诗行中呈现的是一个胆小得可笑的内心、一种低乞的声调、一种不可能的荒诞（根据常识，鬼是没有害怕可言的）。文本似乎不像一般战争题材诗那样掺入血和泪，但细细咀嚼，这种故意低调的呻诉更让人痛感战争对生命的剥夺及战时人权的可怜程度，一股大悲悯、大惨痛弥漫出来。可以说，这种克制陈述比起当时直接的讽刺文学，更见艺术的内在控制力。

在当代，克制性陈述被提上和诗人的想象力结合的高度。臧棣曾对常见的只停留在批判、否定层面的诗歌"反讽"提出质疑，他尽量剔除一般反讽的成分，而把反讽意识视为"构成现代诗歌想象力的一个核心元素"，一种"对我们的存在状况的审美把握"②，这无疑把反讽提高到诗艺层面。臧棣文本中的克制性陈述反讽中的想象力达到了许多诗人难以企及的高度，这些想象并非传统的天马行空，而是融汇了我们日常的生活经验，语言的妙趣和生存的隐痛糅合为一。他的《访友》有一节写道：

---

① 程光炜：《反讽的意义》，《程光炜诗歌时评》，河南大学出版社 2002 年版，第 155 页。
② 臧棣：《谢谢你，诗歌——答〈诗选刊〉问》，《诗选刊》2001 年第 6 期。

第四章　异质冲突经验或戏剧性修辞　　175

而我／则坐在型号小得多的发动机
控制的范围内，游手好闲
看上去像自己送给自己的礼物。
我似乎能拎起自己，而它不重也不轻
像夹在一个尚未过关的走私旅行包里。①

文本写的是"我"在访友车途中对自身分量进行掂量的内心活动。从深层上说，这里传达了对自我主体位置的清醒定位——渺小、无足轻重，是当代知识分子的身份境遇。但在表层上，诗人以即兴式的想象将自己和旅行包联系起来，从而克制了沉重的意味。另外，他的《菠菜》②一诗作为90年代诗歌优秀文本，获得了界内人士的好评，经过研究者的细读，诗中的"菠菜"被诠释为日常生活③。在笔者看来，该诗也体现了臧棣将奇妙想象和克制反讽的结合艺术，如结尾部分："……鲜明的菠菜／是最脆弱的政治。表面上，／它们有些零乱，不易清理；／它们的美丽也可以说／是由烦琐的力量来维持的；／而它们的营养纠正了／它们的价格，不左也不右。"这里的"政治"一词潜层意义上暗示了当代个人日常生活幸福并非自由空间，它面临着环境的制衡；但诗人在文本表层中不是批判与否定，而是克制性地妙喻：菠菜的价格和营养形成"不左也不右"的平衡，这是中国人普遍选择的安全处境。从臧棣创作中可以发现，克制性陈述虽没有反语的冲击力，但往往能深入艺术和生活的幽微。

萧开愚是当代擅长反讽的诗人，他的《与占春、刘恪闲谈》④一诗对同代知识分子困境深忧不已，但采用的是克制陈述，如"克服了风景、歪曲了定律、见识了／遗忘整理过的语言之后，／冲动反而大了，冒昧而且肮脏。／只有小于没有的稀薄真切抗衡"，"小于没有的稀薄"折射出精英知识分子在时代语境中的切身无力感，这种克制反讽使他显示出了温厚的自由独立人格。

---

① 臧棣：《访友》，《燕园纪事》，文化艺术出版社1998年版，第20页。
② 臧棣：《菠菜》，《新鲜的荆棘》，新世界出版社2002年版，第7—8页。
③ 参见洪子诚编《在北大课堂读诗》，长江文艺出版社2002年版，第56页。
④ 萧开愚：《与占春、刘恪闲谈》，《此时此地》，河南大学出版社2008年版，第304—305页。

三　悖论反讽和结构反讽：异质意义的并置

新诗第三种常见的反讽是悖论反讽。严格意义上，悖论的机制本来不同于一般的言语反讽。言语反讽是同一能指字面意义和内在意义的对立，悖论反讽则来自矛盾修辞，是将两个相互矛盾、相互排斥的因素放在一起，矛盾的两个方面在字面上同时出现，两者相互渗透、相互溶入。悖论中的强制性组合能构成语义悖反的两级，产生对峙的张力。诗歌的悖论反讽又不仅是一种修辞，它更是诗人矛盾的情感取向、审美气质和思想意识的表现。如波德莱尔诗中便有"污秽的伟大""崇高的卑鄙""华美的骷髅""美妙的折磨"等悖论反讽，表现了他对生活厌恶又沉醉的双重态度。简单说来，悖论是"似非而是"，反讽是"口非心是"。但由于悖论双方并置时互相冲突，最终必然改变了它们的字面意义，因此，悖论也具有反讽的机制。

在根本意义上，悖论是存在论反讽的典型形态。一些现代诗人既拥抱生活，但面对的又是人的矛盾、文明的悖论和存在的荒诞感这一本质真实，因此他们在诗中往往一边表达欲求、爱慕和赞美，同时又传达排斥、憎恶和诅咒，双重态度纠结在一起。在40年代，穆旦的悖论反讽深入到传统与现代、个人与环境、人性与神性等矛盾对立关系。如"因为就是在你的奖励下，/他们得到的，是耻辱，灭亡"（《神魔之争》），以"奖励"和"耻辱"相互矛盾的词语质疑了上帝对人的庇护和惩罚的双重性；又如"所有的人们生活而且幸福/快乐又繁茂，在各样的罪恶上"（《在旷野上》），"幸福"与"罪恶"的对立并置，宣布了人类原罪的悖论性存在；类似的还有"虽然现在他们是死了，/虽然他们从没有活过，/却已留下了不死的记忆"（《鼠穴》），这里在"死"和"活"反复中纠结着诗人对传统的矛盾认识，一方面传统没有生命力，另一方面却又在一代代知识分子之间沿袭，这是知识分子的悖论境遇。除了穆旦，袁可嘉在诗学译介中也逐渐习得了悖论反讽，如《难民》中的"像脚下的土地，你们是必需的多余，/重重的存在只为轻轻的死去""要拯救你们必先毁灭你们，这是实际政治的传统秘密"，词语间都是矛盾关系，把政治和难民的尖锐对立揭示得触目惊心。

当代诗人西川的悖论诗思更为错综复杂，内蕴丰富，也更具有抽象和形而上意味，并且40年代的言词悖论逐渐拓展出句群之间的悖论。他的

《致敬》一诗，句群当中充满了前后之间的对立冲突。如开头写牲口的一段："用什么样的劝说，什么样的许诺，什么样的贿赂，什么样的威胁，才能使它们安静！而它们是安静的。"这里包含一个隐喻性的悖论：牲口没有灵魂的需求，它们的聒噪是任何方式都无法平伏的，因而诗人祈问"许诺""威胁"给它们注入灵魂，"使它们安静"，这是存在论反讽感；但诗人还不止于此，随后突然追加"它们是安静的"，直接否定了前面所有的预设，造成了反讽意义上的悖论，由此也进一步推进了冲突。在这些悖论当中，西川传达了自己对现实经验矛盾的体验，并以戏谑的方式进行了思维悖论的游戏。

萧开愚追求语言的开放性和生成性，"开启形式的栅栏、释放语义的光线"[①]，让新的语言在经验和梦幻锻造中生成，在词语关系中生成，其中悖论关系组合就是他的拿手技艺。如 21 世纪以来的长诗《内地研究》[②]，把当代发展中国的严峻生态用各种悖论修辞表达出来，语词的紧张变成了现实的紧张。"我们煮干河流和湖泊，使英雄无水浒"，公约词语被掐断关系，隐喻了人类扼断自己脖子的愚蠢；"从先进一边看，是反省的和尚拖着后腿"，先进与后腿的并置，嘲笑我们天天念叨的"先进"永远不会反省自身的盲动；"我们逐路而居，迁就道路而不使道路迁就我们"，把人造路的本末倒置揭示了出来，最终，人陷在"我们给出路捆在道路"的烂局当中。

欧阳江河的悖论修辞最有个性，他习惯用抽象语词构置智者的诡辩式悖论，将所指、经验拆卸再组装，生出新的感性诗意，同时又切中时代政治经济文化和个人存在困境，如"从思想的原材料/取出字和肉身，/百炼之后，钢铁变得袅娜。/黄金和废弃物一起飞翔……收藏家买鸟，因为自己成不了鸟儿。/艺术家造鸟，因为鸟即非鸟"（《凤凰》），以悖论语词写出了人难以飞翔、难获自由的沉重现实。

新诗中戏剧性诗思的传达，有时还呈现为一种结构性反讽（structural irony）形态。这种反讽不是直接依靠前后词语之间或者语义表里之间的矛盾，而是在诗歌文本的材料组织、布局谋篇方面设置对立或背离的结构图式，造成节与节之间的明显反差。通过这种对立，文本存在两个直接意旨

---

① 萧开愚：《个人激情和社会的反应》，《文学界》2006 年第 7 期。
② 萧开愚：《内地研究》（单行本），广东人民出版社 2014 年版。

和隐含意旨相异的结构，从而形成整体意义的矛盾冲突。近些年来，当代小说研究一度以"结构性反讽"为创新视角，研究者普遍认为，结构性反讽即是把那些具有悖反、对立、矛盾性质的事物予以对峙或并置，实现文本的反讽意图。在新诗领域，早在20世纪40年代的九叶诗人就尝试了结构性反讽，张桃洲提出，它是"40年代新诗戏剧化的一个重要方面"[1]。不过，九叶时期的结构性反讽只体现在写作层面，到90年代，它已进入诗人自觉的诗学意识中。

如果说言语反讽是诗人依靠语言巧智和想象力实现矛盾意义的传达，结构性反讽要求的则是整体的图式之间的对立并置能力。在诗歌文类，结构有着特殊的意义。古典诗歌经过长期的发展，形成一套程式化的结构原则，线性抒情的有"起承转合"式结构，复沓抒情的有"回环式"结构。无论直线式或往返式，结构遵循的是和谐原则。同时，对比（对偶、对仗）作为一种程式化艺术诗思，也渗透在古诗结构中，上下句或上下阕之间常常是对举关系。但是，古典诗歌中对举意象的并置并不等同于笔者所讨论的对立反讽。其中，古诗中对仗的事物之间许多是完全开放的组合，互相并没有本质上的联系。如"两个黄鹂鸣翠柳，一行白鹭上青天"，这两行诗中的自然意象处于对偶结构中，但它们之间事实上不存在必然关系。现代汉诗中也不乏这样的对偶句，如"路是灰色的／楼是灰色的／雨是灰色的／在一片死灰中／走过两个孩子／一个鲜红／一个淡绿"（顾城的《感觉》），这里的最后两句类似对偶式关系，而灰色和后两种颜色形成对比关系，但仍然属于意象之间的张力，没有反讽的意味。此外，抒情诗中也常有对比性诗思，如舒婷的《致橡树》在木棉—橡树两个意象单元之间进行对比性抒情，以此产生情感的张力，但诗人本意在于传达独立、尊严等个性自觉意识，不存在反讽意图。一些研究者把诗中的"对比"都称为"反讽"，显然不够严谨。诗歌语词的对立并置手法虽然能产生张力，释放语意的空间节奏，但并未形成文本表层意义和深层意义的矛盾，不可能必然地导向反讽。新诗中的结构性反讽，作为一种自觉建构的对立并置的图式，矛盾双方平等共存又紧张对立，既统一在文本主题框架中，又互相消解着对方的意义，因而本质上成为反讽。

---

[1] 张桃洲：《现代汉语的诗性空间——新诗话语研究》，北京大学出版社2005年版，第53页。

结构性反讽在诗歌文本的最直观层面上是段节之间存在两种或多种不同性质的氛围、情境或意义，构成一种突兀的紧张。这些片断情境之间的对立、异质绝非叙事诗中那种情节矛盾或者人物冲突，而是非线性、非因果的关系，情境片断的对立冲突极大地挑战了传统和谐、统一的诗歌结构原则。穆旦、杜运燮最早对此作了尝试。最能体现穆旦结构性反讽诗思的是《五月》①，该诗截然对照的冲突实现了令人惊兀的效果。诗中开篇是仿拟的古代牧歌，"五月里来菜花香／布谷留恋催人忙／万物滋长天明媚／浪子远游思家乡"，这看似充满了田园氛围，但文本中交替出现的是现代骚乱、混杂的生活场景："在火炬的行列叫喊过去以后，／谁也不会看见的／被恭维的街道就把他们倾出，／在报上登过救济民生的谈话后／谁也不会看见／愚蠢的人们就扑进泥沼里，／而谋害者，凯歌着五月的自由，／紧握一切无形电力的总枢纽"——这是一幅战时生活的反讽观照图景。这两节之间，一面是田园氛围，代表着中国古代文化的形象；一面是暴力欺骗、国家机器，集中了现代文明的虚伪和躁动。两者看似随意的组合，其实包含着高度的戏剧性冲突关系，形成巨大的历史张力。在这里，诗人让传统与现代参差对照，互相消解，最终呈现的是存在的荒谬本质。在具体经验的处理上，古代的静态意象和现代的动态场景在该诗中的并置也具有结构性的反讽意味。总体而言，这一诗篇的结构性反讽需要的是整体结构的冲突性诗思，不再类似对比意象之间的张力，它们指涉了多层面的矛盾经验，故能产生出鲜明的"戏剧性"意味。

《五月》的结构性反讽突破了中国诗歌的审美范式，这不能不归为异域诗歌的影响。唐湜早在40年代的《搏求者穆旦》一文中就说："他自然该熟悉艾略特，看他的《防空洞里的抒情诗》与《五月》，两种风格的对比，现实的与中世纪的，悲剧的与喜剧，沉重的与轻松的（民谣风的）对比，不正像《荒原》吗？"②这一说法的确有据可依。艾略特的《荒原》作为世界性现代主义诗歌的先声，最突出的文本特征就是前后相互对立、异质的情境的结构性并置，而且对立并置转换非常频繁。该文本首先是"荒原""废墟"般的情境，接着是一位奥匈帝国前伯爵夫人的回忆性场

---

① 穆旦：《五月》，李方编《穆旦诗文集》第1卷，人民文学出版社2006年版，第35—37页。

② 唐湜：《新意度集》，三联书店1990年版，第91页。

景，随后上帝从空中传来对人子告诫的声音，然后是一位中世纪水手正在歌唱幸福和纯朴的爱情，继而是某一欧洲著名的女相士用纸牌给人"算命"的怪异、玄奥情境，转而是进入现代"活地狱"的但丁，最后法国诗人波德莱尔声音一齐出现。这些毫无统一情节、无法形成中心事件的情境片断，时空互异，现实与理想错置，爱情与俗欲对立，其中的结构性反讽呈现了叶芝曾预言的"一切都四散了，再也保不住中心"的现代荒原体验。穆旦的《五月》同样传达了诗人的怀疑，但也并非完全照搬《荒原》《普鲁弗洛克的情歌》的构思，说到底，穆旦讽拟古典牧歌以及现代社会的混乱的结构性反讽主要源自诗人主体对生存矛盾的荒诞体验，源自诗人对于历史传统与现代文明的双重审美把握。

比起话语反讽，诗歌中的结构性反讽更考验诗人综合写作的能力，这类文本的篇幅一般也长于普通的主题单一的诗歌，因为诗节之间要达到异质混成的综合，必然面向多种向度的拓展，加上各部分之间非线性的组合关系，文本中的内在情感、经验形成错杂交织的网状关系，读者很难从中抽绎出明确的主题，阅读上的接受困境随之出现。因此，结构性反讽的诗歌似乎不属于"可读的文本"。然而，这种文本内部果真就无统一性可言吗？优秀的写作者其实并不担心这一问题。结构性反讽并非不同质素的场景、诗节的任意拼凑组合，它仍需要诗人内在的缝合能力。以40年代杜运燮的《夜》（又名《露营》）为例，这首诗被袁可嘉称为"足以代表现代化倾向"[①]，很大程度上在于该文本诗思的非直线发展和非正面描述，在于文本中七个诗节相反相成的并置关系。《夜》前两节的"蓝色纯净的天空""玲珑星子""金月"给人高远的意境美；随后两节的情境突然出现"杀"字和"仇恨""战栗"的意绪以及"黑鸟""大笑"的怪异场景，主题似乎朝着相反的方向；但随后是"热心"小虫为"知音"奏鸣的情境、忠实的"吉普"枪，又出现了异质场景的转移和并置。这些表层异质混成的经验并非无厘头的杂凑，它们最终统一于最后一节的"夜""冷""痛"的心理感觉当中。这种错综复杂构思显然包含诗人自觉进行技艺实践的成分，源于杜运燮对奥登式严肃和机智杂糅的戏剧化效果的借鉴。袁可嘉正是根据这种"综合"效应带来的"丰富"意味，才命名为

[①] 袁可嘉：《新诗现代化的再分析》，《论新诗现代化》，生活·读书·新知三联书店1988年版，第11页。

"现代化"。

20世纪90年代以来，诗人对"综合型"创作的追求带来了更为自觉的结构性反讽诗思，且文本结构显得更为庞大和繁复。除了前文所述中西川《致敬》的整体结构的"不和谐"特征，值得讨论的还有前文曾提及的孙文波的《搬家》一诗。这一文本的写作动机来自诗人现实中多次痛苦的搬家经历，但经过诗人的艺术想象，"搬家"生发出多种矛盾冲突的情境。首节是一个完全生活在精神空间的人的活动情境，"他把海市蜃楼搬到这座城市的一隅，/在那里像帝王一样独自踱步"，属于一个词语炼金术士的梦境。对立于该节的是一个小职员的卑微，"……俯身在没有结局的工作中。/一摞表格记录虚构的幸福"，这是现实生存的悲哀。另一异质性场景则是一个被迫害狂患着整天对人揭发告密，"不得了啦！他把海市蜃楼建在了城市中"，与炼金术士的梦想人生方式发生冲突。到第9节，虚构了一个几百年后的老年对造梦者人生沉痛叙述的场景。这些非线性场景的矛盾并置，形成了文本的复杂意义网络，这一反讽结构当中的主体分别指涉怀着纯粹乌托邦幻想的人、庸常的机关小职员和偷窥者，诗人把他们互相对立的关系情境置于城市这座人类之"家"中，形成关于现实的家、精神劳作的家、理想的家等多种思考，使文本意蕴变得深沉厚重。从构思策略看，诗人虚构的结构性反讽主要源于他对不同身份、不同立场的人的处境的想象。

欧阳江河的大型组诗《凤凰》[①]也堪称结构反讽典范。诗篇为名家李冰建筑的凤凰装置而写，却没有沦为商业点缀，而是惊人地辐射文化记忆中所有和凤凰有关的典故，写出人的悖论处境："飞"是人的欲望和理想，人所有行为都包含了"飞"的冲动实质，但最终命运只是自我囚禁，人飞不出自己的局限和劣根性，"飞"只是一个梦，"凤凰"原本就不存在。该诗的结构反讽基于凤凰装置外部的飞翔状和实际的蜡状凝定，这一对立被诗人捕捉并肆意推衍到许多层面，从现实生产到历史名人、从天空到大地，从音乐艺术到意识形态幻觉，从语词工作到地产资本，人类一切身份个体、一切行为的困境正如用脚手架搭建的那只钢铁凤凰一般。这一整体结构反讽令人震撼。而具体诗行更是反复强化这一反讽立意，如"资本的天体，器皿般易碎，/有人却为易碎性造了一个工程"，这是商业虚胖

---

① 欧阳江河：《凤凰》，香港牛津大学出版社2012年版。

假象的讽喻;"古人将凤凰台造在金陵""但何人,堪与凤凰谈今论古",这是人类与凤凰知琴音的谬论。"铁了心的飞翔,有什么会变轻吗?/如果这样的鸟儿都不能够飞,/还要天空做什么?",玄学思考推进质疑,由此从鸟"形"导向"不飞"的终极。当然,我们读出该诗对人类各种行为的宏大结构反讽,欧阳江河的写作私心还是为诗歌。"飞,是观念的重影,是一个形象""而凤凰,飞在它自己的不飞中",诗人落到了诗歌虚构、视野等最高意义上,人类只有写作的"飞"、精神思想的"飞"可以实现。这需要创作者的极大自信和能力。诗中言"得给人与神的相遇,搭建一个/人之境",显然,搭建人之境不是靠凤凰装置,而是靠诗歌。欧阳江河后来出面阐释这一文本创作初衷,"诗歌写作不仅要反映现实,表达我们对现实的看法,同时它自身要构成一个独立的、黄金一样的价值"[1],表明《凤凰》文本的反讽意味解读和元诗解读都可以成立。

  结构性反讽在新诗中的出现,要求读者改变传统的阅读惯性,学会"重新做一个读者"。20世纪90年代以来,诗人更明确表白了自己"综合"写作的诗学抱负,这对普通读者构成了直接的挑战。结构性反讽诗思意味着读者要改变一元论的主题观,完全抛开传统诗歌的阅读范式,主动跟随复杂文本的开放性,进入具体语境的体验和语言的揣摩等审美活动当中。在多次往返文本之后,读者才有可能接近其中的诗味。因此,真正的结构性反讽文本本质上还是"可读"的、而不是一次性消费的"可写"文本。

---

[1] 欧阳江河:《诗歌应对时代做更复杂的观照》,《文艺报》2014年5月12日第2版。

第五章

形式即意味：推动诗思和语言生成的戏剧化场景

新诗体式的先天自由，为它自身发展提供了各种可能。由于体式成了一个想象性、创造性的框架，诗人可以根据经验、意识、感觉对它自行编织。正是这一开放的写作格局，现代汉语诗人在探索新诗表现方式的过程中，场景、对话等戏剧要素常常成为组织文本体式的辅助手段，这种表现方式不同于常见意象组合，给非叙事诗带来了新异的特征。从文类交互关系看，现代汉语诗人对戏剧化手段的借鉴属于"跨文体"写作现象，反映了诗歌形式发展的生态活力和动感效应，也顺乎文类发展的规律。西方现代小说家詹姆斯运用戏剧性场景将小说故事呈现于读者面前，其文本形态常常为"场面的外表情景与人物的对话和行为"，达到"小说的戏剧化"[1]效应。在中国，刘勰早在《定势》篇中就有"因情立体，即体成势"的概括，即诗人可以根据情意表达的需要来构造文章的形体，并在形体建构的过程中自然生成文章的体势。现代学者钱锺书也提出了开放文类范式的必要，他说："诗文相乱云云，犹皮相之谈。文章之革故鼎新，道无它，曰以不文为文，以文为诗而已。"[2]在实际的文类写作史中，突围定律的现象时有发生，如宋代诗人"事不接，文不属，如连山断岭，虽相去绝远"（黄庭坚语）的大跨度的跳跃或穿插，都是破开原有诗歌体式的"活法"。因此，现代汉语诗人自觉引入戏剧化场景，具有无可置疑的合法性。

事实上，"抒情""叙事""戏剧"既是文类层面的称谓，又属于三种

---

[1] ［英］珀西·卢伯克：《小说美学经典三种·小说技巧》，方土人译，上海文艺出版社1990年版，第188页。

[2] 钱锺书：《谈艺录》（补订本），中华书局1999年版，第29—30页。

功能。日内瓦学派学者埃米尔·施塔格尔曾提出,人们所称的这三大文类并无明确的界限,只有功能的区别。也就是说,"抒情式""叙事式""戏剧式"只是三大表现功能,它们常常互相融合,就诗歌而言,"抒情式"写作不可能是纯粹的,它需要"叙事式""戏剧式"去弥补①。因此,文本中必然存在三者的融合。就新诗而言,不少诗人没有采取纯粹回忆静观冥想式的抒情口吻,而是将写作对着现实事境,由此决定了诗人对戏剧化、叙事性等手法的采纳。

跨文类写作的本质是"一种文类具有另一种文类的特征但又不是那种文类"②。现代汉语诗人采用戏剧化手法,并非像剧作家那样围绕集中的情节冲突及角色对话、动作的舞台效应去写作,而是借鉴戏剧的在场感,在诗歌文本中构筑现在进行式的戏剧化场景,借场景中的对话和动作推动诗思,建构片断性的、或完整或跳跃的对白,以此融汇现代口语这一活跃因子。在多数诗人的实践中,这些表现手法并未改变"诗"的本质,仍各自紧密地结合了诗歌语言的音韵、含混、多义、变形等文类的内在规定性。

第一节　进行时戏剧化场景的虚化与转换

场景(scene)本来是戏剧文学术语,专指戏剧舞台表演过程中的具体时空片断,后来被普遍引入叙事文学批评,成为文本中的"戏剧性场景",其外部形态表现为"呈现"出来的人物对话、动作。诗歌中当然也包括"戏剧化场景",从古至今的叙事诗中,都会呈现特定外部事件片断的具体环境、动作和对话。但新诗中具有形式创新意义的"戏剧化场景"不同,具有独立的诗学价值,诗人不直接服务于叙事诗那样的整体情节的推动和人物性格及主题的表现,而是在"呈现"式的场面中或者实现了写作主体的间离,让读者在直观型的情境空间中感知和判断,获得客观效果。更主要的是,优秀诗人创造的"戏剧化场景"不同于叙事诗那样旨在"呈现"中"写实",而是以"呈现"的方式对现实"事境"作了

---

① [德]埃米尔·施塔格尔:《诗学的基本概念》,胡其鼎译,中国社会科学出版社1992年版,第147页。

② [美]厄尔·迈纳:《比较诗学》,王宇根等译,中央编译出版社1998年版,第142页。

"变形"，重新发明出写实之外的另一类场景。这种戏剧化场景当然也包括些微事件性元素，或者伴随着对话，甚至偶尔暗示出微量的动作因素，但需要区别的是，诗中事件细节的非表层意味、场景的跳跃及暗示性，内涵的潜在多义的变换，都需要特殊的建构和变形，因而不等同于叙事诗的事件陈述。

戏剧化场景符合文学对"直观""呈现"的美学追求。从现象学原理看，在人类普遍的审美经验中，审美对象首先是感性的高度发展，我们获得的意义、价值大部分是感性事物（事境）给予的，用杜夫海那的话说，审美就是对象自身"向我的肉体陈述"①，这样才能引起纯真的愉悦。中国古典艺术传统中的"诗画合一"，追求自然意象的优美、壮阔、淡远、浓烈及其丰富变化层次，是现象学美学的最佳阐释；新诗中的戏剧化场景则是诗人切入具体事境的另一类"呈现"。

一 "刻刻在眼前发生"的在场性场景

在西方原初概念中，抒情诗的风格是"回忆"，叙述是讲过去已经发生、现在结束了的事，戏剧场景的具体性则发生在永恒的现在进行时态中②。新诗中的戏剧化策略之一即为场景的在场式呈现，诗人在组织各种外部生活现实和个人经验的表述当中，追求一种类似观剧性因素的"现在时"效果。新月诗人徐志摩、闻一多的戏剧化文本常常是某一具体情境中的角色对在场的另一听众的独白或对白；卞之琳的写作个性正如叶维廉所说——"经常保持事物的'现在发生性'，要使读者跟着诗的进展而觉着事物刻刻在眼前发生"③；而在 20 世纪 40 年代的穆旦这里，戏剧化场景也是他"最富表现力的一种方法"④；当代诗人中，翟永明、欧阳江河、西渡、陈东东、马永波等人的一些具体文本都采取了现在时的呈现策略，孙文波还道出了自己对"人物出现均是此在，占有一个空间平面"的时

---

① ［法］米·杜夫海那：《审美经验现象学》，韩树站译，文化艺术出版社 1996 年版，第 375 页。
② ［英］马丁·艾思林：《戏剧剖析》，中国戏剧出版社 1981 年版，第 10 页。
③ 叶维廉：《中国诗学》，生活·读书·新知三联书店 1992 年版，第 236 页。
④ 刘燕：《穆旦诗歌中的"T. S. 艾略特传统"》，《外国文学评论》2003 年第 2 期。

空观念上的"现场"① 感追求,甚至对当下的年轻诗人而言,尝试各种戏剧化因素(如对答)的"自由""自主"的表演与交往,也是他们有意为之的策略。

典型的戏剧化场景是一种进行时呈现、一种展示,即叙述时间等同于故事进行的时间,诗人"不是笔直地走进事实,用词语叙述出来"②,而是围绕着事实,剥离自己的叙述。这种"进行时"传达使读者如同进入事件发生现场,亲眼观看人物的举动,聆听人物的声音。新月诗人的戏剧化手法便常常抽离诗人的叙述,呈现独立的人物对话场景。如徐志摩的《卡尔佛里》虚构了一个市民观察耶稣受难场面时对另一沉默同伴的独白,诗中有意突出了"在场感"效应,文本中的独白极力暗示人物的现场交流,如"咦,为什么有人替他抗着/他的十字架?你看那两个贼,/满头的乱发,眼睛里烧着火""你看他那样子顶和善,/顶谦卑——听着,他说话了!"都是现在时的呈现。诗人完全将话语交给事件现场的独白者"我",而这个"我"又一直对现场另一个不发声的"你"发出提示、征询,使耶稣受难场景事件的时间、地点、过程都在人物的独白中呈现出来。闻一多的《大鼓师》也采取了进行时的在场呈现,人物独白交代了文本中的场景发生在鼓师卖艺回家的那一刻,也暗示了现场的"动作":如"只让我这样呆望着你,娘子/像窗外的寒蕉望着月亮",这里如同让读者直观到场景中两人的交互行动。徐、闻的另一些文本尝试了角色对白的互动性,诗的现场意味更浓。如徐志摩《大帅》《太平景象》都是独立性的人物之间的对话,且伴随着明显的动作性,诗人按照说话人的身份和经历构思可能的对话场景,文本表现时态具有"现在的发生性"。

新月诗人那种具体可感的戏剧化场景在卞之琳诗中发展得更加自由。从形态上看,卞之琳似乎不太呈现一个相对完整的场景片断,事件性因素也变得弱化,但仍折射出"在场感"的创作意识:"啊!老人家,这道儿你一定/觉得是长的,这冬天的日子/也觉得长吧?是的,我相信。/看,我也走近来了,真不防一路上谈谈话"(《西安长街》),诗中独白者与老人的关系很模糊,也没有发生实质性的事件和冲突意味性场景,但卞之琳

---

① 孙文波:《生活:解释的背景》,《在相对性中写作》,北京大学出版社 2010 年版,第 215 页。

② [美] 韦恩·布斯:《小说修辞学》,付礼军译,广西人民出版社 1987 年版,第 126 页。

仍营造了对话的"在场"效应，隐约透出人物现场假定性交流意味。又如"快点走吧，快走，/那边有卖酸梅汤，/去到那绿荫底下，/喝一杯再乘乘凉"（《长途》），同样是人物对话现场式的声音形式。可以看出，卞之琳的进行时场景不围绕具体事件中的人事，他还在文本中加入了白描式的意象描写和人物内心感觉，如《长途》中的"几丝持续的蝉声/牵住西去的太阳，/晒得垂头的杨柳/呕也呕不出哀伤"，就加入了独白者的观察和体验，显示了卞之琳自己独特的戏剧化艺术个性。叶维廉把直观的戏剧在场性当作好诗的标准，一定程度上也源出对卞之琳的文本个性的发现。

在新诗戏剧化场景构思中，穆旦的在场式写作常常投向都市生活片断，这和艾略特的文本影响有关。穆旦的进行时对话场景往往掺杂在人物独白当中，对话人物身份模糊，独白者也不以叙述人、阐释者的姿态对场景进行引导，因而戏剧化场景成了独立于诗中另一些抒情成分的片断。如《防空洞里的抒情诗》："他笑着，你不应该放过这个消遣的时机，/这是上海的申报，唉这五光十色的新闻"，"谁知道农夫把什么种子洒在这地里？/我正在高楼上睡觉，一个说，我在洗澡。/你想最近的市价会有变动吗？府上是？/哦哦，改日一定拜访，我最近很忙"。这个浓缩了现代报刊、消遣、市场、私人会面等都市生活的场景出现于新诗中，颇有"感性革命"的震撼效应，它意味着日常生活事件等"非诗意"题材的开禁。穆旦把日常都市的无聊场景纳入现代诗中，质疑了现代文明的表征，从而拓展了现代诗歌的内涵意蕴，开阔了诗歌审美经验的界面。另一方面，诗人把叙事人和场景分离开来，增强了场景的"现在时"意味，读者也获得更加强烈的在场感。

上述文本中的进行时戏剧化场景，不是为了被动传达时代政策意识形态的主题，也不是为了突出人物泛化的社会性格特征，因而区别于新诗史上民歌中的戏剧化场景。50年代的民歌中也有对话体的进行时场景，如张志民的《王九诉苦》《小姑的亲事》，后者是一个能说会道的农村大嫂的话语，文本让读者好像亲耳听到这位大嫂爽朗风趣的声音，有较强的现场感，但其中浓厚的政治宣传意味使它丧失了写作的独立价值，也无从谈形式自觉。

90年代诗人的戏剧化场景回归了创作的个人化立场，不少文本中直观的、在场的进行时态，给人身临其境的剧场感。如欧阳江河虽是一个追求玄学意味的诗人，但其90年代的抽象虚构诗中也加强了场景的在场意味。如《咖啡馆》中写道:"这时走进咖啡馆的不是一个人,/而是一群人。一出皮影戏里的全部角色,/一座木偶城市的全部公民……"文本的叙事时间和事件进行时间高度一致,达到"戏剧化叙述"的现场效果。而且,整首诗反复强化着"这时",显示了诗人对现在时叙述时态的兴趣。女诗人翟永明的"戏剧感"则一如程光炜所说,对舞台表演可谓"孜孜以求"[①],因而她90年代大部分诗歌都具有进行时效应,无论是人物的独白,还是变化着的场景,都隐含着现场动作、对话。如《盲人按摩师的几种方式》一诗中的现场性片断:"'注意气候,气候改变一切,'/梅花针执在盲人之手/我尽力晃动头部:'这是什么?'/……'请敲骨椎第一节,那里疼痛'/盲人的手按下旋律的白键。"这里把生活中的按摩场景置入诗中,形成了一个类似舞台剧的进行时片断。

纵观不同时期的文本,新月诗人那种完整呈现式的进行时场景并不常见,多数时候,在场的戏剧化场景融合在叙述和议论当中。个中的诗学机制,就在于戏剧化场景是诗人用来推动诗思的材料和凭借。当单纯的意象写作不能对现代文明尤其是都市语境发生效应,戏剧化场景必然成为诗人切入时代社会的主料,夹杂对话和动作的场景代替意象帮助诗人发展诗思。穆旦40年代的都市生活场景诗,最核心的是抒情者的态度和议论,但没有那些生动的戏剧化场景,议论就无从生发。而到90年代,诗人更强化了场景对发展自己的诗思、想象和语言生成的功能,现场式的戏剧化场景必然伴随着另一些生发出去的议论,组成叙事、抒情、戏剧多种功能并置的文本。因此,从文本内涵上看,新诗中戏剧化场景表面的直观、现场感并不一定直接导出读者的情感反应或人生体悟,这就区别于一般叙事式和戏剧中的场景。就本质而言,新诗中在场的戏剧化场景具有虚化的特征。

二 虚化戏剧化场景对诗思的建构

诗人突破意象思维,构置戏剧化场景,并非真的追求戏剧舞台般情境,而是场景大有可为空间,场景能实现诗意建构和推进的需要。作为非叙事诗中的戏剧化场景,面临着抒情诗虚实关系转换的考验。就文类审美

[①] 程光炜:《序〈岁月的遗照〉》,《程光炜诗歌时评》,河南大学出版社2002年版,第55页。

第五章　形式即意味：推动诗思和语言生成的戏剧化场景

原则而言，意象抒情诗的意义内涵更具有朦胧、含蓄美学特质及隐喻功能等内在规定性，文本的所指与能指应达到一定程度的意义空间的张力。当然，隐喻和象征的艺术构思也是小说、戏剧等叙事文类的追求高度，但它们通常以完整或片断性的故事结构、人物命运实现隐喻的意图。抒情诗则不同，常态的诗歌主要通过意象的陌生化组合完成"诗性"的要求，如李金发、戴望舒的意象诗，都不同程度地包含着隐喻、象征等诗思方式，诸如前者的"死叶"、后者的"蝴蝶"意象都分别象征着主体的绝望情绪和幻像追求。当戏剧化场景进入诗歌文本时，诗人能否确保片段对话、动作所指信息在能指基础上的增值或延展，也就成为这一表现方式艺术价值的衡量基准。从多数文本可以发现，巧妙地对戏剧化场景进行虚化处理，是现代汉语诗人扩容文本经验、内涵空间的基本途径。

考察大多数文本，可以发现新诗中戏剧化场景的虚化主要有三种方式：一是场景中的人物关系、事件因素、意义指向的暗示性；二是场景内部时空的错置；三是整体场景的抽象或玄想。这三种方式可以看作一个由易到难的递进序列，它们可以互相兼容，故在具体文本中时有并存。

暗示性效果实现途径之一是诗人间离自我的场景客观化。闻一多、徐志摩诗中的戏剧化场景虽然切入社会层面的不幸，但不是直接的写实传达。以《飞毛腿》为例，这一文本表面上类似闻一多自己也曾经讽刺的、早期白话诗中泛滥一时的"人力车夫"题材，但闻一多所呈现的客观化场景并没有降为当时流行的一味输出"阶级平等、博爱"等"主义"思想的写实场景。尽管在今天读来，这一文本可能稍显诗味不足，但搁在新诗早期阶段，它的暗示性戏剧化场景还是成功的。单看文本结尾车夫死亡的悲剧命运，似乎毫无新意也更无诗意，但进入诗中可以发现，文本中现场的独白者的态度、内心不是朝着一个明确的意义向度，甚至有些趣味横生："你瞧那副神儿，/窝着件破棉袄，老婆的，也没准儿，/再瞧他擦着那车上的俩大灯吧，/擦着擦着问你曹操有多少人马。/成天儿车灯车把且擦且不完啦/……"[①] 这是独白者对着另一个沉默的人评说"飞毛腿"，整首短诗没有标示独白者和飞毛腿的关系，也没有确定独白者对飞毛腿的态度是真讨厌还是表示敬佩，至于诗人对"飞毛腿"的态度，只能通过场景对话中的"问你曹操有多少人马""且擦且不完"来判断，这是一个热

---

① 闻一多：《飞毛腿》，《闻一多全集》第1卷，湖北人民出版社1993年版，第162页。

爱生活、丰富有趣的车夫，他处于底层可依然有较高的精神趣味。因此，这一客观的戏剧化场景并不同于泛现实主义"写实"中的底层道德同情。但闻一多不直接在诗中议论，他特有的诗人气质，使他即便深入社会题材，仍留住了诗歌艺术传达的暗示性，通向了"虚"的一面。

在客观性追求不明显的诗人那里，戏剧化场景由"实"向"虚"的转换实现效果似乎更为突出，暗示性直接体现在诗人所构思的对话、动作的"隐含"意味中。卞之琳笔下的戏剧化场景具有古典的冲和淡远，这和他的佛学情趣和"相对"思维直接相关，而诗人对古典诗歌和西方象征主义诗歌的融会贯通，更强化了他对暗示性传达个性的追求。卞之琳以"智性"写作成就了自己的个性，但正如江弱水所说，在他"即使最难解的诗中，思维和感觉方式也不是高深和严重的"[1]。卞之琳传达人生观念、哲学的许多文本，都通过戏剧化场景暗示出来。如《道旁》中的场景："家驮在身上像一只蜗牛，/弓了背，弓了手杖，弓了腿，/倦行人挨近来问树下人/（闲看流水里流云的）：/'请教北安村打哪儿走？'"这一戏剧化场景有动作、有对话，因而是直观的、进行时的，但这不是一般现实形态的场景。诗中的情节因素淡化到极致，"倦行人"这一负累者的姿态、动作、对话都是一种虚化的呈现，他的"请教北安村打哪儿走"看似一极为日常、素朴的问话，此处却传达了象征的意义，暗示了永在漂泊、寻找的人生状态，而"闲看流水里流云的"这一句"戏剧旁白"，则表征着"树下人"超然的人生态度。可见，这一戏剧化场景以暗示的言说方式传达了似简实深的意蕴。

宇文所安曾经提出，具有"时空的错置"的诗歌带来了"价值的模棱两可性"，其文本主题得以延宕和分化，因而是优秀的诗歌[2]。在一般经验看来，戏剧化场景由在场的人、事因素组成，这一结构性特征似乎限制了它的虚构空间，看上去不能像意象那样自由驰骋，但事实上，经过现代汉语诗人的努力，新诗中的戏剧化场景并不只是局限在单一的时空中，而是同样可以像意象那样进行时空的错置，把现实场景和想象场景融合起来。在这一层面，20世纪90年代诗人显示了更多的自觉。孙文波的长诗《地图上的旅行》即表现了超越时空的想象力，文本开篇就虚构了错置的

---

[1] 江弱水：《卞之琳诗艺研究》，安徽教育出版社2000年版，第35页。
[2] 转引自胡续冬《"九十年代诗歌"研究》，博士学位论文，北京大学，2002年。

时空："'我们从前到过这里吗？'当你的手指着山谷下面／灰色的房屋，在光线下闪烁的瓦片。／'没有'。我的心里出现的是一条河；／他像一条带子，绷在土地上，把一座城市，／缠得很紧。我听见一个尖细的女声说：／'这怎么才能解开？'回过头我看见一片玉米地。"从人物对话看，这是现实生活层面的场景，具体话题围绕两人眼前作为实体的地图展开，但在另一人物的想象中，眼前的地图幻化成了个人经验中的某一河流、某块田地，连接着他的情感、生命世界。于是，在该文本随后的篇幅中，诗人在想象的时空中自由回忆、叙述、呈现，使得这一文本具有强烈的虚构特征。

在当代一些技艺高超的诗人看来，诗歌最高的使命就是虚构，欧阳江河、臧棣、陈东东、翟永明、张枣等人都持类似诗观。这些诗人文本中的戏剧化场景常常达到抽象的极致，甚至到了玄想的高度。欧阳江河曾提出，"创作中的现实感本身不是预设的，而是在写作过程中发明出来的"[①]。陈东东的《喜剧》几乎充满了玄想的场景："太阳斜刺，从右面进入她透明的／裸体。一声被误作哭泣的尖叫／已经把翅膀抽离肺叶，得以在她的喉舌间／伸展，并且如偶然一现的鹤鹑／影子被活力抛过了老阿桥。"（《喜剧》）这是女高音亡灵被外部光线照进魂魄身影的场景片断，整个现场般的情境来自诗人高度虚构的玄想能力，尖叫的声音如同翅膀一样飞翔，甚至把亡灵影子都抛了出去。这几乎是一个令人瞠目惊心的幻境，但却无法坐实为经验，只有诗人赋予亡灵角色的"我又将重演我失败的一生"这一感叹，才隐约对应着现实中的挫败体验，传递出关于人的悲剧命运的隐喻。张枣的《边缘》[②]也是 90 年代诗歌情境抽象的典型，该诗的戏剧化场景完全离开了现实经验。如："他时不时望着天，食指向上，／练着细瘦而谵狂的书法：'回来！'果真，那些走了样的都又返回了原样：／……称，猛地倾斜，那儿，无限／像一头息怒的狮子／卧到这只西红柿的身边。""他"的动作和姿态依稀给人具体场景感，但召唤回来的却不能理解为实物，根据诗人的诗学理想，他的写作是和传统对话，激活发展汉语之美，因此，这个片段中的望天、练书法类似于精神仪式动

[①] 欧阳江河：《'89 后国内诗歌写作：本土气质、中年特征与知识分子身份》，《花城》1994 年第 5 期。

[②] 张枣：《边缘》，《张枣的诗》，人民文学出版社 2017 年版，第 262 页。

作，通过这虚化的场景，诗人表达了和传统诗意的神交。这种抽象意味加深了诗歌的主题和想象旨趣。

还有一种超现实的场景，不指向经验情感世界的矛盾，只是在人物动作或对话中虚构关于诗本身的言说，张枣的《薄荷先生》《看不见的鸦片战争》等都是这类元诗。（见附录）70后诗人韩博也偏向超现实虚构，如《风疹，台风，九月下旬的风言风雨》中"患者"的"台风""灯笼"场景见闻和心理活动，"搬家公司的旧卡车/ 裁开风雨，'操，这群学舌的苏北搬运工/ 还有那位骄傲地为方言换档的司机 /他们都是掌灯人"。"以卷舌音的姿态，台风，前进/居委会慌忙播出夜间警报"[1]，搬家公司、司机、居委会、灯笼的实境构成了煞有介事的事件，但都非现实经验，而是关于诗歌语词调度、声音推进、灵感明灭等的隐喻。他的《信仰时代的档案》也属于元诗主题，场景更加散文化，还有修士、魔鬼等故事性角色，并把读者绕进"年轻的国王，和碎叶一起滚动，被书页压倒""每个作坊的工匠，呼喊着，分头奔过情人的窗下"这种场景中猜谜。根据文本的元诗立意，国王、工匠都是诗人形象的指称，题目暗示对诗歌的信仰。诗人用超现实戏剧化场景呈现诗的书写过程和诗人劳作、着迷程度，这是主体内在于诗的敞亮。

三 戏剧化场景转换中的"多声部"

随着现代汉语诗人对诗艺复杂性的认同，文本中的戏剧化场景也变得繁复和综合，显示了新诗的包容性和开放性。为了在非叙事诗中叠加多个戏剧化场景，诗人一般注重场景之间视点的变化，即不再类似叙事诗那样只集中于单一叙述人的视点，这就带来了场景语境的转换。在文本形态上，建构转换的场景首先需要改变抒情短诗的篇幅限制。

复杂戏剧化场景集中出现于20世纪90年代的诗歌中，不少诗人开掘了戏剧化场景多元转换的可能。如在翟永明的诗中，单个场面超越了戏剧的完整封闭性，引用现实世界中的判决，通过引语过渡到另一场，两场之间没有有机的纽带，两种连续是伪装性的。因此，她90年代以来的创作题材和手法几乎有些类似"浮世绘"，同一文本往往交错着多个场景，这

---

[1] 韩博：《风疹，台风，九月下旬的风言风雨》，《借深心》，作家出版社2007年版，第44—45页。

第五章 形式即意味：推动诗思和语言生成的戏剧化场景

些场景整体看去层层叠叠，单拿一节又是独立成形。诗人孙文波同样具有空间转换的自觉，他的一些诗中，不同诗节设置了不同的场景，而诗人面对所设置的不同场景，继而选择不同的声音说话，因此，文本中的"我"在不同场景中变形游离（注：不同于穆旦的"自我分化"）。被归为"中间代诗人"的马永波也擅长在文本中构筑互相盘诘、斗争和此消彼长的对话情境，他让语境各异的戏剧化场景互相嫁接或者并置（异质共生），立意让主体的意念不断地被修正和颠覆，或嬗变、偷换、过渡成另一个意念，而不是被凝固成孤零零的"定在"。

戏剧化场景转换首先具有非线性的特征。在叙事诗中，场景连接逻辑即为故事发展线索，如艾青长篇叙事诗《火把》，上下节之间都按照主人公李茵、唐尼等主人公在革命洪流中的性格、内心层面的演变过程来呈现场景变换。而在另一类长篇抒情叙事诗中，语言的跳跃性虽然增大，但前后场景也依从了某种内在的情感线索。如孙大雨《自己的写照》，该文本从纽约的兴隆史追溯到几百年前，从纽约的清早写到深夜再到晨曦，从腰缠万贯的巨富到任人宰割的黑奴、妓女，这些场景虽不处于具体故事因果链当中，但都被诗人强烈的主观情绪统一到线性情感框架当中。另外，抒情叙事诗中的场景普遍都是夹杂意象的概括式的叙述，《自己的写照》用整个纽约的城的风光形态来托出一个现代人的错综的意识，因而并非我们所说的呈现对话、动作片断的"戏剧化场景"。

具有诗学自觉追求的层叠式场景转换不同，场景之间既没有故事逻辑线索，也不服从诗人主观概括式的抒情或叙述，是彼此独立、不相连缀的呈现式片断。如翟永明的《咖啡馆之歌》一诗，表面上有地点（某一咖啡馆）、时间（从下午到凌晨）和事件（阔别多年的朋友聚会）等故事情节的基本因素，但场景完全各自独立，先后有"我们在讨论乏味的爱情""他侧耳交颈俯身于她""接着是又一对夫妇入座""邻座的美女已站起身说／'餐馆打烊'""雨在下，你私下对我说／'去我家？／还是回你家？'／汽车穿过曼哈顿城"等省略得模糊的场景，中间穿插着各种旁白和独白，每一场景都显得孤立突兀。正是在这一文本的写作中，翟永明体验到了"一种新的细微而平淡的叙说风格"[①]，正是这种切断关联的场景，

[①] 翟永明：《〈咖啡馆之歌〉以及以后》，《纸上建筑》，东方出版中心1997年版，第243页。

形成了"叙事"的不可能。马永波的《伪叙述：镜中的谋杀或其故事》也是一个非线性的戏剧化文本，全诗包含了11节不同的场景，各小节的开头分别标有"首次出现的是一个人""舞台上正在上演一部歌剧""一个小丑以尸体的形式出现在舞台一角"等类似的戏剧结构提示，让读者误认为这是一个古代谋杀的题材。但深入文本词语细节，能领略到诗人的"元诗歌"构建意识，诗中的场景并非在同一层面的呈现，其中还分别涉及演出过程的呈现场景（暗示了诗人与演员的对等效应）、戏剧之外的观剧场景（以人物对话呈现）、诗人写作的"元诗歌"意识等等，这些随机、偶然、无关联的场景互相摩擦，使文本意义出现多处悬疑。联系当代文学整体背景，马永波这种非线性场景的并置似乎借鉴了先锋小说的"元叙事"，但追求的旨向仍存在很大差异，这一文本暗合了张枣、欧元江河等先锋诗人开创的"元诗歌"[①]追求。小说的"元叙事"消解的是故事，而"元诗歌"恰恰围绕着"诗"本身展开，折射的是诗人命定的对语言的终极追求，如果说先锋小说的动机在于消解，"元诗歌"的初衷则是建构，是某种对本体的回归。

非线性场景转换直接联系着"多声部"的美学效应。新诗"多声部"的效果主要体现在"对各种声音的综合与集结"[②]，它展示了现代汉语诗人良好的"胃口"与写作的"野心"。早在现代时期，卞之琳的《春城》和穆旦的《防空洞里的抒情诗》等少数诗作的戏剧化场景中就集中了不同的声音，正如多数研究者所说的那样，这几个文本与西方现代主义诗作《荒原》的引介有密切关系。当代诗人的"多声部"文本写作是一种自主的建构，不过背后仍隐含了诗人的"复调"写作自觉。

根据"复调"理论，一个多声部的文本应该"有着众多的各自独立而不相融合的声音和意识，由具有充分价值的不同声音组成的真正的复调""众多的、地位平等的意识连同它们各自的世界，结合在某个统一的事件之中，而互相间不发生融合"[③]。卞之琳《春城》中车夫、小孩、读

---

① 参见张枣《朝向语言风景的危险旅行——当代中国诗歌的元诗结构和写者姿态》，载陈超编《最新先锋诗论选》，河北教育出版社2003年版，第458页。

② 张桃洲：《现代汉语的诗性空间——新诗话语研究》，北京大学出版社2005年版，第53页。

③ [苏]巴赫金：《陀思妥耶夫斯基诗学基本问题》，白春仁、顾亚铃译，生活·读书·新知三联书店1988年版，第29页。

第五章　形式即意味：推动诗思和语言生成的戏剧化场景

书人等各种声音与诗人自我隐含的声音处于平等位置，诗人没有用自我抒情的意识把人物对话统一起来，相对来说，穆旦的系列长诗中的多重场景由于"我"的介入，平等对话的"多声部"效果稍微弱化。90年代诗人则把"多声部"美学普遍引入新诗当中。

翟永明《小酒馆的现场主题》等体现了她对"多声部"的自觉意识。这一文本深入了走向中年的个体写作与美学时尚、权威的隐秘冲突，其中文本声音来自不同层面。"一个声音对我耳语："有价值/或无？或者终结……/全依赖你个人的世故"，这是像告诫、箴言似的语吻，它来自场景之外的另一个声音，和"我"的内心声音构成平行的关系；"'请送给我一张手巾……'/一个解闷的女郎不忠实/她的残酷的偶像/又一个美学上级过来了"[①]，这是小酒馆场景现场层面的声音，诗人用含混的"偶像""美学上级"这些讽拟性称谓暗示声音发出者对美学权威的膜拜，但文本保持了这一声音的独立、平等性。诗中的"我"的声音，主要通过"'请保留你的号召……/让我倾向晚年的洁癖'/女人的手端起她的微笔/端起她的心　饮一口'拒绝'"这一引文传达出来，暗示了"我"对美学权威的距离以及自我精神清洁的姿态。由此看来，诗中的三种声音有告诫"世故"者的声音、崇拜者的声音以及"我"的声音，它们之间彼此并行，产生了对立和抗衡。

复杂转换的戏剧化场景使得传统的诗变得更加"不像诗"，在普通接受者看来似乎背离了诗，但它确实发生在具备严肃写作意识和较高审美素养的诗人那里，这就不能用"是"与"非"的简单分立去判断。当代诗人的精神深度和语言意识，恰恰体现在诸多包含复杂戏剧化场景的文本中，其中的奥秘，在于诗人把个体灵魂的深度、写作的难度、语言的精确度和想象力统一起来。当代诗中建构复杂戏剧化场景的文本还有很多，诸如前面分析过的孙文波的《搬家》，萧开愚的《动物园》《学习之甜》，陈东东的《喜剧》，都是以丰富场景建构主题、创新语词的佳作，也成为了所属时代的优秀作品，它们皆在诗思发明和语言发现层面，实现了对一般模仿现实常识的"平民主义"诗歌的超越。

[①] 翟永明：《小酒馆的现场主题》，《称之为一切》，春风文艺出版社1997年版，第187页。

第二节 戏剧化言说中口语的诗化途径

戏剧化表现方式最终折射到文本语言层面，就是口语成分比重明显。诗人无论是建构独白、对话、旁白等具体言说，还是呈现戏剧化场景中的人、事因素，在一定程度上都自觉地重视口语，这一现象几乎无一例外地反映在徐志摩、闻一多、卞之琳、穆旦及20世纪90年代诗人的戏剧化创作当中。

有意味的是，在21世纪以来检视新诗传统的反思潮流中，"口语"成为受质疑的一个突出问题被推到了风口浪尖上，其中强烈发难的是郑敏先生，她从本源上提出："汉语新诗在语言上是否基本以北京口语为规范？有没有口语与诗歌语言，或文学语言之分？"[①] 这一问题既指向新诗源头——白话诗语言态度的片面偏激，也直接逼视了80年代以来的平民主义"口语诗"运动和90年代极端的"后口语"写作，具有明显的合理意义。不过，完全否认口语在诗歌中的价值，又走向了对新诗的釜底抽薪。其实，新诗中的口语是一个非常复杂的现象。

在新诗发展史及研究史当中，人们对"口语"的定义并不一致。晚清黄遵宪、梁启超发起"诗界革命"时提出的"我手写我口"，尝试期诗人所称的"白话诗"，"口语"和"白话"基本同义，其对立面是"文言文"；五四时期歌谣学的发生，又引发了诗人关于方言土白的意识。正是这一花开两朵的格局，形成后来新诗发展史上对"口语"意义的错综取向。如新月诗人和卞之琳实践的口语写作含纳了"方言"意识，艾青则把诗的"散文美"视为"口语美"[②]，并将戴望舒《我的记忆》这一放弃音乐性成分的文本语言特色命名为"现代口语"，他所理解的"口语"即洗去华丽修辞的鲜活语言；在特殊语境内的大众化诗歌、新民歌运动中，口语中的"俗言俚语"又被推到了前台，和"民间"形式策略互相推动；到八九十年代，被称为"知识分子写作"的诗人基本把口语对称于书面语，在具体写作中也自觉重视口语成分，而更具话语立场意味的是80年代以来的各种"口语诗"倡导者，他们把"口语"视为无关任何文化、

[①] 郑敏：《关于汉语新诗与其诗学传统10问》，《山花》2004年第1期。
[②] 艾青：《诗的散文美》，《艾青论创作》，上海文艺出版社1985年版，第363页。

知识深度的纯粹"民间"日常语言。

正是上述复杂错综的"口语"取向,决定了研究者讨论的不同视点和立场。结合胡适本人的白话诗、大众化诗歌、新民歌运动和当代"口语化""口水诗"现象来看,把诗歌中的口语特征等同为通俗性,无疑降低了新诗的水准,这种口语诗的泛滥需要加以警惕和批判,郑敏的质疑具有较大合理性。南帆也曾谈到口语式的抒情"易于导致身体的激动,甚至导致暴力性抒情"①。但另一方面,徐志摩、闻一多、卞之琳、艾青及臧棣、翟永明、胡续冬等当代诗人将口语引进诗中,增加了新诗的鲜活和直接,又没有走向庸常或低俗,从这一角度看,口语必然是探索新诗发展可能性的重要语言资源。郑敏的绝对化质疑引发一些诗人和研究者的不满,他们的立足点正在后一层面。

本节所讨论的戏剧化场景中的"口语"也是相对于书面语而言。在笔者看来,根据史的线索探讨新诗戏剧化写作中的口语处理途径,可以进一步把握口语对新诗的可能及局限。从语言本身条件说,口语当然不具有诗意,因此,诗歌不是凭了"口语"就能现代化的。关键是必须调动策略使口语融入、丰富诗歌文本。一般说来,对口语铸以诗之"形"(包括节奏、声音等音乐性),赋予口语以诗之"思"(诗人所创语境中的独特意义),"诗性"可以得到一定保障。整体考察新诗戏剧化写作中相关诗人口语入诗的风格或策略,可以总结出三种诗化途径。新月诗人的口语化连接着他们的格律化,音律确保了口语在诗中的韵味;卞之琳把口语置于意境、意象当中,提升了口语的诗意;90年代优秀诗人重视挖掘语言的潜力,文本中的戏剧化场景使口语产生新的语义编码。

一 口语化、戏剧化、格律化的共震

新月诗人是一群"纯诗"追求者,何以生出了对粗糙、原生的口语的兴趣?在笔者看来,格律成了他们戏剧化口语的诗性的重要保证②,甚至可以说,新月诗派的口语化和格律化、戏剧化是相辅相成的。他们的口语化追求既源于对意义生动传达的自觉,更着重于丰富语气、声音、韵味

---

① 南帆:《文学的维度》,上海三联书店1998年版,第297页。
② 大众化诗歌和新民歌具有泛格律意识,但这种写作属于特殊意识形态的宣传,此处不作形式讨论。

等语言层面的需要,与他们的"格律化"追求本位一体。由于新月诗人笔下的戏剧化场景以角色独白、对白为主要形态,口语成分不言而喻。更为明显的是,除了朱湘的《昭君出塞》,陈梦家的《悔与回——给方玮德》,徐志摩的《爱的灵感》《翡冷翠的一夜》,等极少文本以书面语为主,其他戏剧化文本所涉题材基本为日常生活和下层民众,故口语化意味非常突出。但是,新月诗人这一口语化风格不同于后来宣传诗歌、平民诗歌的"民间"策略,他们兼容了写作的独立性和知识分子的精英意识,因而没有让口语化走向平庸。

在新月诗人这里,很难说是戏剧化追求产生了口语化,还是口语化意识诱生了戏剧化写作。正如前文所述,新月诗人对戏剧化写作的尝试,明显受到维多利亚诗人的影响。而异域诗歌能形成如此的磁力,部分原因在于他们的口语化个性。维多利亚诗人由于调动戏剧化口吻,诗人都能灵活采用浅白、通俗的口语进行创作,"口语化"创新较为出色。如勃朗宁诗中的口语(甚至怪话)变化丰富,他"抛弃了传统认为有诗意的高雅语言,而采用丰富生动的、三教九流的、穷街陋巷的、含有无穷能量的语言"①;霍斯曼多模仿农夫、手工匠、士兵的口吻,其语言具有"民歌的朴实性、简洁性"②;哈代采用传统的形式,一点都不追求时尚,"所用的语言却是近代的习语"③,在其带有"乡村泥土气的、略显粗糙的"④ 的文本中,表达对友谊、伦理、命运等的体验和思考。异域诗人的成功实践,一定程度上有助于新月诗人树立对白话诗使用现代口语的信心。尝试期白话诗人的"口语"写作非常稚嫩、浅拙,但勃朗宁、哈代的文本范例,让新月诗人觉出了"口语化"的妙处。以闻一多为例,他早期主张诗歌"雍容典雅、温柔敦厚",批评俞平伯让"村夫市侩的口吻""叫嚣粗俗之气"⑤ 入诗,但在接触上述异域诗人之后,他的态度发生了惊人的转变,创作了《闻一多[先生]的书桌》《天安门》《飞毛腿》等对话、独白形式的口语化、戏剧化文本。1931 年,他给曹葆华的一封信中特别强调勃

---

① 飞白:《〈勃朗宁诗选〉译者前言》,汪晴、飞白译,海天出版社 1998 年版,第 49 页。
② 参见飞白编《世界诗库》第 2 卷,花城出版社 1994 年版,第 566 页。
③ 费鉴照:《现代英国诗人》,新月书店 1931 年版,第 105 页。
④ 参见飞白编《世界诗库》第 2 卷,花城出版社 1994 年版,第 549 页。
⑤ 闻一多:《冬夜评论》,《闻一多全集》第 2 卷,湖北人民出版社 1993 年版,第 83—84 页。

第五章　形式即意味：推动诗思和语言生成的戏剧化场景

朗宁和哈代的好处："闲尝论作新诗，须肯说俗话，敢说俗话，从俗处入手，始能'清新'也。足下于英诗人中，不知爱读何人？鄙意 Browning 最足医滑熟之病。现代作者 Hardy 亦有好处。而美国 Robest Frost 最足当清新二字，为我辈造 diction 最良之模范。"① 从这封信看出，闻一多在勃朗宁等人的影响下，逐渐改变了自己最初从济慈、弗莱契那儿接受的"纯艺术主义""神秘主义"的贵族文学观念，兼容了自然、清新的"口语"诗风。

有关文献表明，新月诗人对于"口语"的信任，由个人逐渐影响到流派。在20世纪30年代的一段时间内，新月诗人们以"读诗会"形式切磋技艺，诵读自己最近诗作，相互交流，总结经验。沈从文曾回忆道，"闻先生的《死水》，《闻一多［先生］的书桌》……以及徐志摩的许多诗篇，就是在那种能看能读的试验中写成的"②。在"读诗会"中，大家对"口语"入诗带来的独特新鲜感非常兴奋。闻一多在读诗会上的收获尤其不同，其口语诗《飞毛腿》《天安门》《春光》《闻一多［先生］的书桌》在诵读中最受其他诗人的欢迎。这种反馈效果必然驱动诗人对"口语"入诗的更大兴趣，连梁实秋这一外围人士都发生了态度的转变。他早先认为，"白话诗"对新诗来说是一个很不幸的名称，诗人并不是一个对人说话的人"，但到1936年，他改变了自己的看法，连通俗的歌谣成分都加以肯定。这很大程度上是当时集体"读诗"达成共识的结果。

就这样，新月诗人的口语化自觉与"戏剧化"探索融合一体。由于戏剧化体式主要体现在独白、对话中，"口语"的成分自然凸显，因此它成为新月诗人口语化努力的一个重要途径，这一点对比五四白话诗最能说明问题。五四叙事诗中也有口语叙事的成分，但都是诗人自己的叙述语言，由于缺乏生动的戏剧情境和个性化语言，诗中的日常话语简单贫乏，毫无兴味。另外，五四时期的胡适曾偶尔试过《应该》这首被他自己成为"创体"（即戏剧化独白体）的诗，但因为缺少对语言具体性、差异性的把握，读出的仍是诗人自身语言风格："这一天，他眼泪汪汪的望着我，/说道'你如何还想着我？/想着我，你又如何能对他？/你要是当真爱我，/你应该把爱我的心爱他"，这和胡适的《儿子》《人力车夫》等自

---

① 参见《清华大学校刊》第278号，1931年5月11日。
② 沈从文：《谈朗诵诗》，《沈从文文集》第11卷，花城出版社1984年版，第249页。

我独白诗的日常口语风格一样寡淡无味。新月诗人则不同,戏剧化体式为他们的口语实践带来了奇妙的效果。如徐志摩的《大帅》《太平景象》《卡尔佛里》,闻一多的《飞毛腿》《天安门》,饶孟侃的《天安门》等诗篇,分别用各种戏剧化角色人物的语言构成独白或对话,这些语言并没有流于原生态的市井粗滥,而是经过细致周全地想象和加工,变成了诗人创造下的另一种说话方式。以《飞毛腿》中的片断为例,诗中的独白是车夫地道、幽默的语言,语词生脆,语气活泛,但这种个性化语言不像小说戏剧等叙事文学中的独白、对话那样推动矛盾冲突或故事情节发展,而是有着不同于日常语言的曲折和别致。在笔者看来,正是这种被创造、加工的风格,使《飞毛腿》成为"读诗会"上极受欢迎的口语化范本。

新月诗人对"口语"入诗的灵妙手法,就是将戏剧化的口吻放在一个有规律的节奏排列中。新月诗人的格律追求贯穿始终,因此,在戏剧化提供了具体生动的语境、还原了口语的"活性"时,格律产生的节奏则牢牢锁住了口语的"诗性"。如闻一多的《"你指着太阳起誓"》:

> 你指着太阳起誓,叫天边的凫雁①
> 说你的忠贞。好了,我完全相信你,
> 甚至热情开出泪花,我也不诧异。
> 只要你说什么海枯,什么石烂……
> 那便笑得死我。这一口气的功夫
> 还不够我陶醉的?还说什么"永久"?
> 爱,你知道我只有一口气的贪图,
> 快来箍紧我的心,快!啊,你走,你走……
>
> 我早算就了你那一手——也不是变卦——
> "永久"早许给了别人,秕糠是我的份,
> 别人得的才是你的菁华——不坏的千春。
> 你不信?假如有一天死神拿出你的花押,
> 你走不走?去去!去恋着他的怀抱,

---

① 原作"凫雁",据作者编选的《现代诗抄》改作"寒雁"。

第五章 形式即意味：推动诗思和语言生成的戏剧化场景

跟他去讲那海枯石烂不变的贞操！①

这首诗当年被朱湘称为"神品"②，其中部分原因可能是因为它对十四行诗 abba cdcd effegg 格律的谨严遵守，符合朱湘本人严格的形式追求。再进一步看，这也是闻一多较好的一首"戏剧独白体"。诗中的抒情主体"我"不一定是诗人，篇名中加引号，在莎士比亚十四行诗中很常见，一般都引自诗中戏剧化角色独白的首句，闻一多借鉴带引号的标题形式，强化了诗人和诗中"我"的间离效果。从整体情境看，"我"作为在场言说的角色，"你"是"我"的爱人，"快""你走"等口语词语表明"你"正在现场，戏剧独白者以反讽的语调嘲笑"死神"是"你"永远的情人，矛盾性地传达自己希望爱情永恒却只能接受死神永在的无奈感受。诗中特定的戏剧化情境决定了口语语气的鲜活，如"这一口气的功夫""那便笑得死我""还不够我陶醉""说什么海枯""拿出你的花押"等日常用语，单独看并不稀奇，一旦被诗人置于整体戏剧化语境中，口语语气先后由彻然到急切再到决然，实现了多次转折变化的可能，而丰富的语吻效果由于有了格律所产生的节奏做保障，更添了一份新颖和活泼。

新月诗人口语入诗的实践大都在格律节奏的保障下留住了诗性。在他们的具体文本中，戏剧化人物上口的京白整饬和均齐，素白的闲常话语中透着形式的趣味。如饶孟侃《天安门》："前面那空地就叫天安门，/这件事别再要妈讲给你听。/提起这事我的心就会跳，/你千万别问我是什么人；——/灯儿一暗，尽是哭声，/孤儿寡妇靠什么人！"③ 诗中是一个母亲在"三·一八"事件后对儿子的独白，但每行的顿数基本相同，声韵上下呼应，颇有舞台剧诗上的诵读效果。又如《三月十八》："吓：你大襟上是血，可不？/刚才，嗳；遇见宰羊脏了衣服"④，如此紧张的对话中仍把着节奏的拍子，可谓用心良苦。可见，新月诗人力求谨慎地做到戏剧化口语和节奏的有效调配，他们在平常人物的对白腔中作韵，看似松散的

---

① 闻一多：《"你指着太阳起誓"》，《闻一多全集》第 1 卷，湖北人民出版社 1993 年版，第 128 页。

② 朱湘：《闻一多与〈死水〉》，方仁念编《新月派评论资料选》，华东师范大学出版社 1993 年版，第 76 页。

③ 饶孟侃：《天安门》，《晨报副刊·诗镌》第 1 期，1926 年 4 月 1 日。

④ 饶孟侃：《三一八》，陈梦家《新月诗选》，上海新月书店 1931 年版，第 71—72 页。

家常语言，实则内紧密缝，艺术的节制没有丢失，因而在"戏剧化"和口语化的形式感中求得了平衡。

要补充的是，新月诗人的口语化中融合了方言、土白入诗的追求。方言和土白曾为早期诗人尝试过，如刘半农的《瓦釜集》、刘大白的《卖布谣》，但其中大多数只是模拟原生态歌谣，或者只是个别方言词汇的引入，体现的是"风俗学、方言学"[①] 价值，文本意旨鲜有文人精神因素，因而难以称为真正的现代诗歌。新月诗人的方言、土白诗有着现代主体性意识。例如徐志摩在哈代、彭斯等人的土白诗歌的激发下，用家乡方言即硖石土白写下了《一条金色的光痕》，他注明这一文本的写作目的是表明对人性尚存的信仰，因而比五四歌谣多了一份现代写作意识。土白诗的写作最终得到了新月诗人的理论升华，其中朱湘的总结更为细致。他发现，土白能够有充分发展的余地，是因为有些方言中说话的方法特别有趣，一些词语"美丽""精警""新颖"，有特殊的文法结构，因此对诗人来说是极好的材料。[②] 当然，在今天看来，土白入诗也仅仅只能作为个人技艺的偶尔尝试。

二 交融于意境的戏剧化口语

格律、节奏对戏剧化口语的诗性保障主要发生于新月阶段，到卞之琳这里，他将戏剧化场景和意境结合起来，使口语也获得了诗性。早在20世纪60年代末期，香港学者张曼仪提出，"戏剧性地描绘一个场面"和"灵活地运用口语"是卞之琳从新月诗派承续而来的两个"基本功夫"[③]。而卞之琳本人的自我回顾，也证实了这一论见的准确性。卞曾说自己从"常倾向于写戏剧性处境，作戏剧性独白或对话，甚至进行小说化，从西方诗里当然找得到直接启迪，从我国的旧诗的'意境'说里也多少可以找得到间接的领会"[④]。进入21世纪，江弱水在其集大成的《卞之琳诗艺研究》中精到地论述了卞氏诗歌"对话性"和"戏剧化"之间的必然联

[①] 参见《北京大学征集全国近世歌谣简章》，《新青年》第4卷第3号，1918年3月15日。

[②] 朱湘：《评徐君〈志摩的诗〉》，方仁念编《新月派评论资料选》，华东师范大学出版社1993年版，第114页。

[③] 张曼仪：《卞之琳著译研究》，香港大学中文系，1989年，第17页。

[④] 卞之琳：《完成与开端：纪念诗人闻一多80生辰》，《人与诗：忆旧说新》，生活·读书·新知三联书店1984年版，第10页。

第五章　形式即意味：推动诗思和语言生成的戏剧化场景

系："如果不是同时继承了徐、闻另一方面的艺术手法的话，他就不会发展出一种对话型的诗，从而为口语派上足够多的用场。这种艺术手法，就是诗的小说化、戏剧化"。① 但是，卞之琳把戏剧性处境和意境联系起来，似乎带来了新的问题。冷霜曾提出："在'意境'和主要从艾略特那里得来的'戏剧化'技巧（它与袁可嘉 40 年代主要从肯尼斯·勃克那里借来的'戏剧主义'诗学是需要区分开的两个概念）这两个相当不同的范畴之间，卞之琳将之牵连起来的交叉点在哪里？"② 这一存疑说明，卞之琳的"戏剧化"探索标识了一个特殊阶段，既联系着西方理论，又指向了本土的传统诗学，而在冷霜看来，"戏剧性处境"和"意境"两者似乎难以关联。

但真正深入卞之琳的具体文本可以发现，意境和戏剧化技巧的确被卞之琳统一起来。在他的诗中，戏剧化场景中的口语达到了与意境、意象的交融，这在新诗戏剧化创作当中构成了一个特例，也具有启发意义。

纵观卞之琳的创作，除了《记录》《夜雨》《群鸦》《中南海》中有明显的"我"以及《远行》《长途》出现的"我们"外，其他大部分诗作包容了他人说话的声音。早期的《黄昏》《魔鬼的夜歌》《夜心里的街心》等诗作，他就以魏尔伦《感伤的对话》式的声音模式，遮蔽主体自我的直露。而在"口语"入诗方面，他在早期创作中就有着自觉的口语化意识，也揣摩过徐志摩等师辈们"能吐出'活'的，干脆利落的声调"③ 的技艺。当然，新月师辈的影响仅留在他最初的创作中，在个人的创作气质上，卞之琳已经脱离师辈的风格，他的戏剧化场景中的角色口语言说往往含蓄、柔婉、深隐，因此，虽然没有采用师辈的节奏，但口语入诗的诗味却更胜一筹。

卞之琳文本的戏剧化场景中的口语入诗最大的特色在于戏剧独白、对话、场景中的角色均置于"无戏"④ 的"戏剧性处境"当中，而"无戏"折射的正是卞之琳对传统"意境"的现代化用。粗略考察，卞之琳诗中

---

① 江弱水：《卞之琳诗艺研究》，安徽教育出版社 2000 年版，第 265 页。
② 冷霜：《重识卞之琳的"化古"观念》，《江汉大学学报》2007 年第 6 期。
③ 卞之琳：《徐志摩诗重读志感》，《人与诗：忆旧说新》，生活·读书·新知三联书店 1984 年版，第 26 页。
④ 江弱水指出过卞诗"戏剧化"的"无戏"特征。见《卞之琳诗艺研究》，安徽教育出版社 2000 年版，第 270 页。

主要有四种戏剧化角色。一是各式各样的小人物。这些人物毫不起眼,但纷纷进入了诗人的观察视线中。卞之琳或者赋予他们独白的口吻,如卖小玩意的(《叫卖》),节日被催账的生意人(《过节》),无人理睬的洋车夫(《酸梅汤》);或者将角色活动铺成几个瞬间片断,如算命瞎子、更夫的行走和普通夫妻的对话(《古镇的梦》),卖萝卜和卖糖葫芦的动作(《几个人》《苦雨》)。二是诗人经由想象虚构出的抽象处境中的角色。他们身份模糊,因而具有象征意义。如灯火下的昏坐者(《寒夜》),大海边的徘徊者《一块破船片》,困倦于奔波的旅人(《道旁》),看风景和成为风景的"你"(《断章》)。这些角色的动作不指向实际意味,而是间接表现了人类的各种共同处境。三是诗人自我的间离角色。诗中的场景其实主要来于诗人自身的经历或冥想,但本人不直接出现,化作"多思者"(《航海》)、"沉思人"(《水成岩》)、"海西人"(《尺八》)、"年轻人"(《几个人》),达到"自我意识的客观化"① 效果。四是代拟的女性角色。在表达感情、感知世界方面,女性有着特殊的观察视角、想象方式和言说语气,卞之琳借助女性口吻,丰富而含蓄地表现了自己的感受和体验,如《妆台》《鱼化石》。上述戏剧化角色偶尔还交汇在同一个文本中,合成戏剧般的人物结构,如《春城》,就有车夫、读书人、小孩、老方、老崔等各种角色的对话或独白。总体看来,卞之琳诗中的角色都处于"无戏"的戏剧性处境当中,对比师辈的戏剧化构思,这些角色既没有《飞毛腿》《大帅》那样实质性的悲剧感或动作性,也不像《天安门》《爱的灵感》《"你指着太阳起誓"》等诗篇中的角色那样起着恐惧、激动、急切的心灵波澜,诗中情境平缓、柔和而淡然。

从古今融合的层面看,卞之琳构筑的戏剧性处境,确实体现了他所说的"从我国的旧诗的'意境'说里也多少可以找得到间接的领会"②。"意境"是中国古典诗歌审美诗歌思想的核心,由于古典批评的印象化、感觉化,"意境"一直没有一个准确的定义。经过王国维、宗白华、朱光潜等现代学者的界定,"意境"在普遍意义上可以理解为"意与境谐""情境交融""主客合一"的"境界"③。不过,"意境"不只体现为古典

---

① 江弱水:《卞之琳诗艺研究》,安徽教育出版社2000年版,第74页。
② 卞之琳:《人与诗:忆旧说新》,三联书店1984年版,第10页。
③ 朱光潜:《朱光潜美学论文集》第2卷,上海文艺出版社1982年版,第54—57页。

自然山水诗中那种"象外之意""韵外之致"的典型形态，经由一代代人的创化和丰富，"意境"逐渐扩展了内涵。只要文本整体情境给人"朦胧""幻化""冲淡""虚境"的直觉感受，就基本合乎"意境"美学。在废名、戴望舒等现代诗人这里，"意境"和现代情绪的表达结合起来，他们通过构筑平和、淡远而非激烈冲突的情境传达对自我对现代生活的直觉感受或智性直观式洞察，其中的"意境"获得了研究者的阐释。卞之琳虽然虚构了戏剧化处境，但上述诗中角色的处境，是诗人以禅宗式的心性对现代生活的透视，这些情境都没有显性的矛盾事件或激烈内心冲突，符合"意境"的"中和"美。

从口语传达的内容来看，卞诗中戏剧化场景中角色言说或场景呈现中的口语内涵都融入了诗人关于某种人生态度、人生哲学的感觉和体悟，总体上类似禅宗体悟的"境界"。佛教中的"境界"，主要指人用主观心性透视世界万象，卞之琳对"境界"的自觉把握，在他阐释自己翻译的里尔克的《旗手》时能获得到映证。他说："（作者）点触到一种内在的中国所谓的'境界'，一种人生哲学，一种对于爱与死的态度，一些特殊感觉的总和。"① 里尔克是一个远比卞之琳还爱好"沉思"的诗人，但卞之琳从中读出了中国式的"境界"。由此可以推想，一般研究者所指责的卞之琳的抽象"哲学"诗思并不准确，事实上，诗人自己着意表现的，不外乎是关于人生的种种感觉。正如江弱水所说，卞之琳的思"服务于诗的情感，关乎人情的牵系"②。从文本中看来，卞之琳诗境中虽然没有了淡泊、宁静，往往隐含着某种悲感的生存现实，但诗人虚构的戏剧性处境，寄寓着自己对普通生活场景背后意味的发现，每一类处境中都包含深意，因而也是一种"虚境"。他乐于多思的个人禀赋，使其对人类的各种处境非常敏感，在许多诗作中，他避开了自己个人情感世界的天地，采取"非个人化"的立场，将日常人生中的各样鲜活、生动的事件、场景组织起来，构成一个个独特的情境。这些情境中的口语部分，通常不表现为现实生存中的争论、讽刺、倾诉或对话，而是贯注着诗人关于人生态度或哲学的感受。如《水成岩》中开头的场景：

---

① 卞之琳：《福尔的〈亨利第三〉和里尔克的〈旗手〉》，《卞之琳译文集》（上编），安徽教育出版社 2000 年版，第 168 页。
② 江弱水：《卞之琳诗艺研究》，安徽教育出版社 2000 年版，第 33 页。

>　　大孩子见小孩子可爱，
>　　问母亲"我从前也是这样吗？"
>　　母亲想起了自己发黄的照片
>　　堆在尘封的旧桌子抽屉里①

　　这里引用孩子问话显然不是停留在日常对话的口语层面，而是有着特别的深意，传达了诗人对时间、生命流逝的感叹。又如《航海》中对轮船上自负的茶房的描写："骄傲的请旅客对一对表／'时间落后了，差一刻'"，茶房这一看似很俗常的口语，实际上隐喻了普通人只关注表面的客观的时间刻度、却失去了领略"可是这一夜却有二百海里"的另一种人生态度。

　　即便在最富有现代荒原感的《春城》中，戏剧化场景中的口语成分仍没有停留于现实语境，而是融汇着诗人关于人生态度和感觉意绪的主体心境。该诗第四节写道：

>　　"好家伙！真吓坏了我，倒不是：
>　　一枚炸弹——哈哈哈哈！"
>　　"真舒服，春梦做得够香了不是？
>　　拉不到人就在车磴上歇午觉，
>　　幸亏瓦片儿倒还有眼睛。"
>　　"鸟矢儿也有眼睛——哈哈哈哈！"②

　　车夫调侃的对话情境在一般人看来实在入不了诗面，但被废名称为"风趣最古"③的卞之琳却用纯粹的京白腔模拟底层人的玩笑口吻，这一定程度上说明了"口语"与"雅趣"在诗歌中并非对立关系。上述口语语吻看似背离了诗的冲淡意境，但实际上仍蕴含着诗人关于人生态度的诗

---

① 卞之琳：《水成岩》，江弱水、青乔编《卞之琳文集》第1卷，安徽教育出版社2002年版，第25页。

② 卞之琳：《春城》，江弱水、青乔编《卞之琳文集》第1卷，安徽教育出版社2002年版，第53页。结合文本上下节联系，其中一车夫有可能是被开过来的汽车溅了一身水到身上，从睡梦中惊醒。

③ 冯文炳：《谈新诗》，人民文学出版社1984年版，第167页。

性关怀。张曼仪提出,《春城》用一系列富有象征意义的情况、事件、物象传达诗人对政治和社会现象的嘲讽①,但这一文本应不只实现了批判的效果,它被当代具有"元诗"意识的先锋诗人张枣誉为"出神入化"②之作,可见其中的高超诗艺。卞之琳写作始终执着于传达人生"境界"的感受和体悟,车夫庆幸不是炸弹的语吻透出一种乐观的态度,而另一车夫的调侃、恭贺也是一种苦中作乐,背后隐含了诗人对个体在世方式的一种关怀。因此,同样是俗白口语入诗,卞之琳却绝没有八九十年代"口语化"诗人的那种极端解构和戏谑,他把活泛生动的日常口语、玩笑语气纳入主体温厚、悲悯的情怀当中。

三 口语语义的重新编码

在新诗诗艺的探索历程中,本体虽然始终是一个悬而未决的问题,新月诗派的"格律"追求和卞之琳的"意境"建构都没有被固定为新诗必备的要素,但是,关于诗歌语言的特殊要求,在多数时候却能成为诗艺自律者心照不宣的标尺。20世纪90年代部分优秀诗人戏剧化场景中的口语入诗,来自他们对口语潜力的挖掘。臧棣曾指出,90年代诗人写作体现为"历史的个人化"和"语言的欢乐"③两大特征。对比上述格律化、意境化途径,90年代诗人主要通过语境改变口语的常见语义,对口语进行重新发明和编码,从而实现了"语言的欢乐"。

从本小节话题谈论90年代口语入诗,首先面临着一个筛选、剔除的任务。经过泛政治时代的"大众化"诗歌运动和当代集团主义式的"口语诗"运动,口语入诗不再似新月诗人和卞之琳时期那样严谨的技艺实践,一些诗人把口语诗变成了完全自由、毫无节制的写作行为。在顺应时代洪流的政治意识形态写作当中,口语的直接、干脆使它成为高效快捷的宣传工具,口语入诗成了口号诗。而在当代解构主义潮流中,口语的原生性和直接性使它变为"本土化""生命写作""民间写作"的令箭,并被阐释出"不需要形而上的思考就可以直接感受得到"④的优越性;同时,

---

① 张曼仪:《卞之琳著译研究》,香港大学中文系,1989年,第38页。
② 张枣:《秋天的戏剧》,陈超编《最新先锋诗论选》,河北教育出版2003年版,第496页。
③ 臧棣:《1990年代诗歌:从情感转向意识》,《郑州大学学报》1998年第1期。
④ 于坚:《诗言体》,《芙蓉》2001年第3期。

口语的肉感、生猛被夸张到只写"裆部、腿部和脚"的"下半身"写作，这种"极端的肉体乌托邦"甚至获得了某些评论者的历史鉴定，被认为"他们有资格成为文学的限度"①。这些具体现象需要甄别和反思。回到80年代的具体场景，有些诗人的口语化追求的确别开生面，如上文分析过的李亚伟诗作，用美酒、流浪、女人等日常语词铺开诗卷，高歌狂啸，的确属于"口语诗"。但是，它们绝非自动、平面、庸常的口语，而是在形式上"名词密集、节奏起伏"，语词组合新颖，在生命精神上，是"对世界进行最全面、最直接的介入"②。21世纪以来的安琪、赵思运等口语化写作诗人也有形式节制和精神介入的自觉。而有些诗人，一味突出口语化姿态，文本上把口语降低到与精神无关的语言声音练习，或者重复与普通日常语一样的表述，美其名曰"诗意"，这就需要警惕了。过度强调口语必然造成片面和极端，似乎给人"自然的就是最好的""越能口语化越显示诗才"的错误信息。从文学语言使用的历史看，"口语总是不能被书面语完整地复述，只能被局部地嵌入书面语"③。而当口语作为旗帜或名利器时，写作的有效性很难成立，如诗评家吴思敬所言，"他们的写作不仅达不到对抗庸俗的现实的目的，反而与庸俗的现实同流合污，他们的行为已与诗人的称号渐行渐远"④。即便一些口语诗中的表浅日常细节存在一些自动诗意，其意蕴仍是对公众常识的重复，陷入对平民化价值立场的过度张扬中，连普通读者都诟病为"口水"。宋琳对此提醒道，"口语诗的局限可能在于对常规语言的表现力过于信任了"⑤。

20世纪90年代诗歌对口语的真正有效调度者是那些持开放、包容态度的诗人，诸如翟永明、孙文波、萧开愚、臧棣、胡续冬等。一方面，这些诗人同样重视口语，并非如"民间"诗人所说的只停留在"西方知识资源"写作层面。臧棣曾撰文阐明，从五四时期开始，对日常语言的关注，对"口语"的关注，是新诗最根本的特征，也可以说，这是新诗的传统之一，"书面语言容易形成一个大致的语言程式和表达规范，但口语

---

① 谢有顺：《文学身体学》，杨克主编《2001年中国新诗年鉴》，海风出版社2002年版。
② 柏桦：《演春与种梨》，青海人民出版社2009年版，第259页。
③ 陈东东：《只言片语来自写作》，北京大学出版社2014年版，第56页。
④ 吴思敬：《中国新诗：世纪初的观察》，《文学评论》2005年第5期。
⑤ 宋琳：《对移动冰川的不断接近》，北京邮电大学出版社2014年版，第144页。

第五章　形式即意味：推动诗思和语言生成的戏剧化场景

更灵活、更难以被规范化"①。另一方面，他们不是为口语而口语，把口语当作武器或旗帜，如孙文波曾说，从来没有把诗歌分成"口语诗"或"非口语诗"，只有不同风格，或者说不同语言形式的诗，问题的根源不在于具体选择了什么样的语言发声方式，而在于过程中为什么要做出这样的选择②。西川则把极端混乱的"口语"说法作了澄清，他认为，口语是目前新诗唯一的写作语言，人们已经不大可能运用传统的文学语言写作崭新的诗歌，但需要甄别两种口语，一种是接近于方言和帮会语言的市井口语，一种是与文明和事物的普遍性有关的书面口语，他选择的是后者③。可见，90年代严肃写作的诗人普遍注意到口语的简劲、诙谐、灵活、亲切及新鲜等妙处，但又不给自己戴上口语的枷锁。他们注重拓宽诗歌的表现领域，提升诗歌的精神深度，努力把口语入诗统一提高到写作难度层面。正是这种写作态度，口语在这些诗人的笔下实现了向文学语言的转换。在他们所建构的戏剧化场景中，口语被特定语境唤醒，脱离日常语言范畴中的原本意义，生成了新的语义编码系统。

　　戏剧化场景对口语提供语义变形的空间，这在新月诗人、卞之琳、穆旦等人的诗中还未成形。以穆旦为例，他文本中部分描写日常生活场景的口语类似"散文化"表述，如"老爷和太太站在玻璃柜旁／挑选着珠子，这颗配得上吗？／才二千元。无数年青的先生／和小姐，在玻璃夹道里，／穿来，穿去，和英勇的宝宝／带领着飞机，大炮，和一队骑兵"（《从空虚到充实》），这些叙述基本属于陈述性语言，因此司马长风曾提出穆旦诗歌语言的"散文化"④特征。不过，穆旦不可能停留于这种单纯的口语表达，他往往在文本中把口语和书面语尤其是抽象语嵌合起来，比如上一文本中有下述抽象抒情："我总看见二次被逐的人们中，／另外一条鞭子在我们的身上扬起"，其中"被逐""鞭子"等抽象语把前面的那些口语引向对写实意味的脱离，最终达到人类文明批评和存在主义哲学的深度。因此，穆旦并没有因为戏剧化场景中的口语受到多少诘责，相反，有的研究者还肯定了穆旦对口语的自觉以及他以散文化超越雅言、超越纯诗的"现

---

　　①　臧棣：《诗歌，作为一种特殊的知识》，《1999年中国新诗年鉴》，广州文艺出版社2000年版，第551页。
　　②　孙文波：《传统与现代诗》，《在相对性中写作》，北京大学出版社2010年版，第48页。
　　③　西川：《让蒙面人说话》，东方出版中心1997年版，第268页。
　　④　司马长风：《中国新文学史》（下卷），香港昭明出版社1978年版，第190页。

代化"品质①。相较起来，90年代的戏剧化场景同样与都市生活情境有关，但一些诗人所虚构的场景不是对应于生活现实，而是作了较大的变形。这些诗人文本中大量出现咖啡馆、茶馆、酒馆、电影院，但场景中的人物对话、独白及呈现语言都不屈从日常语境的直接语义，也不仅仅是卞之琳文本中口语的暗示语义，而是包含了较大程度的语义偏移。

敬文东曾提出，任何一个文学书写，都应在作者、陈述语言、意义之间设置距离，且至少应在书写者与陈述之间、陈述与意义之间、书写者与意义之间保留间距。② 根据这一标准评价创作成功与否，诗人翟永明的《盲人按摩师的几种方式》设置了多重距离，无疑是一个优秀的文本。该诗根据生活中的按摩场景，以口语呈现了一个虚拟的按摩师与被按摩者的对话过程，包括被按摩者的心理反应，但口语化的语言完全走向另一种意义，其中两节如下：

> "请把手放下"，盲人俯身
> 推拿腰部，也像推拿石头
> 生活的腰多么空虚
> 引起疼痛
>
> 盲人一天又一天推拿按摩
> 推拿比石头还硬的腰部
> ……
> "这里怎样？这里应该是
> 感官的触动，这条肌肉
> 和骨头之间有一种痛……"③

文本虚构了一次现代按摩消费行为中的对话，但事实上这些"口语"却不是传达现实当中的按摩情境，诗中的日常口语经由诗人的超常想象能

---

① 李怡：《论穆旦与中国新诗的现代特征》，《文学评论》1997年第5期。
② 敬文东：《道旁的智慧——诗人臧棣论》，《当代作家评论》2001年第5期。
③ 翟永明：《盲人按摩师的几种方式》，《称之为一切》，春风文艺出版社1997年版，154—158页。

第五章 形式即意味：推动诗思和语言生成的戏剧化场景

力，离开了原有的确定性：按摩中的"疼痛"不再是日常的肉体之痛，而可能隐喻了当代人的精神痛疾，"按摩师"也不是现实层面的普通职业者，或许是诗人意念世界中"推拿"时代之"腰"的智者，因此，这一"按摩师"可以解读为时代生活的观察者和把脉者。从"距离"理论来看，诗人在文本中不是完全的陈述者，也不急于奔向意义，这就产生了二重距离，同时，"口语"的表层陈述意义与内在深层意义之间生成了很大的断裂，由此，第三重距离也形成了。这一文本说明，口语在特定的语境中能扩散出公众语言中没有的意义。另外，诗人准确把握了叙述按摩场景的口语节奏，使整首诗的寓言结构在"虚"的语境中也能牢固、清晰起来。

在诗人臧棣的虚构性文本中，人物对白在戏剧化场景中不只生成隐喻的变形意义，还完全偏离人的常规想象。其文本《维拉的女友》呈现的是"维拉的女友"在一个餐厅对"我"谈论维拉秘密的片断，她这样断断续续地说着，"你知道／这秘密就像肋骨，能支撑一个无神论者"，"你将像迷宫一样吞噬掉／在她身上放牧着的所有羊群"，"她的性格像幽深的洞穴；／一条从不冬眠的蛇，赶集似地／进进出出"，"真正的维拉根本就不住／在她的性格里"[1]。这些对话根本不同于日常经验情境，从"维拉"系列中陈述的非具体、非肉身意味来看，臧棣的创作初衷也许意在深入普遍女性共同本质意义的个性和灵魂。上述对话模拟一个具体的维拉的女友，活泼泼地道出维拉如"蛇"一般在幽深洞穴"进进出出"，"赶集似地"，诗人用这种生动比喻和日常语吻表达对抽象神秘的"女性"的感觉，实现了艺术的张力。从一般读者角度看，"维拉女友"的话语很难形成具体的意义维度，而是包含了网状的编码系统，可以由读者任意编织、想象，尤其是和蛇并置的"迷宫""吞噬羊群"这类抽象隐喻联合，诗几乎如谜一般。臧棣自己曾直言不讳地表示对诗歌语言的本体性认识，他说，诗歌在本质上要重新发明语言，"语言的游戏性是一种非常迷人的天赐之物，这种游戏性具有伟大的底蕴"，因此，他关注的诗歌核心目标仍然是语言与审美的关系，并有意识地要求自己的诗歌语言"不自然"[2]。

在90年代诗人戏剧化场景中的对话、独白等口语表达的意义变形，

---

[1] 臧棣：《维拉的女友》，《燕园纪事》，文化艺术出版社1998年版，第155页。
[2] 臧棣、木朵：《诗歌就是不祛魅力》，《青年文学》2006年第9期。

在其他诗人文本中也非常普遍。如孙文波的《搬家》虚构一个老人的独白，"孩子，我将讲述一个几百年前／的故事。有人把房屋建设在财富之上。／一个套一个的院子；考究的亭阁；／抽象的花园；隐喻的池塘"，采用的是转喻和口语的融合，将日常经验口语词汇和写作经验词汇浇铸一起。又如萧开愚《学习之甜》[①]第一部分"张团长的第一个问题"中团长与女杂技演员的对话："'为什么你手提包里有把折叠尺呢？'／她回答说：'我切肉呢，无法回答。'"人物对话看似明白的口语，但意义却难以跟踪，文本主题涉及权力和性，口语的语义没有向普通诗歌语言那样朝着情感意义、道德升华意义、哲理意义等方面扩散，而是朝另一些太阳黑子似的空间飘散，读者可能觉得语义遁迹，只有诗人知道自己牵着的那根隐线。

纵观上述三个方面，口语和新诗的关系不能用二元对立的思维去看待。新诗当然不是"新"在"口语化"这一身份标志，口语的使用并不一定带来诗歌的诗意；但另一方面，新诗要获得发展的动力和活力，又不能不重视现代汉语的口语特征。要充分发挥口语的优势，关键在于诗人的创作态度。那些只见平面式解构意味的"口水诗"表面上标榜尊重口语的生命感，实则给口语入诗泼着脏水。事实上，口语不是只有直陈、暴露或短兵相接的一面，它也可以化俗为雅、似浅实深、去粗取精，在新月诗人、卞之琳及90年代诗人建构的戏剧化场景中，口语分别融入了诗歌的音乐性、意象性和多义性特征，与一般的诗歌美学达到了平衡。

[①] 萧开愚：《学习之甜》，《萧开愚的诗》，人民文学出版社2001年版，第253页。

结语

价值及限定

新诗"戏剧化"写作宏观上是通过"化戏剧"建构不一样的"诗",并非走向"非诗"的一面。"戏剧"理念或要素的融入,为的是扩展诗的抒情主体和声音,开拓诗的精神深度,使戏剧化场景推进诗思和创新语言的生成。因此,"戏剧化"诗观或策略对新诗起着丰富和发展的作用。

诗人借鉴"角色""面具"戏剧理念的"主体戏剧化",表层上似乎有些动摇了诗歌"抒情"功能,但实质上仍是一种通向主观生命意识的写作。主体的戏剧化并没有消解诗人"自我",而是让"自我"以节制、深隐、复杂的形态多层次、多样化地呈现出来。这些角色有的通向诗人"自我"的情感、观念、欲望和思想,包括对个人命运的伤怀、对时间的感知、对时代的洞察,但经过了"角色"的间离之后,内涵变得含蓄、隐秘而深沉。有的则借"角色"的语吻提供丰富的语气,角色的特殊处境得以贮留诗人常态自我靠不住的新奇、敏感念头,这样,新的语言和新的发现在诗中同时呈现,内在的自我和诗歌的抒情意味又没有被放逐出去。

另一方面,"主体戏剧化"的写作又能使人从自我世界中迁移出去,投向更广阔的生命意识领域,从而拓展抒情自我的边界。"角色"为诗人提供了跳出自己心灵、整合人类各种意识的契机,诗人藉此挖掘自己经验状态中缺席的东西,模拟他人的视角、心理及语吻,呈现一个完全和自我无关的世界。如此一来,诗歌的"抒情"界面就拓宽了。诗人能凭着诗歌语言的曲折、跳跃、变形,拟构他者的生命意识,提供独特的经验情感形态和艺术形态。当诗人成功地以"诗"的艺术触觉想象性虚拟角色的内心独白时,其细腻、幽微、新奇、丰富必然不同小说、戏剧中关于人世经验的常态言说方式。因此,从本质上说,对他者生命意识的诗性言说仍体现了"诗"的抒情性质。

综合矛盾异质经验的"戏剧性诗思"是另一种"戏剧化写作"的表现形态，这是现代汉语诗人在具体创作中自觉改变单一、线性的构思方式，在同一文本中包容相互矛盾冲突的各种内在成分。把诗歌引向"矛盾冲突"的内涵，虽然离开了"诗"的单纯特质，但诗歌能提供对存在悖论世界中本质真相的体验、观照和思考，同样是一种"诗"之"思"。荷尔德林曾根据自己的写作经验提出，抒情诗很容易在感性的基调上达到轻而易举的统一，"消解了身陷其中的矛盾"①，这颇能说明一般单纯诗歌的共通特点。在审美效应上，单纯当然不等于单薄，许多古今中外抒情诗秀逸隽永、令人沉吟，最终成为经典。戴望舒的《印象》《眼》，卞之琳的《白螺壳》，都堪称"纯诗"的典范，它们梦幻式的想象，唯美的感觉抒写，象征的关联建构，足以确认"梦想的诗学"②或语言"炼金术"意义。但是，诗意在某些时代、某些人生阶段难以为继时，现实世界催逼诗人投入复杂的冲突悖论体验中。西川的转变说明了这点，他说，"我的写作不能写成王维那样，是因为我存在着，我首先必须面临我的生存道德"，"诗意和题材没有关系，它和你对生活的洞察力有关"。③ 穆旦、萧开愚、孙文波、西川等诗人的文本，常常充满了对立面成分的交错纠缠，矛盾经验的互相冲突与抵牾，让人产生高度的戏剧性紧张感，其背后都有一种"逆诗意"的自觉。由于诗人并没有重复小说、戏剧的外部冲突，而是用诗的语言表现内在冲突的矛盾性情思经验，因此这种"逆诗意"文本仍属于"诗"的范畴。

"戏剧化场景"和常态下的意象结构诗不同，后者的象征意象既有感性的"色彩""声音"魅惑，又给读者空间意境和直觉情绪的感染，诗性愉悦人心，但现实语境和现代都市文明场景也应该包容在诗歌当中，而且，如果诗人处理成功，进行时的场景给人在场的现象学直观想象时，优秀诗人在场景中注重言说的暗示、含蓄和抽象意味，把场景变成推动主题、修辞创新的形象单元。诗人纳入一定的对话、独白、引文等戏剧因素，使各种语式的插话、言谈镶嵌在场景当中，必然将文本引向多维语境

---

① [德] 荷尔德林：《荷尔德林文集》，戴晖译，商务印书馆 1999 年版，第 240 页。
② [法] 巴什拉·加斯东：《梦想的诗学》，生活·读书·新知三联书店 1996 年版，第 8 页。
③ 西川：《大意如此》，湖南文艺出版社 1997 年版，第 259—262 页。

和多种声音，又增加了语言层次转折。与意象空间中相对静态、稳定的语境相比，动态事境能借助隐性的人物关系、隐喻化的情境去掉一般现实层面语言的语义积垢，使俗常的语词产生新的义素。从"诗"的"语言"功能性特征来看，这些戏剧化片断不是可有可无的点缀，增加一个对话片断就增加了一种新的"上下文关系"，词汇在情境中产生新的意义，而不是常见意象的那种公共性诗意，这就激发出常规语词的鲜活诗性。因此，就"诗"的效果看，戏剧化场景的建构能唤醒语词的新意，使它们获得新鲜的语义编码，这对以现代汉语为载体的新诗不啻为一个新的语言生长空间。

再者，现代文学语言主体从文言文转向"现代口语"，后者本身就是戏剧、小说文类的最优越载体，而优秀的现代诗人又往往不满于抱守雅言丽词，决意在活泛的"现代口语"中寻求艺术的创新，这样，戏剧、小说的风格自然渗进了诗歌。闻一多曾说："新诗所用的语言更是向小说戏剧跨进了一大步，这是新诗之所以为'新'的第一个也是最主要的理由。"[1] 卞之琳诗中运用戏剧化独白、对白、旁白，也源于他骨子里对"干脆利落的声调"[2] 的热诚喜爱。语言是文学形式的根本，现代汉语的活泼、流动、松散决定了新诗向"戏剧化"拓展的可能。作为自觉的创作革新者，现当代成功的"戏剧化"诗人更追求独白、对话中口语的生动语吻和丰富弹性。

当然，在不同时期，创作有效面也存在差异。20年代的早期戏剧化体式尝试，除了新月诗人实践克制议论和煽情的人道主义情感，借底层语吻活泛诗的语气和民间趣旨，技艺成熟的还属闻一多的《闻一多［先生］的书桌》《奇迹》，涉及自我和秩序、写作局限和艺术理想的深层冲突。在卞之琳这里，他在看似狭小的情境对举中，表现关乎人生态度、历史境遇或时间悖论的隐性冲突。穆旦则解剖手似地操着悖论修辞，揭开童年和经验、理性和情感、文明和禁锢的血肉冲突。到了90年代，戏剧化实践可谓人多艺高，无需赘举。

---

[1] 闻一多：《文学的历史动向》，《闻一多全集》第1卷，生活·读书·新知三联书店1982年版，第205页。

[2] 卞之琳：《徐志摩诗重读志感》，《人与诗：忆旧说新》，生活·读书·新知三联书店1984年版，第26页。

戏剧化写作的几层形态都不是本质规定，无论戏剧化角色、戏剧性经验还是戏剧化场景，都不成为诗歌必备要素，新诗中许多一流作品无关戏剧化。它们都只是一些拓展和丰富，或者是某些体式、形态。戏剧化探索也面临相对的限度，毕竟文类差别不可能取消。随着 90 年代以来诗歌形式变化的普遍，加上新诗发展当中各种对诗歌语言、形式偏激破坏的种种负面事实，"诗的标准"多次成为一个公众话题。① 一方面古典记忆中的韵味悠长、诗形整饬、利于吟诵的诗歌模式成为许多人心中深在的文化烙印，另一方面现代汉语的流动多变，现代人被异化的存在处境及其所决定的经验感受和思维内涵，又推着诗人突破固有模式，面向永恒的"创新"。如此一来，诗歌的接受和创作双方几乎构成紧张的对峙局面。许多讨论最终没有也不可能促成一个共识。变一元为多元、变规范为反规范，仍是写作可能性发展的合法理由。一部分严肃探索的诗人认为，所谓"标准"，仅是一个权宜的说法，古典传统的"体"与"格"不能重新作为限定诗歌的牢笼，考验诗之为诗的最后底线，只能落到"语言"和"思"的独创性上。

总之，"戏剧化"不是衡量诗歌文本好坏、高低的必备要素，它只是现代诗人为实现某些诗思表达所采取、选择的某类诗观或具体策略，因而不能作为本体性普及的写作原则与手段。尤其是设置"戏剧化片断"这一方式，它不是一种包打天下的技艺，更不是自然天成的诗化方式，过度地借重或者依赖，难免滋生新的惰性。近些年来，随着"叙事性"获得诗学认同，"戏剧化"手法也成了许多年轻诗人效仿的路径。不少诗中的对话片断流于随意地说东道西、拼接杂陈，有的则成了现实生活的直接上演，并没有起到丰富或延展诗境的任何效果，也显示不出"唤醒"语词的效应，从而沦为一种徒有其表的跟风写作模式。可见，新诗"戏剧化"写作也是一种历史的、动态的文学现象，不能拟设成另一种新的"本体"方向或方法。诗人要成功地融合戏剧或小说等文类因素，仍需要坚持两点，一是精神层面的独特发现，一是语言的新发明，这两者是所有优秀诗歌的必备要素。

直面研究局限，本书尝试性整体探讨新诗中的戏剧化、戏剧性论说及文本技艺，讨论范围只是从自己的视域和判断出发，以跨语际和文类融合

---

① 系列争鸣文章见 2002 年度的《诗刊》与 2004 年度的《江汉大学学报》。

来统领，试图兼顾文学史和本体探究，分出几个阶段、几个层面来言说，其中的体例、观点都有个人主观之嫌，且难以避免缺漏和误判。比如在具体研究对象上，海子等人的大型剧诗和中国台湾痖弦等诗人的戏剧化追求是否应集中纳入研究，终因觉得前者论述重心会偏向"剧"的外部冲突，后者研究饱和且不好置于新诗阶段具体问题中，所以搁置不议。又如将戏剧性核心聚焦于矛盾冲突经验的诗思，并将袁可嘉理解的意象化、象征化这一层"戏剧化"进行剥离，也是一己之见，虽然 90 年代诗人写作也突出矛盾冲突经验综合。还有其他未充分展开处，如其他个别诗人的特殊"戏剧性"说法，新世纪以来诗歌的戏剧化场景，等等，可涉及的诗人、文本还有不少，留有相当的阐析空间，值得以后的研究者去辨析和完善。

附录一

自我的分化：穿行于角色的戏剧化主体
——穆旦的戏剧化写作

任何一种写作，主体的意识边界都决定了想象力和创造力的可能，诗人穆旦便超越了自我的日常性、个体性和理性化的局限性，呈现了丰富自我的分裂与拓展。对于一些追求挑战的现代诗人而言，戏剧化角色提供了一个深化自我的空间，"面具"也意味着"情感的再创造"①，由此，"非个性化"的间离引向的是一个更复杂的精神世界，一个更为多元的"自我"。穆旦的戏剧化写作正呈现了这样一个丰富的"自我"。

香港学者、诗人梁秉钧曾典范性地细读出穆旦文本中现代的、具有丰富戏剧性的"我"②。在此基础上，李怡将穆旦这种复杂的自我当作新诗一个突出的"现代特征"③。此外，姜涛认为"穆旦的自我总是包含着彼此敌对的多重他者"④，易彬着重于穆旦的自我中有着一般小职员在忍耐里"谋生活"的痛楚⑤，段从学则阐释为现代性主体的理想我和现实我彼此冲突、生理自我同化心理自我的焦虑⑥。这些都不同角度地切中了穆旦文本中的精神现实。

不过仍存疑的是，作为中国诗人的穆旦何以生发"伸出双手来抱住自

---

① [爱尔兰] W. B. Yeats, *Autobiographies*. London：Macmillan, 1955. p. 152.
② 梁秉钧：《穆旦与现代的"我"》，《一个民族已经起来》，江苏人民出版社1987年版，第46—54页。
③ 李怡：《论穆旦与中国新诗的现代特征》，《文学评论》1997年第5期。
④ 姜涛：《冯至、穆旦四十年代诗歌写作的人称分析》，《中国现代文学研究丛刊》1997年第4期。
⑤ 易彬：《穆旦评传》，南京大学出版社2012年版，第105页。
⑥ 段从学：《穆旦的精神结构与现代性问题》，人民出版社2014年版，第67、92页。

己/幻化的形象，是更深的绝望"这种形而上的自我冲突感？他的自我分化思想是如何生成的，本质又是什么？及至目前，穆旦与艾略特、奥登、叶芝等诗人的影响接受关系日趋明朗，李章斌晚近创造性地提出，穆旦诗中的"我"的资源远超现代主义诗学，直抵两希文化中"柏拉图哲学和基督教思想对人性的认识"①。笔者则依据穆旦的同学赵瑞蕻回忆细节和大量文本比较发现，穆旦的自我"分化""变形"思想和他对英国诗人布莱克诗中的主体"分离"思想的接受密切相关；李章斌文中困惑于梁秉钧对穆旦《我》中"集体"一词作个人对群众、历史"整体性渴求"的阐释，以及他推论的穆旦诗中的"遇见部分"诗思，对照布莱克文本也有不同的阐释空间。而就本节视角看来，穆旦诗中被人关注的丰富"自我"不仅体现为复杂内涵，还关涉着特殊的言说形式——戏剧化角色。

一 本体自我的分裂：穆旦对布莱克的接通

在穆旦之前，新诗中的戏剧化角色往往是某一二个确定的现实层面的人物，如闻一多、徐志摩笔下的车夫、士兵或女性角色，经由卞之琳的创造，戏剧化角色开始出现变化，具有复杂而含混的意味，如《春城》中包含读书人的独白、车夫的调侃等众生喧哗的"声音"，但这些戏剧化角色并不深入诗中的"自我"意识的矛盾。但是，穆旦诗中开始出现"自我"的分化和矛盾结合，这些分化的"自我"常常化身为诗中的一些角色。

在穆旦几个代表性文本中，"自我"分裂的痛苦表达近于令人揪心和震撼。"遇见部分时在一起哭喊，/是初恋的狂喜，想冲出樊篱，/伸出双手来抱住了自己/幻化的形象，是更深的绝望，/永远是自己，锁在荒野里"（《我》②），这里的"我"承受着被分化的撕裂感，"我"仅仅是一些"部分"，而这些"部分"永远不能结合，只能被隔绝在荒野里。又如"不断分裂的个体/稍一沉思听见失去的生命"（《智慧的来临》），"在无数的可能里一个变形的生命/永远不能完成他自己"（《诗八首》），这些诗行中自我的分裂无时不在，生命永远是"未完成"状态，穆旦几乎在

---

① 李章斌：《重审穆旦诗中"我"的现代性和永恒性》，《中国现代文学研究丛刊》2013年第3期。

② 本节所论穆旦诗均引自《穆旦诗文集》，人民文学出版社2006年版，余不赘注。

宣判着"自我"的绞刑。正是这种自我分化、变形的思想，使穆旦诗中的"我"自由穿行在各种角色当中。因此，了解穆旦"自我分化"诗思的具体来源，是理解其戏剧化写作的一个必要途径。

对于穆旦"永远不能完成自己"的自我分裂观，梁秉钧提出，穆旦这些矛盾体验来自诗人现代的"消极""复杂"主体性。本文则认为，除了这一普遍现代性因子，穆旦的矛盾自我观念有着具体深在的精神渊源，他的"分化""变形"思想和他对布莱克的"自我分离"理论的接受直接相关。

指出穆旦和布莱克之间的影响事实，并非笔者的任意发挥，而是有具体史实和文本意象的多处对应为证。根据穆旦同学兼诗友的赵瑞蕻的见证式回忆，燕卜荪在上"英国诗"这一课程时大讲威廉·布莱克，称赞布莱克是莎士比亚和弥尔顿之后英国最伟大的诗人，当时包括赵瑞蕻在内的同学对布莱克并未加以关注，穆旦却起了极大的兴趣，几次拉着赵瑞蕻讨论布莱克[①]。

赵瑞蕻这一回顾无疑提供了事实线索，而穆旦于1957年翻译布莱克《诗的素描》诗集[②]也是另一明证。据笔者考察，穆旦受布莱克的影响非常明显，且集中地体现在诗歌文本中的意象和诗思方面。如果说穆旦早期的《野兽》还可能属于他在清华时期学习西方文学专业过程中对布莱克意象借鉴的一个特例，到了西南联大，他和布莱克文本中的意象对应变得密集起来。举几个典型的例子，穆旦《从空虚到充实》"而我只是夏日的飞蛾"直接对应着布莱克的《飞蛾》中那只唱着自己生死不知、依然欢乐的"夏日飞蛾"；穆旦的《玫瑰之歌》也受了布莱克的《病玫瑰》一诗的启发。近年有研究者对该诗困惑地提出"很难判断穆旦为何再次使用这一意象"[③]，因为该诗正文都是"他"的独白，没有"玫瑰"的任何影子。但笔者发现，只要联系布莱克《病玫瑰》诗中所哀怜"玫瑰啊，你病了/那看不见的飞虫/出现在黑夜里……他黑暗而隐秘的爱/断送了你的生命"，就能清楚穆旦《玫瑰之歌》第一节"你让我躺在你的胸怀/当黄

---

① 参见赵瑞蕻《南岳山中，蒙自湖畔》，载杜运燮等编《丰富和丰富的痛苦》，北京师范大学出版社1997年版，第173页。

② 参见查良铮、袁可嘉等译《布莱克诗选》，人民文学出版社1957年版。

③ 陈均：《在现实和梦的两端之间》，孙玉石编《中国现代诗歌导读》（穆旦卷），北京大学出版社2007年版，第41页。

昏溶进了夜雾，吞噬的黑影悄悄地爬来"的所指，而后文"新鲜的空气透进来了，他会健康起来吗"所指的这个"他"就是病玫瑰，诗题由此也就通了，"他"曾是陷进爱的黑暗中的"玫瑰"，最后投进火热的革命中而健康起来了。

另外，穆旦何以在未曾做父亲时就模仿女性口吻写《摇篮歌》，对照布莱克的《摇篮歌》也可以释疑。此外，穆旦在《童年》《智慧之歌》等诗中不断出现的"毒恶的花朵""智慧之树"虽有《圣经》中的"知识树""智慧果"的原型，但穆旦添加了"毒"的意义显然受到布莱克《毒树》的影响。还有更多的对应意象，如穆诗中的"荒野""子宫""岩石""花岗""海""向日葵"等高频意象和"哭泣""啜泣""阴谋"等经常出现的抽象词汇，在布莱克《伐拉，或四天神》等诗中也频繁出现。由此可以提出，比起艾略特、叶芝、奥登，布莱克的意象、词汇更受穆旦的器重。

明确了穆旦对布莱克的意象借鉴事实，我们可以更深入地探究穆旦"自我"分化这一超验精神是否和布莱克存在关联。对照布莱克的理论体系，可以找到穆旦诗中的"分化""变形"本体观和"童年""阴谋""歌颂肉体""神魔"矛盾等复杂诗思的意蕴。布莱克是自然神论和理性的强烈批判者，他虽被称为早期浪漫主义诗人，但在他晦涩难懂、极具神话性和异教怪异性的写作体系当中，包含了强大的想象力和非理性成分，对叶芝、艾略特等现代主义诗人产生了持久而深刻的影响。他在《耶路撒冷》[①]一文中提出，人一出生就面临着堕落，人在诞生的时候自我心智就分为四个部分，内在于人的"人性"（the Humanity）、想象产生的"流溢"（the Emanation）、被压抑的欲望"阴影"（the Shadow）和内在理性这一"幽灵"（the Spectre）。布莱克不仅如此理解现实，在他1797年开始创作的《伐拉，或四天神》[②]大型诗中，就虚构了一个"巨人"分裂的神话体系。这一巨人本来是理性、激情、想象和怜悯的统一体（分别是由理生（Urizen）、卢瓦（Iuvah）、额索纳（Urthona）、塔马斯（Tharmas）随着代表抽象理性的"由理生"统治了一切，这种平衡状态、有序结构

---

① 参见 William Blake, *The Complete Poems*, Edited by W. H. Stevenson, New York: Routledge, 2014, pp. 648-890.；布莱克其他中文译诗参见张炽恒译《布莱克诗集》，上海三联书店1999年版；张德明译《天堂与地狱的婚姻——布莱克诗选》，中国文联出版公司1989年版。

② William Blake, *The Complete Poems*, Edited by W. H. Stevenson, New York: Routledge, 2014, pp. 298-481.

被打破，各部分长期彼此孤立而对抗。这就是布莱克建构的"自我分离"神话。《由理生之书》第一章写由理生在充满"黑暗""恐怖""混沌"的"荒野""森林"中的"自我分离"：经历了漫长的"封闭"之后，由理生在"隆隆波动的车轮声"中扩张了，与欲望的火焰斗争，颁布智慧的法典，分离、解体着"永生"的世界。

布莱克这一本体分化论观念，几乎能在穆旦诗中得到不同程度的映照。除了前文提及的《我》《诗八首》《智慧的来临》，穆旦还在《在旷野上》《摇篮歌》《不幸的人们》《控诉》《还原作用》等多个文本中传达了"自我分离"的生命意识。从这一层面看，梁秉钧提出穆旦的矛盾自我意识主要来自对他人处境的体会，这一说法还不够确切。穆旦的众多文本呈现出一个基本的诗思脉络：自我的本质是分化的，永远充满着变形，这些变形的部分终究完不成一个"自我"，仅仅是"自我"的化身，这显然对应了布莱克的本体"分离"论。可见，穆旦的"自我"观念具有本体或者超验的色彩，这种"自我"意识具有强烈的非理性特征，即"自我分裂"是人与生俱来的存在状态。因此，研究者对于穆旦的"幻化""变形"等诗思除了从直接的现实层面理解，还可上升到哲学本体层面。

本质而言，布莱克的基本哲学思想"分裂"和"对立"，这对理解穆旦诗歌非常重要。在布莱克的《天真之歌》和《经验之歌》两个诗集中，他分别指出了生命在童年阶段的纯净、明朗、快乐和成长阶段中人性扭曲、个体与社会、个性与文化之间的尖锐冲突。面对被分裂的"自我"，布莱克反对了"理性"和所谓的"善"，歌颂着人的肉体、激情、恶魔性以及幻象能力等有"毒"的生命力意志。这些思想在穆旦的《童年》《我歌颂肉体》《春》《鼠穴》《神魔之争》《幻想底乘客》《阻滞的路》等诗中都有具体的呈现。

当然，穆旦进行的只是精神资源层面的接受，对于一个敏感的现代诗人，西方这种对立冲突型文化无疑会引发一场灵魂的洗礼，穆旦对布莱克的接受如同鲁迅对尼采、王国维对叔本华的借鉴一样，都是无可厚非的。而通过更细微地区分，仍能读出穆旦对布莱克"分化""变形"的本土改造。布莱克虽然反对上帝，但骨子里的西方文化基因使他的"分离"论笼罩着过多的神话、宗教、哲学色彩，而穆旦则根据自己的生命体验作了消化和改造。首先，他把"分裂"延伸到自然本体层面，即他突出了自己对自然人和"母体""子宫"之间分离的悲剧意识（虽然"子宫"分离体验同样来自西方），作了由"神"向"人"的过渡；其次，他加入了柏格森式的"自我延绵"思想，认识到生命个体每一瞬间都是变幻的，人的"变形"是永恒的命运，这层意义无疑糅合了穆旦自己现世存在中的生命经验，读者共鸣不难产生；再者，穆旦本人的生活经历也强化着关于自然人和社会人分化的观念，诸如人的童年"天真"与后天生存"智慧"的分裂，自我的激情、想象、肉体与理性的分裂，人的各种社会属性导致的分裂，等等。因此，我们对穆旦的"自我分化"意识应作多层解读，它首先是本体论观照，即"分化"是命定的，如同一种原罪，而在表现形态上，则包括更多的具体层面。

二 角色化言说与变形的自我

据笔者考察，穆旦从《防空洞里的抒情诗》开始，先后在《从空虚到充实》《蛇的诱惑》《玫瑰之歌》《漫漫长夜》《鼠穴》《华参先生的疲倦》《神魔之争》《摇篮歌》《报贩》《诗八首》《森林之魅》《神的变形》等诗篇中采取了面具化角色或戏剧化声音的言说方式。除了《森林之魅》《神的变形》作于1945年和1976年，其他基本产生于1939年4月至1942年2月。这可以直接得出一个事实：穆旦自从接受西南联大诗歌教育，自觉集中在一段时间内实践了戏剧化写作。这些文本有的堪称穆旦的代表作，有的难免存在生硬尝试的痕迹，但有一个共同点即戏剧化角色的灵活多变、含蓄隐藏。对读者而言，不了解这些角色的关系或内蕴，就找不到解读的密码。

采用戏剧独白、对白或片断情境的表达形式，穆旦无疑受了艾略特诗作的影响，这既可在文本中找到联系，也能在他的诗歌翻译中明确线索。70年代，穆旦翻译了艾略特大量戏剧化诗篇，《普鲁弗洛克的情歌》《一位女士的肖像》《枯叟》《荒原》《悲哀的少女》《灰星期三节》都在其列。除了翻译诗篇，穆旦还压缩性地译介了西方学者对诗篇中"戏剧性独白"的相关阐释，如《普鲁弗洛克的情歌》引介为"这篇诗是一个戏剧独白，一个人说出一段话来暗示他的经历并显示了他的性格"[1]，对《枯叟》译介为"没有意图面向听众，因此无需有层次的进展。它由枯叟脑

---

[1] 穆旦标注"摘自1950年《了解诗歌》"，《现代英国诗选》，查良铮译，湖南文艺出版社1985年版，第8页。

中的突然转念而联结起来,这种联结是往往没有逻辑性的"①。虽然这些翻译发生在穆旦戏剧化写作的几十年之后,但其中透出的关注点,也能补充性说明穆旦青年时期实践戏剧化角色言说的兴趣。

一般说来,写作的形式意味总是从属于表达意志的。穆旦对艾略特戏剧化形式的借鉴,和他从布莱克那儿接受的"自我分化"的生命意识直接相关。由于穆旦诗中的"自我"首先是一个形而上的本体的"我",因而能够通向每一种戏剧化角色,换言之,"我"作为抽象的实体,含纳生活中的所有角色,因而文本中的"我"可以化身进入任何处境当中。如《防空洞里的抒情诗》,戏剧独白者"我"并不具备明确的立场或身份:这个"我"想起"大街上疯狂的跑着的人们",听见"大风在阳光里",感觉着"这里的空气太窒息",看上去似乎是一个独立于污浊环境的清醒者;但继而是默念着"我已经忘了摘一朵洁白的丁香挟在书里"的"我",又似乎把"我"变成了一小资产阶级青年;而当防空警报解除后,"我是独自走上了被炸毁的楼,/而发现我自己死在那儿","我"竟然成了一个死者。由此,诗中同一个"我",却似乎指向了不同的角色。这些角色是否完全不同的人物?梁秉钧基本把"我"定位为具体某一个人物,认为诗中的"我"既无英雄色彩,也不相信有能力改变世界,是受制于外在事物的;诗人和他所写的人物既非先知,也不随便贬斥他人,诗人通过那些角色去体会不同的人。这一解释也可以进一步讨论。联系穆旦的"分化自我"意识来看,《防空洞里的抒情诗》中的众多"我"未必一定是不同的人,诗中独立清醒的"我"、世俗的"我"、英雄的"我"可以理解为同一自我分化出来的不同方面,而这也映证着穆旦关于"自我分裂"的复杂意识。这一理解在穆旦另一文本《从空虚到充实》中得到映证,该诗中"我"的化身几乎无处不在:"谁知道我曾怎样寻找/我的一些可怜的化身","然而这样不讲理的人我没有见过,/他不是你也不是我","可是我们的三段论法里,/我不知道他是谁"。诗人反复设疑的"他",成了最困惑读者的角色,其实,可以视之为"自我"模糊、未知的化身。该诗还有另一些具体人物,如陷于家庭争吵的 Henry 王、张公馆的少奶奶、德明太太和老张儿子。由此,文本形成了明暗相对的人物结

---

① 穆旦注明关于《枯叟》的介绍译自吉尔伯特·费尔普斯所编期刊《问答》,《现代英国诗选》,查良铮译,湖南文艺出版社 1985 年版,第 43 页。

构，一方面是抽象的"自我"（包括"我"和化身的"他"），另一方面是真实面目的人物，这种对立、对称的结构暗示着一种可能：这里的"我"作为一个抽象的、模糊的分化式主体，既无处寻找具象，又可以是真实人物中的任何一个，这样，"自我"既可幻化为形而上意义的存在，又通向实存世界的生命个体。

值得研究的还有《蛇的诱惑》与上面两首诗的关系。笔者认为，这一被诗人加上"小资产阶级的手势之一"副题的文本是穆旦将前两首诗中的"自我分化"意识凝结起来的实践，诗中的"我"既不像在《防空洞里的抒情诗》中那样明显地被"化身"，也不再似《从空虚到充实》中那样故意含混，而是被糅合成前后统一的抒情者或陈述者。但这一"我"仍不是融合的"自我"，仔细进入该文本，恰恰能读出一个明显分化的"自我"。"我"一边"陪德明太太坐在汽车里"，一边觉出"痛楚的微笑，微笑里的阴谋"；看着"店员打恭微笑，像块里程碑"，感到的是自己如同"夏天的飞蛾"，"啜泣在光天化日下"；想象出如果自己吃了"智慧的果子"，也会"穿一件轻羊毛衫围着火炉"，"用巴黎香水，培植着暖房的花朵"，却最终发现"我总看见二次被逐的人们中，/另外一条鞭子在我们的身上扬起"，看见"诉说不出的疲倦""灵魂的哭泣"。这个"我"活在现代应酬中，同时又洞察着种种生存必须的"阴谋"，感受着现代物质文明，却悲哀着被鞭打的灵魂。可见，这一文本虽然凝结为一个抒情者的口吻，但包含了矛盾、纠结的"自我"，由此可以反推，前两首诗中那些不断化身角色的"我"就是一个分化的"自我"。如此看来，我们不必费力辨别哪一个"我"是诗人本身，哪一个"我"是虚构。

进一步探讨可以发现，穆旦诗中的"自我"有着形而上的"分化"可能，但进入现实层面，"自我"指代的角色更多属于庸常世界的个体。穆旦的精神结构是非常复杂的，其文本有的折射出英雄主义情结，如1939年2月的《合唱》，有着艾青式的高亢爱国抒怀；有的传达了诗人作为知识分子对民族及个体命运的深层隐忧，如《在寒冬的腊月的夜里》，但他没有成为一个天真、乐观的"人民"派诗人。先验中的"自我分化"，个体本真和知识、理性、社会的本质冲突，物质世界对精神的异化，这些超验、意识、经验横亘在穆旦的写作当中，因而诗中的"自我"常变形为庸常、卑微的个体，呈现消极型的人格。在穆旦的《玫瑰之歌》《华参先生的疲倦》《报贩》《鼠穴》《神魔之争》等大多数戏剧独白、对白诗中,"我"的语吻都厌倦或哀痛的。《玫瑰之歌》中的小标题中的"他",独白中传达了逃离自然、爱情、日常生活、古老秩序的渴求及获得健康新生的愿望。《华参先生的疲倦》由华参这一角色的独白构成,这一类似艾略特笔下的普鲁弗洛克的小资产阶级,叹着时间的流逝,软弱、虚浮地对待着爱情。此外,《报贩》中自比乞丐的角色以独白的形式表明了对现代文明社会的"公文""早晨八点钟""全世界踏来的脚步"这一集约式生活的不堪承受之痛。《鼠穴》则相对较为特殊,穆旦自称属于"模仿西方现代派诗歌"[①]的创作,该文本形式是戏剧独白的变形,通过比拟老鼠揭示现实世界的文明人,尤其是知识分子的存在本真状态:生活在"发霉的顶楼里",虽然"一切的繁华是我们做出,/我们被称为社会的砥柱",但"一条软骨"是无法抽去的本质,并永远围绕"啃嗫"的动作。

由此可见,穆旦的戏剧化角色基本都有消极特征,最终指向的是他的"自我分化"意识。在穆旦看来,社会每一个生命都遭遇着被母体分割、被社会隔绝的孤独境遇,后天智慧最终证明的仍是人的"愚蠢",现代生命经历的就是一种"不幸",而在现代社会,知识、理性构筑的繁荣表象背后,是个体失去激情与想象后的软弱本质。因此,穆旦诗中戏剧化角色的消极性有着深刻的寓意。

三 拟诗剧:自我与超验角色的交互与冲突

穆旦另一种关涉"我"的显性的戏剧化言说体现在他的拟诗剧写作中。所谓拟诗剧,即诗中的角色关系不构成实际冲突,也不作具体的事件设计,只是在较为明确的几个角色之间虚构对话,表现诗人对内外宇宙的认识,因而不是真正的诗剧。穆旦实践拟诗剧和他对神魔题材的兴趣相关。在西方文学的熏染中,在布莱克、艾略特诗歌的影响下,穆旦从1941年开始把上帝、神引入新诗,先后涉及的文本有《我向自己说》《神魔之争》《出发》《诗八首》《祈神二章》《森林之魅》《隐现》《神的变形》。这几个文本中,《我向自己说》《出发》《祈神二章》都是一般的抒情诗,直接表达了对上帝的怀疑。诗剧形式的有《森林之魅》《神魔之

---

① 穆旦:《致郭保卫的信》(四),曹元勇编《蛇的诱惑》,珠海出版社1997年版,第228页。

争》《隐现》《神的变形》，它们或者是角色对话构成的拟诗剧，或者是演绎矛盾处境的组诗，其中的超验角色和自我之间存在幽微的戏剧化交互，仍体现了复杂的"自我"。

关于穆旦的宗教精神和思想状态，从40年代王佐良提出穆旦的最大贡献在于他"创造了一个上帝"[①]，到王毅提出的"转身"[②]，及至晚近有人质疑这一结论并提出穆旦的"爱国主义"[③]，纠正以往的"宗教"说。前后出现如此相反的论见，研究者关于穆旦主体自我的认识似乎经历着一轮博弈。其实，晚近论者把宗教与政治对立起来的二元思维对于穆旦文本的丰富意蕴缺乏有效的阐释力度。穆旦的英雄主义情结、爱国精神是他本然状态中的现实人格，这在他肯定艾青的二篇论文[④]和不少涉及人民、抗战题材的文本中都有所体现；而穆旦诗中对"上帝""神"的指涉，并不意味着背叛国家和民族。更何况，穆旦对"上帝"的涉及不是为了单纯建立现实生存中的信仰哲学，而是基于一种审美的态度。因此，他能够根据创作情绪决定对上帝言说的语吻。诸如《出发》一诗，直接表达了对上帝的怀疑，以充满矛盾悖论的沉重生活体验揭示上帝："在你的计划中有毒害的一环"，"在甬道中让我们反复／行进"，"让我们相信你句句的紊乱"。而在《隐现》中，穆旦又用了"主呵，生命的源泉，让我们听见你流动的声音"的祈神式口吻，似乎传达了主体的皈依诉求。因此，文本之间的这种裂缝与矛盾，说明不能给穆旦定下单一的反叛或者信仰上帝的调子。需要讨论的是，穆旦诗剧中的超验角色与自我是一种怎样的关系，超验角色的存在对自我分化构成了怎样的影响或冲突。

《神魔之争》作为穆旦正面涉及神、魔、人之间矛盾的代表性戏剧化文本，既能体现穆旦超越一般肤浅社会学、道德学层面，深入人类学、存在本体论等领域的写作深度，又折射了他受布莱克影响的"自我分化"观。这一拟诗剧虚构了东风、神、魔、林妖（全体）、林妖甲、林妖乙等几类角色的各自争辩、对白或独白，它们都不同处于某一在场式情境，只

[①] 王佐良：《一个中国诗人》，曹元勇编《蛇的诱惑》序言，珠海出版社1997年版。
[②] 王毅：《中国现代主义诗歌史论》，西南师范大学出版社1998年版，第187页。
[③] 王学海：《穆旦诗歌中不存在宗教意识》，《文学评论》2007年第6期。
[④] 姚丹：《"第三条抒情的路"——新发现的几篇穆旦诗文》，《中国现代文学研究丛刊》1999年第3期。

是诗人代拟的诗思主体。在诗篇中,"魔"洞察到"神"所谓的威严、正义、自由、和谐的不公正本质,它诅咒、毁灭着现存秩序,"神"则坚持认为"魔"自负、无知以及必然面对"地狱"的命运。显见,这里构造的神、魔矛盾,就是理性与激情、秩序与破坏对立性的表征,从中可以看出布莱克诗歌等西方文化的影响。诗中神魔的对峙,正是穆旦内心自我冲突的折射:世界的宁静早已不再,破坏的烈火在周围点燃,个体生命如何安放?诗中"林妖"的独白及合唱呈现了分裂的真相。他们既是神魔之争的观察者:"他来了,一个永远的不,/走进白热的占有的网,/O 他来了 点起满天的火焰,/和刚刚平息的血肉的纷争。"又是世界命运的被动承受者,只能发出软弱的叹息:"我们知道自己的愚蠢,/一如树叶永远的红","我们活着是死,死着是生,/呵,没有谁过的更为聪明"。而赐予林妖生命的"东风"也宣布"我给了你/过早的诞生,而你的死亡,/也没有血痕,因为你是/留存在每一个人的微笑中,/你是终止的,最后的完整"。由此看来,超验的"神"对普遍生命"自我"不能提供庇护或者精神力量,而"魔"也不能给人希望,因此"自我"仍是悬置的。这也是穆旦对现实存在的生命"分裂"的本真写照。直到1976年,穆旦在拟诗剧《神的变形》中仍重申了这一生命感受,经历了特殊岁月,穆旦在这一文本中对神魔进行了完全的否定,揭示了它们之间"权力"争夺、更替的关系实质,其中"人"这一角色表达了"我们既厌恶了神,也不信任魔"的态度,也意识到自己"被迫卷进来"的命运。这基本上是穆旦想象世界中神、人、魔的关系观。

在另一诗剧《森林之魅》中,穆旦对神秘的超自然神的威慑力进行了呈现。这是诗人在战争经历中目睹胡康河谷白骨,自身从死亡边缘得来的震惊超验感受。对这一文本,有学者曾根据语言外部事实认为诗人把死亡写得"丰硕":"原是痛苦的死亡说为掌握美丽的一切;死是代替生的另一个梦;死不是一切的完结而是一个长久的生命的开始;把人对死亡的反应进一步来写,翻过来写,因其不同一般而更加有力",由此它具有了英国诗人济慈所谓"比起此时,死再也不能如此丰硕"的震撼效果[①]。然而,文本蕴藏着内在的紧张强度。诗中的角色独白者,"森林"代表着死

---

① 周珏良:《穆旦的诗和译诗》,载杜运燮等编《一个民族已经起来》,江苏人民出版社1987年版,第22页。

亡，它"站在世界的一方"等待生命"枯萎后来临"；而"人"穿行于疾病、绝望、饥饿和腐烂之间。文本结尾的"祭歌"，以一句"没有人知道历史曾在此走过"，残酷地昭示战争和历史之中个体生命的卑贱与渺小。这一文本再次证明了穆旦超验世界中人与神关系的紧张。

即便是写爱情题材，穆旦仍贯注了"上帝"这一力量对人而言的不稳定、不可靠性。在他的《诗八首》中，上帝成为一个让"自我"不断变形、分化的"破坏者"。对这一文本，晚年的穆旦在与郭保卫的通信中曾补充说："那是我写在二十三四岁的时候，那里也充满爱情的绝望之感"，"爱情的关系，生于两个性格的交锋，死于'太亲热，太含糊'的俯顺"[1]。即便诗人作了如此生活化的阐释，读者仍不能不强烈感觉到该文本中"上帝"的异质性。如组诗中写道："我和你谈话，相信你，爱你，／这时候就听见我底主暗笑，／不断地他添来另外的你我／使我们丰富而且危险"，"一切在它底过程中流露的美／教我爱你的方法，教我变更"。这一抒情"我"感叹的，是爱情的悲剧命运最终归于上帝造成的"分化"与"变形"。正是上帝、我、你三种矛盾力量的不断发展，该抒情诗包含了戏剧般的张力。而上帝制造的"自我"的不断变化，再次体现了布莱克思想对穆旦的影响。

随着新诗研究的深入，穆旦诗歌一方面因其精神深度和力度走向了经典化的位置，但另一方面在"本土化"理论的检视下，穆旦由于他和西方诗歌的亲缘关系而受着"原创性"的拷问。有学者针对穆旦那些对奥登、艾略特的学习和模仿之处提出，"穆旦的'西化'正意味着'去中国化'"，"穆旦真的具有如此非凡的成就而值得我们竭力追捧?"[2]另有学者则质疑了"原创性"说法是一个"可疑的神话"，并认为穆旦看上去是在模仿别人，但目的却是"为了切入自身的现实"[3]。一方主张"原创"的规定性，一方强调对惯例成规的破除，两种说法都有其合理的一面。笔者再度呈现穆旦对布莱克的借鉴，似乎起了"去经典化"的反作用。但客观地说，穆旦这种"自我分化"的现代主体非理性意识是一种新异的精

---

[1] 参见曹元勇编《蛇的诱惑》，珠海出版社1997年版，第222—227页。
[2] 江弱水：《伪奥登风与非中国性：重估穆旦》，《外国文学评论》2002年第3期。
[3] 王家新：《穆旦与"去中国化"》，《诗探索》2006年第3辑。

神质素，相对于一般诗思，其精神深度不啻于"去爬灵魂禁人上去的山"①，至今仍给人锋利、震惊的感受。正如程光炜说，"在新诗的发展中，不是任何人，是穆旦把诗歌带入了知识分子那种内在的省思和冲突中，使它处在一种自我追问的灵魂状况之中"。② 即便受着异域诗人的启发，穆旦也进行了自己的转化和创造。

---

① 王佐良：《一个中国诗人》，曹元勇编《蛇的诱惑》序言，珠海出版社1997年版，第10页。

② 程光炜等主编《中国现代文学史》，中国人民大学出版社2001年版，第331页。

附录二

张枣元诗写作中的戏剧化技艺

张枣诗歌的元诗书写追求不再是小圈子的秘密，但具体到他每一首诗，仍机心难勘，让读者抓耳挠腮。以抒情传统视阈来看，张枣所作的诗都"以字的音乐做组织和内心自白做意旨"[1]，自然是个纯粹的抒情诗人。但作为一个把写诗看成类似偷"惊叹号"[2]的艺术享乐主义者，他钟情虚构，爱作纯想象力的冒险，认定诗歌陌生化的旨归，在超现实虚构和语词的腾挪变换中，还精于戏剧化面具与戏剧化场景。张枣偏向寻找历史、神话、经典作品中某一具体情境中的角色作为自己说话的"面具"，在重写中融入自己的生命经验，角色的意识实为诗人自身的体验。这种写作是通过呈现具体"面具"化角色在某一特定、具体时空片断下的心理状态，隐含性地表达诗人相同或相通的经验情思。张枣的"面具"说提炼于20世纪90年代，但这一写作个性早在80年代就呈现出来。从形象来看，张枣不少诗把写者自我虚构成几个角色，构拟某个具体的他者的动作、心理情境，或在角色间交叉人称变换制造戏剧化关系，诗人自己则藏身在"面具"当中。在体量玲珑的抒情诗中如此调动戏剧化角色形象，自然形成"他非他、我非我"的阅读效应，乱花迷眼、云遮雾绕，值得一番深察。

一 自我化身或分身带来的奇妙调式

张枣写诗器重调式，找到一种奇妙的语调或语态，就实现了他写诗最重要的一步，这个调式往往由说话者和人物情境推动。这或许引发一个问题：诗人的调式不是个性化的吗？的确，诗人总体声音趋势有稳定的风格。但调式是具体的，不同情境，说话者面对的不同人物关系，诗篇选择

---

[1] 陈世骧：《中国的抒情传统》，《陈世骧文存》，辽宁教育出版社1998年版，第2页。
[2] 本节所论张枣的诗均引自颜炼军编《张枣的诗》，人民文学出版社2017年版，余不赘注。

的语汇、节奏都有细腻变化，可以说，诗人所写的每一首诗，都由最初构拟的语气、情景决定走向。张枣曾在访谈中透露："我总爱用假设的语气来幻出一个说话者，进而幻出一个情景，这情景由具体的、事理性的也就是说可还原成现象和经验的图像构成，然后向某种幻觉、虚构或者说意境发展。"① 把握张枣这一诗歌密道，能对他繁复曲奥的人物创设增加几分了明。

张枣的成名作《镜中》，体现了诗人对人物关系、调式的高超编织能力，近年来得到不同名家的阐释，但妙解不一。柏桦说，"《镜中》是一声轻轻感喟……多少充实的空虚、往事的邂逅，终于来到感性一刹那"②，这是直觉式评论。钟鸣取专业技术法，从该诗抽绎出八种交错、隶属的人称关系及其诗学反叛意图，即对传统主题、汉语及物性、封闭语言机制的反叛③。不过，该诗戏剧情境中的"我""她""皇帝"几个角色到底指向什么，仍可进一步探讨。根据张枣自况的诗学观，他早期作诗，全凭"幻美的冲动"④。他对"元诗"做过宏篇专论，提出诗歌的形而上学："诗是关于诗本身的，诗的过程可以读作是显露写作者姿态，他的写作焦虑和他的方法论反思与辩解的过程。"⑤ 张枣的元诗写作，余旸概括为"没有一首诗歌是及物的，直接诉诸于我们的直接经验"⑥。以"元诗"观照《镜中》，"她"不必然是宫女，"皇帝"不一定暗讽权力，戏剧化角色解读可跳出经验层面。

在本文看来，除了参照张枣的元诗诗学和他对鲁迅《野草》的元诗角度赏析，解读《镜中》还可从张枣其他诗篇找到蛛丝关联，并打开张枣构拟自我写者形象的一个语词谱系。《镜中》意象、人设在张枣其他元诗中都有呼应。如《钻墙者和极端的倾听之歌》中的"贝多芬的提琴曲

---

① 黄灿然：《访谈张枣》，《飞地·现实：句本运动》，海天出版社 2013 年版，第 111—115 页。

② 柏桦：《张枣》，宋琳、柏桦编《亲爱的张枣》，中信出版社 2015 年版，第 21—22 页。

③ 钟鸣：《笼子里的鸟儿和外面的俄耳甫斯》，《当代作家评论》1999 年第 3 期。

④ 黄灿然：《访谈张枣》，《飞地·现实：句本运动》，海天出版社 2013 年版，第 111—115 页。

⑤ 张枣：《危险旅行——当代中国诗歌的元诗结构和写者姿态》，《上海文学》2001 年 1 月号，第 75 页。

⑥ 余旸：《张枣诗歌中元诗意识的历史变迁》，《新诗评论》2005 年第 2 辑，第 152 页。

嘎然而止，/如梯子被抽走"，"梯子"在该语境中隐喻音乐的升降；如《深秋的故事》，"而我渐渐登上了晴朗的梯子/诗行中有栏杆，我眼前的地图"，以诗行"栏杆"作上下文，"梯子"大致比喻诗兴的前进、上升。由此，"梯子"在《镜中》不是现实物象，而很大程度上是元诗拟象。又如"皇帝我紫色的朋友在哭泣"（《星辰般的时刻》），"你翻掌丢失一个国家，落花拂也拂不去"（《十月之水》），联系两首诗上下文，皇帝、国王，喻指的是诗歌写者，史蒂文斯的《冰淇淋皇帝》便有元诗书写的意味。而"游过来呀，/接住这面锣"（《春秋来信——致臧棣》），"在对岸，一定有人梦见了你"（《十月之水》），游泳、对岸也并非指向现实经验，而是指诗人从现代游回传统的审美追求，"对岸"即古抒情时代。至于"骑马""骑手"，在诗歌中作为诗人身份的暗喻已是常识，张枣在《何人斯》中，也有"马匹悠懒，六根辔绳积满阴天"的元诗书写。互文参照下，《镜中》的"比如看她游泳到河的另一岸/比如看她登上一株松木梯子""羞惭着脸，回答着皇帝"，都可看成诗人写者姿态的戏剧化呈现。也就是说，游泳、登上梯子、骑马的"她"和"皇帝"都是诗人的自我镜像想象，这些镜像又在镜中互相折射、互相窥探。

从诗学逻辑看，《镜中》能幻化出几个戏剧化自我，依靠的是"只要……便……"的假设语气和"镜中"这一核心情景。"镜中"折射出写者"我"的不同姿态——"她""皇帝"；幻化出写者的不同动作和情态——游泳、登梯、骑马、羞惭；"比如""固然""不如"等虚词则推进诗的发展，形成无理而妙的调式和语气。而"危险"作为审美、写作行为的性质，马拉美就曾提出"冒那在永恒中失足堕地的危险"[1]，张枣也引用过荷尔德林《帕斯摩斯》中的书写危险及营救[2]，并具体谈过诗人逃离"废词""暴力之词"而可能面临空白[3]。回到元诗立意看，落满南山的"梅花"，也指向诗人的语词、诗绪。至于吸引联想的"后悔"一词，更像是为了"落满南山"的诗绪的起兴，以及和"梅"的联韵，并无追忆之类的实际情感信息。诗中的古典语象、古典情境都改变了原来的情感

---

[1] ［法］马拉美：《窗子》，《马拉美诗全集》，葛雷译，浙江文艺出版社2000年版，第12页。

[2] 张枣：《危险旅行——当代中国诗歌的元诗结构和写者姿态》，《上海文学》2001年1月号，第77页。

[3] 张枣：《张枣随笔选》，人民文学出版社2012年版，第46页。

内涵，被张枣进行了洋气的现代转化。

　　对写者姿态和对话诗学的迷恋，对自我镜像的寻找，构成了张枣诗歌想象的双翼。《昨夜星辰》中他如此直抒："有谁知道最美的语言是机密？……我只可能是这样一个人，一边/名垂青史，一边热爱镜子。"张枣并非袒露现实中的自恋感，只是倾心在诗中穷尽写者自我。最早期的诗《影》就露出这一情结："在月光下/我惊奇地发现了自己/诙谐的影"，"为什么我今像个/梦境里的人/奋不顾身的四肢/竟然缚在一片虚无之中"。这些都属于"幻美的冲动"。现代诗人对主体的寻求，有的从时代环境中觅取，如天狗、凤凰式的譬喻；有的从青春伤感中印证，如"我是一个单恋者"（戴望舒）；有的从历史儒道传统中沟通，如整体主义诗歌。张枣则落在"汉语诗人"这一主体性上，他有写者的骄傲和抱负，又牢系着"汉语性"这一纽带，不断和汉诗长河中遥远一端的诗人对话，反复呼唤那个神秘的"你"来和自己相遇。然而，隔着时空，远方神秘的对话者始终不露面孔，张枣又返回自身，想象从外面深入自己内在的、当下的丰富戏剧化自我。如《高窗》中"对面的邈远里，或许你　是一个跟我/一模一样的人。是呀，或许你/就是我"，把当下真实的"我"幻化出一个"你"，"我"看着剥橙子的、写诗的"你"。总之，在文化传统长河中，在当下情境中，张枣都要找"你"来观察、证明"我"。故而柏桦说，"他终其一生都在问：我是哪一个"①。

　　正是对"我是哪一个"的执迷，张枣魔术般地变出了"我"的不同化身和分身。颜炼军对张枣把握得全面且深入，他说，"张枣一直致力于发明自我戏剧化结构，来探究和呈现主体复杂性"②。与此同时，有了分身，也带来了张枣追求的调式变化。其中最值得分析的是他的双性自我对话，诗人虚构男女语吻，很容易引发两性故事的误读，其实是他对元诗写作和丰富调式的苦心经营。典型的是《灯芯绒幸福的舞蹈》。柏桦见证过该诗"令同行胆寒"③的历史，傅维补充说里面"写了多为女性"④，宋

---

① 柏桦：《张枣》，宋琳、柏桦编《亲爱的张枣》，中信出版社2015年版，第19页。
② 颜炼军：《诗歌的好故事——张枣论》，《文艺争鸣》2014年第1期。
③ 柏桦：《张枣》，宋琳、柏桦编《亲爱的张枣》，中信出版社2015年版，第35页。
④ 傅维：《美丽如一个智慧——忆枣哥》，宋琳、柏桦编《亲爱的张枣》，中信出版社2015年版，第126页。

琳指认其中的"元诗结构"①。张枣此诗可能受叶芝启发,叶芝在《学童中间》中曾以舞者和舞蹈隐喻艺术的有形和抽象、瞬间和永恒,而张枣此诗是对诗艺之美的舞台化隐喻。该诗分上下片段,前者是男性"我"看见"她"为我舞蹈:"姣美的式样""四肢生辉""声色更迭""变幻的器皿/模棱两可""舞台,随造随拆""衣着乃变幻:许多夕照后/东西会越变越美。"女舞者的样式、身段、声色、器皿,可以通向诗人的形式感、手法、语吻、语词材料库。后半段是女性"我"的独白:"我看到自己软弱而且美,/我舞蹈,旋转中不动。/他的梦,梦见了梦,明月皎皎,/映出灯芯绒——我的格式/又是世界的格式;/我和他合一舞蹈。"舞者的软弱、旋转中不动,指诗歌的消极颓废美和永朝一个中心的坚定,因此,两片段看似两个主体的言说,舞者和观者,其实都是诗人自我的化身。女舞者说的"只因生活是件真事情""只因技艺纯熟(天生的)/我之于他才如此陌生",就是张枣的诗观和自视。该诗虚构戏剧化角色传递张枣两个诗学策略,一是"我"可以分身为作者和读者,一是分身为男女两性,前者融进了读者的反观,表达诗人关于技艺的标准和自信,后者增加女性甜柔、弱婉的调式,整体上达到了张枣追求的圆融、甜润的汉风。而"灯芯绒"越旧越美的格式,正是张枣着意的古典美的先锋感。

　　进一步探看,张枣不少诗中的女性角色都是诗人写者自我的另一面的戏剧化出演。"我听见你的自语/分叉成对白,像在跟谁争辩"(《钻墙者和极端的倾听之歌》),这是张枣敞亮的对话诗学。从写诗初始,张枣就找到对话的诗意建构奥妙。其中的诗学效应,既有余旸所说的"把'传统'转变为一个倾诉的对象'你'"②,也合乎萧开愚感觉的"是一个好像因为住得太远,形象显得虚幻的人,但我们还是可以从中分享到春风般的甜滋滋的爱意"③。张枣的戏剧化写者自我,可以是"忽而我幻想自己是一个老人"(《早晨的风暴》);可以是一个娇美的女性,"隔壁的女人正忆起/去年游泳后的慵懒"(《杜鹃鸟》),"你晴天般的指尖向我摸索"(《四月》)。对自己钟爱老人幻觉,张枣给了这样的美学阐释:"中国人

---

① 宋琳:《精灵的名字》,宋琳、柏桦编《亲爱的张枣》,中信出版社 2015 年版,第 161 页。
② 余旸:《重释"伟大传统"的可能与危险》,《新诗评论》2011 年第 1 辑,北京大学出版社 2011 年版,第 68 页。
③ 萧开愚:《安高诗歌授奖词》,萧开愚、臧棣、孙文波编《从最小的可能性开始:中国诗歌评论》,人民文学出版社 2001 年版,第 234—257 页。

由于性压抑，所有人只向往青春的荣耀，仅有几个人想到老年。"① 显然，张枣疏离诗坛年少冲动型的青春写作，对他而言，老人意味着深思熟虑、技艺老到。而虚构女性口吻，一是古代诗人代拟、代内书写的传统，何其芳《休洗红》、戴望舒的《妾薄命》、卞之琳的《妆台》都作了现代发展，一是张枣个人需要的调式创新。他传诵最广的《何人斯》，幻美氤氲全篇，但美中蕴谜，说话者和聆听者到底是谁，颇为难解。陈东东既视该诗把传统化为一个老人，又说诗中"我"和"你"只是"一片雪花转成两片雪花"般分开的自我②。结合前述，"我"也可视为张枣写者自我中的女性角色扮演，对着诗歌美学传统中的神秘知音倾诉"你我一体"的亲密情感，诗篇把女性的音色、语气、语态发挥到极致："你此刻追踪的是什么？/为何对我如此暴虐？""我抚平你额上的皱纹""我的光阴嫁给了一个影子/我咬一口自己摘来的鲜桃"……这种女性语吻，正是张枣喜好的"燕语呢喃"调式。

分身或化身的戏剧化书写，既是张枣调皮聪慧的性子使然，也是他对一切封闭、限定突围的需要。他坚信，诗歌产生于关系而不是幽独中。他进入戏剧化角色体验中，不是去反映生活现实，而是在角色中凝神、相遇、谛听，再吐纳微妙的倾诉，呈现彼此的绚烂光华。即便面对本来唯一的那个"我"，他也要找一个"之外"的"她"，来对话，来互观、互赏。《深秋的故事》是张枣将写者自我分身为两性的另一典型作品。"我"登上梯子，"接受她震悚的背影"，这是写者形象分身，"我"站在外边看里面的"她"如何惊艳；"她开口说江南如一棵树/我眼前的景色便开始结果"，暗示"我"跟着"她"的思绪、想象飞跃；"情人们的地方蚕食其他的地方/她便说江南如她的发型"，"们"喻指写者自我两身，他们的语词、想象所合成的作品一如江南式的婉转清丽，一如她的"发型"。后文的"乳燕"隐喻诗意的精灵；"她的袖口藏着皎美的气候"，是对诗歌变幻技艺的自我确信。如果不结合《灯芯绒幸福的舞蹈》等张枣整体诗作，不紧扣他的元诗理想，诗中"她"的背影、发型、袖口，加上"故事"的鬼脸，《深秋的故事》被理解成恋爱主题也顺理成章。关于张枣的女性

---

① 柏桦：《左边：毛泽东时代的抒情诗人》，香港牛津大学出版社第115—116页。
② 陈东东：《亲爱的张枣》，宋琳、柏桦编《亲爱的张枣》，中信出版社2015年版，第59页。

面具,臧棣似乎给过知情者的暗示:"最好的妙计依然是美人计。"① 可以说,张枣的戏剧化功夫实现了他诗歌美学中的"机密"的一面。

二 作诗意策源地的戏剧性处境

"变"是艺术家的宿命追求。张枣在不同的写作时期,还采用了虚构他者戏剧性处境的方式,这些他者有的是中国历史传说中的人物,有的则是西方经典人文作品中的形象,集中起来有《楚王梦雨》《刺客之歌》,《历史与欲望》组诗中的《梁山泊与祝英台》《罗蜜欧与朱丽叶》《吴刚的哀怨》《丽达与天鹅》《在夜莺婉转的英格兰一个德国间谍的爱与死》《德国士兵雪曼斯基的死刑》《卡夫卡致菲丽丝》《海底被囚的魔王》。寻找不同的他者戏剧性处境,除了表达形态各异的生命悖论,更能激发语言的再生力,如钟鸣所言,"每一首诗,都该有一套自己的术语,而且只对本文有效"②。张枣的诸多戏剧化诗篇近年被他的好友们揭开了其中的诗歌信仰、海外孤独等主题,但诗中如何借他人处境表达自我,各个戏剧化处境怎样推动诗意想象和语气节奏,值得细品慢研。

现代诗中的"戏剧化独白"不同于古代诗歌中的代拟写作。古典闺怨、相思情境趋向类型化,如李白的《长干行》《自代内赠》,都是女性思远的口吻模拟。现代戏剧化独白诗中的不同角色处于具体情境,其命运、心理自有殊异,同时又不是诗剧,因既不发展情节,也不呈现激烈外部冲突。西方近现代经典的戏剧独白诗形成了一个延续,如勃朗宁的《戏剧性抒情诗》集、艾略特的《普鲁弗洛克的情歌》、叶芝的"疯简"系列等。中国现代时期的闻一多、徐志摩、卞之琳、穆旦曾做过尝试。当代不少诗人也在这个技艺角度小试牛刀,如西渡的《少女之歌》《菩萨之歌》,臧棣的《相手师的独白》。在后一文本中,相手师所处的位置是"街角",诗人抓住这一线索展开想象,处理"街角"向"历史的不易察觉的拐弯处"的转喻,完成由客观地理向人文语境的过渡,然后借相手师的视点、语吻进行延伸、变形,深入历史和时代中的阴影部分,都是诗人戴着相手师"面具"的观察和判断。

---

① 臧棣:《解释斯芬克斯——为张枣而作》,《燕园纪事》,文化艺术出版社 1998 年版,第 37 页。

② 钟鸣:《笼子里的鸟儿和外面的俄耳甫斯》,《当代作家评论》1999 年第 3 期。

张枣的戏剧化独白还是服务于元诗诗学。从角色选取角度看，他早期尝试的《楚王梦雨》戏剧独白既暗示了他自己的"楚文化"情结，又融合了"梦"的氛围，楚王几乎就是诗人自我的"面具"，典故中的巫山云雨、人神相通只是表面依托，最终变形为诗人的诗学理想。张枣借拟了楚地的幻想、巫术文化气息，用轻呼、祈祷的语吻虚构着楚王渴望与神相通的焦灼，表达的是张枣自己对传统诗意、空白美学的吟唱。比较他以前的作品，以及后来的同主题诗篇，《楚王梦雨》因为有了楚王这个戏剧化角色，抒情更加急切，语气更亲昵，叹词"呢"依性使用。开篇"我要衔接过去一个人的梦"，比张枣的非戏剧化独白诗来得直截了当，和传统神会，衔接古典的感性和唯美，是他写诗的总体志向。"我的心儿要跳得同样迷乱"，"还燃烧她的耳朵，烧成灰烟／绝不叫她偷听我心的饥饿"，有了戏剧角色，语气分外热情。诗中借楚王的戏剧处境衍生想象："宫殿春叶般生，酒沫鱼样跃"，这是关于写诗结构、语词的灵感隐喻；"枯木上的灵芝，水腰系上绢帛"，楚地的草木和华服正好解救诗的语言；"佩玉""竹子""荷叶"同样是张枣对戏剧处境的因地制宜；而"渐渐潮湿""湫隘的人"之类的古语也是最恰切的传统激活。可见，戏剧化独白带来了不同的细节、语气和辞藻。当然，熟悉诗人执念的读者，注目的还是缭绕诗篇的"那个一直轻呼我名字的人""叫人狐疑的空址""空白的梦中之梦"这些写者心理的言说。

到了国外，张枣诗中的戏剧化角色处理大变，《刺客之歌》增加了场景动态细节和人物关系，并在角色和自我之间制造了间离感。荆轲刺秦为国捐躯，张枣赴德国则为借外语更新汉诗写作。对这首诗，柏桦读出的是诗人在异国诗歌写作的"凶险命运及任务"[1]，钟鸣更细化了诗中反讽、解嘲的语调以及刺客唱词的松弛感，并提醒研究者思考诗人和刺客互涉的理由[2]。荆轲的历史本事充满了牺牲、危险，但诗中反复回荡"历史的墙上挂着矛和盾"，暗示张枣不只是承受孤独和离开母语的牺牲。"不同的形象有不同的后果"，荆轲无谓地冒险，而"我"去德国终归寻到了些丰富汉诗的新器。在虚构的戏剧处境中，荡漾着威仪的"英俊的太子"是"我少年的朋友"，可能隐喻诗人的某位诗友。诗篇最后回到"我"的写

---

[1] 柏桦：《张枣》，宋琳、柏桦编《亲爱的张枣》，中信出版社2015年版，第25页。
[2] 钟鸣：《笼子里的鸟儿和外面的俄耳甫斯》，《当代作家评论》1999年第3期。

者处境,"为铭记一地就得抹杀另一地",似乎是对离开母语的无奈,但跳出内容细节看全诗,《刺客之歌》罕见地一韵到底,显示了张枣并未"抹杀另一地"的努力和抗争,颇耐人咀嚼。

  有意味的是,"刺客"这一主题又在张枣的《在夜莺婉转的英格兰一个德国间谍的爱与死》《德国士兵雪曼斯基的死刑》(下文分别简称《间谍》《士兵》)中得到延续,且都是戏剧化形式。《间谍》中是德国人在夜莺歌唱的土地历经战争、失去生命和爱情,《士兵》是懂俄语的德国人被判死刑,都和张枣远赴异乡的命运相似,但比起1986年的《刺客之歌》,更多了悲剧性和速朽感。也就是说,张枣在这两首戏剧独白诗中流露了当时的低落心境。生活困难等于诗歌困难,张枣在两首诗中进一步发挥了元诗书写个性。比起《士兵》的不断加速音高走向临终,《间谍》组诗中设计了复调,有"夜莺婉转"的背景,"醉汉的歌唱",也有"我"和"她"隐隐约约的对话,还有"我"的祈祷……这些复调增加了全诗的含混,但根据张枣在诗中的音型建构,大概可以划分出几种基调。夜莺婉转和醉汉歌,是失意、痛苦之绪。"我"和"她"的对话则围绕情感、时间,"一个古老的/传说,我总是不能遗忘",这是女性对爱情的信仰;"我正代替另一个人活着",这是生死相继相成的时间循环观,和博尔赫斯的"别人将是(而且正是)你在人世的永生"[①]异曲同工。对话还穿插"她去井边汲水,/把凉水洒向汗晶晶的发额和颈脖"片段,将中国古典的感性细节移接给西人。"我"的轻呼祈祷型诉说则关涉元诗:"主啊,你看看/我们的新玩意:小巧的步话机/像你的夜莺。""步话机"隐喻张枣的对话诗学,诗人把它和主的妙音联系起来,把对话观自觉地崇高化,接着是呼请诗神降临:"主啊/调遣你的王牌军"、调遣"你可怕的鸽子",语气热切诚恳。由此可见,《间谍》戏剧化独白组诗容纳了张枣当时的多重复杂心音。

  《历史与欲望》组诗的写作是从中西经典传说、故事中更新诗意,它们属同类题材,也关乎爱和死,但诗人为每一对爱侣虚构不同的具体情境,在情境中孕生诗人对语言的拯救和突围。《罗密欧和朱丽叶》以情侣的死别发明"来世是一块风水宝地""死永霸了她娇美的呼吸""像白天

[①] [阿根廷]博尔赫斯:《适用于任何人的墓志铭》,《博尔赫斯全集》(诗歌卷上),林之木、王永年译,浙江文艺出版社1999年版,第30页。

疑惑地听了听夜晚""杀掉死怔进生的真实里"这些幻美的主题和修辞，产生语言现实的来世般极乐感。《梁山伯与祝英台》化蝶的结局被诗人发挥为新的美学："那对蝴蝶早存在了""她感到他像图画/镶在来世中""这是蝴蝶腾空了自己的存在/以便容纳他俩最芬芳的夜晚/他们深入彼此，震悚花的血脉"，蝴蝶成了器皿、装置，情侣亦如同诗人写者自我对读者自我的震撼，爱就是美，美即爱。《吴刚的哀怨》借吴刚对嫦娥的思念，表达"未完成的，重复着未完成"，是对理想诗歌、理想爱情难以企及的遥叹，以及"诅咒时间崩成碎末"的无力感。

在张枣的戏剧化诗篇中，《卡夫卡致菲丽丝》的戏剧化独白与其他不同，既非纯虚构的形象，也不是神话、故事中的角色，而是洞察历史现实的深刻作家，它的音势不可能甜美，但张枣也不直接靠着卡夫卡的批判性。钟鸣对这一文本中的潜对话、笼子、孤独的阅读者、内心自由、俄耳甫斯声音做了精彩分析。[①] 贯穿该诗的还有空白诗学、自我猎取观。借卡夫卡的处境，张枣悲惋地唱着"菲丽丝，我的鸟/我永远接不到你，鲜花已枯焦/因为我们迎接的永远是虚幻"，鸟，也是张枣心中最高的诗，但也是未来的空白和虚幻。"我们的突围便是无尽的转化"，道出了张枣一直在因地制宜的作诗意图。在寻找自我的迷途中，张枣和卡夫卡是相通的："而我，总是难将自己够着。"至于被神性化的写作，诗人直诉"太薄弱，太苦，太局限"，光明的诗（菩提树喻指）则"太远，太深，太特殊"，戴上卡夫卡的面具，张枣表达了写者的精神危机。

三 变换琳琅的戏剧化人称

张枣的多样戏剧化兴致在早期成名时就为人共睹。比如将诗艺虚构为舞台展演，上述《灯芯绒幸福的舞蹈》即为证；比如把身边诗友来往看作一个交互的戏剧场面，反复在心中演绎各人的动作、表情、个性，再发明个人化修辞描绘诗界面孔，如《秋天的戏剧》。最具技术难度的戏剧化技巧是他的人称调遣，许多诗中的"你""我""她""我们"穿来插去，夹杂在身份名词间，让读者迷失在戏剧化面孔中。柏桦曾表示，"人称变换技巧"是张枣主要诗歌技艺[②]。

[①] 钟鸣：《笼子里的鸟儿和外面的俄耳甫斯》，《当代作家评论》1999年第3期。
[②] 柏桦：《张枣》，宋琳、柏桦编《亲爱的张枣》，中信出版社2015年版，第16、18页。

人称技术一般在小说、戏剧中微妙运用，抒情诗的典型常是"我"对某个具体的"你"或代表时代、国族的集体"你"说话，人称指涉简单易懂。但偏好诗意隐藏、丰富的一些现代诗人在增加诗歌的戏剧化、故事化因素的同时，把自己化身别人，在自我之间、说话者和听者之间、自我和他者之间制造交互、差异、跳跃和省略，人称指涉就显得复杂了。如下之琳《音尘》中的绿衣人、远人、"我""他"以及之外的"你"，《候鸟问题》中的"你""你们"，都需要读者小心分辨。张枣堪称当代这方面的佼佼者，钟鸣是最了解张枣的学者，他给张枣个性的定义包含"聪慧、狡黠、好戏谑"，创作喜好"自窥与转换"①。可以说，读张枣的诗，弄清人称所指是急要。

张枣的一类元诗书写敢于越轨，他把现实中的诗界情形纳入诗的图案，诗友的脾性、诗品、诗友和他或融或冲的关系，隐约呈现在他的笔下。但他不具体点名，都用"你""你们""他""他们""我"等代词进行隐蔽化，且诗歌行为事理和生活事理等同，读者难以捕捉背后的微讽真意。《秋天的戏剧》前三节总体抒发"我"对诗坛不同面孔的依恋、怜悯、苛求、无奈感以及赋形动作，从第四节开始，各色人物出场，"使我的敌人倾倒"的"她"，"把我逼近令她心碎的角隅"的"他"，"我病中的水果"的"你"，"夜半星星的密谈者"的"你"，等等。诗人取名"戏剧"，或许隐喻着人间关系的戏剧、想象和修辞的戏剧、人称代词的戏剧，颇为琳琅满目。张枣把诗生活搬进文本，能对号入座的只有代词后面的当事人或知情人。而《桃花园》中，他把不融洽的诗者统称"他们"，赋予他们戏剧化动作："每天来一些讥讽的光，点缀道路。/怪兽般的称上，地主骑驴，拎八哥，/我看见他们被花蚊叮住，咬破了耳朵，/遍地吐一些捕风捉影的唾沫。"这些高度隐晦的修辞表达了张枣对诗坛美学异见者的疏离和笑侃，他们装模作样、互相搬袭。

更隐晦的是张枣将人物身份和人称设计并纳，置入一个看上去具体其实空幻的情境，如《镜中》《姨》《十月之水》等。《镜中》无需再经典长谈，《姨》作为吸引众多研究者解谜的神秘诗，迷障勘察还未突破。该篇短短的十几行，有"他""我们""她""姨""我""你""妈妈"诸

---

① 钟鸣：《诗人的着魔与谶》，宋琳、柏桦编《亲爱的张枣》，中信出版社2015年版，第137页。

多指称，这些指称的关系还被叠加、交叉，犹如多个镜面一起折射几个面孔，幻化出幽深玄异的场景。从人称之间的戏剧化关系看，"他"有着"我""多年后的额头"，属于主体在时间中的关系，即当下写作的"我"退回过去某个时刻坐着的"我"去想象未来看望姨的"我"（即"他"），"我多年后的额头"是后退式回忆；"我每天都盼望你"是未来式畅想。而姨是谁呢？是"他"看望的人，"她"也眺望"他"，但又是"镜子的妹妹"。由此不妨大胆假设，"姨"就是时间本身，张枣探索的是时间镜像中的人和时间本身的形象，诗篇复杂戏剧化人称中似乎包含这样的美学逻辑：第一层面，"妈妈"照着镜子，在镜中看到的既是自己的影子，和自己一模一样的人，是"姨"，但人照镜子看到的更是时间，而时间也如镜般空幻，因而，时间"她"（即"姨"）也是镜子的妹妹；第二层面，"我"思量时间，也就是看望"姨"，"她"也眺望"我"的未来样子"他"；当时间"姨"被"我"或"他"看望、研究时，她也就有了"羞惭"的情态和呼吸；第三层，在时间面前，人只能充满"忧伤"。如此解读，戏剧化人称关系和情理逻辑似还通畅，况且张枣的主要诗歌主题是元诗和时间。短诗用这般繁复的戏剧化人称表现时间，几乎凝聚了人与时间的主要交集形态和情感模式，形式和精神皆令人叹服。

　　换个角度看，张枣能巧妙利用戏剧化人称，并非只源于技巧实践，而是他对"自我"的反复寻找、研究和创造，时间中的"我"，写作中的"我"，人际关系中的"我"，是他创作动力的重点所在。《镜中》是张枣早期对写者"我"的镜像戏剧化，后来他又再度试笔，写下《看不见的鸦片战争》，用"皇帝"角色引领、呈现戏剧化现场，增加了故事化的生动性。

　　在抒情诗中，故事化是佯装的，戏剧情境中的角色和人称不为增添外部事件的冲突矛盾，而是为虚构抒情的新情境和新言说。《看不见的鸦片战争》组诗虽然只完成一首，但张枣显然意在创新元诗技艺。开篇"皇上"亮相，与《镜中》《十月之水》《星辰般的时刻》中的皇帝、国王呼应，只是本诗戏剧性情境戏仿了更具体的历史细节，用"后庭宫苑""太监耳语""武将""龙椅"支撑着"皇上"角色的经验真实，加上对话的场面，戏剧片段感很强。有趣的是"鸦片战争"题名，如果说开篇皇上问话太监南疆炮台情形有点历史主旨，但下文的场景和对话全偏离了"战争"经验，故诗人用"看不见"限定"战争"，确保万无一失。诗中"战争"的内景是什么呢？是张枣内心对写作、虚构的权衡，对时间的抵抗。诗篇主要在"太监"和"皇上"以及不同人称变化的戏剧化关系中展开。"他"忽而是太监，忽而是皇上；"你"忽而是"皇上"的说话对象，忽而是虚构者的说话对象，还夹杂一个耸肩女人连声称"我"。绕过戏剧化人称来看，在这个后宫，太监"用漂亮的句法谈没有的事"、谈"小雀儿"，显然属元诗拟象，"小鸟""小雀儿"，是张枣对诗歌的常见昵称；太监裤兜里的"玉环"，光洁、圆润，隐喻诗歌理想的样子。太监时刻观察皇上，但看到的情景是皇上对小胖婴孩说"叫我一声亲爹，我就把闹钟给你"，诗篇跳跃性突兀，不妨联系张枣后来的发福来阐释，岁月无情地把帅气诗人变为中年胖叔，"把闹钟给你"实为张枣对时间的诅咒。由此，戏剧化人称中的角色关系显示出来了：太监和皇上都是张枣写者的化身，太监是"我"清醒、警觉的一部分；"皇上"是写者此时的样态，他发着福，也留意着各种诗歌"云朵"形态，灵感天空中的各种"异象"。"皇上"睡着时大地显示"图案"，是他留下的诗绪轮廓。诗篇中的戏剧化"战争"和人称变化，都指向写者对诗歌写作、对时间的内窥。

由此看来，张枣调动人称变化技巧，但诗篇仍符合他的核心诗观："绝不会自外于自己。"绝大部分人称指涉都是张枣内心关于元诗、时间的镜像出演。如《猖狂的一杯水》中的"薄荷先生"，诗中用"他"这一人称带出系列动作和心理，但实际上，"薄荷先生"就是张枣自我的戏剧化形象，他的"绝不会自外于自己"就是张枣的写作自况，诗中那满满的一杯水"内溢四下"又外面般"欲言又止""忍在杯口"，象征张枣自我内盈的书写姿态，对内心虚构就是一切的信奉。结尾处，张枣直接改用"我们"人称来表达"来世"诗学："它伺者般端着我们／如杯子。"未来的诗，理想中的诗，以"少"胜"多"的诗，把诗人如杯子般稳稳举着，维持他和生活的平衡。

技艺不是纯粹形式，它本质上属于诗歌精神的重要部分，具体到张枣处，它是美学崇高的彰显。戏剧化分身、戏剧性情境、戏剧化人称都需要想象力或虚构能力，想象力本身就是诗歌主要形象。张枣认同史蒂文斯的诗观，把想象力称为"崇高"事物，"想象力做主体，穿透万物，占据现实……使生命富有趣味，拓展主体真实"，想象力的力量，能"成为猛虎，可以杀人"①。本文所举戏剧化诗篇例子，都透出了张枣用想象力改变现实经验、诞生新的存在和审美秩序的妙处。在戏剧化技艺中，他表达的多是元诗诗学，因此顾彬曾建议，我们要学会"如何把他的'我'解读成一个诗学面具"②。

张枣诗篇的难懂一直是摆在研究者面前的事实，等待着我们进入文本内部。近年有关他的细读批评不断突破，当然，也陆续呈现了分歧和矛盾。在本文看来，如果细读不是拘囿于封闭的文本，而是联系张枣所有诗篇，以互文的视野参照彼此，再联系张枣的诗学观和批评实践，形成视界融合，或许能提供新的阐释可能。本文选取张枣的不少戏剧化诗篇，它们是戴着面具的抒情，产生过多元化解读，此番尝试互文解读和视界融合，亦是想探踪张枣隐藏的诗意机制，当然谬处也难以避免。某种程度上，细读诗人也只是自己想要一个美学"惊叹号"。

---

① 张枣：《张枣随笔选》，人民文学出版社2012年版，第10页。
② ［德］顾彬：《综合的心智——张枣诗集〈春秋来信〉译后记》，《作家》1999年第9期。

参考文献

一 作品集

[阿根廷]《博尔赫斯全集》(诗歌卷),林之木、王永年译,浙江文艺出版社1999年版。

[爱尔兰] 叶芝:《叶芝诗集》,傅浩译,河北教育出版社2002年版。

[爱尔兰] 叶芝:《丽达与天鹅》,裘小龙译,漓江出版社1992年版。

[德] 里尔克:《里尔克诗选》,臧棣编,中国文学出版社1996年版。

[德] 里尔克:《永不枯竭的话题——里尔克艺术随笔》,史行果译,东方出版社2002年版。

[法] 波德莱尔:《巴黎的忧郁》,亚丁译,生活·读书·新知三联书店2004年版。

[法] 马拉美:《马拉美诗全集》,葛雷译,浙江文艺出版社2000年版。

[法] 瓦雷里:《瓦雷里诗歌全集》,葛雷、梁栋译,中国文学出版社1995年版。

[美] 史蒂文斯:《最高虚构笔记:史蒂文斯诗文集》,陈东飚、张枣译,华东师范大学出版社2008年版。

[希腊] 埃利蒂斯:《埃利蒂斯诗选》,李野光译,漓江出版社1987年版。

[英] T. S. 艾略特:《艾略特诗选》,赵萝蕤译,山东大学出版社1999年版。

[英] 罗伯特·勃朗宁:《勃朗宁诗选》,汪晴、飞白译,海天出版社1998年版。

[英] 约翰·但恩:《艳情诗与神学诗》,傅浩译,中国对外翻译出版

公司 1999 年版。

《穆旦译文集》，人民文学出版社 2005 年版。

飞白编《世界诗库》，花城出版社 1994 年版。

（清）彭定求等编《全唐诗》，中华书局 1999 年版。

《先秦魏晋南北朝诗》，逯钦立辑校，中华书局 1983 年版。

艾青：《艾青诗选》，作家出版社 2008 年版。

卞之琳、江弱水、青乔编《卞之琳文集》，安徽教育出版社 2002 年版。

北岛：《北岛诗选》，新世纪出版社 1986 年版。

北岛：《在天涯——1989—2008》，生活·读书·新知三联书店 2015 年版。

柏桦：《表达》，漓江出版社 1988 年版。

柏桦：《往事》，河北教育出版社 2002 年版。

柏桦：《左边：毛泽东时代的抒情诗人》，香港牛津大学出版社 1994 年版。

陈东东：《夏之书·解禁书》，重庆大学出版社 2011 年版。

陈东东：《海神的一夜》，凤凰文艺出版社 2018 年版。

陈梦家编《新月诗选》，上海书店 1981 年版。

陈先发：《写碑之心》，安徽教育出版社 2017 年版

程光炜编《岁月的遗照》，社会科学文献出版社 1998 年版。

戴望舒：《戴望舒诗全编》，浙江文艺出版社 1989 年版。

多多：《多多诗选》，花城出版社 2005 年版。

杜运燮、张同道编《西南联大现代诗钞》，中国文学出版社 1997 年版。

韩博：《借深心》，作家出版社 2007 年版。

韩东：《韩东的诗》，凤凰文艺出版社 2015 年版。

何其芳、李方编《何其芳全集》，河北人民出版社 2000 年版。

胡续冬：《日历之力》，作家出版社 2007 年版。

姜涛：《洞中一日》，作家出版社 2007 年版。

穆旦：《穆旦诗文集》，人民文学出版社 2006 年版。

蓝棣之编选《九叶派诗选》，人民文学出版社 1992 年版。

李亚伟：《豪猪的诗篇》，花城出版社 2006 年版。

唐晓渡、王家新编《中国当代实验诗选》，春风文艺出版社 1987 年版。

万夏、潇潇编《后朦胧诗全集》，四川教育出版社 1993 年版。

欧阳江河：《谁去谁留》，湖南文艺出版社 1997 年版。

欧阳江河：《如此博学的饥饿》，作家出版社 2012 年版。

欧阳江河：《凤凰》，香港牛津大学出版社 2012 年版。

商禽：《商禽世纪诗选》，尔雅出版社 2000 年版。

沈从文：《沈从文文集》，花城出版社 1984 年版

森子：《戴面具的杯子》，中央编译出版社 2000 年版。

森子：《森子诗选》，长江文艺出版社 2016 年版。

孙文波：《孙文波的诗》，人民文学出版社 2001 年版。

闻一多：《闻一多全集》，湖北人民出版社 1993 年版。

西渡：《雪景中的柏拉图》，文化艺术出版社 1998 年版。

西渡：《草之家》，新世界出版社 2002 年版。

西川：《大意如此》，湖南文艺出版社 1997 年版。

西川：《让蒙面人说话》，东方出版中心 1997 年版。

西川：《西川的诗》，人民文学出版社 2000 年版。

西川：《小主意：西川诗选（1983—2012）》，江苏文艺出版社 2014 年版。

萧开愚：《萧开愚的诗》，人民文学出版社 2001 年版。

萧开愚：《此时此地》，河南大学出版社 2008 年版。

萧开愚：《内地研究》，广东人民出版社 2014 年版。

谢冕、唐晓渡编《以梦为马：新生代诗卷》，北京师范大学出版社 1993 年版。

辛笛编：《九叶集》，作家出版社 2000 年版。

徐敬亚编《中国现代主义诗群大观 1986—1988》，同济大学出版社 1988 年版。

《徐志摩诗集》（全编），顾永棣编，浙江文艺出版社 1983 年版。

韩石山编《徐志摩全集》，天津人民出版社 2005 年版。

圣思选编《九叶之树长青——"九叶诗人"作品选》，华东师范大学出版社 1994 年版。

痖弦：《痖弦自选集》，台北黎明文化事业公司 1977 年版。

杨克等编《1990年代实力诗人诗选》，漓江出版社1999年版。
于坚：《于坚的诗》，人民文学出版社2000年版。
张曙光：《小丑的花格外衣》，文化艺术出版社1998年版。
翟永明：《称之为一切》，春风文艺出版社1997年版。
翟永明：《黑夜里的素歌》，改革出版社1997年版。
翟永明：《纸上建筑》，上海东方出版中心1997版。
张枣：《张枣的诗》，人民文学出版社2017年版。
钟鸣：《旁观者》，海南出版社1998年版。
钟鸣：《中国杂技：硬椅子》，作家出版社2003年版。
朱湘：《草莽集》，开明书店1927年版。
朱湘：《石门集》，商务印书馆1934年版。
朱湘：《朱湘散文》，中国广播电视出版社1994年版。
朱朱：《皮箱》，广西师范大学出版社2005年版。
朱自清：《中国新文学大系·诗集》，上海良友图书公司1940年版。
臧棣：《燕园记事》，文化艺术出版社1998年版。
臧棣：《新鲜的荆棘》，新世界出版社2002年版。

二　国外理论著作（含外文著作）

［俄］波利亚科夫编《结构——符号学文艺学》，佟景韩译，文化艺术出版社1994年版。

［法］巴什拉·加斯东：《梦想的诗学》，生活·读书·新知三联书店1996年版。

［法］波德莱尔：《波德莱尔美学论文选》，郭宏安译，人民文学出版社1987年版。

［法］福柯：《词与物：人文科学考古学》，莫伟民译，上海三联书店2001年版。

［法］杜夫海那：《审美经验现象学》，韩树站译，文化艺术出版社1996年版。

［法］利奥塔：《后现代性状况》，谈流洲译，湖南美术出版社1996年版。

［古希腊］亚里士多德：《诗学·诗艺》，人民文学出版社1982年版。

［德］恩斯特·卡西尔：《人论》，上海译文出版社1985年版。

参考文献

［德］D．C．米克（D.C.Muecke）：《论反讽》，周发祥中译本，昆仑出版社1992年版。

［德］《荷尔德林文集》，戴晖译，商务印书馆1999年版。

［德］黑格尔：《美学》，朱光潜译，商务印书馆1981年版。

［美］艾布拉姆斯：《镜与灯：浪漫主义文论及批评传统》，北京大学出版社1989年版。

［美］埃德蒙·威尔逊：《阿克瑟尔的城堡》，黄念欣译，江苏教育出版社2006年版。

［美］贝雷泰·E.斯特朗：《诗歌的先锋派：博尔赫斯、奥登和布列东团体》，陈祖洲译，南京大学出版社2011年版。

［美］厄尔·迈纳：《比较诗学》，王宇根、宋伟杰等译，中央编译出版社1998年版。

［美］哈罗德·布鲁姆：《西方正典》，江宁康译，译林出版社2005年版。

［美］哈罗德·布鲁姆：《影响的焦虑》，徐文博译，生活·读书·新知三联出版社1989年版。

［美］亨利·詹姆斯：《小说的艺术》，朱雯等译，上海译文出版社2001年版。

［美］克林斯·布鲁克斯：《精致的瓮——诗歌结构研究》，郭乙瑶等译，上海人民出版社2008年版。

［美］兰色姆：《新批评》，王腊宝、张哲译，江苏教育出版社2006年版。

［美］雷纳·韦勒克：《近代文学批评史》，上海译文出版社1989—2002年版。

［美］田晓菲编译《"萨福"：一个欧美文学传统的生成》，生活·读书·新知三联书店2003年版。

［美］韦恩·布斯：《小说修辞学》，付礼军译，广西人民出版社1987年版。

［美］浦安迪：《中国叙事学》，北京大学出版社1996年版。

［美］卫姆塞特、布鲁克斯：《西洋文学批评史》，颜元叔译，志文出版社1982年版。

［美］宇文所安：《初唐诗》，贾晋华译，生活·读书·新知三联书店

2004 年版。

沈奇编《西方诗论精华》，花城出版社 1991 年版。

［苏］巴赫金：《陀思妥耶夫斯基诗学基本问题》，白春仁、顾亚铃译，生活·读书·新知三联书店 1998 年版。

王家新、沈睿编《20 世纪外国重要诗人如是说》，河南人民出版社 1992 年版。

［英］T. S. 艾略特：《艾略特诗学文集》，王恩衷译，国际文化出版公司 1989 年。

［英］珀西·卢伯克：《小说美学经典三种·小说技巧》，方土人译，上海文艺出版社 1990 年版。

［英］马丁·艾思林：《戏剧剖析》，罗婉华译，中国戏剧出版社 1981 年版。

［英］阿·尼柯尔：《西欧戏剧理论》，徐土瑚译，中国戏剧出版社 1985 年版。

［英］齐格蒙特·鲍曼：《流动的现代性》，欧阳景根译，上海三联书店 2002 年版。

［英］瑞恰兹：《文学批评原理》，杨自伍译，百花洲文艺出版社 1992 年版。

［英］S. W. 道森：《论戏剧与戏剧性》，艾晓明译，昆仑出版社 1992 年版。

［英］威廉·燕卜荪：《朦胧的七种类型》，周邦宪、王作虹、邓鹏译，中国美术学院出版社 1996 年版。

［英］以赛亚·柏林：《浪漫主义的根源》，吕梁等译，译林出版社 2008 年版。

A. Norman Jeffares, *A New Commentary on the Poems of W. B. Yeats*. Londen：the Macmillan Press，1989.

Cleanth Brooks, *Understanding Poetry*. Beijing：Foreign Language Teaching and Research Press，2004.

Cleanth Brooks, *Modern Poetry and the Tradition*. Chapel Hill：The University of North Carolina Press，1939.

F. R. Lesvis. *New Bearings of English Poetry*. London：Cox & Wyman Ltd. 1979.

Kenneth Burke, *A Grammar of Motives*. New York: Prentice-Hall, 1945.

Kenneth Burke, *The Philosophy of Literary Form*. Berkeley: University of California Press, 1973.

Roy E. Gridley, *Browing*. Londen: Routledge & Kegan Paul, 1972.

William Blake, *The Complete Poems*, Edited by W. H. Stevenson, New York: Routledge, 2014.

W. B. Yeats, *Autobiographies*. London: the Macmillan Press, 1955.

W. B. Yeats, *Essays*. London: the Macmillan Press, 1924.

三 国内理论著作

艾青：《艾青论创作》，上海文艺出版社1985年版。

卞之琳：《人与诗：忆旧说新》，生活·读书·新知三联书店1984年版。

蔡英俊编《中国文学的情感世界》，黄山书社2012年版

曹文轩：《20世纪末中国文学现象研究》，北京大学出版社2002年版。

陈伯海编《唐诗论评类编》，上海古籍出版社2015年版。

陈伯良：《穆旦传》，世界知识出版社2006年版。

陈超：《中国先锋诗歌论》，人民文学出版社2007年版。

陈超编《最新先锋诗论选》，河北教育出版社2003年版。

陈东东：《只言片语来自写作》，北京大学出版社2014年版。

陈国恩：《浪漫主义与20世纪中国文学》，安徽教育出版社2000年版。

陈国球：《抒情中国论》，香港三联书店2013年版。

陈世骧：《陈世骧文存》，辽宁教育出版社1998年版。

陈太胜：《象征主义与中国现代诗学》，北京大学出版社2005年版。

陈旭光：《中西诗学的会通——二十世纪中国现代主义诗学研究》，北京大学出版社2002年版。

陈仲义：《扇形的展开》，浙江文艺出版社2000年版。

陈仲义：《诗的哗变》，鹭江出版社1994年版。

陈仲义：《现代诗：语言张力论》，长江文艺出版社2012年版。

程光炜：《程光炜诗歌时评》，河南大学出版社2002年版。

程光炜：《朦胧诗实验诗艺术论》，长江文艺出版社1990年版。

程光炜编《中国当代诗歌史》，中国人民大学出版社 2003 年版。

仇兆鳌：《杜诗详注》，中华书局 1979 年版。

丁福保编《历代诗话续编》，中华书局 1983 年版。

杜运燮：《海城路上的求索》，中国文学出版社 1998 版。

杜运燮、周与良编《丰富和丰富的痛苦）》，北京师范大学出版社 1997 年版。

杜运燮等编《一个民族已经起来》，江苏人民出版社 1987 年版。

段从学：《穆旦的精神结构与现代性问题》，人民出版社 2014 年版。

方仁念编《新月派评论资料选》，华东师范大学出版社 1993 年版。

方锡德：《中国现代小说与文学传统》，北京大学出版社 1992 年版。

傅光明：《天地一莎翁——莎士比亚的戏剧世界》，天津人民出版社 2018 年版。

顾仲彝编《编剧理论与技巧》，中国戏剧出版社 1987 年版。

洪子诚：《材料与注释》，北京大学出版社 2016 年版。

洪子诚：《作家姿态与自我意识》，北京大学出版社 2010 年版。

洪子诚编《在北大课堂读诗》，长江文艺出版社 2002 年版。

洪子城、刘登翰：《中国当代新诗史》（修订版），北京大学出版社 2005 年版。

胡经之、张首映编《西方二十世纪文论选》，中国社会科学出版社 1989 年版。

胡适编《中国新文学大系·建设理论集》（影印本），上海良友图书印刷公司 1935 年版。

江弱水：《卞之琳诗艺研究》，安徽教育出版社 2000 年版。

江弱水：《诗的八堂课》，商务印书馆 2017 年版。

江弱水：《中西同步与位移——现代诗人丛论》，安徽教育出版社 2003 年版。

姜涛：《"新诗集"与中国新诗的发生》，北京大学出版社 2005 年版。

蒋登科：《九叶诗派的合璧艺术》，西南师范大学出版社 2002 年版。

解志熙：《美的偏至：中国现代唯美——颓废主义文学思潮研究》，北京大学出版社 1997 年版。

金丝燕：《文学接受与文化过滤——中国对法国象征主义诗歌的接受》，中国人民大学出版社 1994 年版。

敬文东：《被委以重任的方言》，中国人民大学出版社 2010 年版。

敬文东：《感叹诗学》，作家出版社 2017 年版。

敬文东：《抒情的盆地》，湖南文艺出版社 2006 年版。

蓝棣之：《现代诗的情感与形式》，华夏出版社 1994 年版。

蓝棣之：《现代诗歌理论：渊源与走势》，清华大学出版社 2002 年版。

老木编《青年诗人谈诗》，北京大学五四文学社，1985 年。

冷霜：《分叉的想象》，光明日报出版社 2016 年版。

李怡：《中国现代诗歌欣赏》，高等教育出版社 2004 年版。

李怡：《中国现代新诗与古典诗歌传统》，西南师范大学出版社 1994 年版。

李振声：《季节轮换——新生代诗潮》，学林出版社 1996 年版。

梁实秋：《谈闻一多》，传记文学出版社 1967 年版。

梁实秋：《谈徐志摩》，远东图书公司 1956 年版。

梁宗岱：《诗与真，诗与真二集》，外国文学出版社 1984 年版。

林顺夫：《中国抒情传统的转变——姜夔及南宋词》，上海古籍出版社 2005 年版。

凌越等著：《从最小的可能性开始》，人民文学出版社 2000 年版。

刘福春：《中国新诗编年史》，人民文学出版社 2013 年版。

刘禾：《跨语际实践：文学，民族文化与被译介的现代性（中国，1900—1937）》，生活·读书·新知三联书店 2002 年版。

刘匡汉编《中国现代诗论》，花城出版社 1985 年版。

刘纳：《诗：激情与策略——后现代主义与当代诗歌》，中国社会出版社 1996 年版。

刘若端编《十九世纪英国诗人论诗》，人民文学出版社 1984 年版。

刘士杰：《走向边缘的诗神》，山西教育出版社 1999 年版。

龙泉明：《中国新诗的现代性》，武汉大学出版社 2005 年版。

龙泉明：《中国新诗流变论》（1917—1949），人民文学出版社 1999 年版。

龙泉明、邹建军：《现代诗学》，湖南人民出版社 2000 年版。

鲁迅：《鲁迅全集》，人民文学出版社 1981 年版。

吕进：《对话与重建——中国现代诗学札记》，西南师范大学出版社 2002 年版。

吕正惠：《抒情传统与政治现实》，华中师范大学出版社 2011 年版。

罗小凤：《1930 年代新诗对古典诗传统的再发现》，线装书局 2016 年版。

骆寒超：《20 世纪新诗综论》，学林出版社 2001 年版。

骆寒超：《新诗创作论》，上海文艺出版社 1990 年版。

欧阳江河：《站在虚构这边》，生活·读书·新知三联书店 2001 年版。

潘颂德：《中国现代新诗理论批评史》，学林出版社 2002 年版。

钱钟书：《谈艺录》，中华书局 1985 年版。

裘小龙：《现代主义的缪斯》，中国社会科学出版社 1989 年版。

邵伯周：《中国现代文学思潮研究》，学林出版社 1993 年版。

司马长风：《中国新文学史》，昭明出版社 1995 年版。

宋琳、柏桦编《亲爱的张枣》，中信出版社 2015 年版。

孙文波：《在相对性中写作》，北京大学出版社 2010 年版。

孙文波等编《语言：形式的命名》，人民文学出版社 1999 年版。

孙玉石：《中国现代主义诗潮史论》，北京大学出版社 1999 年版。

谭霈生：《戏剧本体论》，中国戏剧出版社 2005 年版。

唐晓渡：《唐晓渡诗学论集》，中国社会科学出版社 2001 年版。

陶东风：《文体演变及其文化意味》，云南人民出版社 1994 年版。

汪剑钊编：《中国当代先锋诗人随笔选》，中国社会科学出版社 1998 年版。

王昌忠：《扩散的综合性——20 世纪 90 年代诗歌写作研究》，人民文学出版社 2010 年版。

王达津、陈洪编《中国古典文论选》，辽宁教育出版社 1989 年版。

王德威：《抒情传统与现代性：在北大的八堂课》，生活·读书·新知三联书店 2010 年版。

王东东：《1940 年代的诗歌与民主》，政大出版社 2016 年版。

王光明：《现代汉诗的百年演变》，河北人民出版社 2003 年版。

王国维：《静安文集续编》，上海古籍书店 1983 年版。

王国维：《王国维文学美学论著集》，北岳文艺出版社 1987 年版。

王国维：《王国维遗书》，《静安文集续编》，上海古籍书店 1983 年版。

王家新：《为凤凰找寻栖所——现代诗歌论集》，北京大学出版社

2008 年版。

王家新、孙文波编《中国诗歌九十年代备忘录》，人民文学出版社 2000 年版。

王文生：《论情境》，上海文艺出版社 2001 年版。

王晓明编《二十世纪中国文学史论》，东方出版中心 1997 年版。

王瑶：《中古文学史论·文人与药》，北京大学出版社 1998 年版。

王一川：《文学理论》，四川人民出版社 2003 年版。

王毅：《中国现代主义诗歌史论》，西南师范大学出版社 1998 年版。

王岳川：《中国镜像：1990 年代文化研究》，中央编译出版社 2001 年版。

王泽龙：《中国现代主义诗潮论》，华东师范大学出版社 1995 年版。

王佐良：《英诗的境界》，生活·读书·新知三联书店 2012 年版。

王佐良：《语言之间的恩怨》，天津人民出版社 1998 年版。

王佐良：《中楼集》，辽宁教育出版社 1995 年版。

吴思敬：《诗学沉思录》，辽宁人民出版社 2001 年版。

吴思敬：《走向哲学的诗》，学苑出版社 2002 年版。

吴晓：《诗美与传达》，漓江出版社 1993 年版。

吴晓：《新诗美学》，中国社会科学出版社 2018 年版。

吴晓：《意象符号与情感空间》，中国社会科学出版社 1990 年版。

吴晓东：《临水的纳蕤思——中国现代派诗歌的艺术母题》，北京大学出版社 2015 年版。

吴晓东：《象征主义与中国现代文学》，安徽教育出版社 2000 年版。

吴学先：《燕卜荪早期诗学与新批评》，高等教育出版社 2002 年版。

《西方美学家论美和美感》，北京大学哲学系美学教研室编，商务印书馆 1982 年版。

西川：《大河拐大弯：一种探求可能性的诗歌思想》，北京大学出版社 2012 年版。

西渡：《守望与倾听》，中央编译出版社 2000 年版。

西渡：《先锋诗歌档案》，重庆出版社 2004 年版。

奚密：《从边缘出发——现代汉诗的另类传统》，广东人民出版社 2000 年版。

萧驰：《中国思想与抒情传统》，台北联经出版事业公司 2012 年版。

萧开愚、孙文波、臧棣编《从最小的可能性开始》，人民文学出版社 2000 年版。

萧萧编《诗儒的创造》，文史哲出版社 1994 年版。

谢冕：《谢冕论诗歌》，江西高校出版社 2002 年版。

谢冕：《新世纪的太阳》，时代文艺出版社 1993 年版。

谢冕：《中国新诗史略》，北京大学出版社 2018 年版。

《新诗评论》（共 22 辑），北京大学出版社 2005—2018 年版。

痖弦：《中国新诗研究》，台湾洪范书店 1987 年版。

颜炼军：《象征的漂移》，广西师范大学出版社 2015 年版。

杨匡汉：《中国新诗学》，人民出版社 2005 年版。

杨匡汉：《中国新诗学》，人民出版社 2005 年版。

杨联芬：《中国现代小说的抒情倾向》，北京师范大学出版社 1996 年版。

叶公超：《叶公超批评文集》，珠海出版社 1998 年版。

叶维廉：《叶维廉文集》，安徽教育出版社 2002 年版。

叶维廉：《中国诗学》，生活·读书·新知三联书店 1992 年版。

易彬：《穆旦评传》，南京大学出版社 2012 年版。

游友基：《九叶诗派研究》，福建教育出版社 1997 年版。

游友基编《九叶诗人杜运燮研究资料选》，海峡文艺出版社 2018 年版。

淤可训：《当代诗学》，湖南人民出版社 2000 年版。

余光中：《左手的缪斯》，时代文艺出版社 1997 年版。

余上沅：《余上沅戏剧论文集》，长江文艺出版社 1986 年版。

余旸：《"九十年代诗歌"的内在分歧——以功能建构为视角》，人民出版社 2016 年版。

袁可嘉：《半个世纪的脚印——袁可嘉诗文选》，人民文学出版社 1994 年版。

袁可嘉：《论新诗现代化》，三联书店 1988 年版。

袁可嘉：《欧美现代派文学概论》，上海文艺出版社 1993 年版。

袁行霈、孟二冬、丁放：《中国诗学通论》，安徽教育出版社 1994 年版。

张汉良：《现代诗论衡》，幼狮文化公司 1977 年版。

张洁宇：《荒原上的丁香：20 世纪 30 年代北平"前线诗人"诗歌研究》，中国人民大学出版社 2005 年版。

张曼仪：《卞之琳著译研究》，香港大学中文系，1989 年。

张清华：《内心的迷津：当代诗歌与诗学求问录》，山东文艺出版社 2002 年版。

张松建：《抒情主义与中国现代诗学》，北京大学出版社 2012 年版。

张松建：《现代诗的再出发——中国四十年代现代主义诗潮新探》，北京大学出版社 2009 年版。

张桃洲：《声音的意味——20 世纪新诗格律探索》，人民文学出版社 2014 年版。

张桃洲：《现代汉语的诗性空间——新诗话语研究》，北京大学出版社 2005 年版。

张桃洲、孙晓娅编《内外之间——新诗研究的问题与方法》，社会科学文献出版社 2012 年版。

张枣：《张枣随笔选》，人民文学出版社 2012 年版。

赵毅衡：《重访新批评》，百花文艺出版社 2009 年版。

赵毅衡编《"新批评"文集》，中国社会科学出版社 1988 年版。

郑敏：《诗歌与哲学是近邻：结构——解构诗论》，北京大学出版社 1999 年版。

中国戏曲研究院编《中国古典戏曲论著集成》，中国戏剧出版社 1959 年版。

周发祥：《西方文论与中国文学》，江苏教育出版社 1997 年版。

周瓒：《透过诗歌写作的潜望镜》，社会科学文献出版社 2007 年版。

朱大可：《燃烧的迷津》，学林出版社 1991 年版。

朱栋霖、王文英：《戏剧美学》，江苏文艺出版社 1991 年版。

朱光潜：《西方美学史》，人民文学出版社 1980 年版。

朱光潜：《朱光潜美学文集》，上海文艺出版社 1982 年版。

朱自清：《新诗杂话》，广西师范大学出版社 2004 年版。

四 期刊部分

陈本益：《新批评派的对立调和思想及其来源》，《四川大学学报》2004 年第 2 期。

陈东东、木朵：《诗跟内心生活的水平等高》（陈东东访谈），《诗选刊》2003 年第 10 期。

陈太胜：《多元的诗歌标准》，《诗刊》2002 年第 6 期（下半月刊）。

陈太胜：《口语与文学语言：新诗的一个关键问题——兼与郑敏教授商榷》，《江汉大学学报》2004 年第 6 期。

陈太胜：《中西传统与新诗的现代性》，《长沙理工大学学报》2017 年第 1 期。

陈卫：《论闻一多诗歌的戏剧化》，《东方丛刊》1998 年第 2 期。

邓晓成：《文学泛化及其文体意义》，《当代文坛》2005 年 1 期。

董洪川：《庞德与英美现代主义诗歌的形成》，《外语与外语教学》2006 年第 5 期。

冯光廉、谭桂林：《论现代浪漫主义文学的早夭及其研究》，《东方论坛》1994 年第 4 期。

傅浩：《现代英诗的运动轨迹：否定之否定》，《外国文学评论》1989 年第 2 期。

龚敏律：《西方反讽诗学在现代中国的译介与影响》，《文学评论》2007 年第 3 期。

方守金：《试论小说的戏剧化及其限制和超越》，《文艺理论研究》1992 年第 5 期。

顾彬：《综合的心智——张枣诗集〈春秋来信〉译后记》，《作家》1999 年第 9 期。

洪子诚：《当代诗歌的"边缘化"问题》，《文艺研究》2007 年第 5 期。

江弱水：《伪奥登风与非中国性：重估穆旦》，《外国文学评论》2002 年第 3 期。

姜涛：《叙述中的当代诗歌》，《诗探索》1998 年第 2 期。

姜涛：《诗歌想象力与历史想象力——西川〈万寿〉读后》，《读书》2012 年第 11 期。

敬文东：《词语：百年新诗的基本问题——以欧阳江河为中西》，《中国现代文学研究丛刊》2017 年第 10 期。

敬文东：《诗歌中的九十年代》，《读书》1999 年第 6 期。

敬文东：《道旁的智慧——诗人臧棣论》，《当代作家评论》2001 年第

5 期。

黄灿然：《在两大传统的阴影下》，《读书》2000 年第 3 期。

冷霜：《重识卞之琳的"化古"观念》，《江汉大学学报》2007 年第 6 期。

冷霜：《新诗史与作为一种认识装置的"传统"》，《文艺争鸣》2017 年第 11 期。

赖彧煌：《在现代经验和美学形式的张力场中——新诗标准的探讨》，《海南师范大学学报》2008 年第 2 期。

蓝棣之：《九叶派诗歌批评理论探源》，《作家》2001 年第 1 期。

李德武、欧阳江河：《嵌入我们额头的广场：关于〈傍晚穿过广场〉的交谈》，《诗林》2007 年第 4 期。

李静：《叶芝的"面具"说》，《临沂师范学院学报》2009 年第 2 期。

李润霞：《一个刊物与一场诗歌运动——论朦胧诗潮中的民刊〈今天〉》，《贵州社会科学》2006 年第 4 期。

李陀、李欧梵、黄子平、刘再复：《〈今天〉意义》，《今天》1990 年第 1 期。

李巍：《凸凹：文学的怪物》，《文学自由谈》1999 第 2 期。

李怡：《论穆旦与中国新诗的现代特征》，《文学评论》1997 年第 5 期。

李章斌：《穆旦的隐喻与诗歌感性——兼谈"伪奥登诗风"论》，《长沙理工大学学报》2012 年第 6 期。

林贤治：《新诗：喧闹而空寂的九十年代》，《西湖》2006 年第 5 期。

刘方喜：《"戏剧化"、"意象化"与"声情化"——中国新诗音节理论的历史重构》，《北方论丛》2007 年第 1 期。

刘燕：《穆旦诗歌中的"T. S. 艾略特传统"》，《外国文学评论》2003 年第 2 期。

龙泉明：《中国新诗成就估价》，《江汉论坛》1999 年第 2 期。

龙扬志：《新诗现代化想象与重构》，《南京师范大学文学院学报》2015 年第 4 期。

骆寒超，陈玉兰：《新诗二次革命论》，《西南师范大学学报》2005 年第 1 期。

罗振亚：《一九八四——二〇〇四先锋诗歌整体观》，《当代作家评论》2006 年第 3 期。

马永波：《客观化写作——复调、散点透视、伪叙述》，《诗探索》2006 年第 1 辑。

南帆：《文体的震撼》，《当代作家评论》2001 年第 3 期。

钱文亮：《"先锋"的变迁与在当下诗歌的意义》，《江汉大学学报》2005 年第 4 期。

钱文亮：《学院诗歌的中国语境及其演变》，《上海师范大学学报》2011 年第 3 期。

王光明：《诗歌形式秩序的寻求——"新月诗派"新论（上）》，《海南师范学院学报》2003 年第 6 期。

孙文波：《我理解的九十年代：个人写作、叙事及其他》，《诗探索》1999 年第 2 辑。

孙晓娅：《论北岛"流散写作"中的"漂移"诗学》，《中国现代文学研究丛刊》2016 年第 10 期。

王东东：《穆旦诗歌：宗教意识与民主意识》，《江汉学术》2017 年第 6 期。

王家新：《阐释之外：当代诗学的一种话语分析》，《文学评论》1997 年第 2 期。

王家新：《穆旦与"去中国化"》，《诗探索》2006 年第 3 辑。

王学海：《穆旦诗歌中不存在宗教意识》，《文学评论》2007 年第 6 期。

王一川：《倾听跨体文学潮》，《山花》1999 年 1 期。

王毅：《论新诗戏剧化》，《武汉大学学报》1996 年第 4 期。

吴思敬：《中国新诗：世纪初的观察》，《文学评论》2005 年第 5 期。

吴晓：《冥思者的理性之光——当代诗歌思的品味与指向》，《诗探索》1996 年第 2 期。

吴晓东：《中国现代文学中的审美主义与现代性问题》，《文艺理论研究》1999 年第 1 期。

吴晓东：《后工业时代的全景式文化表征——评欧阳江河的〈凤凰〉》，《东吴学术》2013 年第 3 期。

西渡：《当代诗歌的实验主义与反学院情结》，《江汉大学学报》2011 年第 2 期。

西渡：《历史意识和 1990 年代诗歌》，《诗探索》1998 年第 2 期。

西渡：《当代诗歌中的意象问题》，《扬子江评论》2017 年第 3 期。

萧开愚：《减速、抑制、开阔的中年》，《大河》诗刊 1989 年第 7 期。

萧开愚：《当代中国诗歌的困惑》，《读书》1997 第 11 期。

萧开愚：《个人写作，但是在个人与世界之间：萧开愚访谈录》，《北京文学》1998 年第 8 期。

萧开愚、凌越访谈：《诗在弱的一面》，《书城》2004 年第 2 期。

夏元明：《论翟永明诗歌的"戏剧性"》，《黄冈师范学院学报》2006 年第 1 期。

姚丹：《"第三条抒情的路"——新发现的几篇穆旦诗文》，《中国现代文学研究丛刊》1999 年第 3 期。

颜炼军：《诗歌的好故事……——张枣论》，《文艺争鸣》2014 年第 1 期。

余旸：《历史意识的可能性及其限度——"90 年代诗歌"现象再检讨》，《文艺研究》2016 年第 11 期。

王家新：《回答普美子的二十五个诗学问题》，《诗探索》2003 年第 1—2 辑。

翟永明：《词语与激情共舞》，《诗歌与人》2003 年第 8 期。

张洁宇：《"新诗分歧路口"上的梁宗岱——论 1930 年代梁宗岱诗学理论的意义》，《社科科学辑刊》2010 年第 6 期。

张桃洲：《寻找话语的森林——论朱朱诗中的词与物》，《诗探索》2004 年秋冬卷。

张桃洲：《穿梭于地面的技艺——臧棣诗歌论》，《当代作家评论》2004 年第 3 期。

张新颖：《学院空间、社会现实和自我内外——西南联大的现代主义诗群》，《当代作家评论》2001 年第 1 期。

张枣：《危险旅行——当代中国诗歌的元诗结构和写者姿态》，《上海文学》2001 年 1 月号。

张松建：《"新诗的再解放"：抗战及 40 年代新诗理论中的抒情与叙事之争》，《中国现代文学研究丛刊》2010 年第 1 期。

周瓒：《观察者朱朱的分身术》，《诗林》2006 年第 1 期。

钟鸣：《笼子里的鸟儿和外面的俄耳甫斯》，《当代作家评论》1999 年第 3 期。

朱朱、木朵《杜鹃的啼哭已经够久了——朱朱访谈录》,《诗探索》2004 年 Z2 期。

臧棣:《袁可嘉:40 年代中国诗歌批评的一次现代主义总结》,《诗探索》1994 年第 2 期。

臧棣:《1990 年代诗歌:从情感转向意识》,《郑州大学学报》1998 年第 1 期。

臧棣:《现代性与新诗的评价》,《文艺争鸣》1998 年第 3 期。

臧棣、木朵:《诗歌就是不祛魅力》,《青年文学》2006 年第 9 期。

五 硕博士学位论文

胡续冬:《"九十年代诗歌"研究》,博士学位论文,北京大学,2002 年。

冷霜:《90 年代"诗人批评"研究》,硕士学位论文,北京大学,2000 年。

余祖政:《张枣诗歌论:"传统"建构及其体制化》,硕士学位论文,北京大学,2006 年。

周亚琴:《当代中国先锋诗歌研究》,博士学位论文,北京大学,1999 年。

致 谢

这篇毕业论文放了多年,终归还是要把它拿出来,放在极少数人的呼吸前,一想到这情景,我胃里就冒冷气。当初凭着内心一点蛮性的遗留,凭着和年龄不太相称的好奇心,我贸然走近"献给无限的少数人"的新诗。那时已在高校从教十多年,理性的钢铁构架嵌入大脑,感性埋在沉睡当中。这样撞进诗门后,惊喜和困惑相约而至。美是有魔力的,优秀诗篇中的神思妙喻、奇句谲词,各种幽微隐曲之谜,激出强大的精神欢乐,最终让我留在了这一魔幻园地。但诗又是难的,好的现代诗篇往往无可转述、不易把捉,保持沉默似乎是读者的本分。在两难当中,我终究唐突前行,开始了对诗歌的说三道四。

毕业论文是在一步几跄跄中成形的。"新诗戏剧化"是一个非纯粹又跨越中西、涉及不同时代、不同说法的细琐且冷僻的现象命题,需要在诗歌、戏剧文类术语中交叉跑动,需要尽可能打捞史料又不拘泥于材料,需要在理论厘析和文本细读中平衡,需要既围绕戏剧化又恪守诗的本体……这些每每使我生出前路茫茫的苦意。常常是刚建立对一些诗歌文本的感性体验,却要背上文体理论的枷锁,颇有一种悖论性处境感。每次的思考,我冀望寻出被遮蔽、隐埋的某些茎叶脉络,但屡屡被盘根错节缠住;本以为前方通往的是一个亭台,临近一看却是深渊。写作支撑到最后,全凭了一口气的坚持。

回首读博的历程,首先要感谢恩师吴晓先生的引领。吴老师是诗人,不仅写诗,他的人格、性情里都是"诗",升华了我对诗歌的感情;他从容、恬淡的气度,也给了我一个宜切、自由的学习环境。由于本论文选题的交叉性,我在写作当中常面临具体的知识性困难,为此还请教了浙大校内几位致力于诗歌研究的老师,先后得到了江弱水老师、汪飞白老师、吴笛老师、李咏吟老师等诸位师辈的点拨,校外得到过诗人孙文波的帮助,藉此对各位老师表示诚挚感谢。特别要专门致谢江弱水老师，业内人士多折服于他诗评中纵横左右的学理和才情，而我有幸感受过他课堂解诗的魅力，更在诗歌选题和研究诗人范围等重要方面得到他的引导，尤其是他在我艰难挣扎时刻给予的点化，抚去了我的焦虑和茫然，师恩铭记在心。

值得感谢的还有浙江大学中文系现当代文学研究所的其他老师。吴秀明老师的严谨授业让我受益良多，他所设课程中关于"博士论文写作"的讲授内容和对本论文开题报告提出的学理要求，助推我在论文写作中确立问题意识和对话意识。陈坚老师的雅正，黄健老师的敏思，也给学生濡染和熏化。另外，骆寒超老师也时时垂询。在此特向各位老师一一致谢。学习期间得到了父母的鼓励和先生王志凯的支撑，他们帮我卸下了沉沉的精神包袱，小儿也日益长大独立，感谢生命中的至亲。

论文搁置多年才出版，彻底暴露了我天性中的疏懒和木讷。每欲修改完善，好像掉进了一个汪洋迷海，渴望着一个渔夫来解救，如此难以攻坚，几度中途作罢。2018 年，得便于中国社科院访学，阅览到刘福春老师的珍贵文献，并就论文请教了多位学者兼诗人，包括吴思敬、西渡、杨小滨、陈太胜、周瓒、冷霜老师，还有其他一些老师，这儿就不一一列出了，感谢他们给予我促进和鼓励。论文小作修改外，由于张枣戏剧化技艺很是精湛，在看了多遍他的诗集后，我补写了一节，和穆旦个案附录在后。论文部分发表在《浙江学刊》《西南大学学报》《长沙理工大学学报》等刊物上，其中几篇被人大复印报刊资料转载，感谢各位编辑、审稿老师。本书就这样出版了，在此特别感谢中国社会科学出版社的宫京蕾、特约编辑李晓丽老师付出的努力。

新诗中的戏剧化、戏剧性并非核心本体性问题，我出于好奇，尝试寻找现象背后的奥秘，为它虽然旁出却也醒目的存在提供阐释，如今看来，这些文字或许只证明自己曾经存活。但人生也总有意外的生机——因为走进了现代诗，每一首好诗中新的意识、新的语言，减轻着我对生命匮乏的焦虑；在文学课堂上，我由过去的理路化转向咀嚼式细品，在文字的褶皱处多作停留，留心那些感性的光芒。感谢诗歌，是她让我对美更加怀了敬意与欣喜。

胡苏珍
2018 年岁末